# 월트 휘트먼과 융합적 상상력

**Walt Whitman and Convergent Imagination**

■ 심진호

영남대학교 영어영문학과를 졸업하고 미국 델라웨어대학교(University of Delaware) 대학원에서 석사, 대구가톨릭대학교 대학원에서 박사학위를 받았다. 영남대학교, 대구가톨릭대학교, 대구대학교, 대구한의대학교 등에서 강의했다. 새한영어영문학회와 신영어영문학회에서 재무이사, 감사, 출판이사 등을 역임했으며, 현재 한국현대영미시학회 연구이사, 신영어영문학회 대외협력이사 및 편집위원회 위원으로 활동하고 있다.

논문으로는 「Theodore Roethke의 생태학적 상상력」, 「소설과 영화 *Cold Mountain*에 나타난 상호매체성」, 「*Hospital Sketches*에 나타난 Louisa May Alcott의 양성성」, 「The Machine Avant-garde in the Poetry of William Carlos Williams」 등이 있으며, 현재 신라대학교 교양과정대학 교수로 재직하고 있다.

**월트 휘트먼과 융합적 상상력**
*Walt Whitman and Convergent Imagination*

© 심진호, 2015

**1판 1쇄 인쇄**__2015년 04월 20일
**1판 1쇄 발행**__2015년 04월 30일

**지은이**__심진호
**펴낸이**__홍정표

**펴낸곳**__글로벌콘텐츠
　　　　**등록**__제25100-2008-24호
　　　　**이메일**__admin@gcbook.co.kr

**공급처**__(주)글로벌콘텐츠출판그룹
　　　　**대표**__홍정표
　　　　**편집**__송은주 김현열　**디자인**__김미미　**기획·마케팅**__노경민　**경영지원**__안선영
　　　　**주소**__서울특별시 강동구 천중로 196 정일빌딩 401호
　　　　**전화**__02) 488-3280　**팩스**__02) 488-3281
　　　　**홈페이지**__http://www.gcbook.co.kr

**값** 22,000원
**ISBN** 979-11-85650-91-3 93840

# 월트 휘트먼과
# 융합적 상상력

심진호 지음

# 드리는 글

1819년 롱 아일랜드(Long Island)에서 출생한 휘트먼은 일평생 저널리스트와 시인으로서뿐만 아니라 당대의 조형예술 및 도시문화에 대해 탁월한 안목을 보여 주고 있다. 휘트먼은 그의 대표시집 『풀잎 *Leaves of Grass*』을 통해 지속적으로 박애사상과 형제애 그리고 "하나 속의 다수(Many in One)"를 찬양하였다. "나는 크다, 나는 다양함을 담아낸다(I am large, I contain multitudes)"라는 그의 천명에서처럼 휘트먼은 당대는 물론 21세기를 살아가는 현재까지 여러 문인들과 예술가들에게 창조적인 영감의 원천이 되고 있을 만큼 폭이 깊고 넓다.

오늘날의 관점에서 보면 휘트먼은 단순히 19세기 미국을 대표하는 시인이 아니라 미술, 사진, 건축, 조경, 도시문화 등에 남다른 통찰을 지닌 '멀티 예술가'로 평가될 수 있다. 이는 20세기 초에 뉴욕 아방가르드 예술운동을 주도했던 많은 미국의 예술가들뿐만 아니라 유럽의 아방가르드 예술가들도 휘트먼을 고유한 미국 예술의 초석을 다진 선구자로 평가한 데서 그 근거를 찾을 수 있다. 이탈리아 미래주의(Futurism)의 창시자 필리포 마리네티(Filippo Marinetti)는 휘트먼을 '미래주의의 위대한 선구자' 가운데 한 사람이며 속도, 모더니티, 테크놀로지의 목소리를 지닌 시인이라 찬양한 바 있다. 나아가 19세기와 20세기를 대표하는 건축가 루이스 설리번(Louis H. Sullivan)과 프랭크 로이드 라이트(Frank Lloyd Wright) 또한 자신들에게 미친 휘트먼의 지대한 영향력을 지적하고 있다.

상이한 장르와 매체가 허물어지고 있는 현 시대에 다른 학문영역을 적극적으로 수용하고 융합하는 창의적 상상력이 더욱 절실히 요구되고 있다. 시대와 장르를 초월한 휘트먼의 비전은 21세기를 살아가는 오늘날에도 전 세계의 독자들에게 공감을 불러일으키고 있다. 『풀잎』에 두드러진 '다양함'과 '하나 속의 다수'라는 이미지는 휘트먼의 시에 내재된 다양한 시각예술과 건축, 조경, 도시문화를 함축하고 있기에 탈장르적이고 탈매체적인 차원의 상호텍스트적 연구에 단초를 제공하고 있다. 지금까지 휘트먼을 삶과 문학, 예술을 따라가다 보니 이른바 그의 멀티 예술세계에 매료되어 시와 미술, 시와 사진, 시와 도시문화 등을 넘나들며 학제 간 연구를 수행해 왔다. 그러한 차원에서 이 책은 휘트먼을 향한 무한한 애정의 결과물이기에 이 책을 통해 휘트먼이 염원했던 나와 타자의 경계를 허무는 곧, 시대와 장르를 초월하여 현재와 미래를 이어가는 가교가 되기를 기대한다.

어찌 보면, 필자의 게으름 탓에 몇 해를 늦춰 오늘에야 한 권의 책으로 빛을 보게 되었다. 휘트먼의 시와 산문을 읽을 때마다 시대를 앞선 시인의 비전에 더욱 매료되어 휘트먼과 정서적 유대감을 느꼈던 시간은 또 다른 기쁨이 아닐 수 없었다. 새롭고 자유로운 형식으로부터 나오는 말없는 도전보다 더 아름다운 것은 없다는 휘트먼의 작은 외침처럼 앞으로도 연구 영역이나 장르 영역에 구애됨 없이 묵묵히 도전을 경주하고 싶다.

서문을 쓰다 보니, 진실로 나누지 못한 마음이 커진다. 미력한 자식들을 위해 헌신적 삶을 마다하지 않으시고 한 생애를 살아오신 존경하는 부모님께 평생 갚을 수 없는 은혜와 사랑을 받아 왔다. 조금이나마 이 책을 통해 부모님께 작은 위로가 되었으면 하는 바람이다. 그리고 항상 바쁘다는 핑계로 마음 한 번 넉넉히 나눠주지 못한 사랑하는 아내와 그 가운데 올곧게 자라 준 지영, 형록에게 아빠로서 고마움을 전한다. 아울러 학회와 학교 일로 분주하여 돌아보지 못한 은사님과

이 책을 위해 끊임없는 조언을 아끼지 않은 동료 교수에게 감사의 말을 전하며, 별반 잇속도 없는 내용을 한 권의 책으로 엮어 주신 글로벌 콘텐츠 사장님께도 감사의 마음을 전한다.

2015년 3월 생명이 움트는 교정에서

## 일러두기

- 약어표기(Abbreviations)
  - -*LG*: *Leaves of Grass*. Eds. Sculley Bradley and Harold Blodgett, New York: W. W. Norton & Company, 1973.
  - -*MD*: *Memoranda During the War: Civil War Journals, 1863-1865*. New York: Dover Publications, 2010.
  - -*SD*: *Specimen Days and Collect*. New York: Dover Publications, 1995.
  - -*DV*: *Democratic Vistas*. Charleston, S. C.: BiblioBazaar, 2009.

# 차례

드리는 글_____4


|제1부|


휘트먼의 정신적 고향 브루클린 ·········································· 14

  1. 휘트먼과 브루클린 ················································· 14

  2. 의미 있는 장소 브루클린 ········································· 17

  3. 브루클린 하이츠 ··················································· 21

  4. 포트 그린 파크 ···················································· 27


카메라의 시선으로 포착한 실제 전쟁 ······························ 38

  1. 나의 책과 전쟁은 하나이다 ····································· 38

  2. 책에 담을 수 없는 실제 전쟁 ·································· 40

  3. 휘트먼과 남북전쟁 사진 ········································· 45

**프랑스 혁명과 장 프랑수아 밀레의 일하는 사람들** ·············· 61
  1. 휘트먼과 프랑스 혁명 ······························· 61
  2. 일하는 사람들의 시각화 ·························· 64
  3. 1848년 프랑스 혁명과 밀레 ····················· 71

**토머스 에이킨스의 사진과 그림** ··························· 87
  1. 『풀잎』의 잘 찍혀진 사진들 ····················· 87
  2. 휘트먼과 에이킨스 ································· 91
  3. 남성의 나체와 사진적 환상 ···················· 106

## |제2부|

**육체적 몸과 시각적 촉각성** ····························· 126
  1. 『풀잎』에 나타난 복합 감각 ···················· 126
  2. 보이지 않는 손과 에이킨스 ···················· 130
  3. 치유의 촉매제로서의 촉각 ···················· 138

**프레드릭 로 옴스테드와 랜드스케이프 건축** ············· 149
  1. 휘트먼과 옴스테드 ······························· 149
  2. 도시 공원에 대한 비전 ·························· 151
  3. 도시 공원과 옴스테드 ··························· 159

**휘트먼과 현대 도시 공원** ······························· 171
  1. 더 많은 공원 – 더 많은 열린 장소 ·············· 171
  2. 대중과 함께하는 열린 장소 ···················· 173
  3. 베르나르 츄미와 라 빌레뜨 파크 ··············· 179

**조셉 스텔라와 미래주의** ·········································· 188
  1. 미래주의의 선구자 휘트먼 ··························· 188
  2. 현대의 프로메테우스 ································· 192
  3. 미래파 화가 조셉 스텔라 ··························· 196
  4. 『풀잎』에 나타난 미래주의 ······················· 218

**무성영화 〈맨하타 *Manhatta*〉에 나타난 휘트먼의 비전** ·············· 221
  1. 휘트먼과 영상시 〈맨하타〉 ······················· 221
  2. 〈맨하타〉의 상호매체성 ··························· 224
  3. 〈맨하타〉와 『풀잎』 그리고 정밀주의적 시각 ····· 231

# |제3부|

**The Trauma of Civil War and Healing Writing** ··················· 258
  1. Whitman as a Wound-Dresser ······················· 258
  2. Nursing the Sick and Wounded ···················· 261
  3. Healing the Convulsiveness ······················· 267
  4. Conclusion ····································· 276

**The Journalist Whitman's Sharp Eye** ······················· 278
  1. Whitman as a Journalist ························ 278
  2. Capturing the Life as It Is ······················· 281
  3. A Journalist with a Camera ······················· 289
  4. Conclusion ····································· 299

## The Panoramic Vision as a New Eyesight ·························· 301

    1. Whitman and Panorama ······································· 301

    2. The Cityscape and Steamboat ··························· 305

    3. The Velocity ························································ 312

    4. Conclusion ·························································· 320


**참고문헌** _____ 323

**휘트먼 연보** _____ 337

**찾아보기** _____ 342

In a little house keep I pictures suspended, it is not a fix'd house,
It is round, it is only a few inches from one side to the other,
Yet behold, it has room for all the shows of the world, all memories!
Here the tableaus of life, and here the groupings of death,
Here, do you know this? this is cicerone himself,
With finger rais'd he points to the prodigal pictures.

Of all portraits of me made by artists I like Eakins' best: it is not
perfect but it comes nearest being me. I find I often like the
photographs better than the oils—they are perhaps mechanical, but
they are honest. The artists add and deduct: the artists fool with nature
—reform it, revise it, to make it fit their preconceived notion of what
it should be. We need a Millet in portraiture—a man who sees the
spirit but does not make too much of it—one who sees the flesh but
does not make a man all flesh—all of him body. Eakins almost achieves
this balance—almost—not quite: Eakins errs just a little, just a little—a
little—in the direction of the flesh. I am always subjected to the
painters: they come here and paint, paint, paint, everlastingly paint.
I give them all the aid and comfort I can—I put myself out to make
it possible for them to have their fling.

# 제1부

휘트먼의 정신적 고향 브루클린
카메라의 시선으로 포착한 실제 전쟁
프랑스 혁명과 장 프랑수아 밀레의 일하는 사람들
토머스 에이킨스의 사진과 그림

# 휘트먼의 정신적 고향 브루클린

## 1. 휘트먼과 브루클린

그의 나이 4세가 되던 해인 1823년에 월트 휘트먼(Walt Whitman, 1819~1892)은 가족과 함께 롱 아일랜드(Long Island)에서 브루클린(Brooklyn)으로 이주하였다. 그때 이래 유년기와 청년기 그리고 시인으로 활동했던 기간까지 휘트먼은 거의 28년 동안 브루클린에 거주하면서 일상 생활의 모든 측면을 깊이 흡수하게 된다. 무엇보다 "나는 브루클린에서 성장했고 도시 생활의 모든 신비로움을 처음으로 시작하게 되었다. 아주 여러 해를 거치면서 그 곳의 친숙한 삶을 맛보았다"(Traubel 3: 205)라는 시인의 언급은 브루클린이 다른 어떤 장소보다 특별한 중요성을 지니고 있다는 사실을 집약하고 있다. 더욱이 1862년 「브루클리니아나 Brooklyniana」라고 명명한 일련의 신문기사에서 "브루클린의 지형(topography)은 매우 좋다. 사실 아름다움과 실용적인 목적을 위해 이 세계에 더 좋은 도시가 있는지 의문이 든다"(Christman 56 재인용)라고 천명한다. 이처럼 강렬한 정서적 유대감을 불러일으키는 브루클린은 휘트먼의 작품세계를 통해 시적 영감의 원천으로 확고히 자리 잡고 있다. 휘트먼이 삶의 뿌리를 내렸던 도시 브루클린에 대한 무한한 애정은 인간과 장소 또는 배경 사이의 정서적 결합을 표상하기에 '의

미 있는 장소', 곧 '장소애(topophilia)' 혹은 '장소감(sense of place)'이라는 개념과 불가분적 상관성을 지닌다고 볼 수 있다.

휘트먼은 시인이 되기 전 뉴욕과 브루클린에서 저널리스트로 활동하며 급속한 산업화의 여파로 발생한 대도시의 다양한 사회문제를 체험하게 된다. 휘트먼이 저널리스트로 활동하던 1840년대부터 뉴욕은 인구 과밀화, 하수 시설 부족, 전염병의 창궐, 범죄 등이 점차 대두되고 있었다. 이 기간에 휘트먼은『뉴욕 오로라 *New York Aurora*』,『브루클린 이브닝 스타 *Brooklyn Evening Star*』,『브루클린 데일리 이글*Brooklyn Daily Eagle*』등의 신문사에서 저널리스트이자 편집자(editor)로서 대도시가 직면한 현실을 직시하고 이에 대한 해결책을 제시하는 기사를 썼다. 특히『브루클린 데일리 이글』에 발표한 사설에서 "우리가 묘사하는 그[브루클린] 부지의 과거 역사에서 흥미로운 한 가지 좋은 것은 오랜 기간 그것의 로컬리티와 자연환경과 연계된다는 것이다"("Old Brooklyn" n.p.)라고 역설했다. 이것은 브루클린에 대한 장소애와 장소감을 단적으로 드러내는 것으로 이는 곧 고유한 장소성(placeness)을 현시하는 것이라 할 수 있다. 이처럼 휘트먼에게 깊은 애정과 친밀감을 불러일으키는 브루클린은 지속적으로 장소에 대한 기억을 환기시켜 주는 "건강한 장소"(*Journalism* 2: 74)로 각인되고 있다. 이와 대조적으로 휘트먼은 기능성과 효율성이라는 미명하에 무분별한 개발로 인해 장소의 특별한 의미가 사라지고 있는 뉴욕을 "강 건너편에 있는 고모라(Gomorrah on the other side of the river)"(*Journalism* 2: 16)에 비유하고 있다.

무엇보다 브루클린의 경관, 지형 및 '과거 역사'에 대한 휘트먼의 남다른 애착은 최근에 부각되고 있는 '장소감'과 '장소성'이라는 개념에 잘 부합되고 있다. 인문지리학자 렐프(Edward Relph)는 "진정한 장소감"이란 "장소에 대한 참된 태도"를 의미하며, 이것은 "장소정체성의 진체적 복합성을 지접적으로 순수하게 경험하는 것으로 이해할 수 있다"(64)라고 주장한다. 또한 장소성이란 "장소의 인지된 특성으로 인간이 체험을 통해 애착을 느끼게 되고 한 장소에 고유하면서 동시에 다른 장소와는 차별적인 특성을 일컫는 것"(이석환·황기원 176)으로 정의되고 있다. 휘트먼에게 '건강한 장소'로 표상되는 브루클린은 '장소감'과 '장소성'과 밀접하게 연결되어 있다. 말하자면 '건강한 장소'로서 브루클린은 '강 건너편에 있는 고모라' 뉴욕이 직면했던 열악한 주거 환경, 하수시설, 범죄, 질병 등 환경오염과 사회문제에 대한 시인의 통찰을 시사하고 있다. 이것은 그가 당대 악명이 높았던 뉴욕 최고의 슬럼가인 파이브 포인츠(Five Points)를 '불결한 얼룩'에 비유함으로써 뉴욕을 건강하지 않은 장소, 곧 장소의 혼과 장소감이 상실된 세계로 보고 있다는 사실에서 그 근거를 찾을 수 있다. 이런 점에서 브루클린을 '장소감'과 '장소성'을 촉진시키는 더욱 '건강한 장소'로 변모시키고자 한 휘트먼의 열망은 오늘날의 도시재생이라는 개념과도 맞닿아 있다. 이렇듯 브루클린의 의의와 중요성에도 불구하고 지금까지 휘트먼과 브루클린의 밀접한 상관성에 관한 연구는 미흡함을 드러낸다. 사실 지금까지 휘트먼과 도시의 연관성에 대한 논의는 대개 뉴욕과 맨해튼(Manhattan)을 중심으로 미국 최초의 '도시 시인'이라는 맥락에서 전개되고 있다. 1898년 뉴욕에 합병된 이래 브루클린은 휘트먼과 도시의 상관성에 대한 연구에서 뉴욕과 맨해튼에 가려져 지엽적으로 인용되고 있다. 더욱이 『풀잎 *Leaves of Grass*』의 초판본이 출간된 1855년 이전에 저널리스트로 활동했던 휘트먼에 대한 연구조차 아주 미미한 실정이다. 무엇보다 동시대를 살았던 조경가 옴스테드(Frederick Law Olmsted)가 맨해튼의 센트럴 파크(Central Park)를 조성하기 훨씬 이전에, 이미 휘트먼이 브루클린의 지속가능한 발전을 위해 공원이 핵심이 된다는 점을 간파했다는 사실은 주목받지 못하고 있다.

이에 필자는 휘트먼에게 '의미 있는 장소'로 인식되고 있는 도시 브루클린에 대한 논의를 근저로 할 것이다. 그리고 아직 본격적인 연구가 시도되지 않고 있는 그의 저널리즘 중에서 브루클린의 장소성에 대한 통찰을 『브루클린 데일리 이글』을 중심으로 살펴보고자 한다.

그리고 저널리스트 휘트먼이 강조한 로컬리티의 역사가 『풀잎』을 통해 승화되고 있음을 설득력 있게 전개할 것이다. 나아가 휘트먼이 건축가나 도시 계획가가 아닌 시인으로서 브루클린 최초의 공공 공원으로 평가되는 포트 그린 파크(Fort Greene Park) 조성에 주도적인 역할을 함으로써 시대를 앞선 비전을 제시하고 있음을 조명할 것이다.

## 2. 의미 있는 장소 브루클린

휘트먼의 전 생애를 통해 가장 오랜 기간 삶을 영위했던 도시이자 시인의 시적 상상력의 원천이 되는 가장 의미 있는 장소는 브루클린이라 할 수 있다. 『풀잎』 초판본을 출판하기 전에 휘트먼은 롱아일랜드와 뉴욕에서 인쇄공, 교사, 신문 편집인 등의 직업을 가졌지만 28년이라는 긴 기간 동안 시인에게 가장 강렬한 정서적 교감을 나누었던 도시는 다름 아닌 브루클린이다. 1898년 뉴욕에 합병되기 전 독립 시(independent city)였던 브루클린은 휘트먼에게 장소와의 교감을 통해 고유한 장소성의 의미를 각인시켜준 가장 의미 깊은 도시다. 이는 휘트먼이 편집자로 일했던 당대의 일간지 『브루클린 데일리 이글』에 기고한 신문기사에 집약되어 있다. 1846년 9월 「도시 정보: 브로드웨이 City Intelligence: Broadway」라는 사설에서 "뉴욕 브로드웨이는 '우리 브루클린을 능가한다'는 것을 시인해야 할 유일한 것이다. 우리는 뉴욕보다 더 건강하고, 유쾌하며, 더 질서정연하고, 청결하고, '훌륭한' 도시를 가지고 있다"(*Journalism* 2: 74)라고 휘트먼은 주장한다. 특히 1860년에 간행된 『풀잎』 세 번째 판에 수록된 「브루클린 도선장을 건너며 Crossing Brooklyn Ferry」라는 시에서 "나는 맨해튼인 이었다(I was a Manhattanese)"라는 말에 앞서 "나는 오래된 브루클린이었다(I was of old Brooklyn)"(*Leaves of Grass* 1860 Edition: 185~186)라는 휘트먼의 천명은 이를 단적으로 입증하고 있다. 이런 관점에서 『풀잎』이 "휘트먼의 문학적이며 정신적 고향인 브루클린의 시민들에게서 살아 숨 쉬고 있다"(8)라는 휴즈(Evan Hughes)의 언급은 주목할 만하다.

『풀잎』에서 반복적으로 형상화되는 장소는 시인이 자신의 뿌리로 인식하고 있는 장소, 곧 '정신적인 고향'인 브루클린이다. 그래서 『풀잎』에는 브루클린의 '과거 역사'와 '장소성'을 환기시키는 시가 자주 나타난다. 초기 시 「백세인의 이야기 The Centenarian Story」에서 휘트먼은 "아, 브루클린의 언덕과 경사지! 그대는 그대의 소유주가 생각했던 것 보다 더 귀중하다고 나는 감지한다(Ah, hills and slopes of Brooklyn! I perceive you are more valuable than your owners supposed)"(LG 299)[1]라고 언급한다. 더욱이 「잠자는 사람들 The Sleepers」에서 "오랜 전쟁 중의 이때, 브루클린에서의 패배 / 워싱턴은 전선 안에 있다. 그는 참호로 파인 언덕 위 수많은 장교들 가운데 서있다(Now of the older war-days, the defeat at Brooklyn, / Washington stands inside the lines, he stands on the intrench'd hills amid a crowd of officers)"(LG 429)라며 역사적 장소로서 브루클린을 부각시킨다. 이렇듯 시인의 상상력에서 브루클린의 경관, 지형은 추억과 역사를 담은 장소로 형상화되면서 고유한 장소성을 현시하고 있다. 시인의 브루클린에 대한 긴밀한 애착, 친밀감은 장소와 장소경험의 주체인 사람의 상호성을 통해 만들어지는 고유한 특성인 장소의 정체성을 역설한 렐프의 견해와 일맥상통한다. "한 장소에 뿌리를 내린다는 것은 세상을 내다보는 안전지대를 가지는 것이며, 사물의 질서 속에서 자신의 입장을 확고하게 파악하는 것이며, 특정한 어딘가에 의미 있는 정신적이고 심리적인 애착을 가지는 것이다"(Relph 38).

『풀잎』에서 브루클린에 대한 '정신적이고 심리적인 애착'은 휘트먼의 대표 시 「브루클린 도선장을 건너며」에서 두드러지게 나타난다. 여기서 시인은 다른 장소, 거리, 시간에 있더라도 결코 브루클린과 그

---

1) 이하 『풀잎 Leaves of Grass』의 시 인용은 LG로 약칭하고 괄호 안에 면수만 표시함.

시민들로부터 분리되지 않으려 열망한다. 그래서 시인은 "시간도, 장소도—거리도 상관없다 (…중략…) 그대들이 강과 하늘을 바라보며 느끼는 것처럼 똑같이, 나도 그렇게 느꼈다, / 그대들 중 그 누구든 살아 있는 군중의 한 사람이듯, 나도 군중의 한 사람이었다(It avails not time, nor place—distance avail not (…중략…) Just as you feel when you look on the river and sky, so I felt, / Just as any of you is one of a living crowd, I was one of a crowd)"(*LG* 160)라고 주장한다. 이렇듯 그의 시와 산문에서 변함없이 브루클린에 대한 장소적 진정성을 역설하고 있기에 휘트먼은 "미국 최초의 대시인이자 브루클린 문학전통의 핵심"(Hughes 8)으로 평가받고 있다.

휘트먼이 저널리스트로서 활동했던 1840년대에 브루클린은 그에게 장소 고유의 아우라를 경험하게 해 주는 상징적 의미를 지닌 장소였다. 이 기간에 '건강한' 장소로서 브루클린은 시인이 쓴 여러 신문의 기사와 사설에서 핵심 모티브가 되고 있다. 중요한 점은 휘트먼이 브루클린을 뉴욕과 비교해 차별성이 부각되는 '건강한' 도시로 간주하고 있다는 사실이다. 이는 1846년 6월 「도시 정보: 브루클린의 건강 City Intelligence: Health of Brooklyn」이라는 사설에서도 뚜렷하게 나타난다. 여기서 휘트먼은 뉴욕을 당대 슬럼으로 악명 높았던 파이브 포인츠(Five Points)에 비유하면서 이와 대비되는 '건강한 장소'로서 브루클린을 역설한다.

대체로 우리는 브루클린이 사방팔방에서 두드러지게 건강한 장소로 인식되고 있다고 믿는다. 브루클린의 반도적(peninsular) 위치와 언덕이 많은 그 부지의 특성이 그것을 건강하게 만드는데 기여한다. 그래서 우리는 뉴욕의 파이브 포인츠 혹은 그 인접한 곳에 놓여 있는 지역과 일치되는 어떤 장소도 아직 가지고 있지 않다. 그 관점에서 보면 종종 그러하듯 우리는 단언컨대 질병이 생겨나는 어떤 불결한 얼룩도 가지고 있지 않다. (*Journalism* 1: 427)

파이브 포인츠는 당시 열악한 주거환경, 하수 시설의 부족, 질병의 창궐, 폭력, 매춘 등 도시화로 인한 심각한 환경오염과 사회문제가 만연해 있는 장소였다. 시인은 "질병"을 유발시키는 "불결한 얼룩"으로 표상되는 뉴욕과 대조적으로 "건강한"이란 단어를 연속으로 사용하면서 "두드러지게 건강한 장소"인 브루클린을 부각시키고 있다. 더욱이 휘트먼은 뉴욕을 "모든 기독교 국가들(Christendom) 중에서 가장 많이 범죄가 출몰하고 위험한 도시들 가운데 하나"(Reynolds 109 재인용)로 간주하고 있다. 이런 점에서 휘트먼에게 건강한 장소성을 표상하는 브루클린과 대비되는 뉴욕은 애착이나 친밀감이 스며들지 않는 도시, 곧 장소의 혼과 장소감이 상실된 세계로 인식된다. "휘트먼은 그의 시에서 결코 뉴욕이라는 단어를 사용하지 않았다"(82)라고 샤프(William Chapman Sharpe)가 주목한 것은 바로 이런 연유에서이다. 따라서 '건강한 장소'인 브루클린과 대비되는 '불결한 얼룩'으로 표상되는 뉴욕은 휘트먼에게 '강 건너편에 있는 고모라'로 다가온다.

'고모라'로서의 뉴욕은 파이브 포인츠처럼 휘트먼에게 오염과 병폐로 가득한 디스토피아적 세계를 연상시키고 있기에 그의 상상력에서 정서적 유대감을 느낄 수 있는 장소가 되지 못한다. 이것은 흥미롭게도 『풀잎』에서 뉴욕이라는 단어가 사용되지 않는다는 사실에서도 그 근거를 찾을 수 있다. 시인은 『풀잎』에서 뉴욕이라는 단어 대신 미국 원주민의 언어로 '구릉의 섬'을 의미하는 매나하타(Mannahatta)와 여기서 유래된 지명인 맨해튼을 선호했다. 예컨대, 그의 대표 시 「나 자신의 노래 Song of Myself」에서 휘트먼은 자신을 "월트 휘트먼, 하나의 우주, 맨해튼의 아들(Walt Whitman, a kosmos, of Manhattan the son)"(LG 52)로 간주한다. 또한 「포마녹에서 시작하며 Starting from Paumanok」라는 시에서도 휘트먼은 "나의 도시 매나하타의 거주자(dweller in Mannahatta my city)"(LG 15)라고 피력한다. 나아가 시인은 「매나하타 Mannahatta」라는 동일한 제목의 시를 1860년과 1888년에 걸쳐 두 번이나 발표했다. 이처럼 뉴욕은 『풀잎』에서 브루클린이나 맨해튼과 같이 '정신적이고 심리적인 애착'의 장소로 인식되지 않기 때문에 시적 상상력으로 승화되지 못하고 있다.


## 3. 브루클린 하이츠

진정한 장소감을 상실한 세계를 표상하는 뉴욕과 대조적으로 브루클린은 휘트먼에게 '장소감'과 '장소성'으로 동일시된다. "나 역시 살았다, 많은 언덕들이 있는 브루클린은 내 것이었다(I too lived, Brooklyn of ample hills was mine)"(*LG* 162)라는 시구에서 드러나듯 브루클린은 시인에게 뿌리로 인식되고 있는 장소, 곧 정신적인 고향이 되고 있다. 브루클린의 경관, 지형 및 '과거 역사'에 대한 시인의 남다른 애착은 1861년 10월『브루클린 데일리 이글』에 발표한「오래된 브루클린의 랜드마크가 사라지고 있다 An Old Brooklyn Landmark Going」라는 사설에서 더욱 구체적으로 드러난다.

우리가 묘사하는 그 부지의 과거 역사에서 흥미로운 한 가지 좋은 것은 오랜 기간 그것의 로컬리티와 자연환경과 연결된다는 것이다 (…중략…) 브루클린의 랜드마크는 빠르게, 빠르게, 희미해지고 사라진다. 19세기 초기의 남자들은 거의 모두 떠나버렸고 그리고 여자들도 그렇다. 오래된 나무들이 모두 베어지고 있다. 오래된 건물들이 잇따라서 사라지고 있다. 심지어 오래된 묘지들도 파헤쳐져서 그들의 **뼈**와 관이 드러나 있다. 그리고 이미 그들을 알았던 장소들도 더 이상 그들을 알지 못한다. ("Old Brooklyn" n.p.)

"브루클린의 랜드마크는 빠르게, 빠르게, 희미해지고 사라진다"라는 구절에서 알 수 있듯 근대 도시 경관을 지배한 자본주의는 기능성과 효율성을 위해 역사와 장소성을 무시하는 개발 전략을 진행해 오고 있다. "오래된 나무들", "오래된 건물들", "오래된 묘지들"은 브루클린의 랜드마크이자 시민들 모두에게 의미로 가득한 장소를 구성하는 필수요소들이다. 그래서 시인은 당대 산업화로 인한 무분별한 개발로 역사적 흔적을 지닌 브루클린의 랜드마크를 무차별적으로 파괴하는 것은 로컬리티의 역사를 지워버리는 것이라고 역설한다. 이렇게 "로컬리티와 자연환경"이 파괴됨으로써 "과거 역사"의 흔적을 지우는 것은 곧 장소의 혼과 장소감의 상실이라는 사실을 시인은 예리하게 통찰하고 있다.

휘트먼이 장소의 역사와 관련해 특히 애착을 보여 주는 지역이 브루클린 하이츠(Brooklyn Heights)라는 사실은 주목할 필요가 있다. 바로 이곳에서 일어났던 미국 독립전쟁(American Revolutionary War)은 시인에게 시적 상상력을 자극하게 하는 고유한 정체성을 지닌 장소로 각인되고 있다. 「백세인의 이야기」는 의미 있는 장소인 브루클린 하이츠를 시적 상상력으로 승화한 작품이다. 이 시는 실제로 1776년 8월 27일에 조지 워싱턴과 그의 부하들이 영국군을 상대로 싸웠던 '브루클린 하이츠 전투'를 기억하며 쓴 시로 시집 『북소리 Drum-Taps』에 수록된 전체 시 가운데 미국 남북전쟁(Civil War)을 다루지 않은 유일한 작품이기도 하다. 「백세인의 이야기」의 두 번째 섹션에서 화자로 설정된 100세의 노병은 브루클린 하이츠의 경관과 지형을 그려 내며 85년 전에 일어났던 전투를 회상한다.

85년 전처럼 친구들의 찬사를 받는 어떤 퍼레이드도 없다,
하지만 내 스스로 참가했던 전투—그렇지, 오래 전에 나는 거기에 참가했지,
그때 이 언덕 꼭대기를 걸으면서, 이 땅과 동일한

그렇지, 이곳이 바로 그 땅이야,
나의 맹안은 내가 말하는 바로 그 순간에 무덤에서 되살아나며 그것을 본다,

세월이 차츰 멀어져 가며, 보도와 대저택들이 사라진다,
조야한 요새들이 다시 나타나고, 오래된 고리 모양의 총들이 쌓여 있다,
나는 강에서 만까지 뻗어 있는 높은 대지의 전선을 본다.
나는 강의 풍경을 표시한다, 나는 고지대와 경사지를 표시한다.
여기서 우리는 야영을 했었다, 그것은 또한 이맘때 여름이었다.

As eighty-five years a-gone no mere parade receiv'd with applause of
    friends,
But a battle which I took part in myself—aye, long ago as it is, I took part
    in it,
Walking then this hilltop, this same ground.

Aye, this is the ground,
My blind eyes even as I speak behold it re-peopled from graves,
The years recede, pavements and stately houses disappear,
Rude forts appear again, the old hoop'd guns are mounted,
I see the lines of rais'd earth stretching from river to bay,
I mark the vista of waters, I mark the uplands and slopes;
Here we lay encamp'd, it was this time in summer also. (*LG* 296)

노병은 남북전쟁이 한창 진행되고 있던 1862년에 참전을 앞둔 젊은
연방군 병사(Union soldier)와 함께 브루클린 하이츠를 방문하여 과거와
현재를 교차시키면서 장소에 대한 역사를 생생하게 전한다. 여기서
묘사되는 브루클린 하이츠의 "강", "만", "요새들", "고지대", "경사지"
등은 모두 브루클린의 고귀한 경관과 장소의 역사를 이루는 요소들이
다. 젊은 병사에게 "그렇지, 이곳이 바로 그 땅이야"라며 노병은 85년
전 워싱턴의 지휘 하에 영국군과 싸우다가 장렬하게 숨진 동료 군인
들과 쓰라린 패배의 기억을 떠올린다. "많은 젊은이들의 유혈이 낭자

한 부상 속에서 그날에 세례를 베푼다 / 죽음, 패배, 그리고 누이들과 어머니들의 눈물 속에서(Baptized that day in many a young man's bloody wounds, / In death, defeat, and sisters', mothers' tears)"(*LG* 299). 특정한 지역의 정체성은 역사적 배경, 인물, 성격, 환경 등으로 구성되기 때문에 브루클린 하이츠에서 일어났던 전투, 워싱턴 장군, 병사들, 패배, 학살, 죽음, 강의 풍경 등은 장소의 혼과 장소감을 고무시키는 원천이다. 이렇게 브루클린 하이츠는 휘트먼이 강조한 '오랜 기간 그것의 로컬리티와 자연환경'과 연결된 '과거 역사'를 함축하는 장소성, 즉 고유한 장소성의 현현으로 자리 잡고 있다.

휘트먼의 시적 영감의 원천이 되는 브루클린 하이츠의 '과거 역사'는 「잠자는 사람들」이라는 시에서 선명하게 묘사되고 있다.

오랜 전쟁 중의 이때, 브루클린에서의 패배,
워싱턴은 전선 안에 있다, 그는 참호로 파인 언덕 위 수많은 군인들 사이
　　에 서 있다.
그의 얼굴은 차갑고 축축하다, 그는 뚝뚝 떨어지는 눈물을 억제할 수 없다,
그는 계속해서 잔을 눈앞으로 들어 올린다, 그의 뺨에서 색조가 퇴조한다,
그는 그들 부모에게서 위임받은 남부 용사들의 대학살을 본다.

마침내, 마침내 평화가 선언되었을 때에도 똑같이,
그는 낡은 선술집의 방에 서 있다, 사랑하는 병사들이 모두 지나쳐 간다.

Now of the older war-days, the defeat at Brooklyn,
Washington stands inside the lines, he stands on the intrench'd hills amid
　　a crowd of officers,
His face is cold and damp, he cannot repress the weeping drops,
He lifts the glass perpetually to his eyes, the color is blanch'd from his
　　cheeks,

He sees the slaughter of the southern braves confided to him by their
   parents.

The same at last and at last when peace is declared,
He stands in the room of the old tavern, the well-belov'd soldiers all pass
   through. (*LG* 429)

아버지의 모습으로 형상화되고 있는 워싱턴은 전투에서 발생한 대
규모 인명손실에 대해 한탄한다. 전쟁이 끝났을 때에도 "사랑하는 병
사들"은 그의 기억 속에 생생히 살아 있다. 하지만 예언적인 의미에서
워싱턴이 한탄하고 있는 것은 "사랑하는 병사들"의 상실일 뿐만 아니
라 "잠재적인 미국 통합의 상실"(Tang 145)을 암시하고 있다. 그리하여
「백세인의 이야기」의 마지막 섹션에서 노병은 이러한 '과거 역사'가
망각되지 않기를 열망한다.

충분하다—백세인의 이야기는 끝났다,
과거와 현재, 두 가지가 서로 교차하고 있다,
연결자이자 미래의 멋진 샹송 가수로서 나는 스스로 지금 말한다.

그리고 워싱턴이 걸어갔던 땅이 여기인가?
그리고 내가 무관심하게 매일 건너던 이 강이 바로 그가 건너갔던 강인가?
가장 자랑스러운 승리에 취한 다른 장군들처럼 패배에도 단호한가?

나는 그 이야기를 옮겨 적어야 한다. 그리고 그것을 동쪽으로 서쪽으로
   보낸다,
나는 그 모습을 간직한다, 브루클린의 강이여, 그것이 그대를 비치고 있
   기에.

Enough—the Centenarian's story ends

The two, the past and present, have interchanged,

I myself, as connecter, as chansonnier of a great future,

am now speaking.


And is this the ground Washington trod?

And these waters I listlessly daily cross, are these the waters

he cross'd,

As resolute in defeat, as other generals in their proudest triumphs?


I must copy the story, and send it eastward and westward,

I must preserve that look as it beam'd on you rivers of Brooklyn.

(*LG* 299)


이 대목에서 알 수 있듯 휘트먼에게 브루클린 하이츠의 '과거 역사'는 로컬리티의 역사가 되고 있다. 말하자면 브루클린 하이츠의 '과거 역사'는 단순히 향수를 불러일으키는 것이 아니라 현재를 비판적으로 각성하고 새롭게 구성하는 것을 의미한다. 그럼으로써 그곳에서 사람들은 타자와 나, 과거와 현재의 시·공간적인 교감을 얻게 됨으로써 보다 나은 미래를 설계할 수 있는 것이다. 휘트먼이 노병의 이야기를 통해 전달하고자 한 것은 바로 이것이다. 따라서 "그것이 그대를 비치고 있기에, 브루클린의 강이여, 나는 그 모습을 간직한다"라는 말은 브루클린 하이츠의 '과거 역사'를 상기함으로써 보다 의미 있는 장소로서 브루클린의 현재와 미래에 대한 시인의 비전이라 할 수 있다. 이렇게 「잠자는 사람들」에서 처음으로 재현된 동일한 배경, 장소, 역사, 인물, 환경 등이 「백세인의 이야기」에서 더욱 확장되어 나타나고 있다. 이런 점에서 구체적인 장소 브루클린 하이츠를 통해 '과거 역사'를 환기시키고 있는 「백세인의 이야기」는 브루클린의 고유한 장소성에 대한 휘트먼의 비전을 명백히 보여 주고 있다.

## 4. 포트 그린 파크

브루클린 하이츠와 같이 휘트먼의 작품에는 뉴욕과 구별되는 역사, 경관, 지형 등을 묘사한 브루클린의 여러 지역들이 지닌 고유한 특성이 두드러지게 부각되고 있다. 특히 브루클린 하이츠 맞은편에 위치해 있는 포트 그린(Fort Greene)이라 불리는 고지대의 '공유지(public grounds)'는 휘트먼이 강조한 '건강한 장소'를 표상하는 지역이라는 점에서 주목할 필요가 있다. 휘트먼은 포트 그린이 휴식과 오락의 장소이자 브루클린의 지속가능한 성장을 촉진시키는 '허파', 즉 공원으로 기능해야 한다고 강조했다. 이는 1846년 6월 『브루클린 데일리 이글』에 발표한 「도시 정보: 브루클린 '허파'-워싱턴 파크 City Intelligence: Brooklyn 'Lungs'-Washington Park」에서 뚜렷하게 나타난다.

> 공공 공원으로 예정되어 있는 포트 그린 부지를 홍보하려는 현재의 노력이 실패한다면, 즉 이를 반대하는 것처럼 보이는 사소한 이의들과 질투들 때문에 실패한다면, 머지않아 우리는 브루클린 시민들의 현재와 미래의 건강과 오락을 위해 세우려는 웅장하고 가치 있는 편의 시설을 설립하지 못하게 될 것이다 (…중략…) 그곳의 주민들은 매우 부유하지도 않고 또한 브루클린 하이츠의 주민들만큼 좋은 상황에 놓여 있지도 않다. 어쨌든 그들을 보는 사건의 진실은 우리에게 단호하게 멋진 고양된 부지, 즉 워싱턴 파크라는 제의된 장소의 보호에 찬성하는 신념을 가지도록 강요하는 깃처럼 보인다. (*Journalism* 1: 414)

시인은 포트 그린이라는 "멋진 고양된 부지"는 일반 대중들, 즉 '브루클린 시민들의 현재와 미래의 건강과 오락'을 위한 '허파'로 기능해야 한다고 역설한다. 이 인용문에서 알 수 있듯 1846년부터 1848년 그가 사임할 때까지 휘트먼이 편집자로 일했던 『브루클린 데일리 이글』에는 당시 워싱턴 파크로 불렸던 포트 그린 파크의 조성에 대한 필요성을 지적하는 사설이 끊임없이 나타난다. 무엇보다 포트 그린 파크로 대표되는 공공 공원이 '건강한' 브루클린의 성장에 촉매제가 된다는 휘트먼의 비전은 근대 공원의 효시로 평가되는 센트럴 파크를 조성한 당대의 조경가 옴스테드보다도 시기적으로 훨씬 앞서있다. 주지하듯 옴스테드가 동료 캘버트 보(Calvert Vaux)와 함께 설계했던 센트럴 파크의 그린스워드(Greensward) 계획안이 최초로 선정된 것은 1858년이 되어서였다.

포트 그린 파크는 대중들을 위한 '건강한 장소'로서 브루클린의 성장에 대한 시인의 통찰을 담고 있기에 특별히 중요성을 지니고 있다. 특히 자신을 "육체의 시인"(*LG* 49)으로 천명한 휘트먼에게 브루클린은 '살아 있는 유기체(living organism)'로서의 도시라는 개념에 가장 잘 부합한다. 시인은 브루클린이 직면한 문제점을 언급하는 과정에서 '건강에 좋은(sanative)', '몸에 좋은(wholesome)', '건강에 좋음(salubrity)', '건강함(healthfulness)' 등 건강한 인간의 육체를 연상시키는 단어를 두드러지게 강조함으로써 도시를 살아 있는 유기체로 간주하고 있다. 요컨대 '유기체로서의 도시'란 도시를 바라보는 시각에 대한 패러다임 전환을 의미하는 것으로 "기계로서의 도시(city as machine)라는 근대적 메타포"와는 대조적으로 "전체적으로 지속가능한 틀 속에서 균형, 상호의존성과 상호작용 등에 초점 등을 맞추는"(Landry 58) 것을 의미한다. 이러한 휘트먼의 시각은 19세기 당대 많은 시인들이 지니고 있던 이분법적 사유를 초월하고 있다. 이것은 초절주의(Transcendentalism)를 공통분모로 가졌던 소로우(Henry David Thoreau)의 언급에서 명백히 입증된다. 일평생 도시를 혐오했던 소로우는 "나는 도시를 싫어한다. 도시를 보면 볼수록 더 나빠진다. 나는 도시를 바라보는 내 눈이 부끄럽다"(111)라며 자연과 도시를 선과 악이라는 이분법으로 보았다. 자연과 도시에 대한 휘트먼의 탈이분법적 시각은 그의 대표 시집 『풀잎』에 수록된 초기 시 「찬란하고 고요한 태양을 내게 다오 Give Me the Splendid Silent Sun」에 집약되어 있다. 여기서 시인은 "세상의 소음에서 멀리 떨어진 전원에서의 가정적인 생활을 내게 다오(Give me away aside from the noise of the world a rural domestic life)"라고 간청하면서도 동시에 "이처럼 끊임없이 구하면서도 나는 여전히 도시에 집착하고, 오늘도 내일도, 올해도 내년도, 오, 도시여 나는 너의 거리를 걸어 다닌다(While yet incessantly asking still I adhere to my city, / Day upon day and year upon year O city, walking your street)"(*LG* 312~313)라고 천명한다.

휘트먼은 당대의 산업화와 도시계획의 여파로 발생한 무분별한 파괴를 개탄하며 브루클린이 자연과 조화를 이루는 도시가 되기를 염원한다. 그래서 시인은 개발을 위해 주변의 나무들이 무분별하게 훼손되지 않아야 함을 끊임없이 강조하며 "브루클린의 아름다움은 나무들에 있다"(*Journalism* 1: 400)라고 피력한다. 더욱이 「도시 정보: 브루클린 나무들 City Intelligence: Brooklyn Trees」이라는 사설을 통해 시인은 나무를 의인화하면서 도시개발을 위해 멋진 "느릅나무들"이 "학살되고" 있다는 사실을 예리하게 포착한다.

하지만 몇 년 전에 풀턴(Fulton)가의 맞은편에 한 줄로 죽 늘어서 있는 아주 멋진 큰 느릅나무들이 제임스 비 클라크의 유서 깊은 땅에서 클린튼(Clinton)가에 이르기까지 있었다. 아직도 한 두 그루는 목사 야코버스의 교회 앞에 서 있다. 하지만 나머지 모두는 학살되었다. 어쩌면 그것은 브루클린에 새로 오거나 새로운 것을 구매한 사람들에게 사랑과 슬픔과 관련하여 그러한 것을 고려해야 한다는 것을 요구하는 것 같다 (…중략…) 우리는 오랜 기간 때때로 20인치의 공간을 얻기 위해 훌륭한 나무들을 베어버리는 이런 관행을 지켜보아 왔다! 과거와 미래의 이름으로 우리는 그것에 항의한다! (*Journalism* 1: 464)

휘트먼은 개발이라는 미명하에 한때 "풀턴가에서 클린튼가"에까지 무성하게 줄지어 있던 느릅나무가 무차별적으로 "학살되는" 것을 "사랑과 슬픔"과 관련하여 고려해야 한다고 주장한다. 느릅나무들과 교감하는 시인의 애착, 친밀감 그리고 정서적 유대는 바로 '장소감'과 '장소성'이라 할 수 있다. 더욱이 "과거와 미래라는 이름으로 우리는 그것에 항의한다"라는 구절은 브루클린의 지속가능성을 무시한 난개발(maldevelopment)의 폐해를 인식하고 있는 시인의 통찰이다. 이처럼 휘트먼은 생태학적 상상력을 발현시켜 브루클린을 살아 있는 유기체로 인식하고 있다.

도시를 생태학적 시각으로 바라봄으로써 브루클린이 '고모라' 뉴욕으로 변질되지 않고 '건강한 장소'로 성장하기를 휘트먼은 열망한다. 중요한 점은 '건강한 장소'로서 브루클린의 구현에 대한 최고의 처방은 다름 아닌 공공 공원의 조성이라고 시인이 통찰하고 있다는 사실이다. 20대 초반이던 1842년 『뉴욕 오로라』의 저널리스트로 활동하던 때부터 휘트먼은 공공 공원의 필요성을 변함없이 주장했다. "우리의 시 정부가 더 많은 공원—더 많은 열린 장소를 가지게 되면 우리는 더 기쁘게 생각할 것이다"(*Journalism* 1: 76). 이런 휘트먼의 염원은 『브루클린 데일리 이글』의 편집자로 활동했던 1846년 3월에 발표한 「우리는 브루클린에 공공 공원을 결코 가질 수 없는가? Are We Never to Have Any Public Parks in Brooklyn?」라는 사설에서도 살펴볼 수 있다.

> 깨끗해지고, 분류되고, 나무들이 심어져 있으며 그 가장자리에서 훌륭한 산책을 할 수 있는 그곳[브루클린 하이츠]은 그때까지도 세계에서 가장 아름다운 공유지 가운데 하나가 될 것이다. 엄청나게 더 넓게 그리고 더 멀리 볼 수 있는 경관이 있기에 그곳은 유명한 뉴욕 배터리(New York Battery)를 능가할 것이다. 말하자면 그곳은 진부한 도시에서 탈피한 고양된 장소가 될 것이다. 그리고 장대한 전망, 해변의 공기와 시골로의 짧은 여행의 모든 장점을 제공할 것이다. (*Journalism* 1: 299)

휘트먼은 마치 도시 계획가처럼 브루클린 하이츠가 가장 아름다운 "공유지"가 될 것이며 또한 "뉴욕 배터리"를 능가할 것이라 기대한다. 브루클린 하이츠가 조만간 "진부한 도시에서 탈피한 고양된 장소가 될 것이다"라고 언급함으로써 시인은 그 부지가 다른 장소와 차별적인 특성을 지닌 장소로 보고 있다. 이것은 브루클린 하이츠에서 진정한 장소 정체성을 경험할 수 있다는 것으로 고유한 장소성에 대한 시인의 통찰을 명백히 입증하는 것이다. 그래서 시인은 '건강한 장소' 브루클린의 구현을 위해 브루클린 하이츠의 맞은편에 위치한 포트 그린이라 명명된 '또 다른 공유지'도 대중들을 위한 공원으로 변모되어야 한다고 강조한다. 나아가 『브루클린 데일리 이글』에서 사임하던 해인 1848년 초순까지 '건강한 장소'로서 브루클린을 가능하게 하는 핵심은 바로 '공유지'에 공원을 조성하는 것이라고 휘트먼은 끊임없이 주장한다. 이는 1846년 6월에 발표한 「워싱턴 파크 Washington Park」라는 사설에서 명백히 드러난다.

> 물론 명료한 눈을 지닌 어떤 사람도 완전히 탁 트인 공원들, 넓은 거리들, 큰 지면들 등 도시에 있는 풍부한 공지(open grounds)의 엄청나게 건강에 좋은(sanative) 영향을 부인할 수 없다. 전염병과 풍토병이라 불리는 광범위한 종류의 질병들은 공기의 자유로운 흐름에 의해 모두 개선되어진다 (아마 많은 경우는 예방될 것이다). 그리고 덜커덕거리는 소리를 냈던 빌딩과 건물들이 사라짐으로써 검소함(그것에 대한 그릇된 탐욕)이 대도시에 가득 차게 된다. (*Journalism* 1: 431)

"건강에 좋은", "개선되다", "예방되다" 등의 단어를 사용함으로써 시인은 도시와 신체 건강의 밀접한 상관성을 강조한다. 마치 환자를 진단하는 의사처럼 시인은 병든 도시를 진단하고 "건강한" 도시의 구현을 위한 최고의 처방은 바로 공원이라 주장한다. 이것은 도시를 '살아 움직이는 유기체'로 보는 시인의 예리한 통찰을 드러내는 것이다.

도시를 하나의 생태계로 봄으로써 균형, 상호 의존성, 상호작용 등에 초점을 맞추는 유기체적 메타포는 '기계로서의 도시'라는 근대적 메타포와 대조를 이룬다. 다시 말해 "유기체적 메타포는 진단, 처방, 치유의 관점에서 도시를 바라보는 방법을 시사한다"(Landry 59)는 점에서 휘트먼의 도시 생태학적 상상력의 정수는 다름 아닌 공원이라 할 수 있다.

휘트먼은 『브루클린 데일리 이글』을 통해 브루클린의 지속가능한 성장을 위해 공공 공원의 필연성을 지속적으로 피력한다. 이는 포트 그린 파크의 조성에 대한 논의가 절정에 이르던 1847년 6월에 발표한 「포트 그린 파크 Fort Greene Park」라는 사설에서 명백히 드러난다.

현재와 미래의 세대를 위해 개방 공원으로 남겨진 포트 그린의 대중적이고 절실한 개선을 무산시키기 위한 수십 개 이상의 사소한 계획안이 소수의 사람들에 의해 유포되고 있다. 우리는 모든 시민들이 그들 스스로 그 사안에 대해 판단하라고 촉구한다. 즐거운 아침이나 저녁 그 유서 깊은 전쟁터의 정상에서 산책할 수 있는 남성, 여성, 어린이들의 삶이 거기에 있다 (…중략…) 그곳은 일반 대중들이 2시간 동안 깨끗한 공기를 맛보고 산책과 잔디 가운데서 즐기게 해 주는 비할 데 없는 장소를 제공할 것이다. (*Journalism* 2: 275)

시인은 "개방 공원으로 남겨 진 포트 그린"이 "일반 대중들"을 위해 휴식과 안락을 가져다주어야 한다고 주장으로써 공원이야말로 "건강한 장소"를 촉진시키는 정수로 기능하고 있음을 예리하게 간파한다. 특히 "현재와 미래의 세대를 위해"라는 구절이 암시하듯 지속가능한 도시의 성장에 촉매제가 되는 것은 '유서 깊은 전쟁터'로서 과거의 역사와 흔적을 담아내고 있는 공원이라고 휘트먼은 보고 있다. 이렇게 19세기 당대의 미국 작가들 중 포트 그린 파크의 조성에 휘트먼만큼 지대한 영향력을 끼친 인물은 없었다. 이런 점에서 사이먼(Donald

E. Simon)은 "만약 혼자 힘으로 공원을 위해 싸웠던 한 개인의 개입이 없었다면 포트 그린에서 공원에 대한 아이디어는 단지 꿈으로 남겨졌을 것"(115)이라며 포트 그린 파크의 조성을 선도했던 핵심인물은 바로 휘트먼이라 주장한다.

고유한 장소성을 대변하는 포트 그린 파크에 대한 시인의 무한한 관심과 애정은 그 공원이 워싱턴 파크(Washington Park)라는 이름으로 개장되고 나서 10년이 훨씬 지난 1858년 브루클린의 『데일리 타임즈 *Daily Times*』에 발표한 사설에서도 뚜렷이 나타난다. 흥미로운 점은 조경가나 도시 계획가를 상기시키듯 휘트먼이 '경관', '부지의 레이아웃', '나무들의 배열' 등에 주목하고 있다는 사실이다.

높은 지점에서부터 본 경관은 도시와 시골, 집, 선박, 증기선, 바다와 육지, 언덕과 공터를 망라하면서 먼 거리를 휩쓴다. 하지만 그 부지의 레이아웃에 있어서 충분한 비판이 없었다. 특히 나무들은 잘 선택되거나 잘 배치되지 않았다. 일부 장소에서 그 나무들은 방해가 되고, 크게 증식되고 있으며 또한 나무들의 배열에 있어 지나친 군사적 규제가 있다. 미국의 자생 수목들이 더 많이 선택되어져야 한다. (Holloway and Schwartz 141)

나무들의 적절한 배치와 더불어 더 많은 '미국의 자생 수목들'을 선택함으로써 워싱턴 파크가 다른 장소와 구별되는 더욱 미국적인 경관을 창출할 수 있다고 휘트먼은 예리하게 간파한다. 나아가 시인은 당시 미국 독립전쟁의 총안흉벽(battlement)이었던 포트 그린의 상업적 개발에 강하게 반대하며 그 장소가 과거의 흔적을 기억하는 공원이 되어야 한다고 주장한다. 특히 그는 '현재와 미래의 세대'를 위해 공원에서 '과거 역사'를 담아내는 기념비의 필요성을 제기했다. 다시 말해 미국 독립전쟁 중 영국군에 포로로 잡힌 약 12,000명의 미국인들이 이스트 강을 통해 브루클린의 월러바웃 만(Wallabout Bay)에 정박해 있

던 감옥선(prison ships)에서 순교했던 역사적 사건이 망각되어서는 안
된다는 것이다. 그래서 시인은 말년에 쓴 「월러바웃 순교자들 The
Wallabout Martyrs」이라는 시에서도 바로 이 장소의 역사를 기억하는
것이 "아킬레스나 율리시스에 대한 기억보다 더 위대하다(Greater than
memory of Achilles or Ulysses)"(LG 510)라고 강조한다.

휘트먼의 예언처럼 1897년에 워싱턴 파크는 포크 그린 파크라는
이름으로 개명되었다. 더욱이 포트 그린 파크의 랜드마크가 되고 있
는 45미터 높이의 도리아양식 기둥(Doric column)인 〈노예선 순교자 기
념비 Prison Ship Martyrs' Monument〉(사진)는 휘트먼의 사후인 1908년에
완공되었다.

오늘날 휘트먼의 시 「월러바웃 순교자들」에 기초를 둔 라이언스
(Gilda Lyons)의 "월러바웃 순교자들"이라는 동명의 노래가 정기적으로
포트 그린 파크에서 연주되고 있다. 나아가 '월트 휘트먼 프로젝트'의
예술 감독 트루피아노(Greg Trupiano)는 포트 그린 파크 일대를 둘러보
는 지역문화 프로그램인 '월트 휘트먼 워킹 투어'(Walt Whitman Walking
Tour)를 주관하고 있다(Trupiano n.p.). 이렇듯 휘트먼과 불가분적 관계
를 지닌 포트 그린 파크는 시인이 염원했던 "현재와 미래의 세대를
위한" 의미 있는 장소로 현재까지 브루클린의 고유한 장소성을 대변
하고 있다.

심진호, 〈노예선 순교자 기념비, 포트 그린 파크〉, 브루클린, 2014.

## 나가며

브루클린은 휘트먼이 자신의 뿌리로 인식하고 있는 정신적인 고향으로 그의 개인적인 삶의 체험이 가장 오랜 기간 용해되어 있는 장소였다. "나는 오래된 브루클린이었다"라는 그의 말은 휘트먼과 브루클린의 불가분적 관계를 집약하고 있다. 여러 시와 사설을 통해 휘트먼은 끊임없이 브루클린의 경관, 지형 및 '과거 역사'에 대해 남다른 애착을 보여줌으로써 브루클린에 대한 장소적 진정성을 역설하고 있다. 특히 시인이 되기 전 저널리스트로서 휘트먼은 1846년부터 『브루클린 데일리 이글』의 사설을 통해 브루클린과의 교감을 통한 강렬한 정서적 유대감을 지속적으로 보여 주고 있다. 「도시 정보: 브루클린의 건강」이라는 사설은 그 대표적 예이다. 여기서 시인은 브루클린과 뉴욕을 각각 '건강한 장소'와 '불결한 얼룩'에 비유함으로써 장소의 혼과 장소감이 상실된 세계인 "고모라" 뉴욕과 구별되는 브루클린의 차별성을 부각시키고 있다. 「오래된 브루클린의 랜드마크가 사라지고 있다」라는 사설에서도 브루클린의 랜드마크인 '오래된 나무들'과 '오래된 건물들'이 '로컬리티와 자연환경'과 연계된 '과거 역사'라는 사실을 강조한다. 그럼으로써 개발이라는 미명하에 이런 '과거 역사'를 망각하고 무분별하게 파괴하는 것은 장소의 혼과 장소감의 상실을 의미한다고 역설한다.

'현재와 미래의 세대'에게 브루클린의 고유한 장소성을 상기시키고자 했던 휘트먼의 염원은 그의 대표 시집 『풀잎』을 통해 뚜렷이 부각되고 있다. 『풀잎』에 두드러진 브루클린의 역사, 인물, 지형 및 경관은 「브루클린 도선장을 건너며」를 비롯하여 「백세인의 이야기」, 「잠자는 사람들」 그리고 「월러바웃 순교자들」을 통해 의미 있는 장소로 승화되고 있다. 특히 「백세인의 이야기」에서 휘트먼은 미국 독립전쟁의 역사를 브루클린 하이츠에 연결시킴으로써 이곳을 자신에게 특별하고 숭고한 경험을 가능하게 한 의미 있는 장소로 형상화한다. 이 시에서 중심 모티브인 브루클린 하이츠 전투와 이 장소에 대한 역사는 「잠자는 사람들」과 「월러바웃 순교자들」에서도 끊임없이 강조되고 있다. 로컬리티의 역사를 기억하는 것이 "아킬레스나 율리시스에 대한 기억보다 더 위대하다"라는 시인의 주장에서 드러나듯 브루클린의 장소성이야말로 휘트먼의 시적 상상력의 정수가 된다.

　나아가 브루클린 최초의 공공 공원인 포트 그린 파크는 그 장소만이 지닌 정체성을 대변하는 지역으로 휘트먼과 떼려야 뗄 수 없는 불가분적 관계를 지닌다. 포트 그린 파크에 대한 휘트먼의 무한한 애정과 친밀성은 『브루클린 데일리 이글』을 관통하는 키워드가 되고 있다. 『브루클린 데일리 이글』의 편집자로 있었던 1846년부터 본격적으로 시작된 포트 그린 파크에 대한 시인의 통찰은 「도시 정보: 브루클린 '허파'-워싱턴 파크」, 「우리는 브루클린에 공공 공원을 결코 가질 수 없는가?」, 「워싱턴 파크」 및 「포트 그린 파크」 등의 사설에서 꾸준히 나타난다. 더욱이 『브루클린 데일리 이글』에서 사임하고 10년이 훨씬 지나서도 『데일리 타임즈』를 통해 포트 그린 파크의 장소성에 대해 보다 건설적인 견해를 피력한다. 포크 그린 파크에 대한 휘트먼의 시대를 앞선 비전은 미국 최초의 도시 공원으로 평가받고 있는 센트럴 파크의 조성이 논의되기 시작하던 해인 1857년보다 시기적으로 훨씬 앞서 있다는 점에서 더욱 중요한 의미를 지닌다. 따라서 당대의 조경가였던 옴스테드에 대해 "옴스테드는 유명 인사였소 (…중략…) 하지만 나는 그가 많이 알고 있다고는 생각하지 않소"(Traubel 3: 528)라는 휘트먼의 비판은 이런 맥락에서 이해될 수 있다. 이것은 센트럴 파크가 포트 그린 파크과 비교해서 고유한 장소성을 구현하지 못한다는 휘트먼의 날카로운 시각을 시사하는 것이라 할 수 있다. 이렇듯 휘트먼이 시와 사설을 통해 끊임없이 중요성을 역설하고 있는 브루클린 하이츠와 포트 그린 파크는 '정신적이고 심리적인 애착'을 지닌 의미 있는 장소, 즉 브루클린의 고유한 장소성의 현현으로 자리 잡고 있다.

# 카메라의 시선으로 포착한 실제 전쟁

## 1. 나의 책과 전쟁은 하나이다

19세기 중엽 미국 본토에서 발생한 전쟁가운데 가장 큰 규모의 전쟁인 남북전쟁(Civil War)은 당대는 물론 21세기를 살아가고 있는 현대 미국 작가들에게 끊임없이 창작의 영감을 제공하고 있다. 남북전쟁은 당대의 많은 미국 작가들과 예술가들에게 직·간접적으로 지대한 영향력을 미쳤음은 물론 그들의 작품세계를 관통하는 주제가 되기도 한다. 특히, 19세기 당대의 작가들 중에서 남북전쟁을 몸소 체험한 휘트먼에게 있어 남북전쟁은 각별한 의미를 지닌다.

휘트먼은 일평생 자신의 작품세계에 미친 남북전쟁의 불가분적 영향력을 거듭 강조하고 있다. 그의 대표시집『풀잎』에 수록된『북소리 *Drum-Taps*』,『링컨 대통령을 추모하며 *Memories of President Lincoln*』등의 시집은 남북전쟁의 직접적인 체험에서 연유한 작품이다. 아울러 자서전『표본이 되는 날들 *Specimen Days*』에 통합되어 실린『전쟁 기간의 비망록 *Memoranda During the War*』에서도 휘트먼은 당대의 작가들에게는 쉽게 찾아 볼 수 없는 '실제 전쟁(the real war)'을 여과 없이 보여주고 있다. 1881년에 쓴「오랜 이유인 당신에게 To Thee Old Cause」라는 시에서 "나의 책과 전쟁은 하나이다(my book and the war is one)"(*LG*

5)는 휘트먼의 주장은 그의 작품과 남북전쟁의 불가분적 연관성을 극명하게 보여 주는 말이다. 남북전쟁이 휘트먼에게 끼친 심오한 영향력은 그의 만년에 이르기까지 지속되었는데, 그가 임종하기 몇 해 전인 1889년에 출판한 「걸어온 길에 대한 회상 A Backward Glance O'er Travel'd Roads」이라는 에세이에서 다시 한 번 드러난다. 여기서 그는 전쟁 부상자를 돌보며 보냈던 소중한 체험이 『풀잎』의 초석이 되었음을 역설한다. "나는 버지니아의 전쟁터에 갔다(1862년 말에) (…중략…) 그곳에서 보낸 3년 혹은 4년 동안의 체험이 없었다면 『풀잎』은 지금 존재하지 않았을 것이다"(LG 570).

이처럼 남북전쟁은 휘트먼의 작품세계에 불가분적 영향력을 미치고 있는데, 중요한 점은 당대의 작가들에게는 쉽게 찾아볼 수 없는 직접적인 체험에서 연유하고 있다는 사실이다. 제임스 콕스(James M. Cox)에 따르면, 19세기의 위대한 미국 작가들 가운데 미국 남북전쟁에 직접적으로 참가한 작가는 단지 두 명, 즉 월트 휘트먼과 마크 트웨인(Mark Twain)에 불과하며 또 다른 작가로는 허먼 멜빌(Herman Melville)이 있으나 그의 남북전쟁 참여는 직접적인 것이 아니라 간접적이라고 주장한다(186). 실제로 휘트먼은 「푸른 온타리오 해변에서 By Blue Ontario's Shore」라는 시에서 "전쟁에서 그[시인]는 전쟁의 최고 지지자이다(In war he is the best backer of the war)"(LG 347)라고 말하며 스스로를 '전쟁 시인'에 비유한다. 이런 점에서 휘트먼은 영·미 문학사에서 대표적인 전쟁 시인들로 간주되고 있는 서순(Siegfried Sassoon), 브룩(Rupert Brooke), 오웬(Wilfred Owen) 등 제1차 세계 대전에 참전한 시인들에 앞서 가장 선구적인 '전쟁 시인'으로 정의될 수 있다.

무엇보다 휘트먼은 '전투의 진짜 분위기'를 시각적으로 환기시키는 글을 쓰려고 했는데, 그것은 마치 그에게 '전쟁의 거친 폭풍'을 리얼리티로 충만한 사진적 이미지로 형상화하는 것과 같았다. 그는 친구이자 자신의 전기 작가인 트로벨(Horace Traubel)에게 전장에서의 경험은 언어적 재현(verbal representation)으로는 포착하기 힘들며 사진가가 "전쟁의 거친 폭풍을 사진 찍으려 하는 것과 같다"라고 주장한다. "전장에서의 나의 경험은 작가들이 전투의 진짜 분위기를 거의 포착하지 못하는 것처럼 내게 보인다 (…중략…) 그것은 전쟁의 거친 폭풍을 사진 찍으려 하는 것과 같다"(Traubel 2: 53). 나아가 신세계 미국은 "리얼리티와 과학의 시(poems of the realities and science)를 필요로 한다"(LG 568)라는 언급을 통해 19세기에 탄생한 '근대 과학기술의 산물'이자 '리얼리즘의 정수(eminence grise of Realism)'로 간주되는 사진(photography)에 부합되는 시가 필요하다는 점을 강조한다. 이런 사실은 그의 작품이 당대의 다른 작가들보다 전쟁의 진실을 시각적 이미지, 특히 리얼리티로 충만한 사진적 이미지로 가장 잘 보여 주고 있다는 명백한 근거가 된다.

이런 사실을 토대로 필자는 휘트먼이 당대의 작가들 가운데 예술과 과학의 접목을 구현시킨 사진이라는 매체에 지대한 영향을 받았으며, 남북전쟁의 이미지를 시각적(사진)으로 가장 잘 재현한 시인이라는 사실을 부각시키고자 한다. 아울러 남북전쟁 기간 휘트먼의 시와 산문에 두드러진 사진적 이미지를 동시대 사진가인 매슈 브래디(Mathew Brady, 1823~1896), 알렉산더 가드너(Alexander Gardner, 1821~1882) 그리고 제임스 깁슨(James Gibson)을 중심으로 남북전쟁을 형상화한 사진과의 상호 비교를 통해서 휘트먼의 언어에 내재된 사진적 리얼리티를 규명하고자 한다.


## 2. 책에 담을 수 없는 실제 전쟁

"실제 전쟁은 책에 담을 수 없다(The Real War Will Never Get in the Books)"(SD 80)[2]라는 휘트먼의 언급에서 단적으로 알 수 있듯 남북전

---

2) 이하 『표본이 되는 날들 Specimen Days』의 시 인용은 SD로 약칭하고 괄호 안에 면수만 표시할 것임.

쟁의 참상은 언어로는 재현해 낼 수 없는 시각적 이미지로 형상화되며 일평생 그의 마음속에 선명하게 각인되고 있다. 주목할 점은 휘트먼에게 형상화되고 있는 전쟁의 이미지는 회화적이라기보다 리얼리티로 충만한 사진적 이미지라는 사실이다. 이는 "대개 나는 유화보다 사진을 더 좋아한다―사진은 기계적일 수 있지만 그것은 정직하다(I find I often like the photographs better than the oils—they are perhaps mechanical, but they are honest)"(Traubel 1: 131)라는 그의 언급에서 여실히 드러난다. 이렇게 남북전쟁 시기에 쓰인 휘트먼의 작품에는 '기계적'이고 '정직한' 사진적 이미지가 두드러진다.

카메라맨 혹은 시각 예술가로서의 휘트먼의 행적을 살펴보면 휘트먼은 자신이 가장 좋아했고 찬사를 아끼지 않았던 가브리엘 해리슨(Gabriel Harrison)과 알렉산더 가드너(Alexander Gardner)를 비롯해 존 플럼(John Plumb), 매슈 브래디(Mathew Brady), 제임스 깁슨(James Gibson), 조지 콕스(George C. Cox) 등의 동시대 사진가들과 긴밀한 친교관계를 유지했다. 휘트먼은 "이른바 시는 그저 사진(그림)일 뿐이다(what we call poems being merely pictures)"(*LG* 103)와 "『풀잎』에서 모든 것이 문자 그대로 사진 찍혀진다(In these Leaves, everything is literally photographed)" (*Notebooks* 4: 1523)라고 언급하고, 곧 리얼리티(realities)의 구현은 "잘 찍혀진 사진들(the well-taken photographs)"(*LG* 78)처럼 사실적으로 제시되어야 한다는 점을 강조하고 있다. 더욱이 시인은 『북소리』에 수록된 시 「상처를 치료하는 자 The Wound-Dresser」를 통해 "나는 총맞은 기병의 목을 철저하게 검진한다(The neck of the cavalry-man with the bullet through and through I examine)"(*LG* 310)라고 말하며, 자신을 마치 외과 의사처럼 묘사하고 있다. 이것은 시인이 육안으로 포착하기 힘든 세부 사항을 카메라 렌즈를 통해 '철저하게(through and through)' 담아내려는 이른바 카메라맨의 시각적 태도를 견지한 것이다. '철저하게'라는 말이 단적으로 증명하듯 휘트먼은 육안으로 포착하기 힘든 즉, 사진이 지닌 정교한 디테일과 객관적인 사실성('기계적'이고 '정직한')을 카메라 렌즈를 통해 '철저하게' 관찰하고 이를 스스럼없이 자신의 작품에 적용해 투영시켰다.

　무엇보다 사진에서 연유한 휘트먼의 시각적 재현은 남북전쟁 시기에 쓴 시와 산문에서 두드러지게 나타나는데, 중요한 점은 '전투의 진짜 분위기'를 생생한 시각으로 담아내기 위해서는 문자보다 사진이라는 매체가 더욱 잘 부합된다는 사실을 간파하여 역설하고 있다는 사실이다.

> 전장에서의 나의 경험으로 인해 문인들이 전투의 진짜 분위기를 거의 포착하지 못하고 있음을 알았다. 전투의 진짜 분위기는 공격, 거대한 소음, 전장에서 후퇴한 어떤 군인─승리를 쟁취하는 것. 바로 그게 전부이다. 그것은 전쟁의 거친 폭풍을 사진 찍으려 하는 것과 같다. (Traubel 2: 53)

　이 인용문에서 드러나듯, 휘트먼은 문자 언어의 한계를 초월하여 '공격', '거대한 소음', '전장에서 후퇴한 어떤 군인' 등과 같은 '전쟁의 거친 폭풍'을 강렬한 사진적 리얼리티로 재현하고자 했다. 이처럼 남북전쟁의 직접적인 체험에서 비롯된 그의 작품에는 '전쟁의 거친 폭풍'을 시각적으로 생생히 묘사하고 있는 장면이 두드러진다. 예컨대 『북소리』에서 휘트먼은 '언어적 과잉(verbal superfluity)'을 제거함으로써 전쟁의 진실을 더욱 시각적으로 형상화한 시를 쓰겠다고 피력한다. 1865년 자신의 친구인 오코너(William D. O'Connor)에게 보낸 편지에서 "나는 『북소리』에서 모든 과잉, 즉 언어적 과잉을 제거할 때만 만족할 수 있었네. 나는 말이 아니라 내가 의도하는 필수불가결한 부분을 명백히 보여 주는 한편의 시를 쓸 수 있어서 기쁘네"(*Selected Letters* 109)라는 언급을 통해 휘트먼은 남북전쟁을 시각적으로 형상화하려는 열망을 여실히 보여 주고 있다. 나아가 『전쟁 기간의 비망록』에 수록된 「일주일 전에 벌어진 밤의 전투 A Night Battle, over a Week Since」라는 섹션에서도 휘트먼은 마치 종군 사진가처럼 자신이 직접 사진을 찍듯 "지옥 같은 전쟁터를 보고 있는(A Glimpse of War's Hell-Scenes)" 것과 같이 전투장면을 사실적 묘사로 담아내고 있다.

> 이 밤의 난투는 매우 흥미진진했고 헤아릴 수 없이 이상하고 무서운 사진 (그림)을 제공했다 (…중략…) 하지만 격렬한 전투가 있었고, 많은 훌륭한 군인들이 속수무책으로 쓰러져갔고, 계속 그들을 새롭게 메워 나갔고, 매 순간 소총의 덜거덕 소리와 대포의 굉음, (거기에 대포가 서로 경쟁하 듯 불을 뿜었고) 푸르고 이슬을 머금은 서늘한 잔디위로 붉은 선혈이 머 리, 몸통, 사지에서 흘러내렸다. 곳곳에 나무들이 불붙었고 몇몇 움직일 수 없는 부상병들이 불길에 휩싸이고—시체들을 태우면서 아주 큰 공간 이 휩쓸려나갔다—어떤 군인들은 머리와 수염이 불길에 검게 그을렸고 —또 다른 어떤 군인들은 얼굴과 손에 화상을 입었고—다른 군인들은 그 들의 옷에 불이 붙어 구멍이 났다. (MD 16)[3]

"이 밤의 난투는 매우 흥미진진했고 헤아릴 수 없이 이상하고 무서 운 그림을 제공했다"라는 구절에서 알 수 있듯, 휘트먼은 우리에게 리얼리티로 충만한 사진적 이미지를 강하게 환기시키고 있다. 이와 관련해 펠드만(Mark B. Feldman)은 "휘트먼이 『전쟁 기간의 비망록』에 서 자주 사진적이고 이미지즘적인 용어로 전쟁을 논하고 있다"(19)라 고 지적한다. 그리고 미한(Sean Ross Meehan)도 이와 유사하게 "휘트먼 이 이미지와 말로 그의 자서전-그림의 충실한 형태를 제공하기 위해 사진 매체를 채택하고 있다"(275)는 사실을 강조하고 있다. 여기서 주 목할 점은 『전쟁 기간의 비망록』에는 사진이 수록되어 있지 않았음에 도 불구하고 미한이 이 작품을 다름 아닌 이미지와 글로 이루어진 "자서전-그림"(autobiography-pictures)으로 간주하고 있다는 사실이다.

---

3) 이하 『전쟁 기간의 비망록 Memoranda During the War』의 인용은 MD로 약칭하고 괄호 안에 면수만 표시할 것임.

펠드만과 미한의 이런 주장은 "나는 아직 글로 재현되지 못하는, 내 안에서 분명히 확정된 수백 개의 리얼리티를 느낀다(I feel a hundred realities, clearly determined in me, that words are not yet formed to represent)"(*American Primer* 21)라는 휘트먼의 언급과 정확히 부합된다.

실제로 휘트먼은 전쟁기간 동안 대부분의 시간을 병원에서 전쟁 부상병들을 간호하며 보냈기에 자신의 작품에서 묘사하고자 했던 '전투의 진짜 분위기'를 재현하기 위한 방편으로, 동시대 사진가들의 사진을 채택했다. 이와 관련해 폴섬(Ed Folsom)은 "브래디, 가드너 그리고 남북전쟁의 다른 사진가들(사진의 테크놀로지는 전쟁의 즉각적인 여파, 즉 전투 그 자체보다는 부풀어 오른 시체들과 사지가 절단된 부상병들을 포착하는데 가장 적합하였다)에게 이끌리어 휘트먼은 전쟁의 가장 덜 매력적인 측면, 즉 간과된 디테일에 무한한 관심을 기울이는 글쓰기를 시작했다"(*Native* 120)라는 언급을 통해 전쟁기간 동안 브래디와 가드너 등 휘트먼의 동시대 사진가들과 그들의 사진 이미지가 시인에게 미친 중요성을 강조하고 있다.

이렇듯 휘트먼은 동시대 사진가들의 사진을 자신의 텍스트 속으로 통합시킴으로써 언어적 재현의 한계를 극복함은 물론 암시적으로 이미지와 단어가 결합된 새로운 글쓰기를 제시하게 된다. 따라서 실제 사진의 부재에도 불구하고 휘트먼은 마치 텍스트에 사진이 결합된 새로운 글쓰기의 폭발성을 스스로 명백히 인식하고 있음을 알 수 있다. 이와 관련해 영국의 예술비평가인 존 버거(John Berger)는 『말하기의 다른 방법 *Another Way of Telling*』이라는 에세이를 통해 사진과 글의 결합으로 '아주 강력한' 힘을 파생시킬 수 있음을 역설한다.

사진과 글의 관계를 보면 사진은 해석을 요구하고, 글은 그것을 제공한다. 사진은 증거로선 반박할 수 없이 강력하지만 의미가 약하기 때문에 글의 도움을 빌리게 된다. 본질적으로 일반화의 차원에 머물러 있는 글은 반박하기 어려운 사진의 생생함 덕분에 구체적 신빙성을 얻는다. 이 둘이

합쳐지면 아주 강력한 힘을 발휘한다. (Berger 92)

여기서 중요한 점은 휘트먼이 브래디, 가드너 등과 같은 동시대의 사진가들의 사진에서 영감을 받아 그들의 사진을 자신의 텍스트에 통합시킴으로써 언어적 재현의 한계를 뛰어넘어 리얼리티로 충만한 '아주 강력한' 이미지를 재현해 낼 수 있었다는 사실이다.

## 3. 휘트먼과 남북전쟁 사진

주지하다시피 남북전쟁에 종군한 사진가들 중에서 남북전쟁을 사진 기록으로 담는 일을 수행한 최초의 인물은 브래디로 간주되고 있다. 버몬트 뉴홀(Beaumont Newhall)은 『사진의 역사 *The History of Photography*』에서 "브래디의 사진사들은 그들의 테크닉으로 포착할 수 있는 전쟁의 모든 측면을 카메라에 담아냈다. 전쟁터, 폐허, 장교들, 사람들, 대포들, 시체들, 선박들과 열차들이 그것이다. 전쟁이 끝났을 때 7000장이 넘는 음화(negatives)가 있었다"(89)라는 언급을 통해 남북전쟁에서 브래디와 그가 고용했던 가드너, 깁슨 등과 같은 사진가들의 중요성을 강조한다.

무엇보다 휘트먼에게 지대한 영향을 미쳤던 브래디와 가드너 같은 동시대 사진가들의 전쟁사진과 연관하여 휘트먼의 작품을 관통하는 압도적인 이미지는 '시체'와 '잔해'로 표상되는 '죽음'이라고 할 수 있다. 실제로 1862년 10월 브래디는 뉴욕에 있는 자신의 갤러리에서 『앤티텀의 사망자 *The Dead of Antietam*』라는 타이틀로 가드너와 다른 종군 사진가들의 저작 사진을 전시했다. 최초로 대중들에게 전쟁터에서 대량으로 학살된 남부 연합군들(Confederate)의 시체를 보여 준 앤티텀의 사진들은 때로는 낭만과 영광으로 다가왔던 전쟁의 환상을 일소했을 뿐만 아니라 전쟁의 여파(aftermath)를 사실적으로 제시하였다는 점에서 그 의의가 크다고 할 수 있다. 무엇보다 『앤티텀의 전사자들』의 짓이겨지고, 부풀어 오르고, 사후 경직에 의해 뻣뻣해진 시체를 담아 낸 이미지는 이전에는 결코 볼 수 없었던 전쟁의 진실을 담고 있기에 대중들에게 더욱 충격으로 다가왔다. 가드너가 포착한 〈앤티텀 전투 에서의 전사자들 Killed at the Battle of Antietam〉(Lee and Young 39)은 이런 사실을 집약하고 있다. 이렇게 『앤티텀의 전사자들』이 지닌 '소름끼 치는 명확성'이 가져온 충격과 공포는 당대의 어떤 매체로도 표현하 기 어려웠던 '리얼리즘의 정수'로서 사진이 지닌 강력한 힘을 명시하 는 것이다. 『뉴욕타임즈 New York Times』는 1862년 10월 20일자 사설에 서 이 사진들이 충격적이고 섬뜩하지만 동시에 매력적으로 다가왔었 음을 강조한다.

알렉산더 가드너, 〈앤티텀 전투에서의 전사자들〉, 1862, 워싱턴 국회도서관 소장.

브래디가 죽은 자들의 몸을 현관 앞과 길가까지 직접 가져온 것은 아닐지라도, 그는 이와 매우 비슷한 일을 한 셈이다. 이 사진들은 소름끼칠 만큼 명확하다. 확대경을 이용하면 살육된 사람들의 모습을 구별할 수 있을 정도이다 (…중략…) 참호를 가득 메울 준비를 한 채 누워있는 듯한 이 육체들 속에서 자신의 남편, 아들, 혹은 형제를 찾으려 했다면, 우리는 이 전시관에 들어가려 하지 않았을 것이다. ("Brady's Photographs" n.p.)

남북전쟁 시기에 쓴 휘트먼의 시와 산문은 브래디와 가드너의 사진에서 보이는 소름끼치는 죽음의 이미지를 사진적 리얼리티로 두드러지게 보여 주고 있다. 특히, 야전병원에서 부상병을 간호했던 휘트먼의 직접적인 체험에서 기인한 『북소리』에는 치열한 전투의 여파로 인한 부상병들의 고통과 죽음을 매우 사실적으로 형상화하고 있는 시가 많다. 요컨대 처참한 부상병들로 넘쳐나는 병원은 휘트먼에게 '비극의 정수'이자 '하나의 거대한 중심 병원'으로 미국을 상징하는 것처럼 보인다. 이것은 『표본이 되는 날들』에서 "비극의 정수는 그런 군병원들에 집중되었다—때때로 대지, 즉 남과 북의 전체 관심은 하나의 거대한 중심 병원이었던 것처럼 보인다"(SD 81)라는 휘트먼의 언급에서 단적으로 알 수 있다. 이와 관련해 펠드먼은 "휘트먼이 자원 봉사를 했던 여러 병원들은 중심 주제이며 전쟁에 관한 그의 산문작품에서 명백히 가장 중요하다"(Feldman 9)라고 역설한다. 『북소리』에 수록된 시 중에서 「상처를 치료하는 자 The Wound-Dresser」는 부상병들의 피로 물든, 처참한 병원 풍경을 시각적으로 가장 탁월하게 포착하고 있는 시로 볼 수 있다.

붕대, 물 그리고 스펀지를 들고,
나는 지체 없이 나의 부상병에게 간다,
전투가 끝난 뒤에 부상병들이 땅 바닥에 누워 있는 곳에,
너무나 귀중한 그들의 피가 대지의 풀을 붉게 물들인 곳에,

혹은 늘어선 병원 천막에, 혹은 지붕이 있는 병원 아래,
간이침대의 긴 열을 오르락내리락하며 양측으로 돌아다닌다,
각자 모두에게 차례로 다가간다, 한명도 빠지지 않고,
한 수행 간호사가 수술쟁반을 든 채 뒤따르고, 그는 폐기물통을 들고 있다,
이내 엉긴 헝겊과 피로 가득 차게 되는, 폐기물통을 비우면 다시 가득
찬다.

Bearing the bandages, water and sponge,
Straight and swift to my wounded I go,
Where they lie on the ground after the battle brought in,
Where their priceless blood reddens the grass the ground,
Or to the rows of the hospital tent, or under the roof'd hospital,
To the long rows of cots up and down each side I return,
To each and all one after another I draw near, not one do I miss,
An attendant follows holding a tray, he carries a refuse pail,
Soon to be fill'd with clotted rags and blood, emptied, and fill'd again. (*LG*
310)

노인이 시적 화자로 설정된 이 시를 통해 휘트먼은 스스로를 '미국
의 상처를 치료하는 자'로 부각시키고 있다. 시인은 넘쳐나는 부상병
들을 위해 급조된 야전병원의 '병원 천막'으로 '지체 없이' 다가가 상처
를 치료하는 외과의사와 수행 간호사들의 분주한 모습을 생생하게 묘
사한다. 여기서 주목할 점은 마치 카메라 렌즈를 통해 들여다보듯 '간
이침대', '수술쟁반', '폐기물통' 등의 세부 사항들까지 하나하나 놓치
지 않고 면밀히 담아내고 있다는 사실이다. 이런 점에서 이 대목은
제임스 깁슨(James Gibson)이 찍은 『새비지 스테이션의 야전병원 광경,
1862년 6월 29일 *A Field Hospital Scene at Savage's Station, June 29th 1862*』
(Katz 40)이라는 사진을 강하게 연상시킨다. 휘트먼이 「상처를 치료하

는 자」에서 묘사하고 있는 것처럼, 이 사진은 '늘어선 병원 천막'과 '지붕이 있는 병원 아래'에 '땅바닥에 누워있는' 무수한 부상병들의 모습을 디테일하게 보여 주고 있다. 특히 사진의 아래 부분에서 부상병을 치료하고 있는 군의관의 모습은 휘트먼이 묘사하고 있는 '상처를 치료하는 자'와 놀라울 정도로 일치한다. 이렇게 야전병원의 풍경은 『북소리』를 관통하는 가장 중요한 주제가 되고 있는데, 이는 1863년 휘트먼이 『뉴욕타임즈』에 기고한 글에서 여실히 드러난다.

> 워싱턴과 그 근처에 위치한 군병원, 요양 캠프 등은 때때로 50,000명이 넘는 부상자들을 수용하고 있다. 모든 유형의 부상들(그 부상들을 단순히 보는 것도 웬만큼 강인한 방문객조차 기절하게 만드는 것으로 알려진), 모든 종류의 병—장티푸스와 설사와 더불어 지도자처럼 최선두에 서있는, 긴 행렬과 같은—이 여기서 꾸준히 창궐하고 있다. 군병원! (…중략…) 이 병원들 몇 곳에서 나는 지난 2개월 동안 가장 어려운 경우에 처한 몇몇 환자들과 죽어가는 이들의 자양물과 위안을 제공하려고 거의 매일 사명을 띠고, 내가 원해서 방문하고 있다. (Lowenfels 85재인용)

"모든 유형의 부상들"은 "웬만큼 강인한 방문객들조차 기절하게 만든다"라는 구절에서 알 수 있듯 처참한 부상병들로 가득한 야전병원의 참상은 휘트먼에게 '전쟁의 거친 폭풍을 사진 찍는 것'과 같이 리얼리티로 충만한 사진적 이미지로 형상화되고 있다. 휘트먼은 「상처를 치료하는 자」에서 야전병원의 풍경과 더불어 부상병들에게 다가오는 '죽음'이라는 이미지를 카메라맨의 시선으로 예리하게 포착해 낸다.

제임스 깁슨, 〈새비지 스테이션의 야전병원 광경, 1862년 6월 29일〉, 1862,
워싱턴 국회도서관 소장.

쉬지 않고 계속해서 나는 일을 한다, (시간의 문들을 열어라! 병원의 문들
    을 열어라!)
나는 으깨진 머리를 치료하고, (가련하고 제정신이 아닌 손은 붕대를 잡
    아채지도 못하네,)
나는 총맞은 기병의 목을 철저하게 검진한다, 쌕쌕거리며 내쉬는 숨소리,
    이미 너무 멍한 눈, 하지만 힘들게 투쟁하는 생명
(오라 달콤한 죽음이여! 오 아름다운 죽음이여 설득 당하여라! 자비롭게
    빨리 오너라.)

On, on I go, (open doors of time! open hospital doors!)
The crush'd head I dress (poor crazed hand tear not the bandage away),
The neck of the cavalry-man with the bullet through and through I examine,
Hard the breathing rattles, quite glazed already the eye, yet life struggles
    hard
(Come sweet death! be persuaded O beautiful death! In mercy come
    quickly). (*LG* 310)

"나는 총맞은 기병의 목을 철저하게 검진한다"는 말은 자신을 마치
환자를 치료하는 외과 의사로 묘사하고 있는 부분으로, 휘트먼이 카
메라맨의 시선을 견지해 부상병들을 꿰뚫어 보고 있다는 사실을 단적
으로 보여 주는 장면이다. 이런 점에서 "철저하게 검진한다"라는 말은
"화가는 주어진 대상으로부터 자연스러운 거리를 유지하는데 반해 카
메라맨은 작업할 때 주어진 대상의 조직에까지 깊숙이 침투한다(The
painter maintains in his work a natural distance from reality, the cameraman
penetrates deeply into its web.)"(49)라는 언급을 통해 화가와 카메라맨을
각각 마술사(magician)와 외과의사(surgeon)에 비유한 벤야민(Walter
Benjamin)의 주장을 강하게 환기시킨다.
「상처를 치료하는 자」에서 고통으로 신음하는 부상병을 지배하는

'죽음'의 이미지가 선명하게 드러나듯 『북소리』, 『전쟁 기간의 비망록』
과 같이 남북전쟁의 체험을 토대로 쓴 휘트먼의 시와 산문은 '죽음'이라
는 주제를 '철저하게' 사진적 리얼리티로 형상화한다. 1862년 벨서 브러
시(Velsor Brush)라는 가명으로 발표한 「도시 사진들 City Photographs」이
라는 에세이에도 부상병으로 가득한 병동(hospital wards)에서 포착한
'죽음의 표정'을 카메라맨의 시선으로 재현한다.

> 내가 최근에 그 병동, 특히 지금 병사들로 가득한 남쪽 빌딩이 있는 병
> 동을 거쳐 간 뒤에, 나는 그 후 많은 시간을 매우 색다른 광경을 지켜보
> 았다. 거기서 창백한 얼굴, 죽음의 표정, 호소하는 눈들이 바로 내 앞에
> 갑자기 꾸밈없고 기묘하게 다가왔다. 그들의 간이침대에서 아주 무력하
> 게 누워있는 더 악화된 경우들—겨우 일어설 수 있거나 그들의 의자에
> 서 허약하고 좌절된 채 앉아 있는 또 다른 병사들—나는 그들을 이렇게
> 보고 있다. 심지어 거리의 모든 흥겨움이나 유쾌한 저녁 파티를 통해서
> 도. ("City Photographs" 29)

'창백한 얼굴들(pale faces)', '표정(look)', '눈들(eyes)', '보고 있다(have
seen)' 등의 묘사는 '주어진 대상의 조직에까지 깊숙이 침투'함으로써
대상의 숨겨진 세부적 리얼리티까지 '철저하게' 포착하고자 했던 카
메라맨의 욕망을 언어로 승화시킨 것이라 할 수 있다. 이렇게 「도시
사진들」에는 휘트먼의 다른 작품처럼 실제 사진이 부재하지만, 그 제
목이 암시하듯 전쟁의 참상을 가장 뚜렷하게 보여 주는 피사체인 부
상병들의 '죽음의 표정'까지 마치 카메라 렌즈를 통해 '철저하게' 포착
하고 있는 장면이 두드러진다.

전쟁사진과 관련하여 주목할 점은 1862년 브래디의 갤러리에서 전
시된 최초의 죽음의 이미지를 담아낸 『앤티텀의 사망자』가 대중들에
게 충격이자 동시에 매혹적으로 다가왔다는 사실이다. 실제로 『앤티
텀의 사망자』를 현장에서 촬영했던 가드너는 휘트먼에게 가장 지대

한 영향을 미친 사진작가였다. 가드너를 향한 휘트먼의 무한한 애정과 존경은 가드너가 사망한지 6년이 지난 1888년에도 지속되었음을 트로벨은 강조한다. 휘트먼은 트로벨(Horace Trauble)에게 "가드너는 숙련공이 아니라 그의 기교 너머—자신의 카메라보다 더 멀리, 더 많은 것을 보았던 진짜 예술가"라고 가드너를 극찬한다.

가드너는 매우 훌륭한 동료이자 또한 절대적으로 나의 친구였다. 그는 항상 다정했다. 나는—항상—오늘날까지 그에게 공감한다. 여러분이 언젠가 한 사람을 사랑했다면 세월, 죽음, 단절은 크게 영향을 미치지 않는다. 가드너는 자신의 작품의 감촉을—내면의 감촉을, 내가 그것을 그렇게 말할 수 있다면—느낀 진짜 예술가였다. 그는 숙련공—한 사람의 숙련공(본질적으로 많은 부분 역시 누가 알겠나!)에 불과한—이 아니라 그의 기교 넘어—자신의 카메라보다 더 멀리, 더 많은 것을 보았던 사람이었다. 가드너의 사진은 그의 타고난 재능의 증거이다. (Folsom "Notes" 65)

"나는—항상—오늘날까지 그에게 공감한다"라는 휘트먼의 언급은 가드너와의 의식적 공감을 넘어 마치 자신의 예술적 분신(alter ego)으로 그와 함께하고 있음을 드러낸다. 무엇보다 가드너가 1886년에 발표한 『가드너의 남북전쟁 사진집 Gardner's Photographic Sketch Book of the Civil War』의 제94번 도판(Plate 94)인 〈합동 매장식, 콜드 하버, 버지니아, 1865년 4월 A Burial Party, Cold Harbor, VA, April, 1865〉은 휘트먼의 작품에 드러난 전쟁의 부산물인 '죽음'과 '잔해'의 이미지를 가장 극명하게 형상화한 작품으로 간주될 수 있다.

〈합동 매장식, 콜드 하버, 버지니아, 1865년 4월〉은 「라일락꽃이 앞뜰에 마지막으로 피었을 때 When Lilacs Last in the Door-yard Bloom'd」라는 시의 15번째 섹션에서 휘트먼이 보았던 '젊은이들의 하얀 해골들', '전쟁의 잔해들, 살해당한 모든 병사들의 잔해들'의 섬뜩한 이미지를 매우 사실적이고 강렬하게 재현하고 있다.

나는 희미하게 군대들을 보았다,

소리 없는 꿈속에서처럼 수백 개의 군기들을 보았다,

전쟁터의 포연 속으로 끌려 다니며 포탄에 갈기갈기 찢긴 그것들을 나는
　　보았다,

그리고 포연 속으로 이리저리 운반되며 찢기고 피 묻고,

그리고 최후에는 몇 가닥 조각들만 깃대에 남더니,

(그리고 모두가 침묵 속에서),

그리고 그 깃대마저 모두 산산이 부서지고 꺾였다.


나는 전쟁터의 시체들을, 수없이 많은 시체들을 보았다,

그리고 젊은이들의 하얀 해골들을 보았다,

나는 전쟁의 잔해들, 살해당한 모든 병사들의 잔해들을 보았다.


I saw askant the armies,

And I saw, as in noiseless dreams, hundreds of battle-flags,

Borne through the smoke of the battles, and pierc'd with missiles, I saw
　　them,

And carried hither and yon through the smoke, and torn and bloody,

And at last but a few shreds left on the staffs, (and all in silence,)

And the staffs all splinter'd and broken.


I saw battle-corpses, myriads of them,

And the white skeletons of young men, I saw them,

I saw the debris and debris of all the slain soldiers of the war. (*LG* 336)

존 리키(John Reekie), 〈합동 매장식, 콜드 하버, 버지니아, 1865년 4월〉,
Plate 94, 『가드너의 남북전쟁 사진집』

〈합동 매장식, 콜드 하버, 버지니아, 1865년 4월〉을 마치 언어로 그대로 형상화한 듯 보이는 이 대목은 상이한 두 매체인 시와 사진 사이의 유비적 연관성을 여실히 보여 주고 있다. 「라일락꽃이 앞뜰에 마지막으로 피었을 때」의 장면처럼 전쟁의 결과물인 '죽음'과 '잔해'라는 이미지는 휘트먼의 시와 산문에서 가장 두드러지게 리얼리티로 충만한 사진적 이미지로 형상화되고 있다. 휘트먼은 『전쟁 기간의 비망록』의 「백만 명의 죽음을 요약하다 The Million Dead, too, summ'd up」라는 섹션에서도 "저기, 후미진 곳에, 그들의 해골이, 탈색된 뼈가, 머리 다발이, 단추가, 옷 조각이 아직도 가끔 발견되고 있다(there, in secluded spots, their skeletons, bleach'd bones, tufts of hair, buttons, fragments of clothing, are occasionally found yet)"(MD 76)는 언급을 통해 반복해서 각각의 '잔해'를 카메라 렌즈를 통해 들여다보는 듯 하나하나씩 '철저하게' 담아내고 있다.

이렇듯 '살해당한 모든 병사들의 잔해들'로 대표되는 압도적인 '죽음'의 이미지는 일평생 휘트먼의 뇌리에서 떠나지 않고 그의 작품을 통해 리얼리티로 충만한 사진적 이미지로 선명하게 구현된다. 『북소리』에 수록된 「병사들의 유해 Ashes of Soldiers」라는 시는 그 대표적 예이다.

남군이나 북군의 유해들,
내가 생각에 잠겨 노래를 중얼거리며 추억에 잠겨 지난 일을 회상할 때,
전쟁은 다시 시작되어, 당신의 모습은 다시 나의 의식 속으로,
그리고 다시 군대는 진군한다.

(…중략…)

너무도 그리운 전우들이여, 모든 것이 끝나고 오래 전에 지나갔구나,
하지만 사랑은 끝나지 않고―그리고 어떤 사랑이, 오 전우들이요!

전쟁터에서 일어나는 향기는, 적들에게서도 일어난다.

그러므로 향기는 나의 노래다, 오 사랑이여, 불멸의 사랑이여,
모든 전사한 병사들에 대한 기억들에 잠기게 해다오.

Ashes of soldiers South or North,
As I muse retrospective murmuring a chant in thought,
The war resumes, again to my sense your shapes,
And again the advance of the armies.

(…중략…)

Dearest comrades! all is over and long gone,
But love is not over—and what love, O comrades!
Perfume from battle-fields rising, up from foetor arising.

Perfume therefore my chant, O love, immortal love!
Give me to bathe the memories of all dead soldiers. (*LG* 490~492)

휘트먼은 '병사들의 유해'가 마치 사진을 들여다보듯 여전히 그의
의식 속에서 생생한 기억으로 남아 있음을 역설한다. 아울러 1865년
특허국(Patent Office) 건물에서 열린 링컨 대통령의 취임을 축하하는
무도회에서도 시인은 바이올린의 감미로운 선율에 맞춰 춤을 추고 있
는 아름다운 부인들을 보면서 얼마 전까지 병원으로 사용되었던 이
건물에서 그가 목격한 '죽음'을 사실적 묘사로 형상화한다. 『전쟁 기
간의 비망록』의 「취임 축하 무도회 Inauguration Ball」라는 섹션에서 휘
트먼은 다음과 같이 회상한다.

특허국에서 취임 축하 무도회를 위한 춤을 지켜보면서 나는 만찬실에 있었다. 그런데 나는 얼마동안 내 시야에 떠오른 정말 다른 광경, 즉 2차 불런(Bull Run), 앤티텀(Antietam)과 프레데릭스버그(Fredericksburgh) 전투로 초래된 수많은, 가장 처참한 부상병들로 북적거리는 광경을 생각하지 않을 수 없었다. 오늘밤엔 아름다운 부인들, 향수, 바이올린의 감미로움, 폴카와 왈츠가 있지만, 그때는 절단수술, 창백한 얼굴, 신음소리, 죽어가는 병사의 멍한 눈, 엉긴 헝겊, 상처와 피의 악취 그리고 낯선 사람들 사이에서 많은 어머니들의 아들이 보살핌을 받지 못한 채 죽어가고 있었다. (MD 58)

휘트먼은 특허국이라는 동일한 공간에서 현재와 과거를 교차시킴으로써 전쟁의 참상을 더욱 선명하게 부각시키고 있다. 시인은 카메라맨이 현장에서 사진을 찍듯이 '새파래진 얼굴(blue face)', '죽어가는 병사의 멍한 눈(glassy eye of the dying)', '엉긴 헝겊(clotted rag)', '상처와 피의 악취(odor of wounds and blood)' 등의 다양한 피사체를 하나하나 '철저하게' 놓치지 않고 관찰한다. 이렇게 휘트먼은 카메라맨의 시각을 지니고 '주어진 대상의 조직에까지 깊숙이 침투'함으로써 육안으로 포착하기 힘든 피사체의 숨겨진 세부적 리얼리티까지 '철저하게' 자신의 시와 산문에 투영시키고 있다. 즉 "『풀잎』에서 모든 것이 문자 그대로 사진 찍혀진다"(Notebooks 4: 1523)라는 그의 언급에서처럼, 남북전쟁 시기에 쓰인 『북소리』, 『링컨 대통령을 추모하며』, 『전쟁 기간의 비망록』 등의 작품은 '문자 그대로 사진 찍혀지는' 이미지로 구현되고 있다. 이런 점에서 휘트먼의 시각은 화가의 시각을 뛰어 넘어 '주어진 대상의 조직에까지 깊숙이 침투하는' 카메라맨의 시각이라는 것을 확인할 수 있다. 따라서 『표본이 되는 날들』에서 "실제 전쟁은 책에 담을 수 없다"라는 휘트먼의 주장은 전쟁의 진실을 재현하는 데 있어서 문자라는 매체의 한계를 통찰한 것일 뿐만 아니라 그 진실의 기록에 대한 실증적 증거로서 사진이라는 매체의 필연성을 역설하고 있는 것이라 할 수 있다.

# 나가며

"나의 책과 전쟁은 하나이다"(*LG* 5)라는 그의 언급에서 명백히 드러나듯, 19세기의 미국 작가들 가운데 남북전쟁의 직접적 체험을 통해 '실제 전쟁'을 적나라하게 보여 준 작가로 휘트먼에 비견될 수 있는 인물은 없다. 휘트먼은 전쟁의 직접적 체험에서 기인한 대표적인 시와 산문인 『북소리』, 『링컨 대통령을 추모하며』 그리고 자서전 『표본이 되는 날들』에 통합된 『전쟁 기간의 비망록』 등의 작품을 통해 "전투의 진짜 분위기"를 두드러지게 보여 주고 있다. 중요한 점은 남북전쟁 시기에 쓰인 휘트먼의 작품은 동시대 작가들에게서 찾기 힘든, 마치 종군 사진가가 '전쟁의 거친 폭풍을 사진 찍는 것'과 같은 리얼리티로 충만한 사진적 이미지를 형상화하고 있다는 사실이다. "전장에서의 나의 경험은 작가들이 전투의 진짜 분위기를 거의 포착하지 못하는 것처럼 내게 보인다 (…중략…) 그것은 전쟁의 거친 폭풍을 사진 찍으려 하는 것과 같다"(Traubel 2: 53)라는 그의 언급에서도 알 수 있듯 『북소리』와 『전쟁 기간의 비망록』에 수록된 시와 산문에는 정교한 디테일과 객관적인 사실성을 기반으로 하는 사진적 이미지가 중심이 된다.

무엇보다 일평생 휘트먼은 당대의 작가들 중에서 사진이라는 매체에 지대한 관심을 표명했음은 물론 브래디와 가드너로 대표되는 동시대의 사진가들과의 긴밀한 교분을 통해 사진을 자신의 텍스트 속으로 통합하게 된다. 특히 휘트먼은 "신세계(미국)는 리얼리티와 과학의 시가 필요하다"(*LG* 568)라고 언급했는데, 여기서 그가 강조한 '리얼리티와 과학'의 산물은 다름 아닌 사진이라 할 수 있다. 실제로 『북소리』와 『전쟁 기간의 비망록』에는 마치 카메라 렌즈를 통해 들여다보는 것처럼 '리얼리티와 과학'의 이미지, 즉 사진적 리얼리티가 두드러진다. 예컨대 『전쟁 기간의 비망록』에서 "이 밤의 난투는 매우 흥미진진했고 헤아릴 수 없이 이상하고 무서운 사진(그림)을 제공했다"(*MD* 16)라고 언급하며 "전쟁의 거친 폭풍을 사진 찍는 것"처럼 강렬한 사진적 이미지를 보여 준다. 아울러 부상병들의 상처를 치료하는 외과의사와 수행 간호사들의 분주한 모습을 생생히 묘사하고 있는 「상처를 치료하는 자」에서도 휘트먼은 카메라맨 혹은 외과의사의 시각을 견지해 '간이침대', '수술쟁반', '폐기물통' 등의 세부 사항들까지 하나하나 놓치지 않고 면밀히 담아내고 있음은 주목할 만하다. 특히 육안으로 포착하기 힘든 "총맞은 기병의 목을 철저하게 검진한다"라는 휘트먼의 언급은 회화적 이미지와 구분되는 사진적 이미지의 정수로 보인다. 즉 휘트먼의 작품에 드러나는 사진적 이미지는 정교한 디테일과 객관적인 사실성을 드러내고 있음은 물론 외과의사의 시선처럼 육안으로 포착하기 힘든 피사체의 세부에 깊숙이 침투함으로써 회화적 시각성과 구분되는 사진적 시각성을 지향하고 있다.

'철저한 검진'을 지향하는 휘트먼의 시각은 화가의 시각이 아닌 카메라맨의 시선이라 할 수 있는데, 이것은 화가와 카메라맨을 각각 마술사와 외과의사에 비유한 벤야민(Walter Benjamin)의 주장과 부합되는 것이기도 하다. 이렇듯 남북전쟁 시기에 쓴 작품을 관통하는 중심 주제인 전쟁의 결과물, 즉 '시체'와 '잔해'로 표상되는 '죽음'의 이미지를 휘트먼은 강렬한 사진적 이미지로 형상화하고 있는데, 이것은 브래디와 가드너의 사진과 놀라울 만큼 부합되고 있다. 「상처를 치료하는 자」에서의 야전병원의 풍경, 「라일락꽃이 앞뜰에 마지막으로 피었을 때」와 『전쟁 기간의 비망록』에서의 '하얀 해골'과 '잔해'의 사실적인 이미지는 브래디와 가드너의 사진과의 상호매체적 관계를 여실히 보여 준다. 따라서 "위대한 시인은 세상을 향해 카메라의 역할을 수행하는 사람이다."(Rubin 382 재인용)라는 휘트먼의 말처럼, 남북전쟁 시기에 쓰인 휘트먼의 시와 산문은 사진이라는 매체와 불가분의 연관성을 지닌다고 할 수 있다.

# 프랑스 혁명과 장 프랑수아 밀레의
# 일하는 사람들


## 1. 휘트먼과 프랑스 혁명

1848년 2월 프랑스에서 일어난 혁명은 당시 『뉴올리언스 데일리 크레센트 *New Orleans Daily Crescent*』에서 리포터로 일했던 휘트먼에게 지대한 영향을 미치게 된다. 휘트먼은 노동자들이 주축이 되었던 2월 혁명의 이상이 프랑스에서만 국한되지 않고 전 세계로 파급되어 민주주의의 근간을 이루게 될 것이라고 보았다. 그리하여 1848년 4월 12일자 『뉴올리언스 데일리 크레센트』에서 휘트먼은 프랑스 혁명의 발발과 이 혁명을 주도한 시인이자 정치가인 라마르틴(Alphnse de Lamartin)에게 열렬한 찬사를 보내며 "전 문명화된 세계가 동요하고 있다"(Erkkila 9 재인용)라고 말한다. 그리고 시인은 프랑스 혁명에 직접적인 영감을 받아 쓴 라틴어 제목의 「부활 *Resurgemus*」이라는 시를 1850년 『뉴욕 트리뷴 *New York Tribune*』에 발표했다. 「부활」은 1855년 『풀잎』의 초판본이 발행되기 이전에 쓴 유일한 시라는 점에서 시인에게 프랑스 혁명이 지닌 의미를 단적으로 보여 주는 작품이라 할 수 있다.

전례 없이 노동자들이 주축이 된 프랑스 2월 혁명에 영향을 받아 당대의 많은 예술가들은 가난하고 비참한 노동자들의 모습을 그들 작품의 중요한 주제로 채택한다. 미국 작가들 중에서 휘트먼은 노동의 문제와 노동자들의 실상을 자신의 작품에서 전기에서 후기에 이르기까지 일관되게 구현했던 가장 대표적인 시인으로 보인다. 휘트먼은 이미 20대에 불과한 1844년에 『뉴욕 데모크랫 *New York Democrat*』이라는 신문에서 "노동은 진정한 부를 창출한다. 사람은 변화하는 가치를 지니고 있는 모든 것을 노동에 빚지고 있다. 노동은 야만인의 상태로부터 그를 끌어올리는 부적이다"(*Journalism* 1: 197)라는 견해를 피력한다. 아울러 1847년 『브루클린 데일리 이글 *Brooklyn Daily Eagle*』에 발표한 「미국의 일하는 사람들 대(對) 노예제도 American Workingmen, Versus Slavery」라는 사설에서도 "자유 미국의 일하는 사람들(workingmen)과 그들의 일은 흑인 노예의 수준으로 놓이지 않아야 한다"(*Journalism* 2: 318)고 주장한다.

이처럼 노동과 노동자를 대변하는 '일하는 사람들'에 대한 공감과 이들의 사회적 위상 제고를 위한 제언이 휘트먼의 작품에서 핵심 주제가 되고 있다. 「나는 미국이 노래하는 것을 듣는다 I hear America Singing」라는 초기 시에서 휘트먼은 '기계공', '목수', '석공', '선원', '농부' 등 다양한 직업의 '일하는 사람들'이 "각자 자기 자신의 노래를 부른다"(*LG*12)라며 이들이 곧 자신의 시적 상상력을 불러일으키는 원천이라는 사실을 공표한다. 「나 자신의 노래 Song of Myself」에서도 휘트먼은 "건물을 짓는 사람들, 배를 움직이는 사람들, 도끼와 망치를 다루는 사람들" 등 수많은 다양한 "일하는 사람들"에게 "매료된다"(I am enamour'd)(*LG* 41)라고 밝힌다. 중요한 점은 휘트먼이 『풀잎』을 통해 다양한 유형의 '일하는 사람들'의 모습을 사실적인 시각적 이미지로 형상화하고 있다는 사실이다. 이는 『풀잎』의 「서문 Preface」에서 "시각이 다른 부분에 대해 하는 바를 그[시인]는 나머지 사람들에게 한다(What the eyesight does to the rest he does to the rest)"(*LG* 715)와 같은 언급을 통해 '다른 감각들'을 압도하는 '시각'의 중요성을 강조한 휘트먼의 주장에서 그 근거를 찾을 수 있다. 시인은 「자발적인 나

Spontaneous Me」라는 시에서도 "이른바 시는 그저 그림(사진)일 뿐이다 (what we call poems being merely pictures)"(*LG* 103)라고 주장하며 자신의 시가 '그림'과 같다는 사실을 공표한다.

"모든 실제적인 것, 실제적인 것에만 속하는 궁극적인 탁월함"(*LG* 564)이라는 그의 말에서 단적으로 드러나듯 휘트먼이 시에서 재현하고자 했던 것은 리얼리스트들이 열망했던 리얼리티로 충만한 동시대성의 구현이라는 목표와 상응한다. 이는 「전람회의 노래 Song of the Exposition」에서 "현재와 실제를 칭송하기 위해(To exalt the present and the real)"(*LG* 202)라는 시구에서 다시 한 번 입증된다. 더욱이 휘트먼은 『풀잎』에서 리얼리티로 충만한 '현재와 실제'의 형상화를 통해 현실의 실상을 적나라하게 보여 주고자 했다. 그는 『풀잎』의 「서문」에서 "실제 사물의 정수가 그[시인]에게 들어간다"(*LG* 713)라는 언급을 통해 미국 시인은 전통적인 관습이나 편견에 의해 왜곡된 시각을 탈피하여 사실적이고 실증적인 균형을 견지하여 "탁월하고 새롭게 표현해야 한다"는 점을 역설한다.

『풀잎』에서 선명하게 드러나고 있는 '일하는 사람들'의 이미지는 '현재와 실제'를 여과 없이 형상화하고자 한 것으로, 이것은 쿠르베(Gustave Courbet)와 밀레(Jean-francois Millet)로 대표되는 프랑스 리얼리스트 화가들의 그림에서 부각되는 노동자들과 농민의 모습을 강하게 연상시킨다. "『풀잎』은 다른 형식으로 이루어진 진짜 밀레일 뿐이다. 그것은 월트 휘트먼이 말로 옮기는데 성공한 밀레이다"(*Prose Works* 1: 268)라는 휘트먼의 주장에서 여실히 드러나듯, 밀레의 그림은 "이른바 시는 그저 그림(사진)일 뿐"이라는 시인의 예술적 상상력의 원천이 되고 있다. 특히 휘트먼은 밀레의 〈만종 *The Angelus*〉을 포함하여 〈씨 뿌리는 사람 *The Sower*〉과 〈그녀의 소에게 물을 먹이는 농부, 저녁 *Peasant Watering Her Cow, Evening*〉 등의 그림에서 "어떤 것도 빌려오지 않고 그 자체의 진실에 항상 충실한"(Traubel 3: 89) 이미지, 곧 리얼리티로 충만한 '현재와 실제'의 이미지를 읽어 내고 있을 뿐만 아니라 프랑스 혁명의 이상이 암시되어 있음을 예리하게 간파한다. 휘트먼의 "그[밀레]의 모든 그림들은 내게 이전에 어떤 일이 일어났는지 그리고 무엇 때문에 위대한 프랑스 혁명이 필요했는지를 말해 주었다"(SD 182)는 언급이야말로 이에 대한 실증적 표명이 아닐 수 없다.

휘트먼에게 시적 상상력의 원천이 된 '일하는 사람들'에 현저하게 나타나는 '현재와 실제'의 이미지는 동시대 프랑스 리얼리스트 화가들의 회화적 주제로 자리 잡은 노동자 이미지와 긴밀한 유사성을 보여 주고 있다. 필자는 휘트먼의 시와 밀레의 그림에서 공유되고 있는 '일하는 사람들'의 리얼리즘적 재현이라는 친연성은 '위대한 프랑스 혁명'이라는 언급을 통해 혁명적 이상의 찬사를 표명한 휘트먼의 친프랑스적 태도(Francophilia)에서 연유한다는 사실에 주목한다. 나아가 휘트먼이 시각화한 '일하는 사람들'과 밀레 그림의 상호 비교·분석을 통해 시와 회화 사이의 긴밀한 상관성을 규명할 것이다. 그래서 '일하는 사람들'을 대변하는 밀레의 농부의 이미지에 투영된 프랑스 혁명의 이상을 휘트먼이 예리하게 읽어 내고 있음을 살펴볼 것이다.


## 2. 일하는 사람들의 시각화

1846년 『브루클린 데일리 이글 Brooklyn Daily Eagle』의 사설을 통해 "이 세상에서 기능을 발휘하기 위해 몸부림치는 노동자나 노동자 무리들의 대의보다 더욱 기꺼이 우리의 공감을 불러일으키는 것은 아무것도 없다"(Journalism 1: 303)라고 한 휘트먼의 언급은 노동자와 노동에 대한 그의 견해를 가장 집약적으로 보여 주는 것이라 할 수 있다. 휘트먼이 저널리스트로 활동했던 19세기 중엽의 미국은 산업 혁명의 부산물인 도시화, 산업화가 초래한 여러 모순들이 더욱 심화되었으며 이로 인해 전례 없이 노동의 문제가 부각되었다. 새로운 군중으로 등장한 노동자들은 더 이상 주변화되거나 간과될 수 없는 사회변혁의 핵심적 주체로 부상하였다. 더욱이 노동자들이 19세기 정치, 사회 영역에서뿐만 아니라 문학과 미술에서 근대 일상의 주제가 되었다는 점은 주목할 만하다.

당대의 예술가들은 1848년 프랑스 혁명이후 본격화된 노동의 문제를 구체적이고 사실적으로 재현하기 위해서 근대적 주장에 수반되는 예술 양식을 필요로 했는데, 그것은 바로 리얼리즘이었다. 발자크(Honore de Balzac), 졸라(Emile Zola), 플로베르(Gustave Flaubert)를 비롯하여 밀레, 쿠르베, 도미에(Honore Daumier) 등의 프랑스 리얼리스트 작가들과 화가들이 동시대성에 대한 요구를 실현하기 위해 그때까지 무시되어 왔던 현대적 경험의 영역을 그들 작품의 주제로 채택한다. 그들은 도시와 시골의 수많은 빈민들, 철도와 산업, 노동자와 무숙자들 등 이전에는 회피되었던 현대적 경험의 영역을 꾸밈없고 사실적으로 그들의 작품에 재현하기 시작한다. 요컨대 당대의 화가 토머스 쿠튀르(Thomas Couture)의 "동시대 화가들의 적합한 주제는 노동자들"(Nochlin 113 재인용)이라는 주장은 리얼리즘이 지향하는 목표를 집약적으로 정의한 것으로 보인다. 이는 "그 시대의 생활을 담은 이 같은 주제들 중에서 노동의 주제만큼 현대적 경험의 축소판으로 보이는 것은 없었으며, 프랑스는 물론 영국과 유럽 전역을 통해 노동의 주제만큼 19세기 중반에 구체적이고 절실하게 다루어진 것도 없었다"(111)는 노클린(Linda Nochlin)의 말에서 재확인되고 있다. 프랑스 리얼리스트들의 상상력을 지배했던 "일하는 사람들"에 드러나는 노동의 문제는 동시대의 미국 작가들에게도 지대한 영향을 미쳤는데, 휘트먼은 그 대표적인 시인이라 할 수 있다.

휘트먼은 시와 산문을 통해 전기에서 후기에 이르기까지 자신의 출신 배경에서 연유한 노동 계급의 사람들에 대한 기질적인 유사성과 더불어 이들에 대한 연민과 공감을 '현재와 실제(the present and the real)'의 이미지로 보여 주고 있다. 1855년에 출판된 『풀잎』 초판본의 「서문」에서부터 휘트먼은 미국의 "국민 시인은 사람들과 조응할 수 있어야 한다"(*LG* 713)라는 언급을 통해 대중과 불가분적 관계를 맺고 있는 시인의 역할에 대해 역설한다. 『풀잎』 초판본에서 특별히 흥미로운 점은 휘트먼이 당대의 사진작가인 가브리엘 해리슨(Gabriel Harrison)이 찍은 자신의 다게레오타입(daguerreotype) 사진을 이 시집의 권두 삽화(frontispiece)로 채택했다는 사실이다. 여기서 휘트먼은 작업복 바지, 속옷이 보이게 단추가 열린 셔츠, 머리 위로 젖혀진 모자 등의 옷차림을 한 노동자의 모습으로 형상화되고 있다. 이것은 『풀잎』을 통해 노동자의 이미지를 시각적으로 그려 내고자 했던 휘트먼의 열망을 상징적으로 보여 주는 것이라 할 수 있다. 다바키스(Melissa Dabakis)는 이와 관련해 "이 이미지가 시인의 엘리트주의 문학계에 대한 반역을 암시한다"라고 언급하면서, "휘트먼이 미래에 대해 통렬한 낙관주의를 지속적으로 전달하고 있는 노동자라는 하나의 도상학(iconography)을 창출했다"(17~18)라고 주장한다.

『풀잎』을 통해 휘트먼은 '일하는 사람들'로 대변되는 육체노동자들의 다양한 직업세계를 보여 주면서 이들이 미국의 초석이 된다는 점을 시각화하려고 열망한다. 그리하여 미국 시인은 "젊은 기계공과 모든 자유 아메리카의 남자 노동자들과 여자 노동자들과 같은 고귀한 인물들 (…중략…) 보편적인 열정과 친절함과 진취적 정신, 남성들과 함께하는 여성들의 완벽한 평등, 공장들과 상업 활동, 노동 축약의 기계들, 북부인들의 교류, 뉴욕의 소방관들과 표적 여행, 남부의 농장 생활, 동북부와 서북부, 남서부의 사람들" 등을 "탁월하고 새롭게 표현해야 한다"(*LG* 714)라고 휘트먼은 말한다. 이런 점에서 휘트먼은 "미국적 노동의 위대한 호머적인 시인(great Homeric poet of American labor)"(Thomas 74)에 비유되고 있다.

1847년 『브루클린 데일리 이글』에 발표한 「미국 노동자들 대(對) 노예제도 American Workingmen, Versus Slavery」라는 사설에서 휘트먼은 모든 다양한 유형의 '일하는 사람들'의 위상이 '흑인 노예의 수준'으로 격하되지 않도록 제고되어야 한다고 강조한다.

가브리엘 해리슨, 〈월트 휘트먼〉, 다게레오타입, 1855, 워싱턴 국회도서관 소장.

우리는 북부, 동부, 서부의 모든 기능공에게 청한다. 그의 소매를 걷어붙인 복수, 그의 모종삽을 든 석공, 건강한 가슴을 지닌 석수(stonecutter), 얼굴에 그을음이 묻은 대장장이, 그리고 우리 조선소에서 그의 쨍그랑거리는 타격으로 매우 즐거운 소리를 내게 하는, 햇볕에 그을린 주먹을 지

닌 조선 업자에게 청한다, 또한 제화공들, 운반인들, 운전사들, 포장 인부
들 짐꾼들, 장인들, 모피상들, 밧줄 제작자들, 백정들, 기계공들, 양철공
들, 모자 상인들, 4륜 마차와 캐비닛 제조업자들, 톱질꾼들과 모르타르
제조업자들에게도 청한다, 그들의 위대한 반향이 동서남북에서 자유 미
국의 일하는 사람들과 그들의 일은 흑인 노예의 수준으로 놓이지 않아야
한다고 한 목소리로 말해 주도록. (*Journalism* 2: 318)

이 인용문에서처럼 '목수'에서부터 '모르타르 제조업자'에 이르는
다양한 직업을 가진 '일하는 사람들'의 모습은 끊임없이 휘트먼에게
민주주의의 초석으로 각인되면서 그의 작품 속에서 핵심 주제가 되고
있다. 『풀잎』에 수록된 시 「나 자신의 노래 Song of Myself」에서도 휘트
먼은 자신이 "건물을 짓는 사람들, 배를 움직이는 사람들, 도끼와 망치
를 다루는 사람들"과 "말을 모든 사람들"에게 매료된다(*LG* 41)라는
언급을 통해 다양한 모습으로 형상화된 "일하는 사람들"이 다름 아닌
미국의 민주주의라는 하나의 틀 속에서 핵심이 된다는 점을 시사한다.
이런 관점에서 "휘트먼은 『풀잎』을 통해 '다양성 속의 하나'(E Pluribus
Unum)는 미국적 이상의 시적 씨앗(poetic seed of the American ideal)을 심으
려 열망했다"(240)는 한지희의 지적은 적절하다 할 수 있다.
휘트먼은 '일하는 사람들'의 모습을 자신의 시각경험을 통해 꾸밈
없고 사실적인 이미지로 형상화하고자 했다. 예컨대, "나는 당신과 평
등할 것이며, 당신은 나와 평등할 것이다"(*LG* 210)라고 말하며 자신과
노동자를 동일시하고 있는 「직업을 위한 노래 A Song for Occupations」
는 그 대표적 예이다.

만약 당신이 가게에서 일한다면 나는 동일한 가게에서 일하는 가장 가까
운 사람으로서 곁에 있겠다.

(…중략…)

부유하지 않는 사람들의 자손들, 남자아이들은 가게의 점원이 되고,
젊은 사람들은 농장에서 일하며 늙은 사람들도 농장에서 일한다,
선원들, 상인들, 무역업자들, 이민자들,
이 모든 사람들을 나는 본다, 그러나 더 가까이 더 멀리서 똑같이 이들을
　본다,
아무도 나를 피하지 않으리라, 그리고 아무도 나를 피하고 싶어 하지 않
　으리라.

If you stand at work in a shop I stand as nigh as the nighest in the same
　shop,

(…중략…)

Offspring of ignorant and poor, boys apprenticed to trades,
Young fellows working on farms and old fellows working on farms,
Sailor-men, merchant-men, coasters, immigrants,
All these I see, but nigher and farther the same I see,
None shall escape me and none shall wish to escape me. (*LG* 211~213)

'가까운 사랑으로 곁에' 있는 '일하는 사람들'에게는 남녀노소의 구
분이 없을 뿐만 아니라 도시와 농촌의 이분법적 대립관계가 존재하지
않는다. 휘트먼은 '농장'에서 일하는 젊은 사람들과 늙은 사람들뿐만
아니라 '도시'에서 일하는 '상인들'과 '무역업자들'을 나란히 병치시킴
으로써 다양한 유형의 '일하는 사람들'을 통합적으로 그려 내고 있다.
특히 여러 남녀노소 노동자들을 "나는 본다"라고 2번이나 강조한데서
알 수 있듯 휘트먼의 '일하는 사람들'은 '현재와 실제'의 이미지로 형
상화되고 있다.
　'일하는 사람들'의 시각화는 "이른바 시는 그저 그림일 뿐"(*LG* 103)

이라는 휘트먼의 예술론을 명백히 입증해 주는 것이라 할 수 있다. 이것은 『풀잎』에 대한 「서문」을 통해 구체적으로 드러나는데, 그는 '단 한 번의 응시로 사람에 대한 모든 탐구와 지상의 모든 도구와 서적과 추론들을 조롱'하면서 '다른 감각들'을 압도하는 '시각'의 중요성을 역설한다.

> 시각이 다른 부분에 대해 하는 바를 그[시인]는 나머지 사람들에게 한다. 누가 시각의 신비를 알겠는가? 다른 감각들은 각기 협력하지만 시각은 그 자체의 증거를 제외한 다른 모든 증거로부터 떨어져 있고, 정신세계의 정체성에 앞선다. 단 한 번의 응시로 사람에 대한 모든 탐구와 지상의 모든 도구와 서적과 추론들을 조롱한다. (*LG* 715)

오감 중에서 시인에게 '증거'에 기반을 둔 사실적이고 실증적인 상상력을 자극시키고 있는 것은 '정신세계의 정체성'에 앞서는 감각, 즉 '시각'인 것이다. 이렇게 『풀잎』에는 '사실'과 '실제'에 대한 '증거'로서 시각의 중요성이 전기에서 후기에 이르기까지 일관되게 나타나고 있다. 이는 "대개 나는 유화보다 사진을 더 좋아한다—사진은 기계적이지만 그것은 정직하다"(Traubel 1: 131)라며 '실제'에 대한 '증거'로 기능하는 사진을 그림보다 더욱 선호한다는 휘트먼의 주장에서 명백히 입증된다. 「전람회의 노래 Song of the Exposition」에서 휘트먼은 진정한 도전은 바로 "현재와 실제를 칭송하기 위한"(*LG* 202) 것이라 말하며 자신의 시를 마치 사진과 같은 사실적인 이미지로 표현하고자 했다. 사진을 연상시키는 '현재와 실제'의 시각화에 대한 휘트먼의 강조는 1889년에 출판한 「걸어온 길에 대한 회상 A Backward Glance O'er Travel'd Roads」이라는 에세이에도 선명하게 드러난다. 여기서 휘트먼은 "현대의 상상력에 대한 진정한 용도는 사실에 대한 궁극적인 선명화(vivification)를 제공하는 것"(*LG* 564)이라는 견해를 피력하며 '현재와 실제'를 담아내고 있는 사진처럼 선명한 이미지의 구현을 열망한다.

이것은 예술가들은 "그 시대에 있어야" 하며 또한 "그 시대 화가들의 적합한 주제는 노동자들"이라는 언명을 통해 동시대성의 구현을 지향했던 리얼리스트 화가들의 목표와 일치하는 것이다.

『풀잎』에 광범위하게 나타나고 있는 '일하는 사람들'의 시각적 형상화는 당대 프랑스 리얼리스트 화가들의 그림을 강하게 연상시킨다. 특히 휘트먼은 밀레의 사실적으로 재현된 농부의 이미지에서 프랑스 혁명의 이상이 함의되어 있다는 점을 예리하게 간파한다. 그리하여 휘트먼은 "그[밀레]의 모든 그림들은 내게 이전에 어떤 일이 일어났는지 그리고 무엇 때문에 위대한 프랑스 혁명이 필요했는지를 말해 주었다(To me all of them told the full story of what went before and necessitated the great French revolution.)"(SD 182)라며 밀레의 그림에 투영되어 있는 2월 혁명의 의미에 대해 역설한다. 이는 "밀레의 미학적 선언은 1848년 없이는 생각할 수 없다"(115)라며 밀레의 농부의 이미지에 함의된 2월 혁명의 중요성을 지적한 뵈메(Albert Boime)의 견해와 상통한다. 요컨대 '일하는 사람들'을 대변하는 농부의 이미지에 투영된 2월 혁명의 이상은 장르와 매체의 차이를 초월하여 휘트먼과 밀레를 하나로 묶어주는 연결고리가 되고 있다.

## 3. 1848년 프랑스 혁명과 밀레

휘트먼이 평생 견지했던 친 프랑스적 태도(Francophilia)는 그의 나이 5세가 되던 1824년 프랑스 라파예트 장군(General Lafayette)과의 만남과 첫 키스로 시작되었다. 버로스(John Burroughs)에 의하면, "1824년 라파예트 장군이 미국을 방문했을 때, 그는 공식적으로 브루클린 시내에서 퍼레이드를 벌였다. 학생들 대부분이 그 환영식에 참가한 것으로 밝혀졌다. 바로 그날 청년을 위한 무료 공공도서관 건설공사가 진행되고 있었다. 라파예트 장군은 퍼레이드 도중 이곳을 들러 기공식을 갖기로 되어 있었다. 수많은 학생들이 불규칙한 굴착공사로 땅이 파헤쳐진 현장에 도착했다. 공사장 근처는 거친 돌무더기로 가득했고 몇몇 신사들은 퍼레이드를 보려는 아이들을 들어 올려 안전지대로 보내는 것을 도왔다. 그들 중에는 라파예트 장군도 있었는데, 그는 당시 다섯 살이었던 월터 휘트먼을 잠시 동안 안아 가슴에 대고 키스를 했다. 그리고 공사장 안전한 곳에 내려다 주었다."(SD 15) 라파예트 장군과의 만남과 첫 키스는 미국독립혁명과 프랑스 혁명에서 미국과 프랑스의 공유되는 기원에 대해 그리고 동시에 형제애(fraternité)와 연대의식(solidarité)에 대해 휘트먼이 숙고했던 것을 환유적으로 구현하는 것이라 볼 수 있다(Erkkila 7). 『민주주의의 조망 *Democratic Vistas*』이라는 산문에서도 "미국의 유일한 깊고도 방대하고, 감정적이고, 진실한 친밀감은 대중 정부의 대의와 함께하며 특별히 프랑스에 있다"(DV 84)[4] 라는 언급을 통해 자신과 미국 그리고 프랑스의 불가분적 '연대의식'을 강조한다.

휘트먼과 밀레의 작품에서 공유되는 '일하는 사람들'의 주제와 기법의 혁명성은 1848년 2월 혁명으로 대표되는 프랑스 혁명과의 불가분적 연관성을 보여 주고 있다. 휘트먼의 작품에서 자주 드러나는 친 프랑스적 태도(Francophilia)는 자유와 평등의 가치를 명문화함으로써 민주주의의 초석을 다진 프랑스 혁명에 대한 찬사에서 연유하고 있다. 일례로 『풀잎』의 초판본이 발행되기 전 1850년에 쓴 「부활 Resurgemus」이라는 시는 프랑스 2월 혁명의 실패한 반란자들에 대한 헌사로 간주되고 있다. 주목할 사실은 휘트먼이 『풀잎』의 초판본에 이 시를 「유럽, 이 주들의 72번째와 73번째 해 Europe, the 72nd and 73rd Years of These States」라는 제목으로 수정하여 수록했다는 점이다. 제목의 수정을 통해 휘트먼은 "미국적이며 유럽적인 혁명의 연속성을 강조하고자 했다."(Erkkila 12)

---

4) 이하 『민주주의의 조망 *Democratic Vistas*』의 시 인용은 DV로 약칭하고 괄호 안에 면수만 표시할 것임.

여기서 그는 "오, 희망과 신념! / 오, 많은 생명들의 아픈 종말이며! / 오, 상처받은 많은 가슴이여! / 이날로 되돌아와서 그대 자신을 새롭게 하라 (…중략…) 살해당한 자의 무덤은 자유를 위해 일할 수는 없지만 / 자유를 위한 씨앗을 키우고 있다"(O hope and faith! / O aching close of lives! / O many a sickened heart! / Turn back unto this day, and make yourselves afresh (…중략…) Not a grave of the murder'd for freedom / but grows seed for freedom)(*LG* 267~268)라고 외치며 '자유'를 갈망한 2월 혁명의 '대의'를 항상 기억하고 계승하기를 열망한다. 아울러 「프랑스, 이 주들의 18번째 해 France, the 18th Year of these States」라는 시에서도 프랑스를 '자유'이자 '내 친구'로 간주하며 "대서양 바다 너머 경의를 표한다"라고 말한다.

오, 자유여! 오, 내 친구여!
여기에, 그들이 필요할 때 가져갈 수 있도록 남겨둔
칼날과 포도탄, 도끼 등이 있다.
여기에 역시 오랜 억압에도 불구하고 파멸될 수 없는 것이,
여기에 역시 살인적이며 무아경으로 일어날 수 있는 것이,
여기에 역시 복수의 지체를 요구하는 것이.

그리하여 나는 대서양 바다 너머 경의를 표한다.
그리고 나는 끔찍한 붉은 탄생과 세례를 부정하지 않는다.
그러나 소리 내어 울부짖던 그 작은 목소리를 기억하고, 완전한
믿음으로 기다린다. 얼마나 오래 걸리든 개의치 않고,
그리고 오늘부터 나는 물려받은 대의를 슬프고 설득력 있게 유지해 간다.
모든 대지가 그러했듯이,
그리고 나는 나의 사랑을 담아 이런 말들을 파리로 보낸다.

(…중략…)

나의 여인, 당신을 위해 언제나 노래할 것이오.

O Liberty! O mate for me!
Here too the blaze, the grape-shot and the axe, in reserve, to fetch them
out in case of need,
Here too, though long represt, can never be destroy'd,
Here too could rise at last, murdering and extatic,
Here too demanding full arrears of vengeance.

Hence I sign this salute over the sea,
Hence I sign this salute over the sea,
And I do not deny that terrible red birth and baptism,
But remember the little voice that I heard wailing-and wait with
perfect trust, no matter how long,
And from to-day, sad and cogent, I maintain the bequeath'd cause, as for
all lands,
And I send these words to Paris with my love.

(…중략…)

I will yet sing a song for you, MA FEMME. (*LG* 236)

"나의 여인, 당신을 위해 언제나 노래할 것이오"라는 말은 휘트먼과
프랑스 그리고 민주주의의 긴밀한 관계를 가장 집약적으로 보여 주는
언명이라 할 수 있다. 여기서 여성 배우자를 의미하는 프랑스어 '나의
여인(ma femme)'이라는 표현은 프랑스 혁명에 대한 시인의 무한한 애정
을 단적으로 보여 주는 것이다. 이와 관련해 얼킬라(Betsy Erkkila)는 휘트
먼의 시집 『캘러머스 *Calamus*』가 "동지애와 사랑에 대한 강조와 민주주

의와 연인을 상징하는 프랑스어 '나의 여인'의 도입을 통해 프랑스와 연관된다"(14)라고 지적하면서 '나의 여인'과 『캘러머스』의 연관성을 주장한다. 또한 「오, 프랑스의 별 O Star of France」라는 시에서는 혁명을 통해 민주주의의 초석을 마련한 프랑스를 "십자가에 못 박힌 별(star crucified)"이라는 표현으로 예수 그리스도에 비유한다. 시인은 "프랑스만이 아닌 구체, 내 영혼의 창백한 상징, 그 간절한 희망, 투쟁과 대담함, / 자유를 향한 신성한 분노"(Orb not of France alone, pale symbol of my soul, its dearest hopes, / The struggle and the daring, rage divine for liberty)(*LG* 396)라고 말하며 자신과 프랑스를 동일시하고 있다. 요컨대 휘트먼에게 '자유'를 향한 혁명의 주체가 된 프랑스인은 "최고의 민주주의자, 완벽한 사람"(Traubel 5: 385)으로 각인된다. 그리하여 그는 "알다시피 나는 프랑스인을 사랑하오. 그것을 절대 잊지 마시오"(Traubel 4: 427)라고 역설하며 절대적인 친불 성향(pro-French position)을 드러낸다.

휘트먼이 시각화한 '일하는 사람들'은 밀레로 대표되는 리얼리스트 화가들의 작품에 전례 없이 암시되어 있는 1848년 혁명의 '대의'를 강하게 표출하고 있다. 그리하여 『풀잎』에는 전통적으로 미화되거나 의도적으로 은폐된 '일하는 사람들' 이미지를 강렬한 리얼리티로 적나라하게 보여 주는 작품을 쉽게 찾을 수 있다. 노클린은 이와 관련해 19세기 예술의 역사에서 1848년 혁명 이후 처음으로 부르주아 계급이 아닌 노동 계급 사람들이 "리얼리스트 예술의 지배적인 이미지가 되었다"라고 그 중요성을 주장한다.

1848년 혁명의 결과로 등장한 '주름살진 대중(*sillon populaire*)'의 확산에 공감했던 사람들에게 있어서, 무산 계급의 생활을 당당하고 솔직하게 다룬 것은 그야말로 그 시대에 적절한 동시대적 테마였다. 그러나 쿠르베와 밀레늘 비롯하여 그늘과 어깨를 나란히 했던 사람늘의 작품에 있어서 결정적인 것은, 그들이 그 시대의 사회적인 문제를 제기하려고 의도했던 그렇지 않았든 간에 이전에는 역사화에만 국한되어 있던 이상화를 거부하고, 성실하고 진지하게 농부들을 그림으로써 19세기 중반의 사회적 역사의 맥락에서 한때 동시대적 관계를 내포하고 있었던 어떤 가치를 확고히 했다는 점이다. 1848년 혁명 이후로 노동자는 신화적 후광과 리얼리티의 구체성을 동시에 취하면서 리얼리스트 예술의 지배적인 이미지가 되었다. (Nochlin 113)

여기서 드러나듯 2월 혁명이래 밀레의 그림에서 적나라하게 재현된 그 시대의 리얼리티는 다름 아닌 19세기 중엽 농촌의 리얼리티라는 점은 주목할 만하다. 말하자면 19세기의 프랑스 노동자들은 실제로 농촌 거주자들이거나 혹은 도시 프롤레타리아일지라도 시골에서 갓 올라온 사람들이었다. 그리하여 "미술과 문학에 표현된 이미지에 있어서 시골 노동과 도시 노동은 확연하게 구별되어 있지 않았다"(Nochlin 114)라는 사실을 고려하면, 농부의 이미지는 19세기 문예사를 통해서 리얼리스트들에 의해 다루어진 가장 대표적인 주제였음은 주지의 사실이다.

당대의 프랑스 리얼리스트 화가들 중에서 휘트먼이 역설한 '현재와 실제'의 정수로서의 '일하는 사람들'의 이미지에 가장 잘 부합되는 화가는 단연 밀레라고 할 수 있다. 밀레는 휘트먼이 가장 좋아했던 화가이자 '이른바 시는 그저 그림일 뿐'이라는 예술관을 정립하게 한 예술적 분신(alter ego)이라 할 수 있다. 휘트먼의 "밀레는 나의 화가이다. 그는 내게 속한다. 나는 밀레의 온몸에 월트 휘트먼을 쓰고 있다(Millet is my painter: he belongs to me: I have written Walt Whitman all over him.)"(Traubel 1: 63)라는 언급은 그의 시세계에 미친 밀레의 심오한 영향력을 단적으로 보여 주는 것이다. 특히 "『풀잎』은 다른 형식으로 이루어진 진짜 밀레일 뿐이다. 그것은 월트 휘트먼이 말로 옮기는데 성공한 밀레이다"(Prose Works 1: 268)라는 시인의 언급은 시와 회화라는 장르를 초월하여 밀레와의 예술적 동질성을 가장 잘 대변해 주는 말로 볼 수 있다. 이와 관련해 당대의 비평가 엘리스(Havelock Ellis)는 밀레의 걸작 〈씨 뿌리는 사람 *The Sower*〉을 예로 들며 장르를 초월하여 밀레와 휘트먼의 긴밀한 예술적 유사성에 주목한다. "밀레의 작품에서 조야한 옷과 거친 나막신은 휘트먼의 기이하고 상스러운 말과 다양한 기술적 어법(phraseology)과 동일한 역할을 하고 있다"(107). 보한(Ruth L. Bohan) 역시 "주제적으로 밀레가 휘트먼의 민주적 감수성에 어필했다"(79)라고 주장한다. 나아가 멕스너(Laura Meixner)는 "화가이자 농부, 예술가이자 장인인 밀레는 휘트먼 자신의 노동자―시인으로서의 정체성에 대한 유럽 상대자(counterpart)로 기능한다"(39)라고 지적하며 휘트먼의 예술적 분신은 다름 아닌 밀레라고 본다.

밀레의 그림에서 재현된 거칠고 강한 농민상은 2월 혁명의 영향을 강하게 받음으로써 전통적인 상징주의나 그 밖의 신성화된 회화적 수단에서 탈피하여 육체노동의 영웅성, 존엄성, 근면성 등을 드러내고 있다. 실제로 1848년 이후 밀레의 작품은 이전까지 농촌을 주제한 대부분의 그림들, 즉 한가롭고 여유 있는 전원적, 시적인 분위기 속에서 농부들이 하나의 소도구로 등장하는 그림들과는 확연하게 구분된다. 영국의 미술비평가 존 버거(John Berger)는 밀레에게 새로운 영감을 자극한 것은 다름 아닌 '1848년 혁명'이라는 점을 간파한다.

무엇이 밀레를 자극하여 그러한 새로운 주제를 택하도록 만들었던 것일까? 그가 노르망디의 소농 집안 출신이며, 젊었을 때 농부생활을 했었기 때문에 소농 계급의 농부들에 대한 그림을 그렸다고 말하는 것으로 충분한 대답이 되지 못한다. 그의 작품에서 볼 수 있는 '성서에서 나온 듯한' 엄숙함이 그 자신이 가지고 있는 종교적인 믿음의 결과라고 가정하는 것도 마찬가지로 정확한 것이 되지 못한다 (…중략…) 1847년 이후 밀레의 그림에서 변화를 일으키도록 영감을 준 것은 1848년 혁명이었다. (Berger 78~79)

장 프랑수아 밀레, 〈씨 뿌리는 사람〉, 101.6×82.6cm, 1850, 보스턴 미술관 소장.

휘트먼이 밀레의 그림에서 포착한 것은 2월 혁명의 정신을 계승한 바로 이런 영웅적인 당당함을 지니고 있는 농민상이었다. 휘트먼은 밀레가 그린 그림이 대개 "평범한 주제"를 채택하고 있지만 "생생하고 강렬하며" 또한 그 색채감각은 "풍부하고, 철저하고, 단호하다(opulent, thorough, uncompromising)"(Traubel 3: 89)라고 피력함으로써 밀레가 농부의 이미지를 통해 동시대 화가들과는 뚜렷이 구분되는 리얼리스트적 시각을 보여 준다는 점을 날카롭게 꿰뚫고 있다. 이는 밀레의 회화에 대한 휘트먼의 깊은 조예와 안목을 보여 주는 것으로 마치 '화가와 같은 시인'으로서의 면모를 드러낸 것이라 할 수 있다.

휘트먼은 밀레의 〈만종 *The Angelus*〉을 포함하여 〈그녀의 소에게 물을 먹이는 농부, 저녁〉과 〈씨 뿌리는 사람〉 등의 그림에서 느꼈던 강렬한 인상을 친구이자 전기 작가인 트로벨에게 말한다. "나는 밀레의 그림 앞에서 모자를 쓰고 있을 수 없소. 밀레의 그림에서 처음이자 항상 나를 흥미롭게 한 것은 묘사되는 것 이면에 존재하는 말로 다 할 수 없는 어떤 것, 즉 불멸의 미스터리로 인도하는 핵심, 암시, 에두름(indirection)이오"(Traubel 2: 407). 특히 시인은 〈그녀의 소에게 물을 먹이는 농부, 저녁〉을 언급하며 '생생하고 강렬한' 인상을 주었던 그 그림에 자신이 철저하게 '매료되었고', '붙잡혔다'는 사실을 피력한다.

장 프랑수아 밀레, 〈만종〉, 55.5×66cm, 1857~1859, 오르세 미술관 소장.

장 프랑수아 밀레, 〈그녀의 소에게 물을 먹이는 농부, 저녁〉, 81.6×100.3cm, 1874, 보스턴 미술관 소장.

나는 하나의 그림을 기억한다. 그것은 고삐로 소를 붙잡고 있는 한 여성을 그린 단순한 풍경인데, 소의 머리는 물을 마시는 개울로 떨어뜨려져 있다. 그 그림은 평범한 주제로 불릴 수 있다. 명백히 그렇다. 하지만 또한 그것은 생생하고 강렬하다. 밀레의 색채 감각은 풍부하고, 철저하고, 단호하지만 천박하지 않다. 또한 결코 미화되거나 번들거리지 않으며 단지 자연이 강조하는 것만큼 단호하다. (Traubel 3: 89)

휘트먼은 밀레의 그림에서 "천박하거나", "결코 미화되거나 번들거리지 않으며 단지 자연이 강조하는 것만큼 단호한" 리얼리티로 충만한 농촌의 이미지를 날카롭게 포착하고 있다. 휘트먼은 이 그림을 통해 밀레의 그림에서 암시되는 노동의 영웅적 측면을 강하게 인식한다. 그리하여 시인은 "나는 오래오래 그 그림을 응시했고, 그것에 매료되었고—붙잡혔다—거의 그 그림을 떠날 수가 없었다. 이 그림은 어떤 다른 작품보다 밀레에 대한 나의 판단을 확인해 주었다. 즉 영웅주의에 대한 그의 태도를 정당화한 것이고, 그의 미래를 확인한 것이다"(Traubel 5: 369~370)라는 견해를 피력한다. 이렇듯 노동의 영웅주의를 부각시킨 밀레의 회화를 통해 휘트먼은 강한 예술적 동질성을 느끼고 있다.

밀레에 대한 지대한 관심과 애착은 휘트먼의 생애를 통해 지속적으로 나타난다. 휘트먼은 당대에 발행된 수많은 신문과 대중 잡지를 통해서뿐만 아니라 당대의 조각가인 헨리 커크 브라운(Henry Kirke Brown)의 스튜디오에서 정기적인 모임을 통해 친분을 맺었던 수많은 예술가들과 자주 밀레에 대한 토론을 했다. 아울러 시인은 항상 밀레의 그림을 가까이서 보기를 열망했고 실제로 프란시스 파크허스트(Francis Parkhurst)와 팰릭스 애들러(Felix Adler)로부터 직접 밀레의 그림 프린터를 받기도 했다. 특히 휘트먼은 르네상스나 중세의 화가들 보다 '현대적인 화가'를 더 좋아한다고 언급하면서 '현재와 실제'를 지향하는 자신의 예술관이 다름 아닌 밀레에서 연유되었다는 사실을 강조한다. "밀턴과 단테에 관해서는 별 관심이 없소. 나는 현대적인 화가들을 더 좋아하오. 나는 밀레가 라파엘(Raphael)이나 중세의 화가들보다 오늘날 우리에게 더욱 더 많은 것을 말해 주고 있는데 동의하오. 그는 더욱 직접적이오."(Traubel 1: 105~106) 휘트먼은 자서전 『표본이 되는 날들』에 수록된 「밀레의 그림—마지막 항목 Millet's Pictures—Last Items」이라는 섹션에서 1881년 봄 보스턴에 있는 퀸시 쇼(Quincy Shaw)의 집으로 밀레의 컬렉션을 보기위해 방문했던 사실을 생생하게 묘사하고 있다. 여기서 그는 〈씨 뿌리는 사람〉을 포함한 밀레의 여러 그림에서 이전까지 볼 수 없었던 '숭고한 어두움'과 '독창적인 울분'에 압도당했다고 역설한다.

장 프랑수아 밀레의 그림 컬렉션을 보기위해 거리가 3, 4마일쯤 되는 퀸

시 쇼(Quincy Shaw)의 집으로 갔다. 거기서 2시간의 황홀한 시간을 보냈다. 나는 이전에 이런 종류의 표현에 결코 그렇게 철저히 압도당하지 않았다. 나는 〈씨 뿌리는 사람〉 앞에서 오래오래 서있었다 (…중략…) 이 그림에는 다시금 포착될 수 없는 어떤 것이 있다. 즉 숭고한 어두움과 독창적인 울분이 그것이다. 이 걸작 외에도 많은 다른 그림들이 있었다. (나는 단순한 저녁 풍경을 그린 〈그녀의 소에게 물을 먹이는 농부, 저녁〉을 결코 잊을 수가 없다.) 모든 그림들은 아무나 흉내 낼 수 없으며, 모두가 순전한 예술품으로서 완벽하다. (SD 181~182)

자신이 쥐고 있는 씨앗들을 넓게 흩뿌리면서 힘차게 언덕의 아래쪽을 내려오고 있는 〈씨 뿌리는 사람〉을 오래 동안 응시하면서 휘트먼은 "다시금 포착될 수 없는 어떤 것이 있다"는 인식에 이른다. 붉은 재킷과 청색 바지를 입은 젊은 농부가 황혼 속에서 열심히 씨를 뿌리고 있는 역동적인 동작에서 휘트먼은 프랑스 혁명의 이상을 예리하게 읽어 낸다.

대개 우람한 대지의 상징으로 평가받고 있는 이 새로운 농부의 이미지에 깊은 인상을 받은 휘트먼은 '다시금 포착될 수 없는 어떤 것', '아무나 흉내 낼 수 없는', '독창적인 울분' 등의 표현을 사용함으로써 이 그림이 프랑스 혁명의 이상을 함의하고 있음을 예리하게 포착하고 있다. 젊은 농부의 오른손에서 흩뿌려지는 씨앗들은 프랑스 혁명의 이상의 전파를 상징하면서 동시에 휘트먼이 표출한 "자유를 위한 씨앗"(seed for freedom)(LG 267)을 강렬하게 연상시킨다. 그리하여 휘트먼은 "그의 모든 그림들은 내게 이전에 어떤 일이 일어났는지 그리고 무엇 때문에 위대한 프랑스 혁명이 필요했는지를 말해 주었다"(SD 182)라며 이 그림에 투영되어 있는 혁명의 의미에 대해 역설한다.

이런 사실에도 불구하고 휘트먼과 함께 활동했던 동시대의 작가들과 비평가들 대부분은 밀레의 그림에 암시된 프랑스 혁명의 이상을 정확히 포착하지 못했다. 이와 관련해 멕스너는 휘트먼과 함께 활동했던 "동시대 작가들이 밀레의 농부 이미지에 대한 휘트먼의 전복적인 시각을 전달하지 못했다는 점은 중요하다. 여러 비평가들은 휘트먼의 사후 휘트먼과 밀레의 많은 비교에서 그들 사이의 동질감으로부터 혁명적 활력을 **빼버렸다**"(44)라는 언급을 통해 휘트먼과 밀레의 장르와 매체를 초월한 예술적 공통분모는 다름 아닌 프랑스 혁명이라고 시사한다. 나아가 휘트먼은 트로벨에게 "나는 〈씨 뿌리는 사람〉의 원숙한 솜씨를 느낀다. 즉 전체에 스며있는 지나치게 긴장되지 않은 어두운 회색, 어떤 것도 빌려오지 않고 그 자체의 진실에 항상 충실한, 독특한 장엄한 표현으로 감명을 주는 그림"(Traubel 3: 89)이라고 피력하며, 이 그림이 리얼리티로 충만한 "현재와 실제"의 이미지를 담아내고 있음을 간파한다. 이런 휘트먼의 시각은 "1847년 이후 밀레의 그림에서 변화를 일으키도록 영감을 준 것은 1848년 혁명이었다 (⋯중략⋯) 이런 근대적 주장에 수반되는 예술 양식은 리얼리즘이었는데, 그것은 감춰진 사회적 조건을 드러내 보여 주었기 때문에 리얼리즘이었다"(79)라는 버거(Berger)의 주장과 일치된다는 점에서 시대를 앞선 통찰이라 할 수 있다.

요컨대 휘트먼에게 밀레는 "단 한 번의 응시로 사람에 대한 모든 탐구와 지상의 모든 도구와 서적과 추론들을 조롱한" 시각으로 "현재와 실제"의 정수를 구현해 낸 화가이자 동시에 프랑스 혁명의 이상을 계승한 "최고의 민주주의자, 완벽한 사람"(Traubel 5: 385)으로 각인된다. 「밀레의 그림―마지막 항목」의 결론에 이르러 휘트먼은 밀레의 그림에 암시된 프랑스 혁명의 정신을 다시 한 번 강조하면서 몇몇 미국인들이 프랑스인에 대한 지니는 잘못된 편견을 일소할 것을 주장한다.

나머지 모든 국가들의 토대가 되는 진짜 프랑스가 명백히 이 그림들 속에 있다. 나는 이런 견해로 〈들판에서 휴식을 취하는 사람들〉, 〈땅 파는 사람들〉, 〈만종〉을 이해한다. 몇몇 미국인들은 항상 프랑스 사람들을 5피트 혹은 5피트 반의 신장을 지닌 경박하고 쓸데없이 말이 많은 키 작은 인종으로 생각한다. 전혀 그렇지 않다 (…중략…) 내게 밀레 그림이라는 신세계를 열어준 짧은 보스턴 방문에 대해 깊이 생각해야 한다. 미국은 바로 이곳에서 고유한 육체와 영혼을 지닌 예술가를 정말로 잉태할 수 있을까? (*SD* 182)

여기서 휘트먼은 밀레의 〈들판에서 휴식을 취하는 사람들〉, 〈땅 파는 사람들〉, 〈만종〉 등의 작품을 하나하나 언급하며 이 그림들 속에 '진짜 프랑스'가 담겨 있음을 예리하게 간파한다. '진짜 프랑스'란 곧 프랑스 혁명의 이상을 탁월하게 담아낸 농부의 이미지인 것이다. 그리하여 휘트먼은 '신세계'로 간주한 밀레의 그림에 재현된 혁명적인 농부의 이미지를 통해 혁명의 이상을 계승한 밀레와 같은 '고유한 육체와 영혼을 지닌' 미국의 예술가의 도래를 열망한다. 다시 말해 '고유한 육체와 영혼을 지닌' 미국의 예술가란 '그 자체의 진실에 항상 충실한' 그림을 그리는 사람, 즉 '현재와 실제'의 이미지를 꾸밈없이 사실적으로 형상화함으로써 '진짜 미국'을 구현하는 예술가를 의미한다고 볼 수 있다. 이런 휘트먼의 언급은 "근대적 주장에 수반되는 예술 양식은 리얼리즘"(79)이라는 버거의 말을 강하게 상기시킨다. 이렇게 휘트먼은 밀레를 통해 프랑스 혁명의 이상을 담아낸 리얼리즘 예술의 본질을 명확하게 인식하고 있다.

## 나가며

휘트먼은 『풀잎』을 통해 "노동자나 노동자 무리들의 대의보다 더욱 기꺼이 우리의 공감을 불러일으키는 것은 아무것도 없다"라는 자신의 노동관에 기초하여 지속적으로 노동자의 이미지를 시각적으로 재현하고자 했다. 1855년에 출판된 『풀잎』 초판본의 권두 삽화인 노동자의 모습으로 재현된 그자신의 다게레오타입 사진이야말로 '일하는 사람들'의 시각화에 대한 휘트먼의 열망을 극명하게 보여 주는 가장 상징적인 이미지라 할 수 있다. 무엇보다 휘트먼은 자신의 시적 상상력을 불러일으키는 영감의 대상이 바로 노동자로 대변되는 '일하는 사람들'임을 공표하면서 이 주제를 프랑스 혁명과 긴밀히 연계시키고 있다.

휘트먼의 시와 산문을 통해 구현되는 프랑스 혁명과 그 혁명을 주도한 노동계급의 프랑스인들에 대한 관심은 시인의 상상력을 끊임없이 자극하는 영감의 원천이 되고 있다. 시인은 1848년 혁명을 주도한 프랑스를 "나의 여인, 당신을 위해 언제나 노래할 것이오"라고 지칭하며 일평생 '친 프랑스적 태도'(Francophilia)를 견지한다. 혁명을 통해 새로운 민주주의 사회를 열망했던 노동계급의 프랑스인을 향한 휘트먼의 무한한 애정은 그의 작품에 주류를 이룬다. 휘트먼의 이런 시각은 1848년 혁명 이래 혁명의 이상을 보다 꾸밈없고 사실적으로 전달하기 위해 노동이라는 주제를 지배적 원칙으로 채택했던 당대 프랑스 리얼리스트 화가들의 그림에 구현된 노동자들의 이미지와 긴밀한 유사성을 보여 주고 있다.

"나는 항상 화가들에게 종속된다(I am always subjected to the painters)" (Traubel 1: 131)라는 휘트먼의 주장은 자신의 시세계에 미친 '화가들'의 중요성을 가장 극명하게 보여 주는 말이다. 이렇게 동시대성의 구현을 지향했던 당대 리얼리스트 화가들의 그림과 휘트먼의 시는 예술적 의미의 미적 지향성과 유사성을 공유하고 있는데, 이것은 다름 아닌 프랑스 혁명의 이상이 강렬하게 암시되어 있는 '일하는 사람들'이라는 것은 주지의 사실이다. 시인은 『풀잎』을 통해 도시와 시골, 남녀, 노소를 하나로 아우르는 '일하는 사람들'의 모습을 리얼리티가 충만한 '현재와 실제'의 이미지로 재현했는데, 이것은 동시대 화가 밀레의 회화에서 나타나는 농부의 이미지와 강렬한 유사성을 보여 준다. 이렇게 '일하는 사람들'의 시각화에 대한 열망은 '이른바 시는 그저 그림일 뿐'이라는 새로운 예술론을 창출한 원동력이 되고 있는 것이다.

요컨대 "대개 나는 유화보다 사진을 더 좋아한다—사진은 기계적이지만 그것은 정직하다"(Traubel 1: 131)라는 그의 언급에서 여실히 드러나듯 휘트먼의 '현재와 실제'적인 상상력에 부합되는 예술 양식은 다름 아닌 리얼리즘이다. 휘트먼이 꾸밈없고 사실적으로 형상화했던 '일하는 사람들'에 대한 관심과 애정은 자신의 예술적 분신으로 간주한 밀레의 농부 이미지에서 가장 잘 구현되고 있다. 밀레의 그림 〈씨 뿌리는 사람〉, 〈그녀의 소에게 물을 먹이는 농부, 저녁〉 등에 재현된 프랑스 혁명의 이상을 함의한 사실적인 농부의 이미지는 바로 휘트먼이 형상화하고자 했던 '일하는 사람들'인 것이다.

프랑스 혁명의 이상을 형상화하고 있는 '일하는 사람들'은 장르와 매체를 초월하여 휘트먼과 밀레를 하나로 묶어 주는 고리 역할을 하고 있다. 휘트먼과 함께 활동했던 "동시대의 작가들이 밀레의 농부 이미지에 대한 휘트먼의 전복적인 시각을 전혀 전달하지 못했다"(44)는 멕스너(Meixner)의 주장에서 여실히 드러나듯 당대의 문필가들 가운데 휘트먼이야말로 밀레의 농부의 이미지에 투영되어 있는 프랑스 혁명에 대한 강렬한 암시를 가장 잘 읽어 낸 시인이라 할 수 있다. 이는 밀레의 〈만종〉을 포함하여 〈그녀의 소에게 물을 먹이는 농부, 저녁〉, 〈씨 뿌리는 사람〉, 〈들판에서 휴식을 취하는 사람들〉, 〈땅 파는 사람들〉 등의 작품을 하나하나 언급하며 "그의 모든 그림들은 내게 이전에 어떤 일이 일어났는지 그리고 무엇 때문에 위대한 프랑스 혁명이 필요했는지를 말해 주었다"라는 휘트먼의 주장을 통해서도 명백하게 확인할 수 있다. 이렇듯 휘트먼에게 있어 밀레의 존재는 프랑스 혁명의 이상과 새로운 조형 언어의 창출을 가능하게 한 예술적 분신으로 각인되며, 시인이 시각화한 '일하는 사람들'은 '실제 사물의 정수'이자 동시에 '현재와 실제'라는 이미지로 구현되고 있다.

# 토머스 에이킨스의 사진과 그림

## 1. 『풀잎』의 잘 찍혀진 사진들

19세기 뉴욕을 중심으로 시와 회화의 경계를 넘나들며 활발한 문예 운동을 전개했던 미국 시인 월트 휘트먼(Walt Whitman)은 시와 산문을 통해 그림, 사진, 조각, 건축 등 시각예술에 대한 그의 관심과 조예를 지속적으로 보여 준다. 예술가로서의 휘트먼의 행적을 살펴보면 휘트먼은 동료 시인이자 예술 후원가인 윌리엄 컬런 브라이언트(William Cullen Bryant)를 비롯해 동시대의 찰스 헤이드(Charles Heyde), 제시 탈봇(Jesse Talbot), 윌리엄 시드니 마운트(William Sidney Mount), 월터 리비(Walter Libbey), 토머스 에이킨스(Thomas Eakins, 1844~1916) 등의 화가들과 긴밀한 친교를 나누었다. 특히 당대에 유명했던 다게레오타입(Daguerreotype) 사진작가인 가브리엘 해리슨(Gabriel Harrison), 매슈 브래디(Mathew Brady), 알렉산더 가드너(Alexander Gardner) 등과의 친교를 통해 휘트먼은 사진에 대한 이해를 넓혀나가게 된다. 그리하여 그는 시집 『풀잎』에 수록된 시 「나 자신의 노래 Song of Myself」에서 "카메라와 삼광반이 준비되고, 여인은 나게레오타입을 찍기 위해 사리에 앉아야 한다(The camera and plate are prepared, the lady must sit for her daguerreotype)"(*LG* 42)라며 다게레오타입 조상사진이 유행했던 낭대의 시대상을 보여 주기도 한다.

"『풀잎』에서 모든 것이 문자 그대로 사진 찍혀진다(In these Leaves, everything is literally photographed)"(*Notebooks* 4: 1523)라는 그의 말에서 단적으로 알 수 있듯 휘트먼은 사진이 지닌 정교한 디테일과 객관성 사실성을 근간으로 시의 시각화를 열망하게 된다. 휘트먼은 "신세계(미국)는 리얼리티와 과학의 시가 필요하다"(*LG* 568)라며 19세기에 탄생한 '근대 과학기술의 산물'이자 '리얼리즘의 정수(eminence grise of Realism)'로 간주되는 사진에 부합되는 시가 필요하다는 점을 강조한다. 나아가 그는 "이른바 시는 그저 사진(그림)일 뿐이다(what we call poems being merely pictures)"(*LG* 103)라고 주창하며 실제는 "잘 찍혀진 사진들(the well-taken photographs)"(*LG* 78)처럼 사실적으로 재현되어야 한다는 점을 역설한다. 일평생 휘트먼은 "리얼리티와 과학의 시"의 사진적 형상화를 추구했기 때문에, 그의 시적 이상에 가장 잘 부합되는 매체는 다름 아닌 사진이라 할 수 있다. 실제로 휘트먼은 "위대한 시인은 세상을 향해 카메라의 역할을 수행하는 사람이다"(Rubin 382 재인용)라는 언급을 통해 카메라맨과 불가분적 연관성을 지닌 시인의 역할에 대해 역설한다. 이렇게 휘트먼은 『풀잎』을 통해 카메라맨이 사진을 찍듯 자신의 시를 마치 일련의 사진처럼 형상화하려는 열망을 드러내고 있다. 이것은 1855년에 출판된 『풀잎』 초판본의 권두 삽화인 노동자의 모습으로 재현된 그 자신의 초상사진에서 단적으로 입증된다.

휘트먼이 그러했듯 19세기 중반 이래 토머스 에이킨스를 비롯해 윈슬로 호머(Winslow Homer), 프레드릭 에드윈 처치(Frederic Edwin Church) 등 일련의 미국 화가들의 사진에 대한 남다른 관심은 당대의 리얼리티와 동시대성을 담아내는 데 있어 필수불가결한 시각기계라는 그들의 통찰에서 연유하고 있다. 무엇보다 "19세기 미국 화가들 중 에이킨스만큼 회화에 사진을 많이 활용한 이는 없었다"(46)라는 로젠하임(Jeff L. Rosenheim)의 언급은 카메라맨으로서의 에이킨스를 강하게 부각시킨다. 실제로 에이킨스는 기질적이고 예술적인 측면에서 휘트먼과 긴밀한 유사성을 드러내며 시인이 강조한 '리얼리티와 과학의 시'의 시각적 형상화에 부합되는 작품을 발표했기 때문에 지금까지도 선구적인 과학적 리얼리스트로 간주되고 있다. 휘트먼과 첫 만남을 가졌던 1887년 이래 에이킨스는 지속적으로 시인의 초상 사진을 찍었고 이 사진들을 근거로 완성한 『월트 휘트먼 Walt Whitman』이라는 초상화를 존경의 의미로 시인에게 헌사 했다. 초상화를 본 휘트먼은 "화가들이 그린 나의 모든 초상화들 중에서 나는 에이킨스의 초상화를 가장 좋아한다. 그것은 완벽하지 않지만 나의 실재에 가장 가깝다"(Traubel 1: 131)는 찬사를 표명했다. 더욱이 시인은 "대개 나는 유화보다 사진을 더 좋아한다―사진은 기계적이지만 그것은 정직하다"(Traubel 1: 131)는 직언을 통해 에이킨스의 그림에는 다른 화가들의 작품과 구별되는 리얼리티로 충만한 사진 이미지가 내재되어 있음을 역설하고 있다. 이처럼 휘트먼은 에이킨스의 초상화에서 '기계적'이고 '정직한' 이미지, 즉 '리얼리티와 과학'의 이미지 재현을 가능하게 하는 사진의 특성을 예리하게 간파하고 있다.

에이킨스의 작품에 충만한 사진 이미지와 관련해 주목할 점은 그가 태어나서 활발한 예술운동을 전개했던 필라델피아(Philadelphia)가 곧 1840년대 미국에서 사진이 새로운 매체로 부상해 예술로 인정하고 수용한 선구적 장소였다는 사실이다. 필라델피아 박물관은 과학과 미술의 정수로 간주되는 사진을 전시했으며 1860년대 에이킨스가 공부했던 펜실베이니아 미술학교(Pennsylvania Academy of the Fine Arts) 역시 공식적으로 사진을 교육과정에 승인한다. 더욱이 1862년 설립된 '필라델피아 사진협회'는 의사에서부터 엔지니어, 변호사 등을 망라하는 회원을 두면서 『필라델피아 사진가 The Philadelphia Photographer』라는 잡지를 정기적으로 발간했다. 패셜(Douglass Paschall)에 의하면, 에이킨스가 처음 카메라를 배우기 시작했던 이래 자주 협회의 모임과 전시회에 참가하여 자신의 사진과 실험에 대해 토론했다고 한다(239~240).

특히 에이킨스는 사진을 통한 인간 몸의 사실적 재현에 지속적인 관심을 가지게 되었으며, 1860년 후반 프랑스 에콜 데 보자르(Ecole des Beaux-Arts) 유학을 통해 당대 신고전주의 거장이었던 장 레옹 제롬(Jean-Léon Gérôme)의 지도하에 인체를 해부하고 재구성한 누드화에 깊이 심취하기에 이른다. 그리고 1869년 프랑스에서 돌아온 후에도 에이킨스는 제퍼슨 의대(Jefferson Medical College)에서 해부학 수업을 들으면서 인체에 대해 지대한 관심을 표명한다. "여성의 나체는 (…중략…) 남성의 나체를 제외하고 세계에서 가장 아름다운 대상이다"(Goodrich 1: 28)는 에이킨스의 언급은 이런 사실을 단적으로 보여주고 있다. 나아가 뉴저지 캠던(Camden)의 유명한 여가수로 에이킨스와 휘트먼을 잘 알고 있었던 웨다 쿡(Weda Cook)에 의하면, "에이킨스는 휘트먼의 시, 특히 육체에 대한 시를 때때로 인용하곤 했다"(Homer "New Light" 89 재인용)고 한다. 이처럼 에이킨스의 카메라의 눈에 가장 잘 부합하는 피사체는 바로 인간의 나체로 볼 수 있는데, 이는 "에이킨스의 사진 작업의 가장 혁신적인 측면은 누드에 대한 그의 강조였다"(14)는 댄리와 리볼드(Susan Danly and Cheryl Leibold)의 언급에서도 명백히 입증된다.

에이킨스처럼 휘트먼 역시 "남자나 여자의 신체에 대한 사랑은 해석을 유보시킨다, 신체 그 자체는 해석을 유보시킨다 (…중략…) 옷은 그를 가리지 못한다"(LG 94)라며 일평생 인간의 몸과 육체성을 찬양하면서 동시에 "잘 찍혀진 사진들"(LG 78)처럼 형상화하기를 열망했다. 그러한 이유로 휘트먼은 특징적인 카탈로그 기법(catalogue technique)을 통해 인간의 몸을 마치 해부학자처럼 하나하나 면밀히 관찰하고 분석함으로써 "리얼리티와 과학의 시"를 추구하는 자신의 카메라의 눈에 핵심 피사체는 다름 아닌 신체라는 사실을 강조한다. 이에 필자는 '카메라맨'의 시각을 공유했던 휘트먼과 에이킨스의 작품 세계를 사진이라는 매체와 연관시켜 논의할 것이다. 아울러 두 예술가의 작품 세계를 관통하는 주제로 인간의 육체, 특별히 남성의 나체는 당대 빅토리아 미국 사회의 전통적 관습을 전복시키는 도발적이고 전위적인 '리얼리티와 과학'의 이미지, 즉 사진적 사실주의를 지향하고 있음을 살펴볼 것이다.

## 2. 휘트먼과 에이킨스

1839년 다게르(Louis Daguerre)에 의해 '다게레오타입'(daguerreotype)이라는 이름으로 공표되어 현재까지 세계 예술사에서 지대한 영향력을 행사해 오고 있는 사진은 리얼리즘 예술에 대한 논의에서 핵심적인 역할을 해 오고 있다. 이는 맬패스(James Malpas)가 지적하고 있듯 사진은 곧 리얼리즘의 '정수(*eminence grise*)'(7)이기 때문이다. 나아가 "사진은 오늘날 어떤 다른 그래픽 아트보다 문학에 더 가깝다"(296)라는 예술비평가 그린버그(Clement Greenberg)의 말에서 단적으로 입증되듯 사진은 상이한 장르인 문학과의 결합과 혼합의 가능성을 가장 잘 보여 주는 매체이기도 하다. 19세기에 탄생한 근대 과학기술의 산물인 사진에 대한 휘트먼의 관심과 열정은 곧 '리얼리티와 과학의 시'의 시각적 형상화에 대한 열망을 단적으로 보여 주는 것이라 할 수 있다. 실제로 1840년과 1850년대에 휘트먼은 뉴욕에 있던 플럼(John Plumbe)과 브래디(Mathew Brady)의 사진관을 자주 방문했었고 여러 사진작가들에게 자신의 초상화 사진을 의뢰하기도 했다. 1846년『플럼의 사진관 방문 *A Visit to Plumb's Gallery*』이라는 에세이에서 휘트먼은 카메라로 찍힌 사진 '초상화의 이상한 매력'에 사로잡히게 되었다는 사실을 밝힌다.

얼마나 멋진 장관인가! 당신이 어느 방향으로 몸을 돌려 꿰뚫는 응시를 주던지 간에 당신은 단지 인간의 얼굴들을 보게 될 뿐이다! (…중략…) 어떻게 사실이 로맨스를 무한히 능가하는지 (…중략…) 초상화들에는 항상 이상한 매력이 있다. 우리는 그것들에 대해 오랫동안 숙고하는 것을—그들이 설교하는 텍스트에서 많은 것들을 추론하는 것을—그 초상화들에 대해 제멋대로 커지는 생각의 흐름을 계속하는 것을 좋아한다. 잘 그려진 세밀화나 초상화의 눈에 의해 두드러지게 사로잡힌다는 것은 정말 특이한 영향력이다.—그것은 일종의 자기력을 지닌다 (…중략…) 시간과 공간이 모두 사라지고 우리는 외형과 실재를 동일시한다. 심지어 그것 이상이다. 왜냐하면 초상화의 눈을 쳐다보는 것에 대한 이상한 매력은 때때로 실제 안구 그 자체로부터 생겨난 것을 초월하기 때문이다. ("Plumbe's Gallery" 20~21)

휘트먼은 회화와 선명하게 구별되는 '로맨스를 무한히 능가하는' 사진의 '사실'적인 속성으로 인해 초상화에서 "때때로 실제 안구로부터 생겨나는 것을 초월하는 (…중략…) 이상한 매력"에 사로잡히게 되었음을 밝힌다. 여기서 휘트먼이 강조하는 '응시하다(gaze)'는 『풀잎』에서 자주 사용되고 있는 단어로 '사진을 찍는 것'에 비유될 수 있다는 점에서 주목할 만하다. 이와 관련해 브랜드(Dana Brand)는 '응시하다'는 '관찰하다(observe)' 혹은 '보다(look)'라는 단어와 선명하게 구별되기 때문에 산보자(flaneur)의 언어로는 적절하게 표현될 수 없는 어떤 것을 보고 느낀다는 것을 의미한다고 주장한다: "사진을 찍는 것처럼 응시하는 것은 시야(field of vision)라는 어떤 부분에 반드시 특권을 주지는 않는다 (…중략…) 사진 속에서 혹은 도시의 군중 속에서 응시하는 눈은 그것의 미스터리에 굴복하지 않으며 그 자체가 해석되도록 허락하지 않는다. 하지만 이것은 매력을 증가시킨다."(166) 말하자면, 휘트먼의 시각은 산보자의 시선이라기보다는 카메라맨의 '꿰뚫는 응시'인 것이다. 이는 「브로드웨이 가장행렬 A Broadway Pageant」이라는 시에서 뚜렷이 나타난다.

브로드웨이가 완전히 보행자들과 서있는 사람들에게 넘겨졌을 때, 그 군

중들이 가장 밀집되어 있을 때,
집의 파사드가 사람과 더불어 살아 있을 때, 눈들이 한 번에 수만 개의
　사물에 고정되어 응시할 때,
섬에서 온 손님들이 다가올 때, 가장행렬이 뚜렷이 앞으로 나아갈 때,
소환이 이루어질 때, 수천 년 동안 기다린 대답이 응답될 때,
나 또한 일어서서, 대답하면서, 보도로 내려간다, 군중들과 합쳐지고, 그
　들을 응시한다.

When Broadway is entirely given up to foot-passengers and foot-standers,
　when the mass is densest,
When the facades of the houses are alive with people, when eyes gaze riveted
　tens of thousands at a time,
When the guests from the islands advance, when the pageant moves forward
　visible,
When the summons is made, when the answer that waited thousands of
　years answers,
I too arising, answering, descend to the pavements, merge with the crowd,
　and gaze with them. (*LG* 243)

시인은 인파로 넘치는 브로드웨이의 다양한 풍경을 '카메라맨'의
시선으로 '응시'하고 있다. 휘트먼의 눈에 포착되고 있는 미국의 근대
도시의 스펙터클은 하나의 그림으로는 묘사 불가능한 리얼리티로 충
만한 동시대성의 이미지, 곧 일련의 스냅사진(snapshots)을 보는 듯하
다. 이 시에서 알 수 있듯 여러 사진작가들과의 교분과 사진 전시관에
서의 체험은 휘트먼의 시각에 지대한 영향을 끼치고 시가 '잘 찍혀진
사진들'처럼 보이게 하는 원천이 되었다. 휘트먼은 초상사진에서 전
통적인 회화를 넘어서는 새로운 시각 테크놀로지를 찬양하고 있을 뿐
만 아니라 사진을 정밀한 미국적 시각 장치로 보고 있다. 이런 시각예

술의 체험에서 파생된 휘트먼의 시는 "『풀잎』에 수록된 많은 시의 구조적인 모델이 되었고 그 영향력은 특히 그의 유명한 카탈로그 기법에서 선명하게 나타난다."(Bohan 21) 이런 점에서 특정한 사물, 사람, 장소 등의 무작위적 열거를 통해 미국의 다양성을 미화하지 않고 객관적이고 편견 없이 보여 주고 있는 그의 카탈로그 기법은 일련의 스냅사진과 밀접한 연관성을 드러낸다.

휘트먼은 당대의 시인들 중 19세기 중엽 미국에서 전개된 과학과 테크놀로지의 진보에 가장 열렬한 찬사를 보냈을 뿐만 아니라 이에 영감을 받아 과학기술과 실증주의에 대한 강렬한 믿음을 반영하는 많은 시를 쓰게 된다. 「전람회의 노래 The Song of Exposition」, 「인도로 가는 길 Passage to India」 등의 시는 그 대표적 예이다. 휘트먼은 「인도로 가는 길」에서 현대 기계 문명의 산물인 '수에즈 운하(Suez Canal)', '철로', '해저 전선'을 현재, 과거, 미래를 하나로 이어주는 가교의 메타포로 본다. 더욱이 「전람회의 노래」는 휘트먼이 실제로 1853년 뉴욕에서 개최된 만국 산업 박람회(Exhibition of the Industry of All Nations)를 1년 가까이 드나들며 거기서 느낀 감흥을 주제로 노래한 시다. 여기서 휘트먼은 "깨어 있는 시각"으로 나날이 발전하는 과학과 예술의 "앙상블"을 "유심히 살피고 예언한다."

우리는 오늘 우리의 건축물을 짓는다.

이집트의 무덤보다 더 거대하고,
그리스, 로마의 신전보다 더 화려하고,
밀라노의 조상과 첨탑의 성당보다 더 당당하고,
라인 강의 성곽보다 더 그림 같은,
우리는 지금도 세우려 한다, 그 모두를 넘어서는,
그대의 위대한 대성당은 신성한 산업이자, 무덤이 아니라,
실용적인 발명에 어울리는 삶에 대한 하나의 의식(衣食)이다.

깨어 있는 비전에서처럼,

내가 노래하는 동안에도 그것이 솟아가는 것을 본다, 나는 안과 밖에서

유심히 살피고 예언한다, 그것의 다양한 앙상블을.

We build to ours to-day.

Mightier than Egypt's tombs,
Fairer than Grecia's, Roma's temples,
Prouder than Milan's statued, spired cathedral,
More picturesque than Rhenish castle-keeps,
We plan even now to raise, beyond them all,
Thy great cathedral sacred industry, no tomb,
A keep for life for practical invention.

As in a waking vision,
E'en while I chant I see it rise, I scan and prophesy outside and in,
Its manifold ensemble. (*LG* 199)


휘트먼은 과거의 위대한 건축물보다 더 "거대하고", "화려하고", "당당하고", "그림 같은" 새로운 건축물의 출현을 인간과 자연, 과학과 예술 등의 상충적인 것들을 조화시키는 "신성한 산업"으로 본다. 시인은 필연적으로 미국에 새로운 진보와 문명을 가져온 기계문명 시대에 부합하는 시를 염원한다. 따라서 그는 기계문명의 '다양한 앙상블'로 충만한 뉴욕의 풍경이 리얼리티와 동시대성을 포착하는 '깨어 있는 비전'으로 '실용적인 발명에 어울리는 삶'을 담아내고 있어야 한다는 사실을 강하게 부각시킨다. 나아가 「걸어온 길에 대한 회상 A Backward Glance O'er Travel'd Roads」이라는 에세이에서 휘트먼은 "신세계(미국)는 리얼리티와 과학의 시가 필요하다"(*LG* 568)라고 역설한다.

이것은 리얼리즘의 근간이 되는 '리얼리티와 과학'이 곧 자신이 추구해야 할 시의 핵심 요소가 된다는 리얼리스트의 면모를 극명하게 드러내는 언급이라 할 수 있다.

19세기 미국 리얼리스트 화가 중에서 사진이라는 매체를 통해 과학과 예술의 접목, 즉 휘트먼이 열망했던 '리얼리티와 과학'의 이미지를 가장 잘 구현했던 화가는 바로 에이킨스라 할 수 있다. 오늘날 에이킨스는 19세기 후반 미국이 여전히 유럽 회화를 답습하고 있던 시기에 과학적 혹은 미국적 리얼리즘이라는 독자적인 영역을 구축한 화가로 평가받고 있다. 에이킨스가 사진을 통해 추구했던 미학적 이상은 휘트먼이 주장한 '리얼리티와 과학'적인 이미지에 가장 잘 부합되기 때문에 두 예술가의 작품 세계를 관통하는 공통분모는 다름 아닌 과학적 리얼리즘이라는 사실은 주목할 만하다. 예컨대 1875년 외과 의사 그로스 박사(Dr. Samuel D. Gross)의 인체 해부학 강의를 정밀하게 묘사한 〈그로스 클리닉 *The Gross Clinic*〉은 '과학적 리얼리스트'로서 에이킨스의 면모를 단적으로 보여 주는 예라 할 수 있다.

휘트먼과 에이킨스가 첫 만남을 가졌던 1887년 에이킨스는 〈그로스 클리닉〉의 흑백 프린터를 존경의 표시로 시인에게 헌사 했다. 휘트먼은 〈그로스 클리닉〉의 '다양한 타당성(manifold adequacies)'에 대해 논평했으며 자신의 집 거실에 이 그림을 걸어 두었다(Bohan 113). 중요한 점은 이 그림에서 나타나는 철저한 디테일과 사실성은 마치 사진을 보는듯한 핍진성(verisimilitude)을 느끼게 한다는 사실이다. 실제로 이 그림을 위해 에이킨스는 당대에 실존했던 그로스 박사와 다른 등장인물들의 사진을 이용했다고 전해진다. 사진을 활용하여 완성한 〈그로스 클리닉〉에서 드러나듯 에이킨스가 그린 그림들은 해부학(anatomy)에 대한 그의 지식을 근간으로 한 예술과 기술의 접목, 즉 '리얼리티와 과학'의 이미지를 뚜렷이 보여 준다. 실제로 에이킨스는 인간의 몸을 그리기 위해서 뼈와 근육뿐만 아니라 그 구조와 움직임에 대한 해부학적 지식이 필수적이라고 역설한다.

우리는 내과 의사와 외과 의사의 모습으로 나타나지 않는다. 미학이라는
철학에 대해 우리는 확실히 그림 그리는 방법을 배우는 것에 상당히 관심이
있다. 해부학과 같은 것에 관해 우리는 전혀 신경을 쓰지 않는다. 인간의
모습을 그리기 위해서는 인간에 대해, 인간의 구조와 움직임에 대해, 인간
의 뼈와 근육에 대해, 그리고 그것들이 어떻게 만들어지는지, 어떻게 기능
하는지에 대해 가능한 많이 아는 것이 필수적이다. (Brownell 745 재인용)

토머스 에이킨스, 〈그로스 클리닉〉, 240×200cm, 1875, 필라델피아 미술관 소장.

이 인용문에서 알 수 있듯 에이킨스에게 그림을 그린다는 것은 카메라맨의 '꿰뚫는 응시'로 인체를 철저하게 해부하는 것을 의미한다. 이와 관련해 터커와 것먼(Mark Tucker and Nina Gutman)은 "화가가 엄격히 분석적이고 예술적으로 미묘한 목적을 위해 사진에서 원초적인 정보를 사용하는 것은 에이킨스의 해부학적 지식 혹은 시각의 적용과 비슷하다"(237)라며 사진과 해부학의 밀접한 상관성을 역설한다. 이처럼 그의 회화에서 "카메라와 수술용 메스(scalpel)의 광범위한 사용 때문에" 에이킨스는 흔히 19세기 미국을 대표하는 '과학적 리얼리즘' 혹은 '학구적 리얼리즘(academic realism)'의 대명사로 불리기도 한다(Lewis 27). 수술대 위에서 사람의 신체를 절개하는 장면을 꾸밈없이 적나라하게 보여 주고 있는 이 그림을 통해 휘트먼은 미국 남북전쟁 기간에 전쟁 부상병을 간호했던 체험을 떠올리면서 그로스 박사에 대해 특별한 공감을 느끼고 있는 것처럼 보인다. 이는 『북소리』, 『전쟁 기간의 비망록』 등의 작품에서 '상처를 치료하는 자(Wound-Dresser)'로 표상되는 시인의 모습을 통해 명백히 드러난다. 이와 관련해 보한(Bohan)은 〈그로스 클리닉〉이 휘트먼에게 '절단(amputation)'으로 대표되는 전쟁 부상병들의 수술을 직접 목격했던 '남북전쟁 병원 경험의 생생한 묘사'를 상기시키고 있음을 역설한다.

하나의 초상화로서 그로스 박사가 개척했던 수술에 적극적인 참여로 도움을 준 것에 대한 증거로서 피투성이의 손을 지니고 머리가 벗겨진 그를 만드는 이런 매우 극적인 작업은 휘트먼이 매우 존경했던 한 개인의 사적이면서 전문가적인 패기(mettle)라는 흥미로운 요약이 되었다. 환자의 반-누드의 몸이 노출된 채 놓여 있는 단호한 직접성, 피에 흠뻑 젖은 두 손에 의한 공개 절개(incision) 및 참석한 의료 전문가들의 의료 기구에 대한 탐색은 휘트먼이 체험했던 남북전쟁 병원의 회화적인 묘사를 상기시킨다 (…중략…) 그 스스로 너무나 많은 절단(질병에 걸린 사지가 아니라 부상으로 인한)을 목격했었기에 휘트먼은 그로스 박사와 그의 높이

평가되는 수술 솜씨에 대해 특별한 공감을 느꼈다. (113)

휘트먼은 여러 시와 산문을 통해 시각예술 중에서 사진을 가장 좋아한다고 강조하는데, 이것은 시인이 에이킨스와 그의 회화에서 두드러진 시각적이면서 동시에 과학적인 리얼리즘의 특성을 뚜렷이 포착하고 있다는 것을 의미한다. 휘트먼은 전기 작가인 트로벨(Horace Traubel)에게 당대의 화가들 중에서 에이킨스가 자신의 시적 이상을 '사실적인' 이미지로 구현한 '독특한(sui generis)' 화가이기 때문에 좋아한다고 밝힌다: "그래—그는 독특하지—나는 그를 좋아해."(Traubel 8: 203) '독특한'이란 말은 에이킨스의 그림 속에 내재된 '기계적이지만 정직한' 사진 이미지를 간파한 휘트먼의 통찰이라 할 수 있다. 휘트먼의 이런 언급은 과학적 실증주의라는 측면에서뿐만 아니라 예술적 리얼리즘의 산물로서 사진의 특성에 대해 조명하고 있는 현대 예술비평가들의 시각과 일치한다. 이런 점에서 폴섬(Ed Folsom)은 "사진은 화학과 물리학의 흥미로운 개발로부터 직접 파생된 명백한 과학적 발명이었다. 하지만 사진은 또한 예술에 즉각적으로 영향을 주었다"(Native 101)라고 주장한다. 비슷한 맥락에서 배첸(Geoffrey Batchen)은 "과학적 실증주의와 예술적 리얼리즘이 합쳐져서 사진의 개념 배후에서 자매 세력(twin forces)이 된다"(138)라고 지적한다.

사진은 근대 미국의 동시대성과 리얼리티를 가장 사실적으로 묘사하고자 했던 휘트먼의 시적 이상에 가장 잘 부합되는 매체라 할 수 있다. 휘트먼은 동시대 사진작가들과 두터운 교분을 쌓았으며 그들의 사진 전시관에서의 체험을 통해 파생된 사진의 '과학적 실증주의'와 '예술적 리얼리즘'을 통찰하게 되었다. 특히 당시 플럼의 사진 전시관에서 일했던 '다게레오타입 시인(Poet Daguerrean)'으로 알려진 해리슨(Gabriel Harrison)과 휘트먼은 긴밀한 친분관계를 유지했다. 시인은 해리슨을 "세계 최고의 다게레오타입 사진작가"로 칭송함은 물론 그의 다게레오타입 사진을 "진리와 예술의 완벽한 작업"(Bohan 7)으로 간주했다. 실제로 1855년 『풀잎』의 초판본에서 권두 삽화로 채택되었던 노동자 모습의 휘트먼의 초상사진을 찍은 사람은 다름 아닌 해리슨이었다. 이렇게 휘트먼은 동시대 사진가들의 사진을 자신의 텍스트 속으로 통합시킴으로써 언어적 재현의 한계를 극복함은 물론 암시적으로 이미지와 단어가 결합된 새로운 글쓰기를 제시하게 된다.

휘트먼은 1888년 에이킨스가 완성한 자신의 초상화 『월트 휘트먼 *Walt Whitman*』을 보고 "에이킨스는 단순한 화가가 아니라 하나의 힘이다(Eakins is not a painter, he is a force)"(Traubel 1: 284)라는 찬사를 보낸다. 에이킨스에 대한 찬사를 보내면서 동시에 "나는 항상 화가들에게 종속된다"라고 주장한 것은 휘트먼의 시세계에 미친 시각예술의 중요성을 가장 집약적으로 보여 주는 것이다.

화가들이 그린 나의 모든 초상화들 중에서 나는 에이킨스의 초상화를 가장 좋아한다. 그것은 완벽하지 않지만 나의 실재에 가장 가깝다. 대개 나는 유화보다 사진을 더 좋아한다—사진은 기계적이지만 그것은 정직하다 (…중략…) 우리는 초상화로 그려진 밀레—정신을 보지만 그것에 대해 너무 많이 그려 내지 않은 사람—육체를 보지만 육체로 충만한 사람, 즉 모든 것이 육체인 사람을 그려 내지 않은 사람인—를 필요로 한다. 에이킨스는 이런 균형을 거의 달성한다—거의—완전하지는 않지만. 에이킨스는 조금 실수를 한다. 아주 조금—조금—육체라는 방향 속에서. 나는 항상 화가들에게 종속된다. 화가들은 여기에 와서 그려 내고, 그려 내고, 그려 내고 영원히 그려낸다. 나는 그들에게 내가 할 수 있는 모든 지원과 위로를 보낸다—나는 그들이 자유분방하게 지내는 것이 가능하도록 나 자신을 떨쳐버린다. (Traubel 1: 131)

휘트먼은 "기계적이지만 정직한" 특징 때문에 "유화보다 사진을 더 좋아한다"는 견해를 피력한다. 여기서 "기계적이지만 정직한"이라는 말은 사진을 단순한 복제로 보는 것에 대한 거부이자 동시에 인간과 기술, 육체와 정신의 결합을 재현해 주는 시각기계라는 사실을 포착한 휘트먼의 통찰이다. 특히 에이킨스를 언급하기 전에 완벽한 사진 이미지를 달성한 프랑스 리얼리스트 화가인 밀레(Jean-francois Millet)가 미국에 필요하다고 강조한다. 요컨대 밀레는 에이킨스를 만나기 이전에 휘트먼이 가장 좋아했던 화가이자 "이른바 시는 그저 그림일 뿐"이라는 예술관을 정립하게 한 예술적 분신이라 할 수 있다. "밀레는 나의 화가이다. 그는 내게 속한다. 나는 밀레의 온몸에 월트 휘트먼을 쓰고 있다"(Traubel 1: 63)라는 휘트먼의 언급은 그의 시 세계에 미친 밀레의 심오한 영향력을 단적으로 보여 주는 것이다. 더욱이 "에이킨스는 조금 실수를 한다. 아주 조금—조금—육체라는 방향 속에서"라는 휘트먼의 언급은 사진 이미지에 충만한 육체성의 재현에 있어 밀레에 미치지 못한다는 사실을 읽어 낸 휘트먼의 통찰이다. 다시 말해 이것은 사진처럼 더욱 "사실적이고 엄격한(realistic and severe)"(*Correspondence* 4: 135) 육체성을 드러내는 이미지를 지향해야 한다는 것을 암시한다. 이처럼 휘트먼이 밀레와 에이킨스를 통해 강조한 것은 다름 아닌 사진 이미지와 같은 강렬한 육체성의 재현이다.

밀레와 에이킨스의 그림처럼 휘트먼은 자신의 시를 사진의 객관적인 사실성을 지향하는 '기계적이지만 정직한' 이미지로 형상화하고자 했는데, 이는 그의 특징적인 카탈로그 기법으로 나타난다. 이 기법은 "사진은 모든 리얼리티, 모든 세부사항의 이미지들을 카탈로그하고, 만들기 위한 동일한 충동을 지니는 것처럼 보인다"(*Native* 123)는 폴섬(Ed Folsom)의 지적에서 알 수 있듯 사진 이미지를 강하게 연상시킨다. 일례로 「나 자신의 노래 Song of Myself」의 15번째 섹션은 휘트먼의 카탈로그 기법과 사진 이미지의 유사성이 선명하게 드러난다. 여기서 다양한 유형의 직업에 종사한 사람들은 마치 일련의 스냅사진처럼 재현되고 있다.

토머스 에이킨스, 〈월트 휘트먼〉, 76.4×61.7cm, 1888, 필라델피아 미술관 소장.

아름다운 콘트랄토 가수가 오르간이 놓인 높은 단상에서 노래를 한다,
목수는 목재를 다듬고, 그의 대팻날은 거칠게 휘파람 소리를 낸다,
결혼을 했거나, 결혼을 하지 않은 자녀들이 추수감사절 만찬에 참석하려
　고 마차로 귀향한다,
도선사가 핸들을 잡고, 힘센 팔로 배를 기울인다,

(…중략…)

흑백혼혈 소녀가 경매대에서 팔리고 있고, 술주정뱅이가 술집 난롯가에
　서 졸고 있다.
기계공은 소매를 걷어 올리고, 경관은 자기 구역을 순찰하고, 문지기는
　지나가는 사람을 유심히 본다,
젊은이가 화물차를 몰고 간다(나는 그를 사랑한다, 비록 난 그를 모르지만),
혼혈아는 경주에 나가려고 신발 끈을 가볍게 조인다,
서부 지방의 칠면조 사냥에 늙은이와 젊은이가 모인다,
어떤 이는 엽총에 기대고, 어떤 이는 통나무에 걸터앉아 있다,
군중 사이에서 명사수 하나가 걸어 나와, 자세를 취하더니 총을 겨눈다,
새로 온 이민자 무리가 선창과 부둣가를 뒤덮는다,
사탕수수 밭에서 곱슬머리의 흑인 노예가 잡초를 뽑고, 감독은 말을 타고
　그것을 지켜본다.

The pure contralto sings in the organ loft,
The carpenter dresses his plank, the tongue of his foreplane whistles its wild
　ascending lisp,
The married and unmarried children ride home to their Thanksgiving dinner,
The pilot seizes the king-pin, he heaves down with a strong arm,

(…중략…)

The quadroon girl is sold at the auction-stand, the drunkard nods by the
　bar-room stove,
The machinist rolls up his sleeves, the policeman travels his beat, the
　gate-keeper marks who pass,
The young fellow drives the express-wagon, (I love him, though I do not
　know him;)
The half-breed straps on his light boots to compete in the race,

The western turkey-shooting draws old and young, some lean on their rifles,
   some sit on logs,
Out from the crowd steps the marksman, takes his position, levels his piece;
The groups of newly-come immigrants cover the wharf or levee,
As the woolly-pates hoe in the sugar-field, the overseer views them from
   his saddle. (*LG* 41~42)

"가수", "목수", "도선사", "기계공" 등 각각의 사람들 앞에 정관사 "The"를 붙이고 그들의 활동을 디테일하게 보여 주고 있는 이 시구는 우리에게 리얼리티와 동시대성의 적나라한 묘사를 지향했던 리얼리스트 화가들의 미학적 목표에 강하게 부합되고 있다. 더욱이 당대 사회적으로 배척되고 주변부의 삶을 살게 된 "흑백혼혈 소녀", "혼혈아", "흑인 노예" 등을 나란히 병치시킴으로써 그 시대의 현실을 날카롭게 포착하고 있다. 이것이야말로 자신의 시를 통해 지속적으로 "현재와 실제를 찬양"(*LG* 202)하고자 했던 휘트먼의 리얼리스트적 면모를 여실히 보여 주는 것이다. 이런 점에서 휘트먼의 시선은 동시대 미국 시인들에게는 쉽게 찾을 수 없는 눈, 이른바 에머슨(Ralph Waldo Emerson)과 소로우(Henry David Thoreau)로 대표되는 초절주의자(transcendentalist)의 시선을 뛰어넘는 '카메라의 눈'에 비유될 수 있다. 따라서 이 시구는 사진을 "시각과 화학, 눈과 기계, 유기체와 메커니즘의 합성"이자 동시에 '정확한 미국적 시각 장치'로 간주한 폴섬의 주장("Visual Democracy" 52)을 강하게 환기시킨다. 휘트먼의 카탈로그 기법에 내재된 강렬한 시각성과 관련해 존스(Elizabeth Johns)는 에이킨스 또한 '카탈로그 예술가(cataloguers)'로서 종이가 아닌 "캔버스에 그가 선택한 다양한 회화적 주제를 기록하고 또한 기념했다"라고 지적한다.

두 사람은 또 다른 근본적인 연대감을 공유했다. 휘트먼과 에이킨스는 둘 다 카탈로그 예술가이다. 즉 그들은 자격이 있는 사람들과 활동들에

대한 인식을 했으며 또한 그 인식과 더불어 그들은 그들 시대의 본질이라
는 그들의 비전을 착수했다. 『풀잎』에서 휘트먼은 민주적인 미국에서 명
명된 모든 것들과 구체적인 모든 것들—사람, 직업, 경험, 자연물 및 장소
의 유형들을 꼼꼼하게 열거했다. 여러 해에 걸쳐 그 장시는 미국의 다양성
의 갤러리였다. 사실 휘트먼은 1880년에 '사진 갤러리'라는 용어까지 사용
했다 (…중략…) 에이킨스 또한 오랜 화가 생활 동안에 캔버스에서 현대적
삶에서 존경할만한 다양한 종류의 사람들과 일—노 젓는 사람, 과학자,
음악가, 예술가, 교사—에 대해 기록하고 기념했다. (*The Heroism* 149).

"그들 시대의 본질"을 '카메라맨'의 시선으로 담아내려 한 휘트먼과
에이킨스는 매체의 차이를 초월하여, 그 시대의 아름답고 이상화된
대상들뿐 아니라 평범하고 주변적인 모든 것들을 포괄하는 "미국의
다양성의 갤러리"를 창출했다. '카탈로그 예술가'로서 두 예술가가 공
유하는 시각은 단순히 '관찰'하거나 '보는' 눈이 아니며 또한 '산보자'
의 시선으로도 완전히 설명될 수 없는 "그들 시대의 본질"을 미화하지
않고 적나라하게 담아내는 '카메라맨'의 눈이라 할 수 있다. 이렇게
사진 이미지를 강하게 연상시키는 카탈로그 기법은 휘트먼과 에이킨
스 사이의 '근본적인 연대감'을 형성하는 촉매 역할을 하고 있다. 따라
서 휘트먼과 에이킨스의 시와 회화에 두드러지게 부각되고 있는 '리
얼리티와 과학'의 이미지는 곧 사진적 사실주의라 명명될 수 있으며
세대와 장르를 초월하여 두 예술가를 하나로 묶어 주는 '미국의 다양
성의 갤러리'를 구현한 원천이 되고 있다.

## 3. 남성의 나체와 사진적 환상

시와 회화, 언어와 형상이라는 장르의 차이에도 불구하고 휘트먼과 에이킨스는 그들의 작품에서 '리얼리티와 과학'의 이미지, 즉 사진적 사실주의를 공유하고 있다. 중요한 점은 두 예술가의 작품에 두드러지는 사진적 사실주의는 당대의 초절주의자들이 주창한 '투명한 안구 (transparent eyeball)'에서 경시되었던 인간의 몸과 육체성을 중시한다는 사실이다. 대개 오성과 구분되는 칸트(Emmanuel Kant)적 의미의 이성을 근간으로 하고 있는 '투명한 안구'라는 용어는 자연을 '어떤 정신적 사실의 상징'으로서만 간주함으로써 인간의 몸과 육체성의 초월을 암시하고 있는 개념으로 정의된다. 이는 "투명성을 내세운 낭만주의 수사가 육체나 육체성을 지우고 표시하지 않음으로써 자연을 진정한 권위나 순수의 장소로 만들어 버리는 이데올로기로 기능함을 보여 준다"(손혜숙 325)라는 언급에서 명백히 그 근거를 찾을 수 있다.

휘트먼과 에이킨스는 그들의 작품에서 '투명한 안구'에서 사라진 인간의 몸과 육체성을 중요하게 다루고 있다. 이것은 "인간의 몸은 조형예술의 가장 중요한 테마이며, 그렇기 때문에 나체화와 해부학 수업은 예술 교육의 기본적인 토대였다"(마이발트 91)라는 사실과 밀접하게 맞물려 있다. 요컨대 인간의 몸과 육체성, 특히 남성의 나체는 빅토리아 시대의 미국 시와 회화에서는 찾기 어려운 모티브로 휘트먼과 에이킨스의 작품을 관통하는 핵심이자 동시에 그들이 공유하는 카메라의 눈에 가장 잘 부합하는 피사체라 할 수 있다. 일례로 1885년 에이킨스가 그린 〈수영 *The Swimming Hole*〉은 휘트먼의 시 「나 자신의 노래」의 11번째 섹션을 강하게 연상시키면서 마치 꿰뚫는 카메라맨의 시선처럼 남성의 나체를 면밀히 포착하고 있다.

토머스 에이킨스, 〈수영〉, 70×92cm, 1885, 포트워스 아몬 카터 미술관 소장.

스물여덟 명의 젊은이가 해변에서 멱을 감는다,
스물여덟 명의 젊은이가 무척이나 다정하다,
스물여덟 해의 여자의 생애는 모두 무척 고독하다.

(…중략…)

젊은이들의 턱수염이 물에 젖어 번쩍였고, 그들의 긴 머리에서 물방울이
흘러내렸다,
가는 물줄기들이 그들의 전신에서 흘러내렸다,

보이지 않는 하나의 손이 또한 그들의 몸에서 흘러내렸다,
그 손은 떨면서 관자놀이에서 가슴으로 내려갔다.

젊은이들은 등을 대고 두둥실 떠 있다, 그들의 하얀 배가 태양을 향해
　　부풀어 있다, 그들은 누가 그것을 꽉 붙잡아 주는지 묻지 않는다,
그들은 누가 몸을 부풀리고 있는지, 몸을 구부려 가라앉는지를 모른다,
그들은 누구에게 물을 끼얹을지를 생각하지 않는다.

Twenty-eight young men bathe by the shore,
Twenty-eight young men and all so friendly;
Twenty-eight years of womanly life and all so lonesome.

(…중략…)

The beards of the young men glisten'd with wet, it ran from their long hair,
Little streams pass'd all over their bodies.

An unseen hand also pass'd over their bodies,

It descended tremblingly from their temples and ribs.

The young men float on their backs, their white bellies bulge to the sun,
    they do not ask who seizes fast to them,
They do not know who puffs and declines with pendant and bending arch,
They do not think whom they souse with spray. (*LG* 38~39)

부유한 가문 출신의 젊은 여성이 시적 화자로 설정된 이 시에서 나타나는 휘트먼의 특징적인 태도는 수영하는 젊은 남성들을 몰래 지켜보면서 그들과 함께 하려는 욕망을 지닌 관음증자(voyeur)처럼 보인다. 시인은 마치 카메라 렌즈를 통해 들여다보듯 물에 젖어 번쩍이는 턱수염, 긴 머리에서 흘러내리는 물방울, 그들의 전선에서 흘러내리는 가는 물줄기 등의 세부 사항들까지 하나하나 놓치지 않고 포착하고 있다. 더욱이 "그들의 몸 위로 흘러내리며", "떨면서 내려가는", "보이지 않는 하나의 손"은 건강한 남성의 육체에 대한 찬미와 촉각을 포섭한 시각적 감각, 즉 '시각적 촉각성(visual tactility)'을 강하게 유발시키고 있다. 젊은 남성들의 나체에 대한 디테일한 묘사와 더불어 시인 자신의 욕망을 암시하는 "보이지 않는 하나의 손"의 절묘한 결합을 통해 휘트먼은 당대 빅토리아 미국 사회의 전통적인 관습을 전복시키는 남성적 동지애에 대한 찬양을 암시적으로 드러내고 있다.

휘트먼의 시에 충만한 남성의 나체 이미지의 강렬한 사실성과 시각적 촉각성에 가장 잘 부합되는 그림은 단연 당대의 사업가 에드워드 코츠(Edward H. Coates)의 의뢰로 완성된 〈수영〉이라 할 수 있다. 그림에 등장하는 6명의 남성은 에이킨스 자신을 포함하여 당시 실존했던 그의 친구들과 지인들인 폭스(Benjamin Fox), 고들리(Jesse Godley), 레이놀즈(George Reynolds), 월리스(J. Laurie Wallace), 윌리엄스(Talcott Williams)이다. 잘려나간 다이아몬드(truncated diamond) 구도 속에 다양한 포즈를 취하고 있는 남성들의 모습은 "하나의 통일된 예술작품이라기 보다는 인간 형상의 다양한 포즈에 관한 연구 실험실이 되기" 때문에 "극단적 과학주의(extreme scientism)"의 산물이라 할 수 있다(Novak 204). 굿리치(Lloyd Goodrich)는 〈수영〉을 "가장 시적인 작품"으로 간주하며 "모든 인물은 하나의 초상화였으며, 모든 장면과 대상은 진짜였다"(1: 237)라며 에이킨스를 선구적인 "과학적 리얼리스트"로 간주한다. 나아가 룰(Henry B. Rule)은 휘트먼과 에이킨스가 공유하고 있는 중심 모티브인 나체 수영은 '삶의 즐거움의 하나'라는 사실에 주목하며, 〈수영〉과 「나 자신의 노래」의 공통 테마를 지적한다. 룰은 "분위기과 내용에 있어 남성들이 종교적인 동지애 속에서 세례를 받는 세례반(font)의 완벽한 상징이 되는 휘트먼의 『캘러머스 Calamus』 시집에 수록된 시들과 유사하다"(29~31)라고 주장한다. 흥미롭게도 그림의 오른쪽 하단부에 머리만을 내민 채 다른 수영객들의 몸을 '응시'하는 인물로 설정되어 있는 화가 자신은 휘트먼의 시에 묘사된 "보이지 않는 하나의 손"을 강하게 연상시킨다. 이런 점에서 「나 자신의 노래」에서처럼 〈수영〉은 남성 나체의 단순한 시각적 재현을 넘어서 강렬한 시각적 촉각성을 유발시키고 있다. 〈수영〉은 에이킨스가 펜실베이니아 미술학교(Pennsylvania Academy of the Fine Arts)에서 교수로 재직하던 1883~1884년 그림의 제작을 위해 찍었던 동일한 제목의 사진 시리즈에 기초하고 있다(〈사진 1, 2〉).

필라델피아 교외의 도브 레이크(Dove Lake)에서 촬영된 일련의 사진들에는 14~20세쯤 되어 보이는 6~7명의 소년들이 나체로 등장하는데, 이들은 에이킨스가 가르치던 학생들이나 지인들로 추측된다. 이 사진들에서 알 수 있듯 에이킨스는 미술 수업을 위해 그의 학생들이 서로 나체로 포즈를 취하도록 했을 뿐만 아니라 그 스스로 학생들을 위한 누드모델이 되기도 했다. 이와 관련해 하딘(Jennifer Hardin)은 "얼마나 많은 미술 교사들이 학생들을 위해 살아 있는 모델로서 역할을 해 오고 있는가?"(151)라고 질문하며 남성의 나체에 대한 에이킨스의 예술 이론과 교수법은 19세기 당대는 물론 21세기를 살아가는 현재까지도 관습과 규범이라는 측면에서 독특하고 전위적인 특징을 지니고 있음을 지적한다.

〈사진 1〉

〈사진 2〉

토머스 에이킨스 서클(Circle of Thomas Eakins), 1883~84,
플래티늄 프린트, 펜실베이니아 미술관 소장.

에이킨스는 〈수영〉 이전에 이미 〈아르카디아 *Arcadia*〉, 〈애그뉴 클리닉 *The Agnew Clinic*〉 등의 그림을 위해 자신이 가르치던 학생, 지인 및 아내인 맥도웰(Susan Macdowell)의 나체 사진을 찍었다. 심지어 1883년부터 〈나체 연작 *Naked Series*〉이라 명명된 남녀노소를 망라한 나체 사진과 더불어 영국 출신 사진작가인 머이브리지(Edward Muybridge)와 함께 인체 및 동물의 움직임을 포착한 『움직임 연구 *Motion Study*』를 수행함으로써 자신의 회화와 사진의 불가분적 연관성을 뚜렷이 밝히고 있다. 이처럼 "에이킨스는 사진을 시각적 정의, 분석, 비유적 표현이라는 하나의 현대적 확장이자 동시에 전통적인 수단의 효율적 대체물로서 그리고 그림의 가치를 형성하고 도움을 주는 하나의 도구로서 열렬히 수용했다."(Tucker and Gutman 238) 실제로 에이킨스는 "그림은 그것을 구축하기 위해 사용된 많은 요소들의 통합이기 때문에 결코 모사하는 것에 시간을 낭비해서는 안 된다(As a picture is a synthesis of many factors used to build it, never waste time in copying)"(Homer "Eakins" 382 재인용)라고 언급하며 사진과 해부학을 포함한 많은 요소들의 통합이 그의 회화의 목표라는 점을 분명히 밝힌다. 특히 존스(Elizabeth Johns)는 "실재에 대한 에이킨스의 과학적 탐구, 수학에 대한 그의 흥미, 그의 리더십 (⋯중략⋯) 그리고 건강과 유대감에 대한 학생들의 헌신" 등을 포괄하는, 곧 "많은 요소들의 통합"으로 이루어진 〈수영〉을 "사진적 환상"("Avowal" 86)으로 간주한다. 다시 말해 '사진적 환상'이란 개념은 단순히 대상을 모사하는 사진의 기계적인 속성에서 탈피하여 실재와 환상, 과학과 예술 등 상충되는 요소의 예술적 통합과 활력을 유발시키고 있기에 "현대적 사진 감수성"에 비견될 수 있다(Danly and Leibold 17). '현대적 사진 감수성'은 휘트먼과 에이킨스가 활동했던 19세기 미국이라는 한정된 시공간을 뛰어넘어 오늘날에 이르기까지 새로운 이미지 재현에 지속적인 영향력을 미치며 예술적 통합을 선도하고 있는 사진의 전위성을 함축하는 개념으로 보인다. 따라서 '현대적 사진 감수성'을 표상하는 '사진적 환상'은 사진에 기초한 매체 간의 활발한 상호 융합을 통해 새로운 이미지를 구현하고자 했던 리얼리스트 예술가들의 미학적 목표를 집약하는 표현이라 할 수 있다. 이런 점에서 '사진적 환상'은 빅토리아 시대의 예술에서는 쉽게 찾을 수 없는 전위적인 리얼리즘적 표현, 곧 "실재에 대한 과학적 탐구"를 토대로 남성 나체의 이미지를 시각적 촉각성으로 확장시킨 시대를 앞선 휘트먼과 에이킨스의 리얼리스트적 면모를 함축하고 있다. 이렇듯 사진은 휘트먼과 에이킨스에게 탈장르적 예술 통합을 표상하는 '사진적 환상'을 촉발시킨 핵심 요소가 되고 있다.

〈그로스 클리닉〉과 함께 에이킨스의 최대 걸작으로 평가되고 있는 〈수영〉은 '리얼리티와 과학'의 이미지를 '사진적 환상'으로 승화시킨 정수라 할 수 있다. 〈수영〉에서 알 수 있듯 인간의 나체는 에이킨스의 회화를 관통하는 핵심으로, 그의 전 생애를 통해 나체 혹은 반-나체를 주제로 한 그림은 총 14점에 이른다. 특히 이 14점의 그림들 중 여성의 (반)나체를 담아낸 〈윌리엄 러쉬 *William Rush*〉 시리즈, 두 점의 〈아르카디아〉 및 〈애그뉴 클리닉〉을 제외한 나머지 모든 그림들이 남성의 (반)나체와 연관된 그림이라는 사실은 주목할 만하다. 에이킨스처럼 휘트먼은 『풀잎』을 통해 "모든 인간들이 동일하게 태어났다는 명제에 대한 하나의 메타포"가 되는 인간의 나체에 대한 찬사를 자주 보내고 있다. 시인은 자서전 『표본이 되는 날들』에 수록된 「일광욕―나체 A Sun-Bath-Nakedness」라는 섹션을 통해 "우리의 옷은 입기에 너무 귀찮을 뿐만 아니라 그 자체가 외설적인 기분을 가져온다"라고 말하며 나체의 아름다움에 대한 무한한 찬사를 표명하고 있다.

> 자연 속의 감미롭고, 온전하며, 평온한 나체여! (…중략…) 우리의 옷은 입기에 너무 귀찮을 뿐만 아니라 그 자체가 외설적인 기분을 가져온다. 자연 속의 나체라는 자유롭고 아주 즐거운 황홀을 결코 가질 수 없는 남성과 여성(얼마나 많은 사람들이 있는지!)은 정말로 순수성이 무엇인지— 신앙, 예술 혹은 건강이 무엇인지 모를 것이다. (고대 그리스인이 이루어

낸 최고의 철학, 아름다움, 영웅주의, 조형의 전체 교과과정은—그런 분과 속에서 최고의 높이와 깊이를 지닌 문명으로 알려진—나체라는 자연적이고 종교적인 발상으로부터 파생된 것 같다.) (*SD* 104)

휘트먼은 고대 그리스인이 성취했던 철학, 아름다움, 영웅주의 등을 망라하는 전체 교과과정은 바로 "나체의 자연적이고 종교적인 발상"에서 유래되었음을 역설한다. 이처럼 휘트먼에게 옷이야말로 "외설적"인 것이며, 인간의 나체는 단순한 찬사의 단계를 넘어 "종교적인 발상"으로 승화되고 있다. 이런 나체, 특히 남성의 나체에 대한 시인의 경외심은 『풀잎』에서 자주 언급되고 있는데 「나는 전율하는 몸을 노래한다 I Sing the Body Electric」라는 시는 그 대표적 예라 할 수 있다. 여기서 휘트먼은 "팔다리", "엉덩이", "팔목", "허리" 등을 하나하나 열거하며 남성의 "강하고 감미로운" 신체적 특성을 면밀히 담아내는 카메라맨과 같은 시선을 보여 준다.

남자나 여자의 신체에 대한 사랑은 해석을 유보시킨다, 신체 그 자체는 해석을 유보시킨다,
남자의 신체는 완벽하다, 그리고 여자의 신체도 완벽하다.

얼굴의 표정은 해석을 유보시킨다,
균형 잡힌 남자의 표현은 그의 얼굴에만 나타나는 것이 아니다,
그것은 그의 팔다리와 관절에서, 신기하게도 그의 엉덩이와 팔목 관절에서도 나타난다,
그의 걸음걸이, 그의 목, 그의 허리와 무릎의 유연함에서도, 옷은 그를 가리지 못한다,
그가 지닌 강하고 감미로운 특성은 면과 무명 옷감을 통해 빛난다,
그가 지나가는 것을 보는 일은 가장 좋은 시만큼, 아마도 그보다 더 많은 의미를 전달할 것이다,

당신은 그의 등과 목덜미와 어깨를 보려고 주위에서 머뭇거린다.

(…중략…)

수영장의 나체의 수영객, 그가 투명하고 푸른 햇살에 반짝이는 바닷물을 헤엄칠 때 보이는, 혹은 등을 대고 누워 물결과 함께 조용히 뒤척일 때 보이는.

The love of the body of man or woman balks account, the body itself balks account,
That of the male is perfect, and that of the female is perfect.

The expression of the face balks account,
But the expression of a well-made man appears not only in his face,
It is in his limbs and joints also, it is curiously in the joints of his hips and wrists,
It is in his walk, the carriage of his neck, the flex of his waist and knees—dress does not hide him,
The strong sweet quality he has strikes through the cotton and flannel,
To see him pass conveys as much as the best poem, perhaps more,
You linger to see his back, and the back of his neck and shoulder-side.

(…중략…)

The swimmer naked in the swimming-bath, seen as he swims through the transparent green-shine, or lies with his face up and rolls silently to and fro in the heave of the water. (*LG* 94)

"해석을 유보시키는" 남녀의 "완벽한 신체"에 대한 찬양과 더불어 "옷은 그를 가리지 못한다"고 말하는 대목은 나체야말로 곧 "종교적인 아이디어"라 보고 있는 휘트먼의 확고한 믿음을 뚜렷이 보여 주는 것이다. "몸", "머리", "손", "관자놀이", "가슴", "등", "배"와 같은 남성 신체의 여러 부분들을 마치 스냅사진처럼 상세하게 포착하고 있는 시구는 "현재와 실제를 찬양하는"(*LG* 202) 휘트먼의 카메라의 시선을 보여 주는 것이라 할 수 있다. 강렬한 '시각적 촉각성'을 상기시키는 휘트먼의 남성의 몸에 대한 묘사는 〈수영〉에서와 같이 '사진적 환상'으로 다가온다. 시인은 남성 신체의 "강하고 감미로운 특성"을 "가장 좋은 시"에 비유함으로써 마치 욕망의 시선을 지니고 남성의 나체를 사진 찍고 있는 듯 보인다. 그래서 "나를 어루만져라, 당신의 손바닥으로 지나가는 나의 몸을 어루만져라, / 나의 몸을 두려워하지 마라 (Touch me, touch the palm of your hand to my body as I pass, / Be not afraid of my body)"(*LG* 111)라고 유혹하듯 이 시는 우리에게 감각의 동시성을 강하게 유발시키고 있다. 이렇게 "육체는 하나의 장관, 즉 시인의 눈에 개방된 하나의 이미지로 표현된다. 휘트먼이 그의 판타지 속에 그것을 포괄시키고 종속시킨다"(Clarke 23)는 점에서 '사진적 환상'을 실현해 주는 촉매가 되고 있다. 이 시에서 알 수 있듯 남성의 신체에 대한 정밀한 묘사는 "그 자체가 외설적인 기분을 가져오는" 피상적인 대상으로 간주했던 옷을 꿰뚫어 신체 깊숙이 침투하고 있다는 점에서 화가의 시각과는 선명하게 구별되는 카메라맨의 시선이라 할 수 있다. 이것은 "화가는 주어진 대상으로부터 자연스러운 거리를 유지하는데 반해 카메라맨은 작업할 때 주어진 대상의 조직에까지 깊숙이 침투한다"(49)라는 언급을 통해 화가와 카메라맨을 각각 마술사와 외과의사에 비유한 벤야민(Walter Benjamin)의 주장과 상통한다.

이렇듯 휘트먼과 에이킨스의 카메라의 눈에 포착된 남성의 신체는 궁극적으로 나체라는 피사체로 인식되고 있다. 「나는 전율하는 몸을 노래한다」에서도 "균형 잡힌 남자"의 신체 이미지는 궁극적으로 "수영장의 나체의 수영객"으로 연결되고 있다. 이런 점에서 남성 나체의 이미지를 '사진적 환상'으로 승화시키고 있는 「나는 전율하는 몸을 노래한다」는 「나 자신의 노래」의 11번째 섹션처럼 장르를 가로질러 〈수영〉과 긴밀한 유사성을 지니고 있다. 무엇보다 휘트먼과 에이킨스가 공유하는 '사진적 환상'은 "시각의 대상으로서의 육체는 남성의 육체와 여성의 육체가 모두 포함되지만 시각 그 자체는 전적으로 남성적인 특권이다. 따라서 그 시각이 매혹당하는 대상은 여성의 육체에 국한된다"(Brooks 88)고 보는 지배적인 문화적 모델을 전복시키고 있다는 점에서 시대를 앞선 이미지 재현이라 할 수 있다. 이처럼 휘트먼과 에이킨스의 작품을 관통하는 사진은 도발적이고 전위적인 리얼리즘, 즉 시와 회화를 아우르는 새로운 미국적 리얼리즘의 토대를 구축하는 핵심 매개가 되고 있다.

에이킨스는 예술적인 측면에서뿐만 아니라 기질적으로도 많은 점에서 휘트먼과 긴밀한 유사성을 보여 준다. 〈수영〉에서 드러나듯 에이킨스의 남성 누드, 건강한 신체, 그리고 강한 남성적 동지애(comradeship)에 대한 관심은 『풀잎』에 수록된 많은 시에서 두드러지게 나타나는 주제이기도 하다. 에이킨스는 19세기 후반 미국 사회에서 건강과 운동에 대한 장려 정책에 부합하는 스포츠를 모티브로 야구, 조정, 복싱, 레슬링 등을 사실적으로 묘사한 〈경례 *Salutat*〉, 〈레슬링 선수들 *The Wrestlers*〉 등의 작품을 발표했다. 주목할 점은 이 그림들 대부분이 사진을 기초로 만들어졌기 때문에 〈수영〉의 핵심 테마인 남성 나체의 '사진적 환상'의 연장선으로 볼 수 있다는 사실이다. 1899년 에이킨스가 발표한 복싱 경기에 관한 그림 〈라운드 사이 *Between Rounds*〉는 그 대표적인 예라 할 수 있다. 휘트먼이 영면했던 1892년이라는 시점에서 7년이 훨씬 지나 발표된 이 그림 속에 시인을 닮은 사람을 복싱 경기를 관람하는 청중으로 등장시키고 있다는 사실은 매우 흥미롭다. 휘트먼을 떠올리게 하는 이 노년의 신사는 2층 관람석에서 라운드 사이에 휴식을 취하고 있는 반―나체의 복싱선수를 '응시'하고 있는 모습으로 나타난다. 강렬한 한 줄기 빛이 그의 대머리, 길게 자란 회색 수염, 그리고 오른 손에 들고 있는 종이다발을 비추고 있다. 또한 이 빛은 아래로 내려가 복싱 경기장과 선수를 밝게 비추고 있다. 신사와 복싱선수를 두드러지게 조명하고 있는 그림에서 에이킨스는 남성의 육체를 '시각적 촉각성'으로 지각하려는 자신의 욕망을 휘트먼에게 투사함으로써 자칫 동성애를 연상시킬 수도 있는 남성적 동지애의 사회적 반향을 피하면서 휘트먼과의 예술적·기질적 유사성을 드러내고 있다. 다시 말해 이 신사는 젊은 남성 수영객들을 은밀한 시선으로 지켜보면서 이른바 '보이지 않는 하나의 손'으로 그들의 몸을 만지고 느끼려는 시인의 욕망이자 동시에 〈수영〉에서 머리만을 내민 채 다른 수영객들의 몸을 면밀히 '응시'하며 감각적 초월을 꿈꾸는 화가 자신의 욕망을 암시하고 있다.

복싱 경기의 청중이자 동시에 관음증자를 암시하는 휘트먼을 그의 사후에 다시 등장시킨 것은 세대와 매체의 차이를 초월하여 화가와 시인이 공유하는 남성적이고 예술적인 동지애의 표명으로 보인다. 이와 관련해 마조리 월터(Marjorie A. Walter)는 이 노년의 신사가 초상화 〈월트 휘트먼〉과 놀라운 유사성을 지니고 있음을 지적한다.

이 신사는 종이 한 장, 즉 아마도 경기 프로그램 혹은 휘트먼의 시작 (poetry-making) 기획에 대한 참고문헌을 검토하거나 읽고 있는 것처럼 보인다. 우리는 휘트먼이 정말 복싱 경기에 참석했는지 알 수 없지만 그 스포츠는 확실히 그를 매료시켰다. 에이킨스는 미술학교에서 해고되고 난 후인 1880년대 후반 휘트먼과 많은 시간을 함께했었고, 시인이 동지임을 알게 되었다. 지배적인 사회 관습을 준수하는 것에 대한 시인의 거부 (…중략…) 인간(남성) 육체의 찬양에 대한 그의 무한한 축하 그리고 남성 동지애에 대한 시인의 관심은 에이킨스와 연관될 수 있는 휘트먼의 개성의 모든 측면이었다. (175~176)

'에이킨스와 연관될 수 있는 휘트먼의 개성의 모든 측면'을 포괄하고 있는 〈라운드 사이〉는 에이킨스의 상상력에서 영원한 뮤즈였던 휘트먼의 지대한 영향력을 미치고 있음을 다시 한 번 입증해 주고 있다. 더욱이 휘트먼이 '응시'하고 있는 건강한 복싱선수의 이미지를 시각적 촉각성으로 확장하고 있기 때문에 〈라운드 사이〉는 '현대적 사진 감수성'을 표상하는 '사진적 환상'의 연장선으로 볼 수 있다.

토머스 에이킨스, 〈라운드 사이〉, 127.3×101.3cm, 1899, 필라델피아 미술관 소장.

휘트먼과 에이킨스의 예술적 유사성과 관련해 중요한 점은 시인이 에이킨스를 만나기 이전에 예술적 '동지'이자 '리얼리티와 과학'의 이미지를 가장 잘 구현했다고 찬사를 보냈던 화가가 바로 밀레라는 사실이다. 이것은 『풀잎』은 다른 형식의 밀레일 뿐이다. 그것은 월트 휘트먼이 말로 옮기는데 성공한 밀레이다"(Traubel 1: 7)라는 시인의 말에서 여실히 입증된다. 그리하여 휘트먼은 『표본이 되는 날들』에 수록된 「밀레의 그림—마지막 항목 Millet's Pictures—Last Items」이라는 섹션에서 〈씨 뿌리는 사람 The Sower〉을 포함한 밀레의 여러 그림에서 이전까지 볼 수 없었던 "어떤 것도 빌려오지 않고 그 자체의 진실에 항상 충실한"(Traubel 3: 89) 이미지, 곧 사진적 사실주의가 충만해 있음을 예리하게 읽어 내고 있다. 그리하여 그는 "나는 점점 더 정신적으로 최고의 사진들—사실은 예술 작품인—과 함께 하고 있다"(Traubel 4: 434)라고 강조한다.

「밀레의 그림-마지막 항목」의 결론에 이르러 시인은 "내게 밀레의 그림이라는 신세계를 열어준 짧은 보스턴 방문에 대해 깊이 생각해야 한다. 미국은 바로 이곳에 고유한 육체와 영혼을 지닌 예술가를 정말로 잉태할 수 있을까?"(SD 182)라고 질문하며 이 에세이를 종결한다. 「밀레의 그림-마지막 항목」이란 에세이를 썼던 때는 1881년으로 휘트먼이 에이킨스와 첫 만남을 가졌던 1887년보다 시기적으로 훨씬 선행한다. 요컨대 휘트먼은 에이킨스에게 밀레의 그림에 내재된 '리얼리티와 과학'적 이미지의 결정체, 즉 '최고의 사진들'을 보았던 것이다. 그가 "에이킨스는 단순한 화가가 아니라 하나의 힘이다"라는 찬사를 보낸 것도 바로 이런 연유에서이다. 따라서 미국이라는 토양에서 휘트먼이 갈망했던 "고유한 육체와 영혼을 지닌 예술가"는 다름 아닌 에이킨스라 할 수 있다.

# 나가며

영미문학사에서 휘트먼만큼 사진에 대한 논의를 에이킨스와 연계시켜 구체적으로 다루고 있는 시인은 지금도 쉽게 찾을 수 없을 것 같다. 휘트먼은 사진이야말로 서구 회화의 전통을 거부하면서 리얼리티로 충만한 동시대성의 이미지를 재현해 주기 때문에 고유한 미국적 예술에 가장 잘 부합하는 매체라는 사실을 예리하게 간파했다. 1887년에 와서야 휘트먼과 에이킨스는 첫 만남을 가졌고 시인이 사망할 때까지 교분을 나누었던 기간이 약 5년에 불과했지만 두 예술가는 세대와 매체의 차이를 넘나들며 미학적 유사성을 공유했다. 휘트먼은 에이킨스를 만나기 전부터 "이른바 시는 그저 사진(그림)일 뿐이다"라고 주장하며 『풀잎』을 통해 자신의 시를 "잘 찍혀진 사진들"처럼 시각화하고자 열망했다. 그리하여 그는 시를 "리얼리티와 과학"의 이미지, 즉 사진적 사실주의로 형상화하고자 했다. 그가 선호했던 "응시하다"라는 단어는 이런 맥락에서 이해될 수 있다. 더욱이 일련의 스냅사진을 연상시키는 그의 특징적인 카탈로그 기법 역시 시의 사진적 형상화에 대한 강렬한 열정의 산물로 볼 수 있다.

휘트먼은 당대의 예술가들 중 밀레가 '리얼리티와 과학'의 이미지를 가장 잘 구현한 화가라는 사실을 간파한다. 그리하여 "밀레는 나의 화가이다. 그는 내게 속한다"라고 주장한다. 하지만 시인은 "미국은 바로 이곳에 고유한 육체와 영혼을 지닌 예술가를 정말로 잉태할 수 있을까?"라는 의문을 가지며 자신이 추구하는 미학적 이상에 부합하는 예술가를 미국에서 쉽게 발견할 수 없음을 안타깝게 생각한다. 에이킨스야말로 이런 휘트먼의 의문에 대한 가장 적절한 대답이라 할 수 있다. 에이킨스를 만난 이듬해인 1888년 그가 그린 초상화 〈월트 휘트먼〉을 보고 시인은 여러 화가들이 그린 모든 초상화들 중에서 사진적 사실주의에 걸맞는 에이킨스의 초상화를 가장 좋아한다고 강조한다. 더욱이 초상화에 대해 휘트먼은 육체의 묘사에서 보여 준 에이킨스의 미미한 실수를 언급하면서 육체성의 재현은 밀레의 그림에서 처럼 더욱 '사실적이고 엄격한' 사진적 사실주의를 담아내고 있어야 한다는 점을 날카롭게 지적한다.

이처럼 '카메라의 눈'을 지닌 휘트먼과 에이킨스가 공유하는 미학적 이상에 가장 잘 부합하는 피사체는 다름 아닌 남성의 나체였다. 사실 19세기 미국 문예사를 통해 휘트먼과 에이킨스만큼 일평생 인간의 육체, 특히 남성의 나체에 대해 무한한 찬사와 관심을 표명한 예술가는 흔치 않는 것처럼 보인다. 휘트먼은 「나 자신의 노래」에서 남성의 나체를 묘사하면서 자신의 욕망을 암시하는 "보이지 않는 하나의 손"을 삽입함으로써 강렬한 '시각적 촉각성'을 유발시키고 있다. 또한 「나는 전율하는 몸을 노래한다」에서도 시인은 남성의 신체를 하나하나 면밀히 '응시'하면서 꿰뚫는 카메라맨의 시선으로 그의 옷을 벗겨 낸다. 그리하여 "강하고 감미로운" 남성의 나체를 "가장 좋은 시"에 비유하고 있다. 이렇게 남성 나체를 찬양하고 있는 휘트먼의 시들은 남성의 나체를 "세계에서 가장 아름다운 대상"으로 보고 있는 에이킨스의 시각과 연결되어 있다. 사진과 해부학에 대한 심오한 관심과 조예에 토대를 두고 있는 에이킨스의 카메라의 눈은 휘트먼이 강조하는 "리얼리티와 과학"의 이미지를 '시각적 촉각성'으로 확장시키는 '사진적 환상'을 추구하고 있는 것이다. 1885년에 발표한 〈수영〉은 「나 자신의 노래」와 「나는 전율하는 몸을 노래한다」 등의 시에서 남성의 나체를 노래한 휘트먼의 '사진적 환상'에 대한 회화적 등가물로 볼 수 있다. 휘트먼의 사후 7년이 지나 발표된 〈라운드 사이〉 역시 청중 속에 위치한 시인과 반-나체의 복싱선수를 '응시'하고 있는 그의 시선과의 연관성을 정교하게 담아내고 있기에 '사진적 환상'의 연장선이라 볼 수 있다. 이렇듯 두 예술가의 상상력을 사로잡았던 남성의 나체 이미지는 장르를 초월하여 '사진적 환상'으로 수렴되고 있다.

세대와 장르의 차이를 초월하여 휘트먼과 에이킨스를 하나로 묶어 주는 매개 역할을 하고 있는 사진은 19세기 당대의 문학과 예술을 아우르는 문예사조인 리얼리즘의 도래를 촉진시킨 정수가 되었다. 무엇보다 두 예술가들이 추구했던 사진적 사실주의는 남성의 나체를 부각시키며 남성적 동지애를 강조하였기에 전통과 도덕을 중시했던 당대 빅토리아조 시대의 예술가들에게 쉽게 찾을 수 없는 전위적인 리얼리즘의 표현이었다. 말하자면 '산보자' 혹은 '초절주의자'의 시선으로는 적절하게 설명할 수 없는 독특한 표현으로 '현대적 사진 감수성'에 걸맞는 이미지인 것이다. 이런 점에서 그들은 사진이라는 매체를 통해 새로운 리얼리즘, 곧 고유한 미국적 리얼리즘이라는 토대를 구축한 선구적 예술가로 평가될 수 있다. 휘트먼과 에이킨스가 추구했던 미학적 이상의 근원이 되는 사진과 그 영향력은 오늘날까지 지속되고 있기에 고유한 미국적 예술을 구축할 수 있는 촉매제의 역할을 하고 있다. 이는 "이제 '미국 사진'이라는 어구는 '프랑스 회화', '그리스 조각', '네덜란드 풍경화', '이집트 상형문자'라고 말할 때처럼 필연적이라는 느낌을 준다"(272)라는 미첼(W. J. T. Mitchell)의 언급에서 명백히 입증되고 있다. 따라서 사진은 단순히 복제기계라는 한계를 넘어 탈장르적이며 전위적인 이미지 재현을 가능하게 하는 매개로 작용하기 때문에 시와 조형예술을 아우르는 미국 리얼리즘에 대한 이해와 수용의 범위를 더욱 확장시키고 있다.

We do not blame thee, Elder World—nor separate ourselves
   from thee,
(Would the Son separate himself from the Father?)
Looking back on thee—seeing thee to thy duties, grandeurs,
   through past ages bending, building,
We build to ours to-day.

Mightier than Egypt's tombs,
Fairer than Grecia's, Roma's temples,
Prouder than Milan's statued, spired cathedral,
More picturesque than Rhenish castle-keeps,
We plan even now to raise, beyond them all,
Thy great cathedral sacred industry, no tomb,
A keep for life for practical invention.

As in a waking vision,
E'en while I chant I see it rise, I scan and prophesy outside
   and in,
Its manifold ensemble.

# 제2부

육체적 몸과 시각적 촉각성
프레드릭 로 옴스테드와 랜드스케이프 건축
휘트먼과 현대 도시 공원
조셉 스텔라와 미래주의
무성영화 〈맨하타 *Manhatta*〉에 나타난 휘트먼의 비전

# 육체적 몸과 시각적 촉각성

## 1. 『풀잎』에 나타난 복합 감각

고대 이래로 오랫동안 인간의 오감(five senses) 중 촉각(touch)은 감각의 역사에서 가장 서열이 낮은 감각으로 분류되고 있다. 고대 그리스 철학자 플라톤(Platon)은 『티마이오스 *Timaios*』에서 감각의 서열을 세워 시각, 후각, 미각의 순으로 나열했다. 플라톤은 촉각을 몸 전체에 공통되는 느낌들로서 특별한 기관이 없기 때문에 독립된 감각으로 분류되지 않는 감각으로 간주했다. 18세기에 이르러 가장 중요한 감각으로 간주되기 시작한 시각(sight)과 비교해서 촉각은 불합리하고, 직접적이며, 반사력이 없고, 물리적으로 근접한 세계를 이해하는 것과 의미가 통하는 감각이 되었다. 이런 맥락에서 20세기는 물론 현재에 이르기까지 서구의 문예사를 관통하는 핵심 담론은 단연 시각성과 시각중심주의(Ocularcentrism)를 중심으로 전개되어 오고 있음은 부인할 수 없는 사실이다. 하지만 모더니즘 이래 새롭게 부상하고 있는 인간 몸의 물질성에 부합하여 최근의 시각문화교육은 감각을 통한 인식에 있어 그동안 주변화되었던 감각 기관인 촉각을 다른 감각들, 특히 시각과 밀접한 상관성을 지닌 지각양식으로 간주해 오고 있음은 주목할 만하다.

휘트먼은 자연을 포함한 만물과의 육체적, 정신적 접촉을 통한 일체감을 보여 주는 많은 시와 산문을 발표했다. 그의 대표 시집 『풀잎』에서 "몸(body)", "접촉(contact)", "키스(kiss)", "교감(rapport)", "점착성(adhesiveness)", "만지다(touch)", "껴안다(press)" 등 촉각성(tactility)을 상기시키는 단어를 찾기는 어렵지 않다. 이것은 그의 대표 시 「나 자신의 노래 Song of Myself」에서 "다른 누군가의 몸에 내 몸을 접촉하는 것은 너무나 행복한 것이다(To touch my person to some one else's is about as much as I can stand)"(*LG* 57)라는 그의 언급에서 단적으로 입증되고 있다. 휘트먼은 자서전 『표본이 되는 날들』에서도 인간과 자연의 소통가능성을 촉진하는 매개로 기능하는 "전체 육체적 몸(whole corporeal body)"의 중요성을 언급한다. 시인은 "우리와 땅과 빛, 공기, 나무 등과의 내적이며 결코 잊을 수 없는 교감은 눈이나 마음만으로 실현되는 것이 아니며 전체 육체적 몸을 통해 이루어지는 것"(*SD* 104)이라는 사실을 강조한다. 「안녕! So Long!」이라는 시에서도 "누구든지 이 책을 만지는 자는 사람을 만지는 것이다(Who touches this, touches a man)"(*LG* 505)라며 자신의 시는 "전체 육체적 몸"과의 접촉을 기반으로 하고 있다는 점을 분명히 피력한다. 나아가 「잠자는 사람들 The Sleepers」이라는 시에서 "눈에 보이지 않는 어떤 것의 접촉—빛과 공기의 정사"(*LG* 430)라며 구체적인 대상뿐만 아니라 '눈에 보이지 않는' 추상적인 것을 망라하는 모든 사물과의 접촉을 통한 소통을 열망한다. 이처럼 휘트먼에게 접촉으로 표상되는 '촉각'은 그의 상상력의 핵심으로 자리잡고 있다.

이런 사실에도 불구하고 휘트먼의 감각에 대한 사유를 다루고 있는 대부분의 연구는 지금까지도 그가 활동했던 19세기 문예사에서 주류를 차지했던 감각인 시각에 초점을 두고 진행되어 왔다. 이것은 휘트먼이 일평생 시와 산문을 통해 그림, 사진, 조각 등과 같은 시각예술에 대한 남다른 관심과 조예를 지속적으로 표명한 사실과 무관하지 않다. 휘트먼은 동시대의 찰스 헤이드(Charles Heyde), 제시 탈봇(Jesse

Talbot), 윌리엄 시드니 마운트(William Sidney Mount), 월터 리비(Walter Libbey), 토머스 에이킨스(Thomas Eakins) 등의 화가들, 헨리 커크 브라운(Henry Kirke Brown), 윌리엄 오도노반(William O'Donovan) 등의 조각가들, 그리고 존 플럼(John Plumb), 매슈 브래디(Mathew Brady), 알렉산더 가드너(Alexander Gardner), 제임스 깁슨(James Gibson) 등의 사진작가들과 긴밀한 친교를 유지하였다. 시인은 초기 시 「자발적인 나 Spontaneous Me」에서부터 "이른바 시는 그저 그림일 뿐이다(what we call poems being merely pictures)"(LG 103)라고 주장하며 시각에 대한 무한한 신뢰를 드러낸다. 특히 1855년 출간된 『풀잎』 초판본의 「서문 Preface」을 통해 "다른 감각들(other senses)"을 압도하는 "시각(sight)"에 대해 무한한 애정을 피력한 그의 견해(LG 716)는 현재까지 휘트먼과 시각예술의 상관성에 대한 연구의 중요한 단초가 되고 있다. 하지만 휘트먼에게 '전체 육체적 몸'을 느끼는 가장 중요한 감각은 촉각이다. 시인은 시각의 한계를 초월하여 자신의 육체를 매개로 새로운 정체성을 가져다주는 감각은 다름 아닌 '촉각'이라는 점을 예리하게 통찰하고 있다. "그렇다면 이것이 촉각인가? 나를 새로운 정체성으로 떨게 하는(Is this then a touch? quivering me to a new identity)"(LG 57)이라는 그의 언급은 촉각에 대한 휘트먼의 견해를 집약하고 있는 것이라 할 수 있다.

이렇듯 『풀잎』에 수록된 많은 시에서 편재되어 있는 감각적인 이미지들이 대개 시각성과 촉각성을 동시에 내포하고 있다는 점은 주목할 만하다. 실제로 이미지는 "육체적 지각작용에 의해서 이룩된 감각적 형상이 마음속에 재생되는 것이므로 감각경험의 모사"(김영철 146)이기 때문에 이미지는 감각의 문제와 불가분적 연관성을 지니고 있다. 이런 점에서 휘트먼이 강조한 '전체 육체적 몸'은 감각적 초월을 가져다주는 복합 감각, 곧 시각적 촉각성(visual tactility)을 구현시켜 주는 핵심 기제가 된다. 이것은 시인이 젊은 여성 페르소나(persona)로 등장하는 「나 자신의 노래」 11번째 섹션에서 뚜렷이 나타난다. 여기서 휘트먼은 수영하는 젊은 남성들의 나체를 은밀하게 응시하면서 그들의 몸을 만지려는 욕망을 드러낸다. "보이지 않는 하나의 손이 또한 그들의 몸에서 흘러내렸다"(*LG* 39)라는 시구는 강렬한 시각적 촉각성의 정수로 볼 수 있다. 나아가 휘트먼은 "내가 특정한 어떤 것을 숭배한 다면 그것은 내 자신의 몸이 확장된 것(If I worship one thing more than another it shall be the spread of my own body)"(*LG* 53)이라며 자신의 자아는 육체적 존재로서 타자와의 구체적인 접촉을 통해서만 더욱 확장될 수 있다고 주장한다.

휘트먼에게 접촉을 통해 가장 잘 느낄 수 있는 감각은 바로 촉각이며 접촉을 강조하는 것은 자기중심적 사유를 뛰어넘어 타자와의 소통을 열망하는 것이다. 휘트먼은 정신/육체, 이성/감성이라는 이원론에서 억압되어 있는 몸의 해방을 통해 자신의 자아를 더욱 확장하려는 비전을 제시한다. 무엇보다 현대 미학의 두 기둥인 유물론과 미디어론에서 공통적으로 나타나는 특징은 감각에 있어서 촉각을 강조하고 있다는 사실은 중요하다. 따라서 시인이 『풀잎』에서 강조한 촉각적 사유는 19세기 미국이라는 시공간을 초월하여 현대성을 지향하고 있다고 볼 수 있다. 이것은 시각예술과 더욱 "사적이고 친밀한 관계"(149)를 사용하기 위해 사용되는 필수적인 지각 체계로 촉각을 정의함으로써 "촉각적 상상력"(64)이란 개념을 처음으로 제안한 현대 미술사가인 베렌슨(Bernard Berenson)의 언급에서 뚜렷이 알 수 있다. 비슷한 맥락에서 치데스터(David Chidester)는 "현대 세계는 시각의 영역인 걸로 추정된다. 이 영역은 시선의 주도로 구축되고, 파노라마적 감시(panoptic surveillance)에 의해 통제된다. 그러나 현대성은 또한 촉각성이다"(61)라고 주장한다. 이처럼 『풀잎』에 충만한 '전체 육체적 몸'과 촉각에 대한 시인의 심오한 통찰은 시대를 앞서 현대성에 걸맞는 복합 감각을 유발시키는 이미지, 곧 시각적 촉각성으로 수렴될 수 있다.

『풀잎』에 충만한 강렬한 시각적 촉각성은 휘트먼이 활동했던 당대는 물론 현재까지 수많은 시각 예술가들에게 영감을 가져다 준 동인

이 되고 있다. 특히 기질적이고 예술적인 측면에서 휘트먼과 긴밀한 유사성을 보여 주는 당대의 화가 에이킨스(Thomas Eakins)의 작품은 세대와 장르의 차이를 초월하여 시각적 촉각성이라는 공통분모로 수렴되고 있다는 점에서 주목할 만하다. 이에 필자는 그동안 휘트먼 연구에서 간과되어온 감각인 촉각에 대한 논의를 중심으로 현대성에 강하게 부합되는 촉각에 대한 재고의 필요성을 시인이 강조한 '전체 육체적 몸'과 연관시켜 고찰할 것이다. 그래서 시각과 불가분적 연관성을 지닌 촉각이야말로 휘트먼의 상상력을 자극하는 원천이며 또한 장르와 매체의 차이를 초월하여 현대의 통합 문예사 연구에 있어서도 핵심 고리가 되고 있다는 사실을 밝히고자 한다.

## 2. 보이지 않는 손과 에이킨스

"나는 내게 접촉하는 것들을 열렬히 사랑한다(I am mad for it to be in contact with me)"(*LG* 29)라는 그의 언급에서 단적으로 드러나듯 휘트먼에게 가장 강력한 시적 영감을 가져다 준 감각은 다름 아닌 촉각이라 할 수 있다. 더욱이 시인은 자신의 시를 읽는 독자에게 단지 눈으로 보는 것에 그치지 않고 마치 '책이라는 몸'을 만지듯 온 몸의 체험을 요구한다. 그는 「직업을 위한 노래 A Song for Occupations」에서 "내가 밤이나 낮이나 책이라는 몸을 만지고, 그들이 다시 내 몸을 만질 때 (…중략…) 나는 내 손을 그들에게 뻗어 내가 남자들과 여자들에게 하듯 그들에게도 많은 것을 할 작정이다(When I can touch the body of books by night or by day, and when they touch my body back again (…중략…) I intend to reach them my hand, and make as much of them as I do of men and women like you)"(*LG* 218~219)라며 타자들과의 상호감각적인 열망을 피력한다. 이처럼 『풀잎』을 통해 접촉의 감각을 시적 상상력의 정수로 간주하는 휘트먼은 몸과 육체성을 매개로 한 촉각에 대한 천착

없이는 고유한 미국 시를 창조할 수 없다는 비전을 제시하고 있다. 이런 휘트먼의 탈근대적 지각은 19세기 당대 지배 이데올로기로 기능했던 시각중심주의를 초월하고 있다는 점에서 현대성에 부합하는 휘트먼의 면모를 적나라하게 보여 주는 것이다. 이것은 "근대 철학에 대한 반발로 대대적인 패러다임의 전복이 일어나는데, 감각론에 있어서 그 전복은 바로 기존에 갖고 있던 시각에 대한 절대성을 무너뜨리는 것이었다. 즉 이성중심주의 철학에 대한 비판이 감각론에도 영향을 미치게 되는데, 바로 시각, 청각 중심의 감각론에서 촉각이라는 감각이 복권되어 중심적 지각이 되어 가고 있다는 것이다"(이한석 79)라는 촉각과 현대성의 밀접한 상관성에서 그 근거를 찾을 수 있다.

'책이라는 몸'과 같은 시어를 통해 휘트먼이 강조한 접촉의 감각은 인간의 맨몸의 신체, 즉 나체에 대한 그의 견해에서 더욱 구체적으로 살펴볼 수 있다. 시인은 종종 나체의 아름다움을 고대 그리스인이 창출한 최고의 철학과 예술에 비유하며 나체에 대한 무한한 찬사를 표명한다. 이는 『표본이 되는 날들』의 「일광욕—나체 A Sun-Bath—Nakedness」라는 섹션에서 뚜렷이 나타난다.

> 우리의 옷은 입기에 너무 귀찮을 뿐만 아니라 그 자체가 외설적인 기분을 가져온다. 자연 속의 나체라는 자유롭고 아주 즐거운 황홀을 결코 가질 수 없는 남성과 여성(얼마나 많은 사람들이 있는지!)은 순수성이 무엇인지—신앙, 예술 혹은 건강이 무엇인지 모를 것이다. (고대 그리스인이 이루어 낸 최고의 철학, 아름다움, 영웅주의, 형상의 전체 교과과정은—그런 분과 속에서 최고의 높이와 깊이를 지닌 문명으로 알려진—나체라는 자연적이고 종교적인 발상으로부터 파생된 것 같다.) (*SD* 104)

시인은 고대 그리스인이 성취했던 철학, 예술 등을 망라하는 전체 교과과정은 바로 "나체라는 자연적이고 종교적인 발상"에서 유래되었음을 역설한다. 이처럼 휘트먼에게 옷이야말로 "외설적"인 것이며,

인간의 나체는 단순한 찬사의 단계를 넘어 "종교적인 발상"으로 승화되고 있다. 이처럼 시인은 나체에 대한 무한한 찬사를 통해 강렬한 촉각적 이미지를 구현하고자 갈망한다. 특히 남성의 나체에 대한 시인의 경외심은 『풀잎』에서 자주 언급되고 있는데 「나는 전율하는 몸을 노래한다 I Sing the Body Electric」라는 시는 그 대표적 예라 할 수 있다. 여기서 휘트먼은 "팔다리", "엉덩이", "팔목", "허리" 등을 자세히 열거하며 남성의 "강하고 감미로운" 신체적 특성을 시각적이며 동시에 촉각적인 이미지로 형상화하는 리얼리스트 예술가로서의 면모를 보여 준다.

> 남자나 여자의 신체에 대한 사랑은 해석을 유보시킨다, 신체 그 자체는
>     해석을 유보시킨다,
> 남자의 신체는 완벽하다, 그리고 여자의 신체도 완벽하다.
>
> 얼굴의 표정은 해석을 유보시킨다,
> 균형 잡힌 남자의 표현은 그의 얼굴에만 나타나는 것이 아니다,
> 그것은 그의 팔다리와 관절에서, 신기하게도 그의 엉덩이와 팔목 관절에
>     서도 나타난다,
> 그의 걸음걸이, 그의 목, 그의 허리와 무릎의 유연함에서도, 옷은 그를
>     가리지 못한다,
> 그가 지닌 강하고 감미로운 특성은 면과 무명 옷감을 통해 빛난다,
> 그가 지나가는 것을 보는 일은 가장 좋은 시만큼, 아마도 그보다 더 많은
>     의미를 전달할 것이다,
> 당신은 그의 등과 목덜미와 어깨를 보려고 주위에서 머뭇거린다.
>
> The love of the body of man or woman balks account, the body itself balks
>     account,
> That of the male is perfect, and that of the female is perfect.

The expression of the face balks account,

But the expression of a well-made man appears not only in his face,

It is in his limbs and joints also, it is curiously in the joints of his hips and
wrists,

It is in his walk, the carriage of his neck, the flex of his waist and knees—
dress does not hide him,

The strong sweet quality he has strikes through the cotton and flannel,

To see him pass conveys as much as the best poem, perhaps more,

You linger to see his back, and the back of his neck and shoulder-side.

(*LG* 94)

"해석을 유보시키는" 남녀의 "완벽한 신체"에 대한 찬양과 더불어 "옷은 그를 가리지 못한다"고 말하는 대목은 나체야말로 곧 "종교적인 아이디어"라 보고 있는 휘트먼의 확고한 믿음을 나타내는 것이다. "몸", "머리", "손", "관자놀이", "가슴", "등", "배"와 같은 남성의 여러 신체 기관을 마치 스냅사진처럼 상세하게 포착함으로써 독자들을 간접적인 접촉 체험으로 유도하고 있다. "그가 지닌 강하고 감미로운 특성은 면과 무명 옷감을 통해 빛난다"라는 시구에서 암시되듯 휘트먼의 남성의 몸에 대한 형상화는 가촉적인 시각경험, 즉 시각적 촉각성으로 다가온다. 시인은 남성 신체의 "강하고 감미로운 특성"을 "가장 좋은 시"에 비유함으로써 마치 욕망의 시선을 지니고 남성의 나체를 만지는 듯 보인다. 나아가 "나를 어루만져라, 당신의 손바닥으로 지나가는 나의 몸을 어루만져라, / 나의 몸을 두려워하지 마라(Touch me, touch the palm of your hand to my body as I pass, / Be not afraid of my body)"(*LG* 111)라고 유혹하듯 시인은 타자와의 소통을 통한 상호감각적인 열망을 강하게 드러내고 있다.

『풀잎』에 형상화된 몸과 육체성이 불러일으키는 유사 촉각성(quasi tactility)인 시각적 촉각성은 휘트먼이 활동했던 당대는 물론 현재까지 장르와 매체를 초월하여 여러 예술가들의 상상력을 자극시키고 있다. 당대의 화가들 중 몸과 육체성을 모티브로 언어가 아닌 회화라는 매체로 휘트먼의 시각적 촉각성에 가장 잘 부합하는 사실적인 이미지를 창출한 화가는 단연 에이킨스라 할 수 있다. 시인은 트로벨(Horace Traubel)에게 당대의 화가들 중에서 에이킨스가 자신의 시적 이상을 '사실적인' 이미지로 구현한 '독특한(sui generis)' 화가이기 때문에 좋아한다고 밝힌다. 나아가 시인은 "화가들이 그린 나의 모든 초상화들 중에서 나는 에이킨스의 초상화를 가장 좋아한다. 그것은 완벽하지 않지만 나의 실재에 가장 가깝다"(Traubel 1: 131)라며 에이킨스의 리얼리스트적 면모를 예리하게 간파한다. 이와 관련해 1888년 에이킨스가 완성한 〈월트 휘트먼 *Walt Whitman*〉이라는 초상화에 대한 논평에서 휘트먼은 화가와 같은 시인으로서의 면모를 여실히 보여 주고 있다.

> 대개 나는 유화보다 사진을 더 좋아한다—사진은 기계적이지만 그것은 정직하다 (…중략…) 우리는 초상화로 그려진 밀레(Millet)—정신을 보지만 그것에 대해 너무 많이 그려 내지 않은 사람—육체를 보지만 육체로 충만한 사람, 즉 모든 것이 육체인 사람을 그려 내지 않은 사람인—를 필요로 한다. 에이킨스는 이런 균형을 거의 달성한다—거의—완전하지는 않지만. 에이킨스는 조금 실수를 한다. 아주 조금—조금—육체라는 방향 속에서. 나는 항상 화가들에게 종속된다. (Traubel 1: 131)

"에이킨스는 조금 실수를 한다. 아주 조금—조금—육체라는 방향 속에서"라는 휘트먼의 언급은 육체성의 재현에 있어 촉각성이 부족하다는 점을 암시하고 있다. 다시 말해 리얼리즘의 정수로 간주되는 사진처럼 이미지를 더욱 "사실적이고 엄격(realistic and severe)"(*Correspondence* 4: 135)하게 재현함으로써 가촉적인 시각경험을 불러일으켜야 한다는 것을 의미한다. 이런 점에서 휘트먼이 에이킨스에게 요구한 것은 다름 아닌 프랑스 사실주의 화가 밀레(Jean Francois Millet)의 그림이라는 것은 주목할 만하다. 요컨대 "나는 육체의 시인이자 또한 정신의 시인이다(I am the poet of the Body and I am the poet of the Soul)"(*LG* 49)라는 휘트먼의 언급은 육체와 정신 사이의 균형을 지닌 밀레의 그림에서 가장 잘 구현되고 있다고 할 수 있다. 더욱이 "나는 항상 화가들에게 종속된다"라는 시인의 주장은 자신의 시세계에 미친 시각예술의 중요성을 집약하고 있는 것이라 할 수 있다. 그리하여 휘트먼은 "에이킨스는 단순한 화가가 아니라 하나의 힘이다"(Traubel 1: 284)라며 예리하게 통찰하고 있다.

인간의 몸과 육체성, 특히 남성의 나체는 빅토리아 시대의 미국 시와 회화에서는 찾기 어려운 모티브로 휘트먼과 에이킨스의 작품을 관통하는 핵심이자 동시에 그들이 공유하는 시각적 촉각성에 가장 잘 부합하는 대상이라 할 수 있다. 일례로 1885년 에이킨스가 그린 〈수영 *The Swimming Hole*〉(107페이지 참조)은 성적 판타지를 불러일으킬 정도로 건강하고 아름다운 남성의 나체를 감각적으로 형상화하고 있다는 점에서 『풀잎』에서 휘트먼이 찬양한 남성의 나체를 강하게 연상시킨다. 실제로 휘트먼은 모든 스포츠 활동 중 수영을 가장 좋아했다. 시인은 봄부터 한겨울까지 해변에서 수영을 하면서 "이 투명하고 순수한 소금물 속에 하루에 두 번 수영하는 것이 나의 최고 기쁨중의 하나이다"(Aspiz 21)라고 말한다. 이런 점에서 〈수영〉은 장르의 차이를 초월하여 휘트먼의 「나 자신의 노래」의 11번째 섹션과 강렬한 유비적 연관성을 보여 준다.

그녀는 강둑이 솟아오른 곳에 아름다운 집을 갖고 있다,
그녀는 창문 뒤에 풍요로운 옷차림으로 숨어 있다.

그녀는 그 젊은이들 중 누굴 가장 좋아할까?
아, 그들 중 가장 소박한 이가 그녀에게 아름답다.

아가씨여, 그대 어디로 가는가요? 내 그대를 보아하니,

그대 거기 물속에서 첨벙거리는데, 그러지 말고 방에 가만히 있어요.

해안가를 따라 춤추고 웃으며 스물아홉 번째 수영객이 왔다,
다른 젊은이들은 그녀를 보지 못했지만, 그녀는 그들을 보았고, 그들을
　　사랑했다.

젊은이들의 턱수염이 물에 젖어 번쩍였고, 그들의 긴 머리에서 물방울이
　　흘러내렸다,
가는 물줄기들이 그들의 전신에서 흘러내렸다,

보이지 않는 하나의 손이 또한 그들의 몸에서 흘러내렸다,
그 손은 떨면서 관자놀이에서 가슴으로 내려갔다.

She owns the fine house by the rise of the bank,
She hides handsome and richly drest aft the blinds of the window.

Which of the young men does she like the best?
Ah the homeliest of them is beautiful to her.

Where are you off to, lady? for I see you,
You splash in the water there, yet stay stock still in your room.

Dancing and laughing along the beach came the twenty-ninth bather,
The rest did not see her, but she saw them and loved them.

The beards of the young men glisten'd with wet, it ran from their long hair,
Little streams pass'd all over their bodies.

An unseen hand also pass'd over their bodies,

It descended tremblingly from their temples and ribs. (*LG* 38~39)

이 시구는 빅토리아 시대의 정형화된 여성과 여성성을 전복시키고 있다는 점에서 특히 주목할 만하다. 즉 가족을 부양하면서 평화롭고 위안을 가져다주는 가정을 유지하는 것을 여성의 최고 덕목으로 간주한 빅토리아조 사회에서 부유한 가문 출신의 젊은 여성의 성적 욕망을 보여준다는 점에서 당대에 만연한 남성중심주의 성의식을 전복시키고 있다. "창문 뒤에 풍요로운 옷차림으로 숨어 있는" 여성화자는 수영하는 젊은 남성들을 몰래 지켜보면서 그들과 함께하려는 욕망을 지닌 관음증자(voyeur)처럼 보인다. 시인은 마치 카메라 렌즈를 통해 들여다보듯 물에 젖어 번쩍이는 "턱수염", 긴 머리에서 흘러내리는 "물방울", 그들의 전선에서 흘러내리는 "가는 물줄기" 등의 세부 사항들까지 정밀하게 포착하고 있다. 더욱이 수영객들의 몸 위로 "떨면서 내려가는", "보이지 않는 손"은 건강한 육체에 대한 찬미와 촉각을 포섭한 시각적 감각, 즉 '시각적 촉각성'을 강하게 유발시키고 있다. 말하자면 디테일하게 묘사된 젊은 남성들의 나체를 만지려는 '보이지 않는 하나의 손'을 통해 감각적이며 에로틱한 느낌은 더욱 배가되고 있다. 이처럼 접촉의 감각을 대표하는 신체 기관인 손은 『풀잎』에서 접촉의 기표로서 작용하고 있다.

요컨대, 시와 회화의 경계를 초월하여 휘트먼의 '보이지 않는 하나의 손'은 에이킨스의 눈, 곧 단순히 보는 눈이 아니라 만지고, 느끼고, 타자와 소통하려는 시선으로 치환된다. 말하자면 에이킨스의 눈은 단순히 육체적 욕망을 뛰어넘어 타자와의 정신적인 결합에 대한 열망을 암시하고 있다. 이런 점에서 로드리게스(Sophia Rodriguiz)는 휘트먼이 『풀잎』의 「서문」에서 말한 "몸에게 준 것만큼 정신은 몸으로부터 받는다"(*LG* 716)라는 시구는 몸과 정신이 합일되어야 한다는 시인의 믿음을 보여주는 것(80)이라고 지적한다. 이처럼 〈수영〉과 「나 자신의 노래」에서 '보이지 않는 손'은 촉각을 유발시키는 핵심 메타포로 기능한다. 「나 자신의 노래」에서처럼 〈수영〉은 남성 나체의 단순한 시각적 재현을 넘어 눈과 손의 결합으로 확장되는 감각, 즉 시각적 촉각성을 강하게 유발시키고 있다. 세대와 장르의 차이를 초월하여 휘트먼과 에이킨스가 공유하는 접촉과 손의 감각은 희열과 연대는 물론 몸과 정신의 합일을 표상하는 공통분모가 되고 있다.

요컨대, 시와 회화의 경계를 초월하여 휘트먼의 '보이지 않는 하나의 손'은 에이킨스의 눈, 곧 단순히 보는 눈이 아니라 만지고, 느끼고, 타자와 소통하려는 시선으로 치환된다. 말하자면 에이킨스의 눈은 단순히 육체적 욕망을 뛰어넘어 타자와의 정신적인 결합에 대한 열망을 암시하고 있다. 이런 점에서 로드리게스(Sophia Rodriguiz)는 휘트먼이 『풀잎』의 「서문」에서 말한 "몸에게 준 것만큼 정신은 몸으로부터 받는다"(LG 716)라는 시구는 몸과 정신이 합일되어야 한다는 시인의 믿음을 보여 주는 것(80)이라고 지적한다.

이처럼 〈수영〉과 「나 자신의 노래」에서 '보이지 않는 손'은 촉각을 유발시키는 핵심 메타포로 기능한다. 「나 자신의 노래」에서처럼 〈수영〉은 남성 나체의 단순한 시각적 재현을 넘어 눈과 손의 결합으로 확장되는 감각, 즉 시각적 촉각성을 강하게 유발시키고 있다. 세대와 장르의 차이를 초월하여 휘트먼과 에이킨스가 공유하는 접촉과 손의 감각은 희열과 연대는 물론 몸과 정신의 합일을 표상하는 공통분모가 되고 있다.


## 3. 치유의 촉매제로서의 촉각

『풀잎』의 중심 모티브가 되는 접촉은 전체 육체적 몸, 특히 손을 통해 이루어지며 육체적 욕망을 초월하여 휘트먼의 타자지향적 비전의 발현이라 할 수 있다. 이는 "손으로 나체의 몸을 만질 때 느끼는

묘한 공감(The curious sympathy one feels when feeling with the hand the naked meat of the body)"(*LG* 101)이라는 그의 언급에서 명백히 입증된다. 이처럼 손의 접촉으로 유발되는 "묘한 공감"은 『풀잎』에서 타자의 상처를 치유하고자 하는 시인의 모습으로 선명하게 재현된다. 사실 휘트먼의 작품에서 의사나 치유자(healer)로 등장하는 시적 화자의 모습을 찾기는 어렵지 않다. 시인은 뉴저지 주 캠던(Camden)에 정착한 후 "내가 직업을 선택해야 하거나 찾는다면 나는 의사의 직업을 선택할 것이다 (…중략…) 오, 의사는 최고의 사람(superb fellow)이 되어야 한다"(Aspiz 재인용 37)라고 주장한다. 남북전쟁의 직접적인 체험을 다룬 시 「상처를 치료하는 자 The Wound-Dresser」에서도 "나는 위로하는 손으로 상처와 부상자들을 달랜다(The hurt and wounded I pacify with soothing hand)"(*LG* 311)라며 지속적으로 치유자로서의 면모를 보여 주고 있다. 나아가 1871년 출간한 『민주주의의 조망 *Democratic Vistas*』이라는 산문에서 시인은 "어떤 고질병을 진단하는 의사처럼"(*DV* 11) 우리가 미국이라는 나라를 살펴보아야 한다고 주장한다.

『풀잎』에 자주 등장하는 치유자라는 페르소나는 '육체적 몸'과의 구체적인 접촉 행위를 상기시키는 전형으로 재현된다. 요컨대, 자신의 몸과 직접적인 접촉을 통해 질병과 상처를 치유하는 시인의 모습은 감각적인 초월을 강하게 유발시키며 『풀잎』을 관통하는 중심 모티브가 되고 있다. 「나는 전율하는 몸을 노래한다」에서 시인은 사람들 가까이에서 머물며 그들을 "바라보고", "만지고", "접촉"하는 것이 궁극적으로 정신적 구원을 가져온다고 보고 있다.


나는 알고 있다, 내가 좋아하는 사람들과 함께 있는 것으로 충분하다는
  것을,
저녁에 나머지 사람들과 함께 머무르는 것으로 충분하며,
아름답고 호기심에 찬 숨 쉬고 웃는 사람들에게 둘러싸이는 것으로 충분

하다는 것을,

그들 사이를 지나는 것, 어느 한 사람을 만지는 것, 그나 그녀의 목에 나
　의 팔을 잠시 가볍게 두르는 것, 그렇다면 이것은 무엇인가?

나는 더 이상의 기쁨은 요구하지 않는다, 나는 그 속에서 마치 바다 속에
　서인 양 헤엄친다.


남자들과 여자들 가까이에 있으면서 그들을 바라보고 그들과 접촉하며
　그들의 냄새를 맡는 것에는 영혼을 참으로 즐겁게 하는 무엇이 있다,

모든 것이 영혼을 즐겁게 한다, 그러나 이러한 것들은 참으로 영혼을 즐
　겁게 한다.


I have perceiv'd that to be with those I like is enough,

To stop in company with the rest at evening is enough,

To be surrounded by beautiful, curious, breathing, laughing flesh is enough,

To pass among them, or touch any one, or rest my arm ever so lightly round
　his or her neck for a moment, what is this, then?

I do not ask any more delight, I swim in it, as in a sea.


There is something in staying close to men and women, and looking on
　them, and in the contact and odor of them, that pleases the soul well,

All things please the soul, but these please the soul well. (*LG* 96)


이 시구에서 드러나듯 휘트먼은 단순히 남녀들을 바라보는 데 그치
지 않고 "그들과 접촉하고", 그들의 냄새를 맡음으로써 자신의 영혼을
더욱 고양시키게 된다는 사실을 역설한다. 나아가 휘트먼이 언어로
형상화하고자 열망한 "육체적 몸"을 매개로 한 촉각성은 "보이지 않
는 의사"(*SD* 105)로서의 역할을 암시한다. 『표본이 되는 날들』에 수록
된 많은 남북전쟁에 대한 글을 통해 휘트먼은 육체적이며 동시에 정

신적 치유의 촉매제로 기능하는 촉각의 중요성을 역설한다. 사실 19세기 미국의 주요 작가들 가운데 남북전쟁에 직접적으로 참가하여 '실제 전쟁'을 재현하려고 염원했던 작가는 휘트먼이 거의 유일하다고 할 수 있다. 이와 관련해 펠드만(Mark B. Feldman)은 "휘트먼이 자원봉사를 했었던 여러 병원들은 중심 주제이며 전쟁에 관한 그의 산문 작품에서 명백히 가장 중요하다"(9)라고 지적한다. 남북전쟁 기간 야전병원에서 부상병을 간호했던 휘트먼의 직접적인 체험에서 기인한 「병사들을 위한 여성 간호사들 Female Nurses for Soldiers」이라는 섹션은 그 대표적 예이다. 여기서 시인은 부상병들을 치유하는 여성 간호사들의 "어루만지는 자석 같은 손길(magnetic touch of hands)"이 내포한 강력한 치유적 힘을 강조한다.

> 많은 부상자들은 도움을 받아야만 했다. 반박될 수 없는 수백 가지 일이 발생하고, 종결되어야 한다. 중년의 나이가 지긋한 여성의 존재, 어루만지는 자석 같은 손길, 어머니의 모습을 한 얼굴, 조용히 위로하는 그녀의 존재, 그녀의 말 그리고 오직 아이를 가졌을 때만 나타나는 그녀의 지식과 특권들이 고귀하고 궁극적인 간호사의 자질이다. 요구되는 것은 병실 테이블 앞에서 점잔 빼는 젊은 여성이 지니고 있는 것이 아니라 타고난 능력인 것이다. (SD 61)

이 인용문에서 드러나듯 휘트먼이 요구하는 여성 간호사들은 "점잔 빼는 젊은 여성"이 아니라 어머니를 연상시키는 중년 여성이다. 이처럼 "모성적인 기질을 보여줌"(Wardrop 41)으로써 고통에 신음하는 부상병들을 치유하는 진정한 치유자로서의 시인의 모습은 『표본이 되는 날들』의 여러 전쟁 섹션에서 구체적으로 나타난다.

휘트먼이 강조한 육체적이고 정신적인 고통을 경감시켜주는 모성적인 속성을 지닌 "어루만지는 자석 같은 손길"은 신체 접촉을 통한 치유의 힘을 표상하는 메타포로 작용한다. 중요한 점은 "어루만지는 자석 같은 손길"은 단지 부상병의 아픈 신체 부위를 '치료하는(cure)' 것에 한정되지 않고 부상병과 간병하는 그 자신을 동시에 '치유하는(heal)' 기제로 작용하고 있다는 점이다. 이것은 "다른 사람을 만져주는 것은 남의 손길을 받는 것과 똑같이 치유의 힘이 있다. 신체 접촉을 제공하는 치유자 자신도 함께 치유되는 것이다"(121)라고 간주한 애커만(Diane Ackerman)의 주장을 강하게 상기시킨다. 따라서 휘트먼의 비전은 현대의 진정한 의사는 "치료만 하는 의사가 아니라 치유하는 의사"(34)의 역할을 강조한 미국의 저명한 외과의사 셔윈 눌랜드(Sherwin Nuland)의 시각과 상통한다는 점에서 시대를 앞선 통찰이라 할 수 있다. 이처럼 "어루만지는 자석 같은 손길"을 진정한 치유자로 간주한 휘트먼의 비전은 의학과 촉각 사이의 불가분적 연관성을 시사하고 있다. 이와 관련해 스미스(Mark M. Smith)는 "촉각성은 의료행위와 조산학(midwifery)에서 중요한 부분이 되었다"(100)라는 언급을 통해 계몽주의의 시각중심적 사유가 절정에 이르렀을 때조차도 의료과정에서의 핵심 감각은 다름 아닌 촉감이라고 주장한다.

무엇보다 휘트먼에게 『풀잎』의 소재 중에서 "어루만지는 자석 같은 손길"을 지닌 육감적이고 촉각적인 대상으로 가장 강력한 치유제로 표상되는 것은 다름 아닌 자연이다. 1873년 발병한 뇌졸중의 후유증으로 고생했던 휘트먼은 인간의 병든 육체에 대한 최고의 명약은 다름 아닌 "어루만지는 자석 같은 손길"을 표상하는 자연과의 직접적인 접촉에 있음을 인식한다. 시인은 요양을 위해 뉴저지 주 캠던(Camden)으로 이사한 후 자연과 접촉을 통해 자신의 병든 몸과 정신을 회복하는 과정을 『표본이 되는 날들』의 여러 섹션을 통해 자세히 보여 주고 있다. 한 여름 숲속에서 무성히 자란 나무들을 자신의 지치고 병든 육체를 치유하는 '보이지 않는 의사'라는 메타포로 간주하고 있는 「오크나무와 나 The Oaks and I」라는 섹션은 그 대표적 예이다.

나는 태양과 그늘 속에서 가지나 가는 나무를 애무하듯 붙잡고, 순전한 힘으로 씨름한다. 그래서 나무가 지닌 미덕이 내 몸속으로 스며든다는 것을 안다. (…중략…) 전례 없이 지난 2번의 여름은 나의 아픈 몸과 영혼을 강화시키고 자양분을 공급해 주었다. 고맙다, 보이지 않는 의사여! 그대의 감미로운 의학에, 그대의 낮과 밤에, 그대의 물과 공기에, 강변에, 풀에, 나무에 그리고 잡초에 진심으로 감사한다! (SD 105)

시인은 나무를 연인으로 의인화하여 "애무하듯이 붙잡고" 그들과 "씨름"함으로써 자신의 병든 몸과 정신이 치유되고 있다는 사실을 강조한다. "너의 고요하고 감미로운 약"이라는 말은 인간에게 최고의 명약은 '전체 육체적 몸'으로 자연과 접촉할 때 비로소 가능하다는 의미를 함축하고 있다. 인간에게 육체적 치유는 단지 시각적인 환희의 대상으로 자연을 관찰하는 것이 아니라 '전체 육체적 몸'으로 만지고 느낄 때, 곧 촉각적으로 일체감을 느낄 때 가능하다는 휘트먼의 비전을 집약하는 것이라 할 수 있다.

손과 더불어 '전체 육체적 몸'으로의 접촉은 『풀잎』의 중심 모티브가 되고 있지만 직접적인 촉각이 아니라 일종의 유사 촉각성을 불러일으키는 강력한 시적 소재는 밤이라 할 수 있다. 이런 점에서 밤은 "바싹 껴안아라, 가슴 드러낸 밤이여—바싹 껴안아라, 자석같이 자양분 풍부한 밤이여(Press close bare-bosom'd night—press close magnetic nourishing night!)"(LG 49)라는 휘트먼의 언급처럼 접촉과 결합을 유발시키는 촉매제로서 역할을 하고 있다. 이것은 「잠자는 사람들」이라는 시에서 더욱 명백하게 나타난다. 이와 관련해 애스피즈(Harold Aspiz)는 「잠자는 사람들」에서 "확장된 감각(expanded senses)"이 두드러지는데, 그것은 다름 아닌 "촉각"(173)이라고 날카롭게 지적한다. 이 시에서 시적 화자는 어둠을 관통하여 "다양한 것들은 덜 다양해지지 않을 것이나, 그들은 흘러 결합할 것이다—그들은 지금 결합한다(The diverse shall be no less diverse, but they shall flow and unite—they unite now.)"(LG 432)라며 만물과의 "결합"을 강조한다. 휘트먼은 타자와의 접촉 행위를 유도하는 밤이 지닌 탈이성적이고 육체 지향적인 속성을 상상력으로 승화시킨다. 여러 신체 기관들의 상호 접촉을 통해 국가, 인종, 남녀노소를 아우르는 모든 인간의 결합을 두드러지게 부각시킴으로써 시각적이면서 동시에 촉각적인 감각을 불러일으키고 있다.

아시아 사람과 아프리카 사람들이 손에 손을 잡고, 유럽 사람들과 아메리
　　카 사람들이 손에 손을 잡는다,
배운 사람과 못 배운 사람들에 손에 손을 잡고, 남자와 여자가 손에 손을
　　잡는다,
소녀의 드러난 팔이 애인의 드러난 가슴을 안는다, 그들은 욕정 없이 힘
　　껏 안는다, 그의 입술이 그녀의 목에 닿는다,
아버지가 다 자라거나 아직 채 자라지 않은 아들을 무한한 사랑으로 품에
　　안으며,
아들이 아버지를 무한한 사랑으로 품에 안는다,
어머니의 하얀 머리칼이 딸의 하얀 손목 위에서 반짝인다,
소년의 숨결이 어른의 숨결과 섞이고, 친구가 친구에게 팔짱을 낀다.
학자는 교사에게 키스하고 교사는 학자에게 키스한다 (…하략…)


The Asiatic and African are hand in hand, the European and American are
　　hand in hand,
Learn'd and unlearn'd are hand in hand, and male and female are hand in
　　hand,
The bare arm of the girl crosses the bare breast of her lover, they press
　　close without lust, his lips press her neck,
The father holds his grown or ungrown son in his arms with measureless
　　love, and the son holds the father in his arms with measureless love,
The white hair of the mother shines on the white wrist of the daughter,
The breath of the boy goes with the breath of the man, friend is inarm'd

by friend,

The scholar kisses the teacher and the teacher kisses the scholar …

(*LG* 432~433)

시인은 "손", "가슴", "목", "입술", "손목", "팔" 등 다양한 신체 기관
의 결합을 형상화함으로써 강렬한 감각적 초월, 즉 시각적 촉각성을
불러일으키고 있다. 더욱이 "잡는다", "안는다", "팔짱을 낀다", "키스
한다" 등 구체적인 접촉 행위를 나타내는 동사를 사용함으로써 인간
의 질병과 상처를 치유하는 최고의 치유제는 바로 타자의 육체와 직
접적인 접촉에 있다는 점을 강조한다. 따라서 접촉의 매개로 기능하
는 밤은 "어루만지는 자석 같은 손길"을 지닌 어머니로 표상되며 인간
의 병든 육체를 치유하는 강력한 치유제로 기능한다.

중죄인이 감옥에서 나오고, 정신 이상자가 정상이 되며, 환자의 고통이
  사라진다,
땀과 열이 그치고, 소리 내지 않던 목이 소리를 내며, 폐병 환자의 폐가
  회복되고, 형편없이 골치 아픈 머리가 자유로워진다,
류머티즘에 걸린 관절이 이전처럼 부드럽게 움직이고, 이전보다 더 부드
  러워진다,
막힌 것들과 길들이 열리고, 마비된 것들이 유연해진다,
부풀어 오른 것들 튀어나온 것들 뭉친 것들이 제 상태로 깨어난다,
그들은 밤의 기운, 밤의 화학 작용을 거쳐 깨어나는 것이다.

The felon steps forth from the prison, the insane becomes sane, the suffering
  of sick persons is reliev'd,
The sweatings and fevers stop, the throat that was unsound is sound, the
  lungs of the consumptive are resumed, the poor distress'd head is free,
The joints of the rheumatic move as smoothly as ever, and smoother than

ever,

Stiflings and passages open, the paralyzed become supple,

The swell'd and convuls'd and congested awake to themselves in condition,

They pass the invigoration of the night and the chemistry of the night, and

   awake. (*LG* 433)


이 시구는 타자와의 소통을 유발시키는 인간의 신체 접촉이 "밤의
화학 작용"을 거칠 때 궁극적으로 최고의 치유제가 된다는 휘트먼의
비전을 집약하고 있다. 시인은 밤과의 접촉을 통해서 인간이 모든 육체
의 고통에서 해방되어 "더 부드러워지고", "유연해지고", 궁극적으로
"제 상태로 깨어나게" 된다는 점을 역설한다. 그리하여 휘트먼은 진정
한 치유자로서 "의사와 목사를 집에 돌아가게 하며(Let the physician and
the priest go home)", "병자들이 등을 대고 누워 헐떡일 때 그들에게 도움
을 주는 이는 바로 나다(I am he bringing help for the sick as they pant on
their backs)"(*LG* 74)라고 선언한다. 이렇듯 휘트먼은 초기 시에서부터
지속적으로 '전체 육체적 몸'을 매개로 "바라보고", "만지고", "접촉"하
는 것이 소통과 치유를 가져온다는 비전을 시적 상상력으로 승화시키
고 있다.


## 나가며

19세기 작가들 중 접촉의 감각인 촉각을 중심 모티브로 채택하여
몸과 육체성을 억압했던 당대 빅토리아 시대의 미국 사회를 비판하고
있는 휘트먼을 따라갈 수 있는 사람은 없는 것처럼 보인다. 『풀잎』에
충만한 육감적이고 관능적인 접촉 행위에 대한 형상화는 당대는 물론
현대적 시각에서도 도발적이고 파격적이다. 더욱이 '눈에 보이지 않
는 어떤 것의 접촉'이라는 말에서 알 수 있듯 휘트먼은 추상적인 것을

망라하는 모든 사물과의 소통을 촉각적으로 느끼기를 열망한다. 시인은 인간의 육체뿐만 아니라 빛, 공기, 밤 등 추상적인 대상과의 접촉을 통해 육체적이고 정신적인 희열과 연대 그리고 치유에 이르는 과정을 독자들과 함께 공유하고자 했다. 그리하여 독자들에게 『풀잎』을 단순히 눈으로 읽는 것이 아니라 "책이라는 몸"을 만지듯 '전체 육체적 몸'으로 체험하라고 요구한다. 이렇게 시인은 타자와의 소통을 통한 상호 감각적 열망을 강하게 드러내고 있다.

무엇보다 휘트먼에게 "새로운 정체성"을 깨닫게 해 준 감각으로서 촉각은 시각과 불가분적 연관성을 지니고 있다는 사실은 중요하다. 시각예술에 심오한 조예를 지닌 휘트먼이 형상화하고자 했던 '전체 육체적 몸'은 시인의 '보이지 않는 손'에 의해 선명한 가촉적 시각경험, 즉 시각적 촉각성을 강렬하게 불러일으킨다. 이런 점에서 휘트먼이 시각적 촉각성을 그림에 담을 수 있는 화가야말로 가장 미국적인 화가라고 간주한 것은 그의 '예술가로서의 시인'의 면모를 극명하게 보여 주는 것이라 할 수 있다. 휘트먼은 육체와 정신 사이의 균형을 그림으로 승화시킨 프랑스 화가 밀레에 대한 찬사를 표명하며 동시대 미국 화가 에이킨스의 '독특한' 이미지에 매료되었음을 드러낸다. 은밀히 수영객들을 관찰하며 그들의 몸을 만지려는 휘트먼의 시 「나 자신의 노래」와 에이킨스의 그림 〈수영〉은 장르와 매체의 차이를 초월하여 시각적 촉각성이라는 공통분모를 지니고 있다.

휘트먼은 접촉이 지닌 치유적 힘을 '어루만지는 자석 같은 손길'로 표현함으로써 진정한 치유자로서의 역할을 강조한다. 시인은 남북전쟁의 결과로 초대된 부상병들을 단순히 '치료'하는 것에 그치지 않고 그들의 육체적이고 정신적인 상처를 '치유'해 줄 수 있는 '어루만지는 자석 같은 손길'이 필요하다고 역설한다. 특히 시인은 "어루만지는 자석 같은 손길"을 지닌 어머니로 표상되는 밤과의 접촉으로 인간의 모든 고통과 질병이 치유된다는 비전을 제시한다. 「잠자는 사람들」은 그 대표적 예이다. 중요한 사실은 휘트먼은 단순히 상처와 질병을 치료하는 의사가 아니라 육체적이고 정신적인 고통을 치유하는 진정한 치유자로서의 역할을 강조함으로써 시대를 앞선 현대적 시각을 보여주고 있다는 점이다. 이렇듯 휘트먼에게 '전체 육체적 몸'으로의 접촉은 이성중심적인 빅토리아 시대의 미국 사회에 대한 도발의 기제이자 '새로운 정체성'을 가져오는 상상력의 원천으로 작용하고 있다.

# 프레드릭 로 옴스테드와 랜드스케이프 건축

## 1. 휘트먼과 옴스테드

대개 조경(술) 혹은 '조경건축'으로 알려져 있는 '랜드스케이프 건축 (landscape architecture)'은 근대는 물론 모더니즘과 포스트모더니즘 미학에 대한 논의에서 광범위한 예술 영역을 아우르는 기반을 마련해오고 있다. 오늘날 랜드스케이프는 "물, 나무, 잔디만의 문제가 아니라 시멘트, 콘크리트, 벽돌, 철의 문제"이기 때문에 "건축과 조경의 경계, 도시와 건축의 경계를 허무는"(전상규 47) 새로운 탈장르적 개념으로 재부상하고 있다. 미국 조경의 역사에서 랜드스케이프 건축은 '도시 공원'의 탄생과 떼려야 뗄 수 없는 밀접한 관계를 지니고 있다. 19세기 프레드릭 로 옴스테드(Frederick Law Olmsted, 1822~1903)의 혁신적인 조경 미학에 기초한 미국의 도시 공원은 도시 사회의 경쟁적이고 개인주의적 생활에서 벗어나 평등이라는 민주주의적 가치를 근간으로 하는 사회 개혁의 대표적인 산물로 평가될 수 있다. 이것은 맨해튼(Manhattan)에 위치한 센트럴 파크(Central Park)와 같은 도시 공원을 "가장 높은 차원의 민주적 발전(a democratic development of the highest significance)"(Martin 재인용 153)이라 명명했던 옴스테드의 언급에서 뚜렷이 나타난다.

주지하듯 19세기 중엽 미국의 여러 도시들은 산업화와 공업화의 급속한 도래로 인해 도시의 주거 환경이 나날이 악화되어 갔다. 이에 대한 대안으로 옴스테드는 당대 도시인들에게 만연한 정신적 황폐함을 근절시켜주는 도시 공원의 치유적 기능에 대해 역설한다. 그는 도시 공원이 가져다주는 자연 경관에 주목하여 '건강에 좋은(sanative)'과 '회복시키는(restoring)'이라는 용어를 사용함으로써 도시 공원이야말로 곧 최고의 치유책이라고 확신했다. 이런 도시 공원에 대한 옴스테드의 비전은 동시대의 시인 휘트먼의 시각과 밀접한 연관성을 지니고 있다는 점은 주목할 만하다. 실제로 휘트먼은 일평생 뉴욕과 브루클린과 같은 대도시에 살면서 도시의 다양한 경험을 시적 주제로 삼아 노래했을 뿐만 아니라 자유와 평등의 원리, 곧 미국의 민주적 휴머니즘에 기반을 둔 민주적 도시 공간을 주장했다. "휘트먼은 민주주의다"(Douglas 재인용 117)라는 소로우(Henry David Thoreau)의 언급은 이를 단적으로 입증해 준다. 따라서 옴스테드와 동시대에 활동했던 여러 작가들 중에서 도시 경관(urban landscape) 및 도시 공원에 남다른 관심과 조예를 보였던 시인은 다름 아닌 휘트먼이라 할 수 있다.

휘트먼이 맨해튼의 센트럴 파크와 브루클린의 프로스펙트 파크(Prospect Park)를 산책하면서 민주적 공간으로서의 도시 공원을 창조했던 옴스테드의 '랜드스케이프 건축 미학'에 대한 견해를 피력하고 있다는 사실은 주목할 만하다. 일례로 휘트먼은 친구이자 전기 작가인 트로벨에게 "옴스테드는 유명한 사람이었지 (…중략…) 장식(titivation)이라는 단어가 그에게 어울렸지. 말하자면 사물을 장식한다는 것이. 그를 표시하는 한 가지 예를 당신에게 보여줄 수 있다. 알다시피 브루클린에 프로스펙트 파크가 있지"(Traubel 3: 528)라는 언급을 통해 옴스테드의 대표적 도시 공원인 프로스펙트 파크의 중요성을 지적하고 있다. 이것은 당대에 새롭게 조명되고 있는 랜드스케이프 건축에 대한 휘트먼의 지대한 관심과 높은 안목이 여실히 드러나는 발언이 아닐 수 없다. 더욱이 휘트먼은 시인이 되기 전 저널리스트로 활동하면서 신문을 통

해 "더 많은 공원—더 많은 열린 장소"(*Journalism* 1: 76)로서의 도시 공원
이 곧 이상적인 도시 구현에 핵심 요소가 된다는 견해를 지속적으로
표명했다. 이처럼 휘트먼은 도시와 도시 공간을 읽고 재현하는 새로운
방식의 랜드스케이프 건축 미학을 통해 그가 살았던 대도시의 문제점
을 진단하고 남녀노소를 망라한 모든 계층의 시민들에게 센트럴파크
와 프로스펙트 파크와 같이 개방된 민주적인 도시 공원을 대안으로
제시한다. 이것은 도시 공원을 "가장 높은 차원의 민주적 발전"이라고
명명한 옴스테드의 견해와도 맞닿아 있다.

하지만 이런 도시 공원의 탄생 배경에 근원이 되는 '랜드스케이프
건축'의 의의와 중요성에도 불구하고 지금까지 국내에서 문학과 조경
사이의 긴밀한 상관성을 아우르는 논의가 본격적으로 시도되지 못하
고 있다. 이에 필자는 휘트먼과 옴스테드가 공유했던 민주적 도시 공
간으로서 '도시 공원' 조성에 산파 역할을 한 '랜드스케이프 건축 미
학'이 휘트먼과 옴스테드로 대변되는 상이한 장르, 이른바 문학과 조
경을 하나로 묶어 주는 중요한 고리 역할을 하고 있음을 규명하고자
한다.


## 2. 도시 공원에 대한 비전

랜드스케이프 건축은 근대 대도시의 형성과 더불어 도시화의 문제
점을 해결하고자 한 치유책으로 채택된 것으로 19세기 중엽 미국 근
대조경의 선구자로 간주되고 있는 옴스테드에 의해 처음으로 사용되
었다. 더욱이 20세기에 와서 대지 예술(land art)의 출현과 더불어 21세
기에 새롭게 부각되고 있는 개념으로 현재까지도 지속가능한 도시 공
간의 조성에 지대한 영향력을 행사해 오고 있다. '랜드스케이프'라는
용어는 17세기 네덜란드 회화에서 대지 위의 자연경관을 그린 풍경화
를 의미하는 단어에서 유래되었다. 18세기에 들어오면서 랜드스케이

프는 픽처레스크(picturesque) 개념을 바탕으로 당시의 이상화된 풍경을 구성하는 것으로 영국식 정원을 통해 본격적으로 건축의 분야에 사용되었다. 중요한 점은 20세기 후반에 들어와 많은 건축가들이 새롭게 주목하게 된 랜드스케이프 개념은 전원의 풍경 또는 조경과는 다른 의미를 지닌다는 사실이다. 오늘날 랜드스케이프 건축을 조경으로 번역하는 관례를 인정하는 건축가를 거의 보기 힘들다는 사실은 그 단적인 예라 할 수 있다. 요컨대 랜드스케이프 개념은 하나의 문화적인 장치로서 건축을 주변 환경을 배경으로 독립적인 대상으로 보는 것이 아니라, 주변 환경 속의 일부로서 작동하는 장치로 보는 것이다. 이런 점에서 "랜드스케이프 건축은 건축물과 주변 환경을 서로 소통하는 통합적이고, 대등한 관계로 여기는 건축이며, 또한 현대 사회의 다양성과 차이를 그대로 드러내면서도, 이러한 이질성을 모두 수용할 수 있도록 보편성을 동시에 추구하는 건축"(장은영 ii)으로 정의되고 있다.

19세기 미국 작가들 가운데 도시와 건축에 지대한 관심을 표명했음은 물론 도시 공간의 민주화를 통해 자연과 도시의 상생을 염원했던 가장 대표적인 시인은 다름 아닌 휘트먼이라 할 수 있다. 휘트먼은 뉴욕과 브루클린 등의 대도시에서 저널리스트와 시인으로 활동하면서 당대의 과학과 테크놀로지의 발달로 인해 급격히 변모하는 도시화 과정을 직접 체험했던 대표적인 '도시 시인'으로 평가되고 있다. 휘트먼은 대표 시집인 『풀잎』을 통해 자신과 도시를 동일시하면서 도시와 군중은 물론 도시 경관을 이루고 있는 "고층 건물," "대리석과 강철로 된 파사드(facade)", "바다의 조류", "증기선", "그림 같은 풍광(picturesqueness)", "공원" 등 다양한 도시 경관 및 환경에 대한 견해를 지속적으로 피력하고 있다. 이는 그의 대표 시로 간주되는 「나 자신의 노래 Song of Myself」에서 "이것이 도시이고 나는 그 시민들 중의 하나이다(This is the city and I am one of the citizens)"(LG 77)라는 언급에서 단적으로 드러난다.

더욱 중요한 점은 "나는 노래한다. 단순하고 독립된 인간의 자아를, / 그러나 민주적이라는 말, 대중과 함께 라는 말도 입에 올린다 (One's-self I sing, a simple, separate Person / Yet utter the word Democratic, the word En-masse)"(*LG* 1)는 언급에서 알 수 있듯 휘트먼이 시를 통해 구현하고자 한 도시는 "민주적"이고 "대중과 함께" 하는 공간이라는 사실이다. 나아가 「직업을 위한 노래 A Song for Occupations」에서 휘트먼은 "모든 건축이란 당신이 그것을 쳐다볼 때 그것에 대해 행하는 것이다(All architecture is what you do to it when you look upon it)"(*LG* 215) 라고 언급하며 도시 문명의 핵심으로 기능하는 건축에 대한 무한한 관심을 표명한다. 이처럼 휘트먼의 작품에서 도시 문명의 핵심 요소인 건축뿐만 아니라 건축가들에 대한 찬사를 발견하기는 어렵지 않다. 「구르는 지구의 노래 A Song of the Rolling Earth」는 그 대표적 예이다. 이 시에서 시인은 대지와 불가분적 연관성을 지닌 건축가들에게 무한한 찬사를 보낸다.

건축가들이 반드시 나타날 것이라고 나는 그대에게 공언한다,
그들이 그대를 이해하고 타당함을 보여줄 것이라고 나는 그대에게 공언
     한다,
그들 중에서 가장 위대한 사람은 그대를 가장 잘 알고, 모든 것을 포용하
     며, 모든 것에 충실한 건축가일 것이다,
그와 나머지 건축가들은 그대를 결코 잊지 못할 것이다, 그들은 그대가
     그들과 거의 동등하다는 것을 알 것이다,
그대는 그들 속에서 완전히 찬양받게 될 것이다.

I swear to you the architects shall appear without fail,
I swear to you they will understand you and justify you,
The greatest among them shall be he who best knows you, and encloses
     all and is faithful to all,

He and the rest shall not forget you, they shall perceive that you are not
   an iota less than they,
You shall be fully glorified in them. (*LG* 225)

이 시구에서 단적으로 드러나듯 "모든 것을 포용하며 / 모든 것에 충실한" 건축가는 휘트먼이 강조한 미국 시인에 못지않은 역할을 수행하는 "가장 위대한 사람"이다. 이와 관련해 와인갈덴(Lauren S. Weingarden)을 비롯하여 머피(Kevin Murphy)와 로체(John F. Roche) 등의 학자들은 19세기와 20세기를 대표하는 미국 건축가인 설리번(Louis H. Sullivan)과 라이트(Frank Lloyd Wright)에 미친 휘트먼의 지대한 영향력을 지적하고 있다. 중요한 점은 휘트먼에게 건축은 일평생 시인의 시적 상상력의 원천이 되었던 도시인 뉴욕, 브루클린과 유기적인 조화를 이루는 개념으로 자리 잡고 있다는 사실이다.

휘트먼에게 건축은 당대 산업화로 인해 주변 환경과 조화를 이루지 못하고 급속하게 팽창했던 미국의 도시를 치유하는 대안으로 도시 속에서 전원적 이상의 실현을 지향하는 목가적 혹은 생태적 도시에 대한 시인의 비전을 함축하는 것으로 볼 수 있다. 「찬란하고 고요한 태양을 내게 다오 Give Me the Splendid Silent Sun」라는 시는 그 대표적인 예이다. 이 시의 1번째 섹션에서 시인은 도시와 문명에서 벗어난 "전원에서의 가정적인 삶"과 "원초적인 건강"을 달라고 간청한다.

눈부신 빛을 내뿜는 찬란하고 고요한 태양을 내게 다오,
과수원에서 따온 빨갛게 잘 익은 싱싱한 가을 과일을 내게 다오,
깎지 않은 풀이 자라고 있는 들판을 내게 다오,
정자를 내게 다오, 그 정자의 격자 시렁에 매달린 포도를 내게 다오,
갓 나온 옥수수와 밀을 내게 다오, 평온히 움직이며 만족이 무엇인지를
   가르쳐 주는 동물들을 내게 다오,
미시시피 서쪽에 있는 고원처럼 완전히 고요한 밤을 내게 다오, 그러면

내가 별들을 올려다볼 테니,

(…중략…)

완벽한 아기를 내게 다오, 세상의 소음에서 멀리 떨어진 전원에서의 가정
    적인 삶을 내게 다오,
나 자신의 귀만을 위해, 홀로 은둔하여 자발적으로 우러나오는 노래를
    내게 다오,
고독을 내게 다오, 자연을 내게 다오, 오, 자연이여, 그대의 원초적인 건강
    을 다시 내게 다오!

Give me the splendid silent sun with all his beams full-dazzling,
Give me juicy autumnal fruit ripe and red from the orchard,
Give me a field where the unmow'd grass grows,
Give me an arbor, give me the trellis'd grape,
Give me fresh corn and wheat, give me serene-moving animals, teaching
    content,
Give me nights perfectly quiet, as on high plateaus west of the Mississippi,
    and I looking up at the stars,

(…중략…)

Give me a perfect child, give me away aside from the noise of the world
    a rural domestic life,
Give me to warble spontaneous songs recluse by myself, for my own ears
    only,
Give me solitude, give me Nature, give me again O Nature your primal
    sanities! (*LG* 312~313)

하지만 이 섹션의 종결부에 이르러 시인은 "이처럼 끊임없이 구하면서도 나는 여전히 도시에 집착한다(While yet incessantly asking still I adhere to my city)"(*LG* 312~313)라고 고백한다. "수천 명의 동지들과 연인들"과 "매일 새로운 것"으로 가득한 맨해튼은 휘트먼에게 전원적인 삶을 방해하는 "소음"이 아니라 "원초적인 건강"을 가져다주는 장소로 각인된다. 그래서 시인은 이 시의 2번째 섹션에서 "충만하고 다채로움으로 가득 찬 강렬한 삶"을 구현해 주는 도시를 염원한다.

> 얼굴들과 거리들을 내게 다오—보도를 따라 오가는 끊임없고 무한한 이
>   환영들을 내게 다오!
> 끝이 없는 눈들을 내게 다오—여인들을 내게 다오—수천 명의 동지들과
>   연인들을 내게 다오!
> 매일 새로운 것을 내게 보여 다오—매일 새로운 사람들의 손을 잡게 해다
>   오!
> 이런 광경을 내게 다오—맨해튼의 거리를 내게 다오!
>
> (…중략…)
>
> 검든 배들로 꽉 들어찬 해안가나 부두를 내게 다오!
> 오, 그런 것들을 내게! 오, 충만하고 다채로움으로 가득 찬 강렬한 삶!
>   극장과 큰 호텔의 술집의 삶을 내게!
> 증기선의 살롱을! 사람들로 붐비는 소풍을 내게! 횃불의 행렬을!
> 짐을 높이 실은 군용 마차가 그들의 뒤를 따르고 있는, 전쟁터로 향하는
>   밀집한 군단을,
> 힘찬 목소리, 열정으로 끝없이 물밀듯이 행진하는 사람들의 행렬을,
> 지금처럼 북을 치며, 힘차게 고동치는 맨해튼의 거리들을,
>
> Give me faces and streets—give me these phantoms incessant and endless

along the trottoirs!

Give me interminable eyes—give me women! give me comrades and lovers
by the thousand!

Let me see new ones every day—let me hold new ones by the hand every
day!

Give me such shows—give me the streets of Manhattan!

(…중략…)

Give me the shores and the wharves heavy-fringed with the black ships!

O such for me! O an intense life! O full to repletion, and varied!

The life of the theatre, bar-room, huge hotel, for me!

The saloon of the steamer! the crowded excursion for me! the torch-light
procession!

The dense brigade, bound for the war, with high piled military wagons
following;

People, endless, streaming, with strong voices, passions, pageants,

Manhattan streets, with their powerful throbs, with the beating drums, as
now, (*LG* 313~314)


휘트먼에게 "북을 치며, 힘차게 고동치는 맨해튼의 거리들"은 불쾌
한 소음이 아니라 마치 조화로운 교향곡처럼 들린다. 이렇게 휘트먼
은 시골과 도시의 병치를 통해 자연과 도시라는 이분법을 탈피하여
테크놀로지, 소음, 자연 그리고 군중이 조화로운 합일을 이루는 도시
를 구현하고자 했다. 이런 관점에서 마커(James L. Machor)는 "이 시가
실제로 도시와 전원의 경관을 거울 이미지로 연계시키고 있다"(177)라
는 언급을 통해 「찬란하고 고요한 태양을 내게 다오」가 "도시-목가적
이상(urban-pastoral ideal)"을 제시한다고 주장한다. 특히 마커는 이러한

"도시 시에 관한 휘트먼의 관점은 시인을 프레드릭 옴스테드 타입의 사회 개혁가로 만든다"(179)라고 주장하며 도시 속에서 전원적 이상의 실현을 공유했던 휘트먼과 옴스테드의 유사성을 예리하게 간파하고 있다. 더욱이 머피(Joseph C. Murphy)는 휘트먼과 옴스테드가 민주주의의 필수적 영역으로 도시에 대한 비전을 공유하고 있는데, 이는 "휘트먼의 시와 옴스테드의 공원에서 결집된다"(1)라며 장르와 매체를 초월하여 도시 조경에 대한 두 예술가의 놀라운 유사성을 지적한다.

요컨대, 휘트먼에게 도시 속에서 전원적 이상을 구현해 주는 것은 다름 아닌 도시 공원이었다. 실제로 휘트먼은 시인이 되기 전부터 도시 공원의 필요성에 대해 자주 언급했다. 1842년 그가 리포터로 일했던 『뉴욕 오로라 *New York Aurora*』라는 신문의 사설에서도 명백히 나타난다. 휘트먼은 로어 맨해튼(Lower Manhattan)에 위치한 신문사에서 일과를 마치고 자주 시티 홀 파크(City Hall Park)를 방문하면서 민주적인 공간으로서 공원에 대한 예리한 통찰을 보여 준다. 무엇보다 시인은 "더 많은 공원—더 많은 열린 장소"로서 도시 공원의 중요성을 역설한다.

> 그래서 가난한 사람과 그의 무리들이 일요일 그 곳에서 두 시간을 보내면서 싼 육류(어쨌든 값이 싸기 때문에 소중한)를 즐길 수 있을 것이다. 우리의 시 정부가 더 많은 공원—더 많은 열린 장소를 가지게 되면 우리는 더 기쁘게 생각할 것이다. 그 곳에서 사람은 자신의 주변에서 회초리를 거의 보지 못할 것이고, 그의 응시는 벽돌담, 굴뚝, 울타리에 의해 방해받지 않게 될 것이다. (*Journalism* 1: 76)

공공장소에서 준수해야 하는 규칙을 부과하려는 "회초리"로 표상되는 "시 정부"에 맞서 서민들과 청소년들의 입장을 지지하는 이 인용문은 공원에 대한 휘트먼의 견해를 집약하고 있는 대목이다. 시인은 가난한 사람들과 청소년들을 망라한 모든 계층의 사람들이 서로 소통하고 도시화로 인한 사회 문제를 해결해나가는 치유의 공간으로서 도시 공원의 필요성을 직시하며 미국 정부가 더 많은 관심을 가져야 한다고 주장한다. 이렇게 휘트먼은 단순히 목가적이고 픽처레스크한 풍경만을 제공해 주는 공간이 아니라 하층민들의 삶, 열악한 주거환경, 청소년 교육 등 당면한 사회 문제를 치유해 주는 공간으로서 도시 공원에 대한 날카로운 통찰을 보여 주고 있다. 이처럼 시인이 되기 이전부터 휘트먼은 도시화로 인한 사회의 병폐를 지적하고 이에 대한 해결책을 제시하는 '날카로운 눈'을 지닌 '개혁가(reformer)'로서의 면모를 드러낸다. 이런 휘트먼의 시각은 단순히 목가적이며 반도시적 삶을 예찬하는 시인의 시선을 뛰어 넘어 민주적 도시 공원의 조성을 통해 지속가능한 도시를 구현하고자 했던 조경가의 시선, 곧 옴스테드의 '랜드스케이프 건축 미학'과 불가분적 연관성을 지니고 있다.

## 3. 도시 공원과 옴스테드

『뉴욕 오로라』의 사설에서 드러나듯 19세기 산업혁명의 발달로 근대 대도시의 출현은 인간의 삶과 문화를 더욱 민주적이며 평등하게 만드는 도시 공원의 출현과 필연적으로 연계되어 있다. 19세기 중엽 미국에서는 산업화와 도시화의 여파로 맨해튼과 브루클린과 같은 대도시는 인구 과밀, 주택 부족, 주거 환경의 악화, 여가 시설의 부족 등이 만연했다. 이런 도시의 문제점을 해결하는 치유책의 일환으로 공공 공원운동이 일어났으며, 이는 조경 미학, 곧 현대적 의미의 '랜드스케이프 건축 미학'의 출발점이 되었다. 센트럴 파크와 프로스펙트 파크를 통해 볼 수 있듯, 대도시의 물리적 환경을 개선하고 민주화함으로써 대중을 문명화하는 데 공헌했던 옴스테드의 랜드스케이프 건축 미학은 지속가능한 도시화의 정수로 평가받으며 지금까지도 지대한 영향을 미치고 있다.

무엇보다 옴스테드의 랜드스케이프 건축 미학의 정수가 되는 센트럴 파크와 프로스펙트 파크 등의 도시 공원은 휘트먼의 작품을 관통하는 핵심 모티프가 되고 있다는 점은 중요하다. 시와 기사에서뿐만 아니라 『표본이 되는 날들』과 『민주주의의 조망 Democratic Vistas』을 통해서도 휘트먼은 센트럴 파크와 프로스펙트 파크를 산책하면서 새로운 민주적인 공간으로서 도시 공원의 중요성을 피력했다. 휘트먼은 『표본이 되는 날들』에서 1879년 5월 16일부터 24일까지 거의 매일 센트럴 파크를 방문하면서 공원과 주변 경관을 마치 풍경화처럼 묘사한다.

> 수십이 아니라 수백, 수천의 말과 마차들이 미시시피의 강물처럼 흘러가고 있다. 이 넓은 거리가 움직이고, 반짝거리며, 분주히 잔뜩 몰려드는 마차들로 인해 발 디딜 틈이 없다. 2마일 넘게 체증이 이어진다 (…중략…) 요즘 나는 거의 매일 센트럴파크를 방문한다. 거기서 앉아 있거나 천천히 배회한다. 혹은 마차를 타고 돌아다니기도 한다. 센트럴파크의 전체 장소는 5월에 최고의 모습을 보여 준다. 장밋빛으로 가득한 나무들, 풍성한 흰색과 핑크색 꽃들로 채색된 관목들, 도처에 펼쳐져 있는 에메랄드 초록빛 잔디 (SD 134)

센트럴 파크의 평온함과 그 주변에 위치한 브로드웨이 59번가에서 14번가에 이르는 맨해튼 거리의 수많은 인파와 마차들의 분주함을 대비시킴으로써 시인은 "뉴욕의 경이로운 풍경"에 매료되었음을 더욱 사실적으로 형상화하고 있다. 시인은 맨해튼이라는 도시 공간 속에 위치한 센트럴 파크와 주변 도심지의 병치를 통해 '도시 공원'의 중요성을 더욱 부각시키고 있다. 특히 혼란스런 도시 환경을 중화시켜 주는 센트럴 파크의 아름다운 자연 경관을 묘사하면서 "풍성한(plentiful)"이라는 단어를 2번이나 사용하고 있다. 이것은 '미시시피 강'에 비유되는 거리를 가득 메운 마차, 인파, 소음 등으로 가득한 맨해튼의 도심지 한 가운데 위치한 센트럴 파크가 자신에게 미학적 대상으로 인식되고 있을 뿐만 아니라 정신적 측면에서도 치유제로 작용하고 있다는 점을 강조하는 것이다. 이런 점에서 이 인용문은 "옴스테드의 미학에서 도시 공원은 3차원적 풍경화였다"(96)라는 왜커(Jill Wacker)의 주장을 강하게 상기시킨다.

센트럴 파크와 같은 도시 공원이 가져다 준 치유적인 속성은 도시 속에서 전원적 이상의 실현을 노래한 휘트먼의 시「찬란하고 고요한 태양을 내게 다오」를 강하게 연상시킨다. 이렇게 센트럴 파크는 도시 속에서 자연과의 접촉을 제공함으로써 휘트먼에게 '원초적인 건강'을 회복시켜주는 치유제로 작용하고 있다. 이런 휘트먼의 자연과의 접촉에 대한 열망은 "사람의 눈은 인공적인 것들로 이루어진 대도시 안에 있을 때 많이 사용될 수 없다 (…중략…) 경관은 일상적인 도시의 경직과 얽매임을 완화시킨다. 그것은 눈을 맑게 하는 동시에 눈과 마음과 정신을 모두 즐겁게 한다"(Beveridge and Rocheleau 재인용 34)라며 자연 경관과 도시인들의 정신적 위안의 상관관계를 역설한 옴스테드의 주장과 밀접하게 부합된다.

휘트먼은『풀잎』을 통해 목가적이고 픽처레스크한 풍경을 불러일으키며 동시에 치유적 요소를 지닌 민주적 도시 공간의 구현에 대한 열망을 피력한다. 중요한 점은 "자연만이 자유와 개방된 대기라는 그녀의 분야에서 위대한 것이 아니라 인위적인 것, 즉 인간의 작업 또한 동일하게 위대하다"(DV 13)라는 휘트먼의 언급에서 집약되듯 그의 비전은 단순히 자연을 예찬하는 시인의 시선을 뛰어넘어 자연 경관을 인위적으로 디자인하고자 했던 '조경가와 같은 시인'으로서의 면모를 보여준다. 휘트먼은 자신에게 "위안을 주면서 심지어 영웅적"(comforting, even heroic)이며 나아가 '민주주의'를 구현하는 도시를 조경하고자 염원한다. 예컨대, 산업화된 현재의 맨해튼 이전에 존재했던 이상적인 도시를 조경가의 시선으로 조망한 휘트먼의 시「매나하타 Mannahatta」는 그 대표적 예이다.

나는 나의 도시에 독특하고 완전한 어떤 것을 요구했다,
그래서 보라! 토착적인 이름이 떠올랐다.

이제 나는 본다. 그 이름 속에 유동적이고, 분별력 있고, 제어하기 어려우
  며, 음악적이고, 자족한 그 무엇이 하나의 이름, 하나의 단어 속에 있다
  는 것을,
나는 본다. 내 도시의 이름은 옛날부터 온 것이라는 것을.

I was asking for something specific and perfect for my city,
Whereupon lo! upsprang the aboriginal name.

Now I see what there is in a name, a word, liquid, sane, unruly, musical,
  self-sufficient,
I see that the word of my city is that word from of old. (*LG* 474~475)

"독특하고 완전하며" 또한 "토착적인" 어떤 것을 암시하는 매나하
타는 "유동적이고, 분별력 있고, 제어하기 어려우며, 음악적이고, 자
족한 그 무엇"을 간직하고 있는 도시, 곧 전원적인 이상이 구현된 도
시이다. 다시 말해 휘트먼이 꿈꾸었던 매나하타는 무분별한 개발과
소음으로 가득한 디스토피아적 공간이 아니라 테크놀로지, 인간 그리
고 자연이 조화로운 합일을 이루는 유토피아적 공간인 것이다. 따라
서 휘트먼이 현재의 맨해튼이 아닌 옴스테드가 염원한 인간의 "눈과
마음과 정신"을 치유해 주는 도시 공원으로 가득한 도시, 곧 '매나하
타'에 더욱 남다른 애정을 보여 준다는 것은 당연하다.

『민주주의의 조망』이라는 산문에서도 휘트먼은 1870년 9월 몇 주
간의 휴가 기간에 "높은 새로운 빌딩", "대리석과 강철의 파사드", "음
악 같은 아우성" 등으로 충만한 뉴욕과 브루클린에 대한 변함없는 애
정을 피력한다. 특히 시인은 센트럴 파크와 "브루클린 언덕 공

원"(Brooklyn Park of hills)으로 불렸던 프로스펙트 파크를 언급하면서 '매나하타'와 같이 자연과 유기적 조화를 이루는 지속가능한 도시를 거듭 열망한다.

얼마간의 부재 후에 나는 몇 주간 휴가를 얻어 (1870년 9월) 뉴욕시와 브루클린에 다시 되돌아 왔다. 광휘, 그림 같은 풍경, 대양의 진폭과 이 위대한 도시들의 분주함, 강과 만, 반짝이는 바다의 조류, 비싸고 높은 새로운 빌딩, 대리석과 강철의 파사드(facade) (…중략…) 떠들썩한 거리, 브로드웨이, 건달들, 하층민들, 음악 같은 아우성은 심지어 밤에도 좀처럼 중단되지 않는다. 증권 중개인의 집들, 부유한 가게들, 부두들, 훌륭한 센트럴 파크와 브루클린 언덕 공원 (…중략…) 이것들, 이와 유사한 것들이 힘, 충만함, 움직임의 내 감각들을 완전히 만족시키고 그런 감각들과 욕구를 통해, 나의 심미적 마음을 통해, 내게 무한한 기쁨과 절대적 만족을 준다. (*DV* 12~13)

여기서 휘트먼은 센트럴 파크와 프로스펙트 파크를 방문함으로써 자신의 고갈된 "감각들", 즉 지친 몸과 마음을 치유하고 있다는 사실을 강조한다. 이런 맥락에서 휘트먼이 민주적인 공간의 출발점으로 보았던 센트럴 파크와 프로스펙트 파크는 다름 아닌 옴스테드의 랜드스케이프 건축 미학의 산물이라는 점은 중요하다. 옴스테드는 도시 공원을 "가장 높은 차원의 민주적 발전"으로 간주함으로써 남녀노소를 망라하는 모든 계층의 시민들이 방문할 수 있는 공공장소를 제공하면서 동시에 하층민들을 교화시키는 소통의 공간으로 보고 있다. 이런 사실은 1859년 센트럴 파크에 대한 그의 견해에서 뚜렷이 나타난다.

공원의 주된 목적은 도시에 거주하는 모든 계층의 사람들을 위해 건강한 레크리에이션의 최고 실용적인 방법을 제공하는 것이다. 그것은 다양성을 지닌 거대함과 고요함 그리고 배치의 복잡성이라는 측면을 제시하는 것이어야 한다. 그렇게 함으로써 갇힘, 부산함, 도시의 단조로운 거리 분할과 대조되는 가장 기분 좋은 것을 제공한다 (…중략…) 각 개인이 다른 사람의 권리를 침해하지 않고 그 안에 참여할 수 있는 한, 공원은 가난한 사람과 부유한 사람, 젊은 사람과 나이든 사람, 타락한 사람과 덕이 있는 사람을 위해 건강한 레크리에이션을 제공하도록 의도되어졌다. (Germic 재인용 29)

이 인용문은 도시 공원을 "가장 높은 차원의 민주적 발전"으로 간주한 옴스테드의 견해를 집약적으로 보여 주는 것이다. 특히 "건강한"이라는 단어를 2번이나 사용했는데, 이것은 도시인들이 건강한 마음과 신체를 갖게 함에 있어 다른 어떤 조건보다 더 큰 치유제로 기능하는 도시 공간이 바로 공원이라는 사실을 강조하고자 한 것이다. 이처럼 옴스테드는 오염되고 과밀한 도시 생활에서 벗어나 남녀노소를 아우르는 대중들이 건강과 위안을 찾을 수 있는 민주적 공원을 구현하고자 했다는 점에서 "대중과 함께" 하는 "더 많은 공원—더 많은 열린 장소"를 주장한 휘트먼의 비전과 상통한다고 할 수 있다.

센트럴 파크를 조성하고 난 후에도 옴스테드는 브루클린과 보스턴(Boston) 등 여러 대도시의 공원 설계를 지속적으로 기획하며 소위 도시의 그린 네트워크(green network)를 구축해가고자 했다. 이 가운데 옴스테드가 "내가 지금까지 했던 어떤 것보다 더 큰 자부심을 느끼고 있다"(Beveridge and Rocheleau 재인용 74)라고 밝힌 브루클린의 프로스펙트 파크에 관한 언급은 주목할 만하다. 1865년부터 8년에 걸쳐 완성한 프로스펙트 파크는 옴스테드가 디자인한 공원들 중 센트럴 파크보다 더 넓은 목초지(long meadow)를 지닌 "가장 높은 차원의 민주적 발전"에 가장 잘 부합하는 공원이라 할 수 있다. 무엇보다 옴스테드는 프로스펙트 파크의 조성에서 "인간 본성의 시적 요소"를 획득해야 한다는 주장을 통해 시각적, 미학적인 측면뿐만 아니라 생태적, 환경적 측면을 아우르는 진정한 지속가능한 공간으로서의 도시 공원을 구현하고 자 했다.

우리는 인간 본성의 시적 요소인 가장 단순하고, 순수하며, 가장 태고의 행동을 초대하고 자극할 요소들의 조합을 획득해야 한다. 그래서 그것에 영향을 받은 사람들을 그들의 일상적이고 문명화된 삶이라는 아주 복잡하고, 궤변적이며, 인공적인 환경으로부터 가능한 아주 멀리 벗어나게 한다. 따라서 공원들은 기분전환을 가져오는 어떤 것, 즉 도시 거주민들 중 가장 희망을 잃어버린 사람들 혹은 질병에 걸리거나 심신이 약화된 사람들에게 기분전환을 가져오는 어떤 것을 넘어서는 것이 되어야 한다. (Beveridge and Rocheleau 재인용 75)

"기분전환을 가져오는 어떤 것을 넘어서는" 프로스펙트 파크는 휘트먼이 열망한 "원초적인 건강"을 회복시켜주는 유토피아적 공간으로서의 도시 공원에 가장 잘 부합하는 구현물이라 할 수 있다. 나아가 프로스펙트 파크의 보고서에서 옴스테드는 "모든 도시 공원은 비좁고, 한정되고, 통제되는 저잣거리의 환경에서 탈출하려는 사람들에게 안도감을 가져온다 (…중략…) 다시 말해 공원은 항상 모든 이들에게 확대된 해방감(a sense of enlarged freedom), 즉 가장 확실하고 가치 있는 희열을 제공한다"(Olmsted and Vaux 97~98)라고 언급하며 도시 공원이 지니는 '전원적 경관'과 '민주주의적 자유'를 거듭 강조하고 있다. 중요한 점은 옴스테드가 강조한 프로스펙트 파크의 전원적 경관과 민주주의적 자유는 휘트먼의 시를 관통하는 핵심 모티프로 자리 잡고 있다는 사실이다. 휘트먼의 링컨(Abraham Lincoln) 대통령에 바치는 애가(elegy) 「라일락꽃이 앞뜰에 마지막으로 피었을 때 When Lilacs Last in the Dooryard Bloom'd」의 11번째 섹션은 그 대표적 예이다.

무르 익어가는 봄과 논밭과 가정의 그림들,

그 속에는 석양의 4월 저녁과 청명하게 빛나는 잿빛 연기가 있고,
대기를 부풀리면서, 근사하고 한가로이, 불타오르고 지고 있는 태양의
  황금빛 물결이 있고,
발밑에 풋풋하고 향기로운 풀이 있고, 풍성한 수목의 연푸른 이파리들이
  있고,
멀리 번쩍이며 흐르는 물과 여기저기 잔물결이 이는 강물이 있고,
강둑의 언덕들이 있고, 하늘을 배경으로 많은 선들이 있고, 그림자들이
  있고,
아주 조밀한 집들과 많은 굴뚝이 가까이에 있는 도시와
모든 생활과 일터가 있는 풍경들과 집으로 돌아가는 노동자들이 있는 풍
  경들.

Pictures of growing spring and farms and homes,
With the Fourth-month eve at sundown, and the gray smoke lucid and
  bright,
With floods of the yellow gold of the gorgeous, indolent, sinking sun,
  burning, expanding the air,
With the fresh sweet herbage under foot, and the pale green leaves of the
  trees prolific,
In the distance the flowing glaze, the breast of the river, with a wind-dapple
  here and there,
With ranging hills on the banks, with many a line against the sky, and
  shadows,
And the city at hand with dwellings so dense, and stacks of chimneys,
And all the scenes of life and the workshops, and the workmen homeward
  returning. (*LG* 332~333)


  "그림들", "풍경들"이라는 시어를 통해 알 수 있듯 이 시구는 도시

와 주변 환경이 유기적인 조화를 이루는 한 점의 풍경화를 연상시키고 있다. 근대 산업화로 인해 급격히 팽창하고 있는 "아주 조밀한 집들과 많은 굴뚝이 가까이에 있는 도시"는 주변에 있는 목가적이고 픽처레스크한 풍경에 의해 문명/자연, 도시/전원이라는 이분법적 구도에서 벗어난다. 더욱이 하루 일을 끝마치고 "집으로 돌아가는 노동자들"을 주변의 전원적 경관과 병치시킴으로써 산업화, 도시화의 도래로 인해 새로운 군중으로 등장한 노동자들이 '민주주의적 자유'의 근간을 이룬다는 점을 암시적으로 전달하고 있다. '유토피아적' 공간을 표상하는 '매나하타'를 연상시키는 이 장면은 다름 아닌 옴스테드가 열망한 '전원적 경관'과 '민주주의적 자유'가 구현된 도시 공원으로 충만한 도시인 것이다. 이런 점에서 머피(Joseph C. Murphy)는 옴스테드의 공원처럼 휘트먼의 시는 "목가적이고 픽처레스크한 경관의 시퀀스를 구성한다"(8)라며 프로스펙트 파크와 「라일락꽃이 앞뜰에 마지막으로 피었을 때」의 상호 관련성을 지적한다. 그리하여 이어지는 12번째 섹션에서 휘트먼은 자신에게 '육체'와 '영혼'이 분리될 수 없듯이 근대 도시문명을 표상하는 맨해튼과 미국 전역에 있는 "해안들", "강", "대초원" 등의 자연 환경이 완전히 유기적인 조화를 이루는 "이 국토"를 조경가의 시선으로 조망한다.

> 보라, 육체와 영혼이여—이 국토를,
> 첨탑과 반짝이며 서둘러 흐르는 조수와 배가 있는 나 자신의 맨해튼을,
> 다채롭고 광대한 땅, 햇볕 속에 있는 남부와 북부, 오하이오 주의 해안들과
> 번쩍이는 미주리 강을,
> 그리고 풀과 옥수수로 덮인, 언제나 까마득히 펼쳐진 대초원을.

> Lo, body and soul—this land,
> My own Manhattan with spires, and the sparkling and hurrying tides, and
>     the ships,

The varied and ample land, the South and the North in the light,

Ohio's shores and flashing Missouri,

And ever the far-spreading prairies cover'd with grass and corn. (*LG* 333)

이 시구는 랜드스케이프 건축 미학에서 강조하는 공간이란 마천루, 증기 기차, 다리 등의 기계문명을 추구하는 것이 아니라 땅과의 밀착을 통해 자연과 소통하고 관계를 형성하는데 있다는 사실을 집약하고 있는 것처럼 보인다. 그래서 시인은 도시문명으로 표상되는 높은 건축 구조물로 가득한 도시 맨해튼 대신에 마천루 사이를 마치 강물처럼 "서둘러 흐르는 조수와 배가 있는 나 자신의 맨해튼", 즉 '매나하타'를 염원한다. 이처럼 휘트먼은 도시와 자연이라는 이분법적 시각에서 탈피하여 전원적 경관과 민주주의적 자유가 구현된 "더 많은 공원—더 많은 열린 장소"로 충만한 도시를 디자인하고자 했다. 이런 휘트먼의 비전은 "가장 높은 차원의 민주적 발전"을 표상하는 도시 공원의 조성을 통해 테크놀로지, 인간 그리고 자연이 조화로운 합일을 이루는 유토피아적 공간, 곧 '매나하타'와 같은 도시를 창출하고자 했던 옴스테드의 랜드스케이프 건축 미학과 긴밀한 상관성을 보여 주고 있다.

## 나가며

휘트먼은 시인으로 명성을 얻기 전부터 뉴욕과 브루클린 등의 대도시에서 저널리스트로 활동하며 도시에 대한 무한한 관심과 애정을 피력했다. 19세기 미국 작가 중 산업화로 빠르게 변모하는 현실에서 근대 미국의 대도시와 도시 경험을 시적 모티프로 채택하여 자신과 도시가 불가분적 연관성을 지니고 있음을 천명한 시인으로 휘트먼에 견줄 수 있는 시인은 없을 것 같다. 이는 휘트먼의 대표 시 「나 자신의 노래」에서 "이것이 도시이고 나는 그 시민들 중의 하나이다"라는 언급을 통해 단적으로 입증되고 있다. 중요한 점은 휘트먼의 시와 산문에는 도시에 대한 맹목적 예찬뿐 아니라 당대 기술문명의 부산물인 도시화의 문제점에 주목하고 이를 해결하려는 비전 또한 제시하고 있다는 사실이다.

휘트먼은 『풀잎』을 통해 목가적이고 픽처레스크한 풍경을 불러일으키면서 동시에 치유적 요소를 지닌 민주적 도시 공간의 구현을 열망하고 있었다. 시인이 일평생 염원했던 민주적 공간은 문명/자연, 도시/전원이라는 이분법적 구도에서 탈피해 '전원적 경관'과 '민주주의적 자유'를 구현해 주는 공간은 다름 아닌 도시 공원이라는 사실을 예리하게 간파하고 있다. 그래서 시인은 센트럴 파크와 프로스펙트 파크에 대한 무한한 애정을 피력하며 이상적인 도시 공원을 디자인하는 것이야말로 진정한 민주적 공간, 즉 새로운 미국 도시를 구현하는 것으로 보았다. 이런 점에서 하층민들의 삶, 열악한 주거환경, 청소년 교육 등 도시화로 인한 사회 문제를 치유해 주는 민주적 공간으로서 "더 많은 공원—더 많은 열린 장소"를 주창한 휘트먼의 통찰은 시인으로서의 시각을 뛰어넘고 있음은 부인할 수 없다. 예컨대, "자연만이 자유와 개방된 대기라는 그녀의 분야에서 위대한 것이 아니라 인위적인 것, 즉 인간의 작업 또한 동일하게 위대하다"(DV 13)라는 휘트먼의 주장은 '조경가와 같은 시인'의 면모를 집약하고 있는 통찰이다.

이른바 조경가의 시선을 지닌 휘트먼이 민주적 공간의 출발점으로 보았던 센트럴 파크와 프로스펙트 파크는 당대를 대표하는 조경가 옴스테드의 랜드스케이프 건축 미학의 산물이자 두 예술가를 연결시켜 주는 공통분모가 되고 있다. 도시 공원을 "가장 높은 차원의 민주적 발전"이라 주장하면서 남녀노소를 망라하는 모든 계층의 대중들의 소통과 치유의 공간으로 정의한 옴스테드의 시각은 일평생 '민주적'이고 '대중과 함께'하는 '열린 장소'를 염원했던 휘트먼의 비전과 밀접한 유사성을 보여 주고 있다. 특히 프로스펙트 파크는 휘트먼이 열망한

'대중과 함께' 하는 '민주적' 공간으로서 시인이 이상적인 도시로 간주한 매나하타를 강하게 연상시키고 있다. 이런 점에서 휘트먼의 '매나하타'를 구현시켜 주는 촉매제는 바로 옴스테드의 '랜드스케이프 건축 미학'의 정수인 프로스펙트 파크라 할 수 있다. 따라서 휘트먼의 시는 도시라는 주제를 공유하지만 도시의 절망이나 소외를 부각하면서 디스토피아적 미래를 제시하는 모더니즘 시의 한계를 초월함으로써 '민주적 공간' 구현에 대한 단초를 제시하고 있다.

# 휘트먼과 현대 도시 공원

## 1. 더 많은 공원 – 더 많은 열린 장소

19세기 미국을 대표하는 시인 휘트먼은 일평생 뉴욕과 브루클린 (Brooklyn)과 같은 대도시에 살면서 도시의 다양한 경험을 시적 주제로 삼아 노래했음은 물론 미국의 민주적 휴머니즘에 기반을 둔 지속가능한 도시의 구현을 염원했다. 전기부터 후기에 이르기까지 휘트먼의 시와 산문에는 경관, 건축, 조경, 도시의 경계가 해체되고 융합되는 시어가 선명하게 나타난다. 그의 대표적인 시집 『풀잎』과 자서전 『표본이 되는 날들』에서 "조망(vista)", "파사드(facade)", "건축가", "도시", "공원", "산책로(promenade)" 등 건축과 조경의 핵심 요소가 되는 단어를 찾기는 어렵지 않다. 이런 점에서 19세기 당대 유럽과 미국의 작가들 중에서 도시와 공원에 대해 독특하고 선구적인 시각을 보여줌으로써 동시대의 작가들에게서는 발견할 수 없는 현대적 의미의 도시재생에 대한 비전을 제시하고 있는 시인은 다름 아닌 휘트먼이라 할 수 있다. 이것은 "거의 예외 없이 휘트먼 외에 다른 낭만주의 작가들은 마치 도시의 삶이 인간의 타락을 요약하고 있는 것처럼 도시를 외면했다"(49)라는 패나패커(William Pannapacker)의 언급에서 집약되어 나타나고 있다. 하지만 휘트먼은 근대 산업화의 여파로 발생한 도시의 문제점을 외면한 채 맹목적으로 도시에 대한 예찬을 표명하지 않았다. 시인은 당대 대도시로 부상했던 뉴욕시의 열악한 공중위생의 개선뿐만 아니라 사회적 접촉, 문화적 교류 등을 제공하는 오픈 스페이스로서 "더 많은 공원-더 많은 열린 장소"(*Journalism* 1: 76)의 필요성을 역설한다. 이처럼 휘트먼은 대도시의 문제점을 진단하고 남녀노소를 망라한 모든 계층의 시민들이 방문할 수 있는 "열린 장소"로서 도시 공원을 도시 재생의 원동력으로 제시한다. 이것은 도시 공원을 "가장 높은 차원의 민주적 발전"(Martin 153)으로 정의한 옴스테드(Frederick Law Olmsted)의 조경 미학과 상통한다.

휘트먼에게 "열린 장소"의 정수가 되는 도시 공원은 산업화로 인해 주변 환경과 조화를 이루지 못하고 급속하게 팽창했던 도시를 치유하는 대안으로 도시 속에서 전원적 이상이 구현된 지속 가능한 도시에 대한 촉매제가 되고 있다. 「찬란하고 고요한 태양을 내게 다오 Give Me the Splendid Silent Sun」라는 시는 그 대표적인 예이다. 여기서 시인은 "전원에서의 가정적인 삶을 내게 다오"라고 간청하면서 동시에 "나는 여전히 도시에 집착한다"(*LG* 312~313)라고 주장한다. 더욱 중요한 점은 "나는 노래한다. 단순하고 독립된 인간의 자아를, / 그러나 민주적이라는 말, 대중과 함께라는 말도 입에 올린다(One's-self I sing, a simple, separate Person / Yet utter the word Democratic, the word En-Masse)"(*LG* 1)라는 그의 언급에서 알 수 있듯 휘트먼이 시를 통해 구현하고자 한 도시는 "민주적"이고 "대중과 함께" 할 수 있는 공간이라는 사실이다.

옴스테드의 조경 미학의 정수가 되는 맨해튼의 센트럴 파크(Central Park)와 브루클린의 프로스펙트 파크(Prospect Park) 등의 도시 공원은 휘트먼의 상상력을 관통하는 핵심 모티프가 되고 있다는 점은 중요하다. 시와 기사에서뿐만 아니라 『표본이 되는 날들』과 『민주주의의 조망』이라는 산문을 통해서도 휘트먼은 센트럴 파크와 프로스펙트 파크를 산책하면서 새로운 '열린 장소'로서 도시 공원의 중요성을 피력했다. 휘트먼이 옴스테드의 조경 미학에 대한 견해를 직접 피력하고 있다는 사실은 주목할 만하다. 일례로, 휘트먼은 친구이자 전기 작가인 트로벨(Horace Traubel)에게 "장식(titivation)이라는 단어가 옴스테드에게 어울렸지. 사물을 장식한다는 말이. 당신에게 한 가지 예를 보여 주겠소. 알다시피 브루클린에 프로스펙트 파크가 있지"(Traubel 3: 528)라는 언급을 통해 옴스테드에 대한 비판적 견해를 표명한다. 이것은 당대에 새롭게 조명되고 있는 조경 미학에 대한 휘트먼의 지대한 관심과 높은 안목을 단적으로 보여 주는 언급이다. 무엇보다 휘트먼의 도시에 대한 비전은 '공원에서 도시는 존재해서는 안 된다'고 본 19세기적 관점, 즉 도시와 공원의 관계를 구별과 대립으로 본 옴스테드식 조경 미학에 대한 통찰에 있다. 요컨대 휘트먼은 옴스테드식 조경 미학에 대한 한계를 진단하고 민주주의의 원동력으로 기능하는 '문화 프로그램'으로 충만한 사회적 장소로서의 도시 공원을 대안으로 제시한다.

이렇듯 시대와 장르의 경계를 뛰어넘어 "대중과 함께" 살아가는 사회적 장소가 되는 휘트먼의 도시 공원에 대한 비전의 중요성에도 불구하고 지금까지 국내에서 19세기 문학과 건축, 문학과 조경의 긴밀한 연관성을 다루는 학제간 연구에 대한 논의는 미흡한 것처럼 보인다. 이에 필자는 "대중과 함께" 하는 "열린 장소"로서 도시 공원에 대한 휘트먼의 통찰은 19세기 미국이라는 시공간을 초월하여 도시와 공원의 경계를 지움으로써 도시 공원에 대한 새로운 패러다임을 제시하는 '21세기 도시 공원'에 더욱 부합되는 탈근대적 비전이라는 사실을 조명하고자 한다.


## 2. 대중과 함께하는 열린 장소

시인이 되기 전 휘트먼은 저널리스트로 활동하면서 자주 맨해튼의 시티 홀 파크(City Hall Park)와 브루클린의 포트 그린 파크(Fort Greene

Park)로의 산책을 통해 지속 가능한 도시의 촉매제가 되는 도시 공원에 대한 예리한 통찰을 드러낸다. 1842년 시인은 『뉴욕 오로라』의 사설을 통해 근대 산업화의 여파로 발생한 도시의 여러 문제점을 날카롭게 지적하고 있다. 무엇보다 휘트먼은 19세기 산업화와 도시화의 부산물인 하층계급, 노동자들, 부랑아들을 망라하는 평등하고 반차별적인 공공 공간으로서 "더 많은 공원-더 많은 열린 장소"의 필연성을 역설한다. 시인은 가난한 사람들과 청소년들을 망라한 모든 계층의 사람들이 서로 소통하고 도시화로 인한 사회 문제를 해결해 나가는 "대중과 함께" 하는 사회적 공간으로서 도시 공원의 필요성을 직시하며 미국 정부가 더 많은 관심을 가져야 한다고 주장한다. 이렇게 휘트먼은 단순히 목가적이고 픽처레스크한 풍경만을 제공해 주는 공간이 아니라 하층민들의 삶, 열악한 주거환경, 청소년 교육 등 당면한 사회 문제를 치유해 주는 "대중과 함께" 하는 사회적 장소로서 도시 공원에 대해 날카로운 통찰을 보여 주고 있다. 이런 휘트먼의 시각은 단순히 목가적이며 반도시적 삶을 예찬하는 시인의 시선을 뛰어 넘어 민주적 도시 공원을 구현하고자 했던 조경가의 시선, 곧 옴스테드의 조경·미학과 밀접한 상관성을 지니고 있다.

『뉴욕 오로라』에서 드러나듯 19세기 산업혁명의 발달로 근대 대도시의 출현은 당대 시민들이 당면했던 사회 문제를 치유해 주는 "열린 장소", 즉 도시 공원의 출현과 필연적으로 연계되어 있다. 19세기 중엽 미국에서는 산업화의 여파로 맨해튼과 브루클린과 같은 대도시는 인구 과밀, 주택 부족, 주거 환경의 악화, 여가 시설의 부족 등이 만연했다. 이런 도시의 문제점을 해결하는 치유책의 일환으로 공공 공원 운동이 일어났으며, 이는 조경 미학의 출발점이 되었다. 센트럴 파크와 프로스펙트 파크를 통해 볼 수 있듯 도시재생에 촉매제가 되는 도시 공원의 창시자인 옴스테드와 그의 조경 미학은 휘트먼의 "열린 장소"에 대한 통찰과 밀접한 상관성을 지니고 있다.

"민주적"이고 "대중과 함께" 하는 "열린 장소"를 염원했던 휘트먼은 문명/자연, 도시/전원이라는 이분법적 구도에서 탈피하여 자연이 곧 도시이며 도시가 곧 자연이라는 비전을 제시한다. 「찬란하고 고요한 태양을 내게 다오」에서 "전원의 생활을 내게 다오"라고 간청하면서 동시에 "나는 여전히 도시에 집착한다"(*LG* 312~313)라는 그의 천명은 이런 사실을 집약하고 있다. 이렇게 『풀잎』을 통해 휘트먼은 지속적으로 시골과 도시의 병치를 통해 자연과 도시라는 이분법을 탈피하여 도시 속에서 전원적 이상의 실현을 갈망하고 있다. 이런 관점에서 마커(James L. Machor)는 "이 시가 실제로 도시와 전원의 경관을 거울 이미지로 연계시키고 있다"(177)라는 언급을 통해 「찬란하고 고요한 태양을 내게 다오」가 "도시-목가적 이상"(urban-pastoral ideal)을 제시하고 있다고 주장한다. 특히 마커는 이러한 "도시 시에 관한 휘트먼의 관점은 시인을 프레드릭 옴스테드 타입의 사회 개혁가로 만든다"(Machor 179)라고 주장하며 도시 속에서 전원적 이상의 실현을 공유했던 휘트먼과 옴스테드의 유사성을 예리하게 간파하고 있다.

「찬란하고 고요한 태양을 내게 다오」에서 뚜렷이 드러나듯 휘트먼은 대도시의 악화된 환경에서 벗어나 평화로운 전원을 동경하지만 동시에 "대중과 함께" 살아가는 사회적 장소로 충만한 도시를 열망하고 있다. 휘트먼에게 이상적인 도시는 "위안을 주면서 심지어 영웅적"이며 나아가 "민주주의"의 초석이 되는 휴머니즘, 이타주의의 공동의식을 위한 사회적 장소인 것이다. 나아가 "자연만이 자유와 개방된 대기라는 그녀의 분야에서 위대한 것이 아니라 인위적인 것, 즉 인간의 작업 또한 동일하게 위대하다"(*DV* 13)라는 휘트먼의 언급에서 드러나듯 그의 비전은 단순히 자연을 예찬하는 시인의 시선을 뛰어넘어 자연 경관을 인위적으로 디자인하고자 했던 '건축가 혹은 조경가와 같은 시인'의 면모를 보여 준다.

휘트먼은 근대 산업문명을 표상하는 도시 맨해튼(Manhattan) 이전에 존재했던 "토착적인"(aboriginal) 이름의 매나하타(Mannahatta)를 열망한다. 시인은 건축가 혹은 조경가의 시선으로 맨해튼을 문명과 자연이 조화롭게 공존하는 도시인 '매나하타'로 변형시키고자 했는데, 그 대안을 도시 공원에서 찾게 된다. 이것은 『표본이 되는 날들』과 『민주주의의 조망』이라는 산문을 통해 맨해튼의 센트럴 파크와 브루클린의 프로스펙트 파크를 산책하면서 민주적인 도시 공간으로서 도시 공원의 의미를 직접 체험했다는 시인의 언급에서 입증되고 있다. 『표본이 되는 날들』에서 휘트먼은 1879년 5월 16일부터 24일까지 센트럴 파크의 평온함과 그 주변에 위치한 맨해튼 거리의 수많은 인파와 마차들의 분주함을 대비시키며 "뉴욕의 경이로운 풍경"(SD 133)에 매료되었다고 말한다. 시인은 맨해튼이라는 도시 공간 속에 위치한 센트럴 파크와 주변 도심지의 병치를 통해 도시 공원의 중요성을 더욱 부각시키고 있다. 특히 혼란스런 도시 환경을 중화시켜 주는 센트럴 파크의 자연 경관을 묘사하면서 "풍성한"(plentiful)이라는 단어를 반복해서 사용하고 있다. 이것은 "미시시피 강"에 비유되는 거리를 가득 메운 마차, 인파, 소음 등으로 가득한 맨해튼의 도심지 한 가운데 위치한 센트럴 파크가 자신에게 미학적 대상이자 동시에 치유제로 작용하고 있다는 점을 시사하는 것이다.

그의 만년인 1871년에 쓴 『민주주의의 조망』이라는 산문에서도 휘트먼은 뉴욕시, 브루클린을 배회하며 센트럴 파크와 당시 "브루클린 언덕 공원"(Brooklyn Park of hills)으로 불렸던 프로스펙트 파크를 직접 언급하며 이상적인 도시를 거듭 열망한다.

얼마간의 부재 후에 나는 몇 주간 휴가를 얻어 (1870년 9월) 뉴욕시와 브루클린에 다시 되돌아 왔다. 광휘, 그림 같은 풍경, 대양의 진폭과 이 위대한 도시들의 분주함, 강과 만, 반짝이는 바다의 조류, 비싸고 높은 새로운 빌딩, 대리석과 강철의 파사드(facade) (…중략…) 떠들썩한 거리, 브로드웨이, 건달들, 하층민들, 음악 같은 아우성은 심지어 밤에도 좀처럼 멈추지 않는다. 증권 중개인의 집들, 부유한 가게들, 부두들, 훌륭한 센트럴 파크와 브루클린 언덕 공원 (DV 12~13)

여기서 휘트먼은 센트럴 파크와 프로스펙트 파크를 포함한 여러 장소들과 다양한 계층의 시민들이 자신의 고갈된 "감각들"을 재생시키면서 "무한한 기쁨과 절대적 만족"을 준다는 사실을 피력한다. 이처럼 휘트먼에게 이상적인 도시는 시각을 매료시키는 미의 도시이면서 청각, 미각, 후각, 촉각을 동시에 불러일으키는 오감의 도시인 것이다. 그리고 그 중심에는 "대중과 함께" 하는 "열린 장소"인 센트럴 파크와 프로스펙트 파크가 있다.

휘트먼이 "열린 장소"의 출발점으로 보았던 센트럴 파크와 프로스펙트 파크는 다름 아닌 옴스테드의 조경 미학의 산물이라는 점은 중요하다. 옴스테드는 도시 공원을 "가장 높은 차원의 민주적 발전"으로 간주함으로써 남녀노소를 망라하는 모든 계층의 시민들이 방문할 수 있는 공공장소를 제공하면서 동시에 하층민들을 교화시키는 소통의 공간으로 보고 있다. 센트럴 파크와 프로스펙트 파크 등 공공 공원의 조성을 통해 대도시의 물리적 환경을 개선함으로써 공동체 정신과 시민 의식의 강화에 공헌한 옴스테드의 조경 미학은 20세기 중반까지 대부분의 도시 공원의 담론과 공명하였다. 센트럴 파크의 조성 후에 옴스테드는 지속적으로 브루클린과 보스턴(Boston) 등의 여러 대도시의 공원 설계를 기획하며 소위 도시의 그린 네트워크(green network)를 구축해가고자 했다. 이 가운데 "내가 지금까지 했던 어떤 것보다 더 큰 자부심을 느끼고 있다"(Beveridge and Rocheleau 74)라고 옴스테드가 언급한 프로스펙트 파크가 있다. 1865년부터 8년에 걸쳐 완성한 프로스펙트 파크의 조성에서 옴스테드는 "인간 본성의 시적 요소"(poetic element of human nature)를 획득해야 한다고 언급하며 시각적, 미학적, 생태적, 환경적 측면을 아우르는 민주적 공간을 구현하고자 했다. 하지만 공원을 "문명화된 삶"을 표상하는 도시와 융합될 수 없는 것으로 간주했던 옴스테드의 시각은 오늘날의 관점에서 보면 19세기 근대적 시각이라는 한계를 지닌다.

우리는 인간 본성의 시적 요소인 가장 단순하고, 순수하며, 가장 태고의 행동을 초대하고 자극할 요소들의 조합을 획득해야 한다. 그래서 그것에 영향을 받은 사람들을 그들의 일상적이고 문명화된 삶이라는 아주 복잡하고, 궤변적이며, 인공적인 환경으로부터 가능한 아주 멀리 벗어나게 한다. 따라서 공원들은 기분전환을 가져오는 어떤 것, 즉 도시 거주민들 중 가장 희망을 잃어버린 사람들 혹은 질병에 걸리거나 심신이 약화된 사람들에게 기분전환을 가져오는 어떤 것을 넘어서는 것이 되어야 한다. (Beveridge and Rocheleau 75)

이 인용문은 공원에 대한 옴스테드의 견해를 집약하고 있다. 다시 말해 "공원에서 도시는 존재해서는 안 된다"는 옴스테드의 시각은 문명과 자연, 도시와 공원의 이분법적 구도를 토대로 하고 있다. 오늘날 이런 옴스테드의 시각은 공원이 곧 도시이며 도시가 곧 공원"이라는 명제로 녹색 주도의 도시재생을 위한 새로운 건축 패러다임을 지향하는 '21세기 도시 공원'에 부합하지 않는 '녹색 자연'의 환상에 불과한 19세기 공원이라는 비판을 받고 있다. 이런 점에서 "옴스테드는 유명 인사였소 (…중략…) 하지만 나는 그가 많이 알고 있다고는 생각하지 않소"(Traubel 3: 528)라는 옴스테드의 조경 미학에 대한 휘트먼의 날카로운 비판은 그의 탈근대적 비전을 시사하는 것이라 할 수 있다. 따라서 문명/자연, 도시/공원의 경계를 지우며 "대중과 함께" 하는 사회적 장소를 지향하는 휘트먼의 탈근대적 비전은 옴스테드식 도시 공원의 한계를 초월하여 베르나르 츄미(Bernard Tschumi)와 렘 쿨하스(Rem Koolhaas) 등의 현대 건축가들의 시각과 더욱 밀접한 상관성을 지니고 있다고 할 수 있다.

## 3. 베르나르 츄미와 라 빌레뜨 파크

저널리스트로 활동했던 기간에 휘트먼은 산업화의 여파로 생겨난 도시의 문제점을 지적하고 이에 대한 대안을 제시하는 글을 자주 발표했다. 이 기간에 휘트먼은 브루클린에 위치한 그린우드 공동묘지 (Greenwood Cemetery)를 자주 방문하여 "식물의 지속에 필수불가결한 여러 종류의 풀들과 환경의 정수들"(*Journalism* 1: 218)의 유익함을 체득함으로써 브루클린 시민들에게 나무를 더 많이 심어야 한다고 촉구한다. 1846년 3월에 휘트먼은 『브루클린 데일리 이글』에 「우리는 브루클린에 공공 공원을 결코 가질 수 없는가? Are We Never to Have Any Public Parks in Brooklyn?」라는 사설을 게재한다.

> 도시의 맞은편에 포트 그린이라 불리는 고지대는 또 다른 공유지를 위한 장소이다. 그것은 막대한 금액의 돈을 쏟더라도 결코 어떤 것에 이를 수 없는 해군 공창에 인접한 초란한 한 조각의 부지보다 훨씬 좋다. 물론 다른 구역을 배제하고 도시의 한 구역만을 공원으로 지정하는 것은 공평하지 않다. (*Journalism* 1: 298~299)

이 인용문에서 드러나듯 휘트먼은 브루클린의 지속가능한 발전을 위해 "포트 그린"을 사회공동체의 활동 영역을 조성하고 발전시키는 촉매제가 되는 것이 다름 아닌 "공원"이라 간주한다. 특히 시인은 마치 조경가 혹은 도시계획가처럼 "공유지를 위한 장소"인 "포트 그린"의 적합성을 지적하며 이곳이 해군 공창에 인접한 다른 부지보다 훨씬 좋다는 견해를 피력하고 있다. 나아가 『브루클린 데일리 이글』에서 사임하고 10년이 훨씬 지난 1858년 『데일리 타임즈』에 발표한 사설에서도 휘트먼은 지속가능한 도시의 촉매제가 되는 도시 공원의 필요성을 거듭 표명한다. 휘트먼은 당시 미국독립전쟁의 총안흉벽 (battlement)이었던 포트 그린의 상업적 개발에 반대하는 글을 기고하며 그 장소가 대중들을 위한 "열린 장소", 즉 공원이나 기념비(memorial)로 조성되어야 한다고 주장한다. 그래서 포트 그린이 워싱턴 파크(Washington Park)라는 이름으로 개장되었을 때 휘트먼은 그 공원에서 부지의 부적절한 레이아웃, 잘 선택되거나 배치되지 못한 나무들을 지적하며 '조경가와 같은 시인'의 면모를 극명하게 드러낸다.

환경의 장엄함에 대해 우리는 이 세계에 더 훌륭한 공유지가 있는지 의문을 갖게 된다 (…중략…) 높은 지점에서부터 본 경관은 도시와 시골, 집, 선박, 증기선, 바다와 육지, 언덕과 공터를 망라하면서 먼 거리를 휩쓴다. 하지만 그 부지의 레이아웃에 있어서 충분한 비판이 없었다. 특히 나무들은 잘 선택되거나 잘 배치되지 않았다. 일부 장소에서 그 나무들은 방해가 되고, 크게 증식되고 있으며 또한 나무들의 배열에 있어 지나친 군사적 규제가 있다. 미국의 자생 수목들이 더 많이 선택되어져야 한다. (Holloway and Schwartz 141)

이 인용문에서 드러나듯 휘트먼이 열망하는 도시 공원은 주변 환경과 소통하는 "열린 장소"이다. "공유지"의 효율적 배치와 더 많은 "미국의 자생 수목들"의 선택을 통해 더욱 고유한 미국적인 경관을 창출할 수 있다고 본 시인의 탁월한 안목은 동시대는 물론 후대의 건축가들에게 영감을 제공했다. 이와 관련해 와인갈덴(Lauren S. Weingarden)을 비롯하여 머피(Kevin Murphy)와 로체(John F. Roche) 등의 학자들은 19세기와 20세기를 대표하는 미국 건축가인 루이스 설리번(Louis H. Sullivan)과 프랭크 로이드 라이트(Frank Lloyd Wright)에 미친 휘트먼의 지대한 영향력을 지적하고 있다. 일례로, 라이트는 자신의 작품 세계에 미친 휘트먼의 지대한 영향력을 언급하며 1938년 1월 『건축포럼 Architectural Forum』의 특별 판에 「열린 길의 노래 Song of the Open Road」라는 시인의 시에서 "나는 크게 공간을 한 모금 들이마신다. 동쪽과 서쪽은 내 것이고, 북쪽과 남쪽도 내 것이다(I inhale great draughts of space. / The East and the West are mine, and the North and the South are mine)"(*LG* 151)라는 구절을 인용했다. 이처럼 휘트먼의 도시 공원에 대한 예리한 통찰은 장르와 매체를 초월하여 20세기는 물론 21세기의 많은 작가들은 물론 건축가들과 조경가들에게까지 지속적으로 영감의 원천이 되어오고 있다.

시대를 앞선 휘트먼의 예리한 통찰은 오늘날 도시에 대해 적대적 자세를 취하는 '녹색 자연'의 환상이라고 비판받고 있는 옴스테드식 조경 미학의 한계를 뛰어넘고 있다. 휘트먼은 도시와 공원의 관계를 구별과 대립으로 본 옴스테드식 이분법을 탈피하여 '매나하타'와 같이 지속가능한 도시를 창출하고자 했다. 이것은 19세기 근대 공원의 정수로 간주되고 있는 센트럴 파크를 비판적 관점에서 고찰함으로써 전통적인 목가적 공원과 구별되는 역동적인 '21세기 도시 공원'을 제시한 현대 건축가 츄미(Bernard Tschumi)의 시각과 더욱 밀접한 상관성을 지닌다. 포스트모더니즘의 도래와 더불어 나타난 해체주의 건축에 기반을 둔 도시 공원은 "시민들의 활동적인 레저와 문화, 교육, 행사가 이루어지는 장으로 그 역할이 진화하게 되었다"(견진현 14). 무엇보다 해체주의 건축 미학의 진수는 츄미의 라 빌레뜨 파크(La Villette Park)에 집약되어 있다. 츄미는 「추상적 매개와 전략 Abstract Mediation and Strategy」이라는 에세이에서 라 빌레뜨 파크를 "전체적 통합"을 거부하는 "탈-통합(dis-integration)", 즉 "해체"적 건축으로 간주한다.

라 빌레뜨 파크 계획안은 특별한 목적이 있었는데 이는 구성, 위계, 그리고 질서와 같은 전통적인 규범에 의존하지 않고 복잡한 건축적 조직을 건설할 수 있음을 증명하는 것이었다. 점, 선, 면으로 이루어진 세 개의 자율적 체계를 중첩시키는 원리는 대부분의 대규모 프로젝트들에서 보이는 실제적인 조건들의 전체적 통합을 거부함으로써 발전되었다. 만일 건축이 역사적으로 항상 비용, 구조, 용도, 그리고 형태적 요구조건(심미성, 견고성, 유용성)들의 '조화로운 통합'으로 정의되어져 왔다면, 사실라 빌레뜨 파크는 그 스스로에게 거스르는 건축, 즉 탈-통합이 되었다. (*Architecture* 198)

츄미에게 라 빌레뜨 파크는 "건축에서 파생된 개념과 영화, 문학비평과 같은 다른 분야에서 파생된 개념을 이용하여 기존의 건축적 관습을 파괴함"(*Architecture* 199)을 의미한다. 다시 말해 라 빌레뜨 파크는 탈-중심의 사회적 변혁에 대응하는 전략적 도구이며, 새로운 미학이 발생하는 개념적 장소다. 더욱이 "공간, 이벤트, 움직임이라는 보다 역동적이고 다양한 해석이 가능한 개념을 그 자리에 위치시킴으로써 새로운 건축 패러다임을 지향"(김도경·김승현 61)하고 있는 의미 영역을 담아내고 있다.

해체주의 건축 미학의 정수인 라 빌레뜨 파크는 공원설계의 새로운 패러다임을 주도한 열린 공원으로 휘트먼이 열망한 '매나하타'와 같은 지속가능한 도시에 핵심으로 기능하는 탈근대적 "열린 장소"에 가장 잘 부합한다. 더욱이 옴스테드식 조경 미학에서 탈피하여 문명/자연, 도시/전원이라는 이분법적 경계를 지우는 라 빌레뜨 파크는 시대와 장르를 초월하여 휘트먼과 츄미를 연결해 주는 중요한 매개가 되고 있음은 간과할 수 없다. 이러한 사실은 라 빌레뜨 파크의 설계에서 언급된 "19세기에 만연했던 공원에서 도시는 존재해서는 안 된다는 옴스테드의 견해에 반대한다"("Urban Park" 27)라는 츄미의 언급에서 명백히 입증되고 있다. 이렇게 츄미의 시각은 문명과 자연, 도시와 공원을 이분법적으로 구분하고 있는 옴스테드의 조경 미학을 날카롭게 비판했던 휘트먼의 시각과 상통한다.

현대 도시환경에서 문명 대 자연의 대립이라는 부적절함은 자연의 이미지로서의 공원이라는 관례적인 원형(prototype)이 틀렸음을 입증한다. 그것은 더 이상 끔찍한 현실로부터 보호되는 더럽혀지지 않은 유토피아적 소세계로 간주될 수 없다. 현대 공원은 은신처라기보다는 도시민들의 여가 활동을 정의해 오고 있는 관심사, 즉 도시 사회의 직업 환경과 문화적 갈망에 의해 결정된 레크리에이션의 필요성과 즐거움으로 알려지고 규제되는 하나의 환경으로 볼 수 있다. ("Urban Park" 27)

이 인용문에서 드러나듯 츄미가 추구하는 현대 공원은 "도시 사회의 직업 환경과 문화적 갈망"에서 파생된 사회적 장소로서 문명/자연, 도시/공원의 경계를 지우는 이른바 도시의 "거울 이미지"로 볼 수 있다. 이것은 도시 공원의 개념을 "전통적인 녹색 공간에서 도시화의 부작용을 개선하는 도시 기능의 일부로서 공익적 시설로 확대"(견진현 14)하는 것을 의미한다. 이처럼 츄미는 라 빌레뜨 파크의 설계 개념을 도시의 개념과 분리될 수 없는 것으로 보고 있다.

츄미는 『맨해튼 트랜스크립트 *The Manhattan Transcripts*』라는 자신의 저서를 통해 근대 건축에서 상실되었던 프로그램, 사람들의 행위 및 이벤트 등을 강조했다. 무엇보다 츄미의 "프로그램" 개념은 고정적인 실체가 아니라는 가정에서 출발한다. 프로그램을 일시적인 사건들이 조합된 것으로 보고 건축가는 제시된 프로그램을 새롭게 배열하는 작업으로서 건축 공간에 이벤트를 생성시키는 것을 의미한다. 다시 말해 "공원이라는 개방된 공공 문화 공간이 일정한 변형 속에서 도시적 삶의 유형과 양립하는 방법으로 지금까지 없었던 이벤트를 생산"(이은경 31)하는 것이다. 1983년에 발표한 「21세기 도시 공원 An Urban Park for the 21st Century」이라는 에세이에서 츄미는 "우리의 야망은 프로그램, 형태, 관념이 모두 통합적인 역할을 하는 새로운 모델을 창출하는 것이다"(Tschumi 27)라는 언급을 통해 공원의 구조에서 "프로그램 되지 않은 활동(unprogrammed activities)"의 활성화와 "구조적 유연성 (flexibility of the structure)"의 중요성을 역설한다.

중요한 점은 건축 공간에 이벤트 생성을 촉진시키는 츄미의 "프로그램"의 개념은 고정화된 공원을 탈피하여 도시 문화에 역동적으로 참여하는 것을 함의한다는 점에서 휘트먼이 강조한 "문화 프로그램"(programme of culture)과 긴밀한 상관성을 지닌다는 사실이다. 이것은 민주주의의 원동력으로 기능하는 "문화 프로그램"의 중요성을 역설한 『민주주의의 조망』에서 명백히 드러난다.

오, 친구여, 그대 또한 민주주의가 선거, 정치, 그리고 당의 이름만을 위한 것이라 생각하는가? 민주주의는 예법을 지니고 꽃과 과일을 전하거나 가져오는 곳, 즉 사람들 사이의 상호 작용의 최고 형태 속에서만 존재한다고 나는 말한다. 나는 단일 계층만을 위한 것이 아닌 혹은 응접실이나 강의실을 위한 것이 아니라 실생활, 서부, 일하는 사람들을 고려하는 문화 프로그램을 요구하고, 흡출해야 한다. 나는 이 프로그램이나 이론이 거의 대부분의 인간 영역을 포함할 만큼 비옥한 범위가 될 것을 요구한다. (DV 33)

민주주의 근간을 둔 공간은 무엇보다 그 속에 거주하는 사람들 사이의 상호 작용에 의해 가변성과 유연성을 가져야 한다는 것을 의미한다. 다시 말해 휘트먼이 열망하는 도시 공원은 자연을 모사함으로써 단순히 목가적 풍경을 제시하는 닫힌 공원으로의 옴스테드식 공원을 거부하는 것으로, 이용자들의 다양한 활동을 담아낼 수 있는 더욱 열린 대중적 문화 공간으로의 공원을 지향하고 있다. 그리하여 휘트먼은 "대중과 함께"할 수 있는 "문화 프로그램"으로 충만한 도시를 디자인하고자 열망한다. 「매나하타 Mannahatta」라는 시는 그 대표적 예이다. 여기서 휘트먼은 문명/자연, 도시/전원의 이분법적 경계를 지우는 '열린 장소'로서 도시와 같은 공원, 공원과 같은 도시를 조경가의 시선으로 조망한다.

나는 나의 도시에 독특하고 완전한 어떤 것을 요구했다,
그래서 보라! 토착적인 이름이 떠올랐다.

이제 나는 본다. 그 이름 속에 유동적이고, 분별력 있고, 제어하기 어려우며,
　　음악적이고, 자족한 그 무엇이 하나의 이름, 하나의 단어 속에 있다는
　　것을,
나는 본다. 내 도시의 이름은 옛날부터 온 것이라는 것을.

I was asking for something specific and perfect for my city,
Whereupon lo! upsprang the aboriginal name.

Now I see what there is in a name, a word, liquid, sane, unruly, musical,
　　self-sufficient,
I see that the word of my city is that word from of old. (*LG* 474)

“토착적”이며 “독특하고 완전한 어떤 것”을 암시하는 매나하타는
“유동적이고, 분별력 있고, 제어하기 어려우며, 음악적이고, 자족한
그 무엇”을 간직하고 있는 도시다. 말하자면 매나하타는 무분별한 개
발과 소음으로 가득한 디스토피아적 공간이 아니라 테크놀로지, 인간
그리고 자연이 조화로운 합일을 이루는 “열린 장소”를 내재한 도시인
것이다. 이처럼 휘트먼에게 도시 공원은 도시에 자연과 생명력을 불
어넣어 시민들의 일상생활에 활력을 제공하는 공간, 즉 “대중과 함께”
하는 “열린 장소”이다.
　　도시와 공원, 공원과 문화의 진보된 관계를 촉진시키는 지속가능한
도시를 표상하는 매나하타는 ‘조경가와 같은 시인’의 도시 비전에 대한
집약체이다. 이것은 “휘트먼의 도시 비전은 문학과 예술을 초월하여
도시계획의 영역으로 확장된다”(58)라는 패나패커의 지적에서 여실히
입증되고 있다. 이런 점에서 “유동적이고, 분별력 있고, 제어하기 어려
우며, 음악적이고, 자족한 그 무엇”은 다름 아닌 쥬미가 강조한 “프로그
램”으로 충만한 라 빌레뜨 파크와 같은 열린 대중 문화공간으로서의
도시 공원이라 할 수 있다. 이렇듯 “프로그램”의 활성화를 통해 더욱

열린 문화공원을 지향하는 라 빌레뜨 파크는 시대와 장르를 초월하여 휘트먼과 츄미를 하나로 묶어 주는 의미 영역이 되고 있다.

## 나오는 글

19세기 동시대 문학가들 중 공원이라는 개방된 문화 공간이 공공성의 가치를 잃어가는 도시에 대한 치유제가 될 뿐만 아니라 지속가능한 도시에 필수불가결한 핵심요소가 된다는 사실을 휘트먼만큼 예리하게 통찰하고 있는 시인은 없는 것처럼 보인다. 무엇보다 휘트먼에게 도시 속에서 전원적 이상을 구현해 주는 "대중과 함께" 하는 사회적 장소는 다름 아닌 도시 공원이었다. 휘트먼은 시인이 되기 전부터 저널리스트로 활동하며 "더 많은 공원-더 많은 열린 장소"의 필요성을 강조했다. 『뉴욕 오로라』, 『브루클린 데일리 이글』 등 여러 신문의 사설을 통해 휘트먼은 불평등하고 차별적인 도시 계획에 대해 신랄하게 비판했다. 근대 공원의 대명사로 간주되는 센트럴 파크가 "대중과 함께" 하는 "열린 장소"가 아니라 "장식"으로 가득한 상류층만을 위한 공간이라는 휘트먼의 날카로운 통찰은 공원을 도시의 대응물(counterpart)로 본 동시대 조경가인 옴스테드의 한계를 초월하고 있다.

나아가 휘트먼은 「찬란하고 고요한 태양을 내게 다오」, 「매나하타」 등의 시를 통해 도시와 자연의 경계를 지우며 자연이 곧 도시이며 도시가 곧 자연이라는 비전을 제시한다. 특히 휘트먼은 이상적인 도시 '매타하타'가 "유동적이고, 분별력 있고, 제어하기 어려우며, 음악적이고, 자족한 그 무엇"을 지니고 있음을 강조하는데, 이것은 다름 아닌 "대중과 함께" 하는 "열린 장소"를 표상하는 도시 공원이라 할 수 있다. 사회적 접촉, 문화적 교류를 촉진시키는 도시 공원의 필요성을 역설한 휘트먼의 예리한 통찰은 시인의 시선을 뛰어넘어 '건축가 혹은 조경가'로서의 면모를 여실히 보여 주고 있다. 이런 휘트먼의 시각은 19세기 미국이라는 시공간, 곧 옴스테드식 도시 공원의 한계를 초월하여 문명과 자연, 도시와 공원이라는 이분법적 구도를 뛰어넘고 있다. 이런 점에서 휘트먼이 구현하고자 했던 "열린 장소"는 "공원에서 도시는 존재해서는 안 된다"라는 옴스테드의 견해를 뛰어넘어 자연뿐만 아니라 문화가 살아 있는 공원, 곧 21세기 도시 공원에 더욱 잘 부합하고 있다.

오늘날 현대 건축과 도시가 직면하고 있는 난제중의 하나는 점점 더 불확정적이고 하이브리드화되어 가는 현대 사회의 특징에 있다. 이에 츄미와 같은 현대 건축가는 옴스테드식 공원에서 탈피하여 현대 사회에 부합하는 유연한 프로그램에 대응할 수 있는 지속가능한 공원을 제시한다. 츄미의 새로운 건축 미학의 정수인 라 빌레뜨 파크는 근대 건축에서 상실되었던 프로그램, 사람들의 행위 및 이벤트 등을 강조하고 있는데, 이것은 휘트먼이 역설한 "문화 프로그램"으로 충만한 "열린 장소"의 현대적 변용이라 할 수 있다. 도시 공원을 열린 대중적인 문화 공간으로 간주하고 있는 휘트먼의 탈근대적 시각은 건축과 조경뿐 아니라 문학, 철학, 미술, 영화 등 다양한 장르의 경계를 무너뜨리는 상호텍스트적 연구를 촉진시키는 원동력이 되고 있다. 이처럼 탈장르적, 탈시대적 통찰을 보여 주고 있는 휘트먼의 "열린 장소"는 문명/자연, 도시/공원의 경계를 지우는 라 빌레뜨 파크로 대표되는 21세기 도시 공원과 불가분적 상관성을 지니고 있다.

# 조셉 스텔라와 미래주의

## 1. 미래주의의 선구자 휘트먼

휘트먼은 시와 산문을 통해 그림, 사진, 조각 등과 같은 시각예술에 대한 그의 관심과 조예를 지속적으로 보여 준다. 예술가로서의 휘트먼의 행적을 살펴보면 그는 동료 시인이자 예술 후원가인 윌리엄 컬런 브라이언트(William Cullen Bryant)를 비롯해 동시대의 찰스 헤이드(Charles Heyde), 제시 탈봇(Jesse Talbot), 윌리엄 시드니 마운트(William Sidney Mount), 월터 리비(Walter Libbey), 토머스 에이킨스(Thomas Eakins) 등과 같은 화가들과 긴밀한 친교를 유지하였다. 1855년 『풀잎』의 초판본을 출간하기 전에 휘트먼은 『브루클린 데일리 이글 *Brooklyn Daily Eagle*』의 편집자이자 『브루클린 이브닝 스타 *Brooklyn Evening Star*』지와 다른 신문의 기고자로서 시각예술에 매료되어 그의 기사의 삼분의 일에 해당되는 분량을 예술에 관한 논평에 할애했다. 아울러 1850년대를 전후로 대중들의 예술에 대한 관심으로 생겨나기 시작했던 브루클린 예술 연맹(Brooklyn Art Union)과 같은 뉴욕의 예술 단체를 적극적으로 후원했으며 『뉴욕 리더 *New York Reader*』와 같은 잡지에서 자주 예술에 관한 견해를 피력했다. 나아가 휘트먼은 당대의 조각가인 헨리 컬크 브라운(Henry Kirke Brown)의 스튜디오에서 정기적인 모임을 통해 수많은 예술가들과 친분을 쌓음으로써 시각예술에 대한 지평을 넓히게 된다.

20세기 초반에 조셉 스텔라(Joseph Stella, 1877~1946)를 비롯하여 존 슬론(John Sloan), 마스던 하틀리(Marsden Hartley) 등과 같은 여러 미국 화가들은 휘트먼을 그들 작품의 영감의 원천으로 간주했다. 특히 20세기 초기에 스티글리츠 서클(Alfred Stieglitz Circle)과 아렌스버그 서클(the Arensberg Circle)에 소속된 뉴욕 아방가르드 예술가들은 휘트먼을 고유한 미국 예술의 초석을 다진 선구자로 평가했다. 스텔라와 하틀리를 포함하여 로버트 코디(Robert Coady), 하트 크레인(Hart Crane), 윌리엄 칼로스 윌리엄즈(William Carlos Williams), 이사도라 덩컨(Isadora Duncon) 등과 같은 아방가르드 운동을 이끌었던 예술가들은 휘트먼을 그들의 역할 모델로 삼았다. 이는 "1920년을 전후로 휘트먼은 하나의 모델로서 그리고 최초로 중요한 미국 예술가로 문학과 예술잡지에서 반복적으로 언급되고 있다"(29)라는 매튜 바이겔(Matthew Baigell)의 말에서 명백히 알 수 있다.

휘트먼의 지대한 영향력은 미국에 한정되어 있지 않고 시간과 공간을 초월하여 오늘날까지도 전 세계의 예술가들에게 전파되고 있다. 특히 이탈리아에서 발원한 아방가르드 운동으로 속도, 역동성, 그리고 기계 테크놀로지를 열렬하게 찬양했으며 동시에 "직접적이고 계획적으로 대중 관객을 목표로 한 20세기 최초의 문화적 운동"(Tisdall 7)으로 간주되는 미래주의는 그 원천을 휘트먼에서 찾고 있음은 주목할 만하다. 미래주의의 창시자인 필리포 마리네티(Filippo Marinetti)는 휘트먼을 "미래주의의 위대한 선구자(great precursors of Futurism)" 가운데 한 사람이며 속도, 모더니티, 테크놀로지의 목소리를 지닌 시인이라고 열렬히 찬양한다(Flint 68). 카테리나 리치알디(Caterina Ricciardi)는 지오반니 파피니(Giovanni Papini)를 비롯한 다수의 이탈리아 작가늘이 "휘트먼을 최초의 위대한 미래주의 시인으로 간주했다"는 사실을 강조하면서 "휘트먼과 그의 시에 내재된 '현대성'을 인식할 때까지 이탈리아에서 '야성적 포효(barbaric yawp)'는 결코 들리지 않았다"(269~271)라고 말한다. 아울러 허먼 쉐파우어(Herman Scheffaurer)는 『북미평론 *North American Review*』에서 휘트먼을 "그의 시대의 미래주의자(the futurist of his day)"로 간주했다(210). 특히 바실 드 셀린코트(Basil De Selincourt)는 휘트먼을 "기계의 시인(the poet of machinery)"으로 간주하며 「끝없이 흔들리는 요람에서 Out of Cradle Endlessly Rocking」와 같은 시는 "미래주의의 동시성(simultaneity) 기법의 특징"(135)을 드러낸다고 언급한다.

무엇보다 휘트먼의 시에는 미래주의의 대표적인 특징인 속도, 역동성, 기계 테크놀로지에 대한 찬양이 자주 언급된다. 이는 「나 자신의 노래 Song of Myself」의 32번째 섹션에서 "나 자신 그때나 지금이나, 그리고 영원히 전진한다 / 항상 더욱 많이 모으고 드러내 보이며, 속력 있게(Myself moving forward then and now and forever, / Gathering and showing more always and with velocity)"(*LG* 60)라는 구절에서 명백히 드러난다. 아울러 휘트먼은 「전람회의 노래 The Song of Exposition」에서는 더욱 "거대하고", "화려하고", "당당하고", "그림 같은"(*LG* 199) 새로운 건축물을 미래주의 도시를 창조해 내는 원동력으로 보고 기계 테크놀로지에 대한 낙관적인 견해를 표방한다. 후기 시 「인도로 가는 길 Passage to India」에서도 수에즈 운하의 개통, 대륙간 철로의 교차, 대서양 횡단 해저 전선망 구축 등을 찬양했음은 물론 더 나아가 "인도 이상의 것으로 가는 길!(Passage to more than India!)"(*LG* 420)의 필요성에 대해 역설한다. 이 길은 과학기술의 진보로 인해서 궁극적으로 기술과 예술이 하나가 되는 미래주의 세계로 나아가는 길임을 암시한다고 볼 수 있다. 이렇듯 휘트먼의 시에는 미래주의적 특징이 두드러지게 나타난다.

이탈리아 출신의 '미국 화가로서 최초이자 가장 위대한 미래파 화가(America's first and greatest Futurist)'로 평가되고 있는 조셉 스텔라는 화가가 되기 이전에 한 때 시인이 되려 했기 때문에 그의 작품에는 풍부한 시적 감수성이 투영되어 있다. 그는 1913년에 쓴 「새로운 예술 The New Art」이라는 글에서 "입체주의는 정적이다. 미래주의는 동적이다 (…중략…) 삶의 본질은 움직임이다. 정체는 죽음이다"(Haskell 202)라는 언급을 통해 자신이 지향해야 할 예술적 목표가 바로 미래주의라는 점을 공개적으로 선언한다.

스텔라에게 시와 회화라는 경계를 초월하여 "예술의 구원자"이자 미래주의적 상상력의 근원으로 확고하게 자리 잡고 있는 예술가는 바로 휘트먼이다. 스텔라는 휘트먼의 시에 내재된 속도, 역동성, 기계 테크놀로지에 대한 찬양 등과 같은 미래주의적 특징을 예리하게 간파함으로써 휘트먼과 미래주의의 불가분적 연관성을 강조한다. 이는 "한편 월트 휘트먼의 시―구원의 흰색 비행기로서 높이 치솟는―는 내 예술의 항해를 안내했다"(Haskell 206)라는 스텔라의 말에서 극명하게 드러난다. 휘트먼을 세상에서 가장 최첨단의 운송 수단인 비행기에 비유함으로써 미래주의자의 테크놀로지적 열정과 긴밀한 연관성을 지적하는 스텔라는 나아가 미국, 휘트먼, 미래주의의 상호 연관성을 간파한다. 그래서 그는 "미국은 이런 영광스러운 예를 따라야 한다고 생각한다. 그것은 너무나 젊고 정력적이며 월트 휘트먼에 의해서 처음으로 성취된 위대한 미래주의 작품을 지니고 있는 미국이다"(Haskell 202)라고 역설한다. 결국 스텔라는 휘트먼을 미래주의자로 간주하고 있는데, 휘트먼을 미래를 볼 줄 아는 '선지자'를 의미하는 "해방된 현대의 프로메테우스"(Haskell 211)에 비유한 그의 시적 표현은 이런 사실을 더욱 분명히 알 수 있다.

이렇듯 미래주의는 세대와 장르의 차이를 넘어 휘트먼과 스텔라를 연결해 주는 공통분모이자 불가분적 연관성을 지니고 있다. 따라서 필자는 미래주의적 상상력을 발현시켜 시와 회화 사이의 경계를 허문 휘트먼과 스텔라의 작품에 나타난 유주관계를 살펴보고자 한다. 특히 두 예술가의 작품을 구체적으로 비교·분석함으로써 미래주의가 시대와 장르를 초월하여 상이한 예술매체인 문학과 미술을 상호 매개해 주는 중요한 고리 역할을 하고 있음을 조명한다. 이것은 미국에서의 미래주의가 궁극적으로 유럽 예술의 종속성에서 탈피하여 고유한 미국적인 예술을 추구하고자 했던 휘트먼과 스텔라의 예술적 목표에 부합되었음을 밝히는 논의의 과정이 될 것이다.

## 2. 현대의 프로메테우스

시와 회화의 긴밀한 상관관계를 보여 주는 "그림은 말없는 시, 시는 말하는 그림이다"라는 고대 그리스 시인 시모니데스(Simonides)의 유명한 모토는 세대와 장르의 차이를 넘어 휘트먼과 스텔라의 작품에 두드러지게 나타나는 공통주제라 할 수 있다. 이는 휘트먼과 스텔라의 "이른바 시는 그저 그림일 뿐이다(what we call poems being merely pictures)"(*LG* 103)와 "그림은 고매한 시이다(painting is high poetry)"(Haskell 205 재인용)라는 언급에서 그 근거를 찾을 수 있다.

에머슨(Ralph Waldo Emerson), 소로우(Henry David Thoreau) 등과 함께 19세기 미국의 대표적인 초절주의(Transcendentalism) 시인으로 평가되고 있는 휘트먼은 일평생 그림, 사진, 조각 등과 같은 시각예술에 남다른 관심과 조예가 깊었다. 그는 시와 산문에서 "픽처레스크(picturesque)"와 "풍경(vista)"이라는 말을 자주 사용하면서 시각적 조형성을 뚜렷하게 부각시키고 있다. 실제로 휘트먼은 동시대의 프랑스 사실주의 화가인 장-프랑수와 밀레(Jean-francois Millet)의 그림에 매료되어 "그의 밀레를 아는 사람은 어떤 신조도 필요하지 않다(The man who knows his Millet needs no creed.)"(Traubel 72)라고 주장한다. 존 쉬위버트(John E. Schwiebert)는 시각적 요소가 두드러지는 휘트먼의 많은 시들을 이미 지즘 시로 간주할 수 있다고 말한다(16). 특히 루스 보한(Ruth L. Bohan)은 휘트먼이 "시각예술이 불러일으키는 강력한 즉시성에 매료되었으며," 이런 시각예술이 곧 그의 새로운 시작(詩作)에 있어서의 "하나의 귀중한 동맹이자 동시에 중요한 출발점을 입증했다"(29)라고 주장한다. 데이빗 레이놀즈(David S. Reynolds)도 휘트먼이 맨해튼 다게레오타입 미술관을 자주 드나들며 당대에 새로운 매체로 부각되었던 사진술로부터 자신의 시적 테크닉을 발전시킬 수 있게 되었고, 그럼으로써 사진과 회화에서 "시적 재료들의 풍요로운 광산"을 발견하게 되었다고 말한다(57). 휘트먼은 1853년 뉴욕 시에서 개최된 '만국 산업 전람회(Exhibition of the Industry of All Nations)'를 1년 가까이 드나들며 거기서 느낀 감흥을 다음과 같이 피력한다.

나는 오랜 기간(거의 1년 가까이) 갔다—밤낮으로—특별히 밤에—전기가 아름답게 비쳤기 때문에 그리고 매우 크고 엄청난 미술 전시회 화랑이(밤에 전시되었다고 생각하는) 있었기 때문에—유럽에서 온 수백 점의 그림들, 많은 작품들이 걸작품인—모두가 지칠 줄 모르는 습작품인—그리고, 빌딩, 조각들을 통해 흩어져 있는, 하나 혹은 그룹으로—나머지 작품들 중에서 사이즈가 거대한 토르발트센(Thorwaldsen)의 〈사도 *Apostles*〉—그리고 매우 많은 훌륭한 청동으로 만든 작품들, 영국 은세공업자가 만든 접시들, 그리고 해외 도처에서 온 기이한 작품들—지구의 모든 땅에서 온 숲—모든 종류의 직물들과 제품들 그리고 모든 국가들의 장인들이 만든 수공품들. (*Prose Works* 2: 681)

이 인용문에서 드러나듯 타인의 액션이나 비전을 통해 중재된 경험이 아니라 휘트먼의 직접적인 개인 경험이 그의 시에 드러나는 광범위한 시각예술의 차용과 불가분적 연관성을 지니고 있다는 사실은 주목할 만하다. 휘트먼은 사진과 회화 전시회에 참가해서 받았던 진기한 감흥을 「그림들 Pictures」에서 다음과 같이 묘사한다.

한 작은 집 속에서 나는 그림들을 지닌다, 많은 그림들을
벽에 걸려 있는—그것은 하나의 고정된 집이 아니라, (…중략…)

하지만 보라! 그것은 충분한 공간을 지닌다—그 속에서,
수백, 수천의,—
모두가 각양각색의

In a little house pictures I keep, many pictures
hanging suspended—It is not a fixed house, (⋯중략⋯)

But behold! it has room enough—in it,
hundreds and thousands,—
all the varieties. (*LG* 642)

자신의 마음을 암시하는 "한 작은 집 속에서", "수백, 수천의,—/
모두가 각양각색의", "그림들을 지닌다"라는 말은 휘트먼에게 미친
시각예술의 지대한 영향력을 명백하게 보여 주고 있다. 휘트먼이 브
라운 그룹(Brown group)과의 교분을 나눈 기간에 쓴 것으로 추정되는
「그림들」은 그 당시 유행했던 마음의 미술관으로서의 상상력을 재현
하는 비유를 채택하고 있다(Bohan 26). 나아가 「농장 그림 A Farm
Picture」이라는 단시는 마치 20세기 초기에 전개된 한편의 이미지즘
시를 보는 듯하다.

평화로운 시골 헛간의 넓은 열린 문을 통해,
풀을 뜯고 있는 소떼와 말들이 있는 햇빛이 비치는 초원 들판,
그리고 안개와 풍경, 저 멀리 희미하게 사라져가는 지평선.

Through the ample open door of the peaceful country barn,
A sunlit pasture field with cattle and horses feeding,
And haze and vista, and the far horizon fading away. (*LG* 274)

이렇듯 휘트먼은 시각예술이 불러일으키는 강력한 즉시성에 매료되었고 이로 인해 그의 시에는 시각적 조형성이 두드러진다. 이와 관련해 토마스(M. Wynn Thomas)는 휘트먼이 미니어처 장면에서 교묘한 명암법(chiaroscuro)과 활인화(tableaux vivants) 등과 같은 픽처레스크 기법과 어휘를 즐겨 채택했다고 주장한다(126). 실제로 휘트먼은 「그대에게 To You」라는 시에서 자신을 마치 캔버스에 그림을 그리는 화가에 비유하고 있다.

> 화가들은 바글거리는 무리들과 모든 사람들 가운데 중심인물을 그린다,
> 그 중심인물의 머리에서부터 황금빛의 후광이 퍼지는
> 그러나 나는 수많은 두상들을 그린다. 아무도 그 머리에 황금빛 후광이
> 없는 이가 없다.
> 나의 손으로부터, 모든 남자와 여자의 머리로부터 그것이 흐르고, 영원히
> 반짝이며 흘러내린다.

> Painters have painted their swarming groups, and the centre figure of all,
> From the head of the centre figure spreading a nimbus of gold-color'd light,
> But I paint myriads of heads, but paint no head without its nimbus of
> gold-color'd light,
> From my hand, from the brain of every man and woman it streams,
> effulgently flowing forever. (*LG* 233~234)

평등주의적 민주주의에 대한 휘트먼의 신념을 마치 민주적 초상화처럼 그려 내고 있는 이 시구는 '화가와 같은 시인'으로서의 면모를 잘 보여 주고 있다. 이처럼 휘트먼의 시에는 "이른바 시는 그저 그림일 뿐이다"라는 그의 말이 입증하듯 시각예술에서 연유한 풍성한 회화적 상상력을 살펴볼 수 있다.

무엇보다 휘트먼의 시에 드러나는 현대성과 회화성을 가장 총괄적

으로 보여 주는 아방가르드 예술은 바로 미래주의라 할 수 있다. 당대의 시인에게는 쉽게 찾아 볼 수 없는 속도, 역동성, 기계 테크놀로지에 대한 찬양을 "야성적 포효"로 들려주고 있는 휘트먼의 시는 미래주의 그 자체라고해도 과언이 아니다. 이런 사실을 간파함으로써 스텔라는 휘트먼을 미래주의자와 상통하는 "해방된 현대의 프로메테우스"에 비유하고 있다. 이런 스텔라의 시각은 "미래주의가 창시되고 전개되기 이전에 이미 휘트먼이 미래주의의 핵심적 열망(core aspirations)을 표현했다"(154)라는 셀린코트의 말에서 더욱 잘 이해될 수 있다.

## 3. 미래파 화가 조셉 스텔라

스텔라는 미국에서의 미래주의에 대한 논의에서 가장 우선적으로 논의되고 있는 화가이다. 주목할 점은 '미국 화가로서 최초이자 가장 위대한 미래파 화가'로 평가되고 있는 스텔라는 화가가 되기 이전에 작가가 되려했다는 사실이다. 그는 1896년 미국으로 이민 오기 이전에 휘트먼의 시를 접했고 문학에 대한 열정이 너무나 강해서 한 때 시인이 되려했었다. 1890년까지 이탈리아에서 스텔라는 이미 「브루클린 도선장을 건너며 Crossing Brooklyn Ferry」, 「인도로 가는 길 Passage to India」 등이 포함된 휘트먼의 시집을 읽고 그에게 매료되었다. 시각적 조형성이 선명하게 드러나는 휘트먼의 시처럼 스텔라의 그림에는 풍부한 시적 감수성이 스며있다. 스텔라의 산문에서 드러나는 현란한 문체는 그의 시적 감수성을 잘 보여 준다. 그는 「노트 Notes」라는 글에서 "그림은 고매한 시이다"라고 언급하며 '시인과 같은 화가'의 면모를 보여 준다.

그림은 고매한 시이다. 대상은 예술가의 마술적인 손에 의해 변모되어야한다. 예술가의 가장 위대한 노력은 그가 정상적인 비율로부터 대상이

고양되고 승화되며 마치 처음 보이는 것처럼 새롭게 나타나는 그의 더없
이 행복한 순간(영감)을 포착하는 것이자 영원하게(물질화되게) 만드는
것이다 (…중략…) 이런 정신적인 향기는 가장 적합한 꽃병 속에 동봉되
어야 한다 (…중략…) 화가의 언어는 간명해야하며 동시에 규정하기 힘
들어야 한다. (Haskell 205)

"예술가의 가장 위대한 노력은" 바로 "그의 더없이 행복한 순간(영
감)을 포착하는 것이자 영원하게(물질화되게) 만드는 것이다"라는 그
의 말에서 알 수 있듯 스텔라는 당대의 아방가르드 화가들 중에서도
시적 정서를 회화적으로 탁월하게 표현해 내는 '시인과 같은 화가'라
는 사실을 역설하고 있다.

휘트먼과 스텔라의 작품에 공존하는 미래주의는 "언어적인 재현 방
식과 시각적인 재현 방식의 상호성"을 해명해 주는 연결고리 역할을
하고 있다. 미래주의는 과거와의 단절을 통해서 새로운 예술이 기계
테크놀로지와의 조화 속에서 발전할 수 있다고 본 20세기의 대표적인
아방가르드 예술로 정의된다. 미래주의 운동은 1909년 마리네티가 파
리의 『르 피가로』지에 미래주의 선언을 발표하면서 전 세계적으로 전
파되었다. "자신을 '유럽의 카페인'이라고 부른 마리네티는 전시회,
공연, 이벤트, 소논문, 광고성 행사, 그리고 빈틈없는 언론 조작을 통
해 미래주의에 관한 이야기를 유럽 대륙 전체에 유포했다. 일차대전
이 발발할 때까지 미래주의는 전 유럽을 통해 귀에 익은 이름이 되었
으며, 미국과 브라질, 멕시코에서는 근거지를 확보하기까지 했다. 미
래주의는 분노, 폭력, 진기함 그리고 흥분과 동의어로서 단연코 가장
눈에 띄는 국제적인 아방가르드 예술의 모습이었다."(Humphreys 49)

미래주의는 속도, 다이너미즘, 기계문명을 예찬하였으며 문학과 회
화뿐만 아니라 패션, 건축, 음악 등 여러 분야에 지대한 영향을 끼쳤
다. "새로운 속도의 미"를 강조하는 미래파 회화는 빠른 속도로 달리
는 자동차, 기차, 무희들, 움직이는 동물 등과 같은 대상을 선호하면서

역동성과 혁명성을 강조했다. 요컨대 미래주의는 입체주의 양식을 채택하였을 뿐만 아니라 나아가 형식적 측면의 분석에 지대한 관심을 기울이는 입체주의의 한계를 뛰어넘어 현대 생활의 역동성을 강조한 예술 운동으로 정의될 수 있다. 1909년 마리네티는 「미래주의 기초선언 The Founding Manifesto of Futurism」에서 기계 테크놀로지를 찬양하며 새로운 과학기술에 기반을 둔 "새로운 속도의 미학"을 선포한다.

> 우리는 확언한다, 새로운 미, 즉 속도라는 미가 세계의 장려함을 더욱 풍요롭게 해 주었다고. 폭발하듯 숨을 내쉬는 뱀 같은 파이프로 덮개를 장식한 경주용 자동차―포탄 위에라도 올라탄 듯 으르렁거리는 자동차는 〈사모트라케의 니케 *Victory of Samothrace*〉보다 아름답다. (Apollonio 21)

특히 마리네티는 휘트먼을 "미래주의의 위대한 선구자들 가운데 한 사람"(Flint 68)으로 간주하고 있다. 속도, 역동성, 기계 테크놀로지에 대한 찬양을 통해 궁극적으로 기술과 예술이 일치되는 새로운 미래 세계를 꿈꾸었던 휘트먼은 20세기 아방가르드 예술가들에게 지대한 영향력을 미쳤다. 아방가르드 예술사에서 미래주의는 입체주의(Cubism), 다다주의(Dadaism), 정밀주의(Precisionism) 등과 대등한 위치를 차지하고 있지만 지금까지도 상대적으로 주목을 덜 받아오고 있는 것처럼 보인다. 이것은 리사 판제라(Lisa Panzera)가 지적하고 있듯이, 미국인들에게 미래주의는 유럽 아방가르드 운동 중에서 입체주의에 가려져 부차적인 주목을 받았으며 또한 정치적으로 "미래주의가 파시즘과 연계"되어 있기 때문이기도 하다(222). 하지만 미국에서의 미래주의는 이탈리아 미래주의에 직접적인 영향을 받은 예술가로 간주되는 프란시스 심슨 스티븐스(Frances Simpson Stevens), 미나 로이(Mina Roy), 조셉 스텔라를 비롯하여 간접적인 영향을 받은 존 마린(John Marin), 막스 웨버(Max Weber), 찰스 디무스(Charles Demuth) 등과 같은 화가들을 통해 확고한 기반을 구축하게 되었다. 이런 사실에도 불구하고 마가렛 버크(Margaret R. Burke)는 "하지만 많은 미국 예술가들은 미래주의를 객관적으로 살펴보면서 평가할 기회를 거의 얻지 못했거나 혹은 그 운동을 거부했다. 미국에서 미래주의 운동의 수용에 부정적으로 영향을 미친 요인들은 그 운동과 아나키즘과의 연관성이었고 또한 과거를 파괴하려는 미래주의자들의 결심이었다"(194~195)라고 말하며 미래주의가 다른 아방가르드 예술 운동과 달리 미국에서 순조롭게 수용되지 못했음을 지적한다.

스텔라는 「미국 회화에 대해 For the American Painting」라는 글에서 "예술의 구원을 찬양하는" 휘트먼을 "새로운 영감의 신성한 불을 불러일으킨 해방된 현대의 프로메테우스"에 비유한다.

> 월트 휘트먼과 더불어 우리는 예술의 구원을 찬양하는 그의 아침의 수정 같은 찬송가에 의해 깨어나고, 매료되고, 흥분한다. 갑자기 우리는 폭로의 포로가 된다. 즉 우리에게 감쪽같이 봉인되지 않은, 즉 다시 한 번 순결한 세계의 공평함에 우리는 경악한다. 날렵한 파동으로 가볍게 달려가는 그의 자유시의 취하게 하는 속도에 운반된 우리는 우리의 어리둥절한 눈앞에서 들끓는 즐거운 비전의 생생한 가장행렬에 의해 스릴을 느낀다. 하늘과 땅이 동시적인 경외의 표현 속에서 통합된다. 신의 관대함으로 미소 짓는, 해방된 현대의 프로메테우스인 휘트먼은 새로운 영감의 신성한 불을 불러일으키고 감시한다. 그는 공간을 무한으로 만든다. 다시 말해 그는 미래의 수확을 향해 무한한 들판을 열어 놓는다. 심지어 하늘도 새로운 성좌들이 생겨나도록 확장된 것처럼 보인다. (Haskell 211)

여기서 주목할 점은 스텔라가 "날렵한 파동", "취하게 하는 속도", "동시적인 경외", "통합된다", "공간을 무한으로 만든다" 등과 같은 미래주의의 핵심 개념을 연상시키는 표현을 사용하면서 휘트먼을 미래를 볼 줄 아는 지혜를 가진 자, 즉 '선지자'를 의미하는 프로메테우스에 비유하고 있다는 사실이다. 요컨대 "해방된 현대의 프로메테우스"는 바로 미래주의자를 암시하는 스텔라의 시적 메타포라 할 수 있다. 이렇게 스텔라는 휘트먼의 시에 함의되어 있는 강렬한 시각적인 이미지, 속도, 역동성 그리고 미국적인 소재를 미래주의적 시각으로 표현하고자 했다. 이것은 휘트먼, 미국, 그리고 자신의 이탈리아 유산을 통합적으로 구현한 작품으로 평가받고 있는 그의 대표작인 〈빛의 전쟁, 코니 아일랜드, 마르디 그라 Battle of Lights, Coney Island, Mardi Gras〉와 〈브루클린 다리 Brooklyn Bridge〉에서 명확하게 드러난다.

스텔라는 휘트먼의 시에 드러나는 가장 "미국적인 것", 곧 "미국적 자아"(American self)를 미래주의적 특징과 연관시켜 그의 그림 속에 담으려 했다. 미래주의적 상상력의 집결지로서 도시의 현실과 여기서 연유된 유동적인 현대 도시의 경험을 포착하여 재현하고 있는 휘트먼의 시는 스텔라로 하여금 미국의 미래주의 이상을 보여 주면서 동시에 "미국적 자아"를 함축하는 그림을 그리게 했다. 이것은 1914년에 완성한 스텔라의 대표작 〈빛의 전쟁, 코니 아일랜드, 마르디 그라〉에서 잘 드러난다. 맨해튼 남부에 위치한 코니 아일랜드의 가장 큰 놀이 공원인 루나 파크(Luna Park)의 야경을 역동적으로 표현하고 있는 이 그림은 스텔라의 그림 중에서 최초로 미래주의 회화에 가장 잘 부합되는 작품이라는 평가를 받고 있다. 〈빛의 전쟁, 코니 아일랜드, 마르디 그라〉는 대상에 대한 직접적인 묘사대신에 형태와 색채를 통해 감정을 전달하고자 했던 이탈리아 미래주의 화가들의 작품과 유사하다. 이 그림에서 전기 불빛이 밝혀진 당대 뉴욕의 랜드마크인 코니 아일랜드의 야경은 너무나 밝게 채색되어 밤이라는 시간적인 배경은 거의 퇴색된 듯 보인다. 실제로 스텔라는 1913년 9월에 코니 아일랜드의 놀이 공원에 가서 받았던 강렬한 느낌을 회상한다.

그 공원에 도착하여 나는 휘황찬란한 빛의 행렬에 의해 즉시 강한 인상을 받았다. 그 불빛들은 마치 다투고 있는 것처럼 보였다. 바로 이곳이 내가 수년 동안 무의식적으로 찾아 왔던 것이라는 생각이 갑자기 떠올랐다. (Haskell 42)

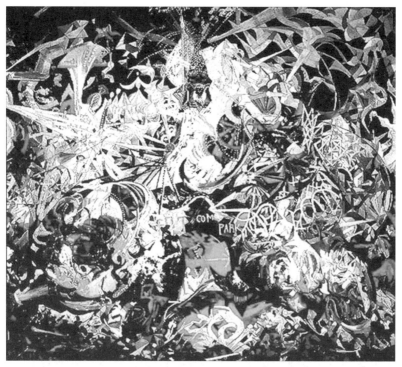

조셉 스텔라, 〈빛의 전쟁, 코니 아일랜드, 마르디 그라〉, 195.6×215.3cm,
1913~14, 예일대학교 아트 갤러리 소장.

〈빛의 전쟁〉이라는 제목에서부터 이 그림은 전쟁을 '세계의 유일한 위생학'으로 찬양했던 미래주의의 이념을 보여 주고 있다. 코니 아일랜드의 야경은 추상의 세계를 그려놓은 것처럼 보이지만 자세히 살펴보면 무용수, 군중, 문자로 제시되는 파편화된 간판들, 색종이 조각, 소음, 전기 조명, 보석으로 장식된 전기 타워 등이 검은색을 배경으로 하양, 빨강, 노랑, 파랑의 전기 불빛에 의해 마치 전쟁을 벌이듯이 서로 충돌을 일으키고 있음을 발견할 수 있다. 이렇듯 스텔라는 처음부터 의도적으로 코니 아일랜드라는 미국적인 구세와 더불어 미래주의 회화의 대표적인 요소인 "군중", "테크놀로지", "전기 불빛"이 상호 침투하며 거대한 종합을 이루는 미래주의 도시의 분위기를 표현하고자 했다.

그는 「자서전 노트 Autobiographical Notes」에서 코니 아일랜드를 최초의 "미국적인" 주제로 선택했으며 아울러 "격렬하고, 위험한 기쁨"을 발현시켜 루나 파크의 활기를 "밀려오는 인파와 돌아가는 기계들의 정신없이 바쁜 분위기를 전달하기 위해 내가 상상할 수 있는 가장 강력하고 역동적인 아라베스크를 만들었다"(Haskell 213)라고 역설한다. 이런 점에서 이 그림은 「미래주의 기초선언」에서 마리네티가 강조했던 "교향악처럼 울려 퍼지는 혁명의 물결"(Apollonio 22)로 가득한 미래주의 도시의 모습과 너무나 유사하다.

빛, 군중, 속도, 소음이 역동적으로 서로 어우러진 거대한 종합을 하나의 화면 속에서 배치함으로써 스텔라는 동시성(simultaneity)의 효과를 성공적으로 창출해 내고 있다. 미래주의 회화의 핵심개념인 동시성은 모든 것을 전체적인 시각으로 표현하는 것을 의미하는 것으로 1910년 움베르토 보치오니(Umberto Boccioni), 카를로 카라(Carlos Carrà), 루이지 루솔로(Luigi Russolo), 지아코모 발라(Giacomo Balla), 지노 세베리니(Gino Severini)에 의해 발표된 「미래주의 회화: 기술선언」에서 연유하고 있다: "실제로 모든 사물은 움직인다. 모든 사물이 달리고, 모든 사물이 빠르게 변화한다. 물체의 윤곽은 우리 눈앞에서 절대로 정지해 있지 않으며, 항상 끊임없이 나타나고 사라진다. 망막위에 비친 영상의 지속성 때문에 움직이는 사물들은 끊임없이 스스로를 증식시킨다. 그들의 형태는 미친 듯한 속도로 빠른 진동처럼 변화한다."(Apollonio 27~28) 엄밀히 말해 동시성의 개념은 미래주의자들의 지표가 된 앙리 베르그송(Henri Bergson)의 '지속(duration)'이라는 개념에서 연유하고 있다. 예술가들의 직관적인 능력과 역동적으로 흘러가는 새로운 형태의 예술의 가능성을 믿었던 베르그송은 "물질세계가 단일한 흐름, 즉 흐름의 연속성인 '됨(becoming)'으로 녹아들어가는 것을 보게될 것이다"(Humphreys 13)라고 말하면서 미래주의자들의 동시성 개념에 이론적 근거를 제시했다. 1912년 보치오니, 카라, 루솔로, 발라, 세베리니는 「대중을 위한 출품자 The Exhibitors to the Public」라는 글을 통해 미래주의 회화의 핵심요소인 "역동적 감각", "역선(force line)"과 더불어 "우리가 기억하고 있는 것과 보는 것의 통합이 되어야 하는" 그림으로서의 "동시성"의 개념을 정의한다.

우리 선언에서 우리가 표현한 것처럼 관람자가 그림의 중심에 살아 있게 하기 위해서는 그림은 우리가 기억하고 있는 것과 보는 것의 통합이 되어 야 한다 (…중략…) 우리는 우리의 선언에서 표현되어야 하는 것은 역동 적 감각, 즉 각 대상의 특별한 리듬, 성향, 움직임, 혹은 좀 더 정확하게 그 내부의 힘이라고 선언했다 (…중략…) 이런 역선은 관람자를 에워싸 고 연관시켜야 한다. 그럼으로써 어떤 의미에서 그 관람자는 스스로 그림 속에 있는 사람들과 싸우도록 강요될 것이다. (Apollonio 47~48)

이 인용문에서 알 수 있듯 이탈리아 미래주의자들이 그들의 선언문에서 표명했던 많은 개념들 중에서 "역동성", "역선", 그리고 "동시성"이 미국 예술가들에게 가장 흥미로운 개념들이 된다. 스텔라의 의도는 일정 기간 동안 그 주제로부터 수집해 온 이미지와 인상들의 조합으로부터 추출한 코니 아일랜드에서의 그의 전체적인 경험을 전달하기 위한 것이며, 이런 창조적인 과정은 곧 동시성의 표현이라고 할 수 있다. 이런 점에서 〈빛의 전쟁, 코니 아일랜드, 마르디 그라〉는 동시대 미국 문화의 에너지와 역동성을 명백히 구현한 작품으로 어떤 점에서 스텔라의 완전한(full-blown) 미래주의 회화로 보인다. 이와 관련해 완다 콘(Wanda Corn)은 이 그림이 "어떤 예술가가 지금까지 상상했던 가장 시각적으로 *까다로운* 뉴욕의 그림들 가운데 하나"(*The Great* 176)라고 말한다. 더욱이 보한은 이 그림을 이탈리아 미래파 화가인 지노 세베리니(Gino Severini)의 〈발 타바린의 역동적 상형문자 *Dynamic Hieroglyphic of the Bal Tabarin*〉에 비유하면서 "스텔라가 그의 그림에서 미래주의와 휘트먼적 충동들을 발전시키는데 있어 최초로 하나의 융합을 중개했다"(196)고 주장한다.

지노 세베리니, 〈발 타바린의 역동적 상형문자〉, 161.6x156.2cm, 1912, 뉴욕 현대미술관 소장.

무엇보다 스텔라의 〈빛의 전쟁, 코니 아일랜드, 마르디 그라〉에서 표현되고 있는 혼란하고, 난해하며, 불협화음의 역동적인 도시 모습은 브루클린과 맨해튼의 에너지와 활력을 노래한 휘트먼의 시 「매나하타 Mannahatta」를 강하게 연상시킨다.

나는 나의 도시에 독특하고 완전한 어떤 것을 요구했다,
그래서 하! 토착적인 이름이 떠올랐다.

이제 나는 본다. 그 이름 속에 유동적이고, 분별력 있고,
제어하기 어려우며, 음악적이고, 자족한 그 무엇이
하나의 이름, 하나의 단어 속에 있다는 것을,
나는 본다. 내 도시의 이름은 옛날부터 온 것이라는 것을,

(…중략…)

도시에는 수많은 인파로 가득한 길과 맑은 하늘을 향해
날씬하고, 튼튼하고, 가볍고,
웅장하게 솟아 있는 철 구조물의 고속 성장을

(…중략…)

똑바로 그대를 쳐다보는 도시의 기능공들, 명인들,
모양이 좋고, 아름다운 얼굴을 지니고,
수많은 사람들로 가득한 보도들, 차량들, 브로드웨이, 여성들, 가게들과
　　공연들,
백만이나 되는 사람들—자유롭고 훌륭한 태도의—개방된 목소리들—환
　　대—가장 용맹하고 친절한 젊은이들,
분주하고 반짝거리는 바닷물의 도시여! 뾰족탑과 돛들의 도시여!
만(灣) 속에 아늑히 자리 잡은 도시여! 나의 도시여!

I was asking for something specific and perfect for my city,
Whereupon lo! upsprang the aboriginal name.

Now I see what there is in a name, a word, liquid, sane, unruly, musical,
　　self-sufficient,
I see that the word of my city is that word from of old,

(…중략…)

Numberless crowded streets, high growths of iron, slender, strong, light,
   splendidly uprising toward clear skies,

(…중략…)

The mechanics of the city, the masters, well-form'd, beautiful-faced, looking
   you straight in the eyes,
Trottoirs throng'd, vehicles, Broadway, the women, the shops and shows,
A million people—manners free and superb—open voices— hospitality—the
   most courageous and friendly young men,
City of hurried and sparkling waters! city of spires and masts!
City nested in bays! my city! (*LG* 474~475)


　매나하타를 제목으로 채택한 것은 역사적으로 "폭군" 요크 공작
(Duke of York)에서 연유한 뉴욕이라는 이름 대신에 "독특하고 완전하
며" 또한 "토착적인" 어떤 것을 암시하는 이름을 더욱 선호했기 때문
이라고 휘트먼은 말한다. 실제로 휘트먼은 시와 산문에서 뉴욕이라는
이름 대신에 자주 '매나하타' 혹은 '맨해튼'이라는 이름을 더욱 선호했
다. 이는 『표본이 되는 날들』에서 "제도상 뉴욕과 브루클린에 대한
나의 개인적인 생각—(뉴욕과 브루클린이 하나로 합병되어 맨해튼이라는
이름으로 불릴 때가 되지 않았는가?)"(*SD* 117)라는 말에서 명확하게 드러
난다. 주목할 점은 유동적인 현대 도시의 경험을 보여 주는 "유동적이
고, 분별력 있고, / 제어하기 어려우며, 음악적이고, 자족한 그 무엇이
/ 하나의 단어 속에 있다는 것"과 "내 도시의 이름은 옛날부터 온 것
이라는 것"이라는 시구의 병치에 있다. 이것은 보치오니를 비롯한 미
래주의자들이 말한 동시성의 개념—"그림은 우리가 기억하고 있는 것

과 보는 것의 통합이 되어야 한다"—을 강하게 환기시키고 있다.

시인은 기계적 형상의 건축물을 의미하는 "철 구조물의 고속 성장"에 경외감을 느끼고 있음을 "날씬한", "튼튼한", "가벼운", "웅장하게 솟아 있는" 등의 형용사로 표현하고 있다. 이런 시인의 기계 테크놀로지에 대한 찬양은 기계 문명과 산업화가 궁극적으로 기계화된 미래주의 도시의 실현을 가능하게 한다고 본 미래주의자들의 시각과 일치한다. 아울러 "똑바로 그대를 쳐다보는 도시의 기능공들, 명인들, / 모양이 좋고, 아름다운 얼굴을 지니고, / 수많은 사람들로 가득한 보도들, 차량들, 브로드웨이, 여성들, 가게들과 / 공연들,"이라는 시구 또한 스텔라의 그림 속에서 "군중", "테크놀로지", "전기 불빛"이 서로 뒤섞이면서 거대한 종합을 이루는 코니 아일랜드의 모습과 너무나 유사하다. 이와 관련해 윌리엄 샤프(William Chapman Sharpe)는 "이 시 속에 과거의 원시적 정원, 현재의 숨 막히는 인파들, 그리고 미래의 사랑스런 조화가 이미 융합되어 있다"(82)라고 말하며 "역동적인 시공 연속체"(space-time continuum)로서의 동시성을 역설하고 있다.

〈빛의 전쟁, 코니 아일랜드, 마르디 그라〉와 「매나하타」의 비교·분석에서 알 수 있듯 스텔라와 휘트먼은 미래주의적 상상력을 발현시켜 새로운 미국의 미래주의 이상을 시와 회화로 구현하고 있다. 이렇듯 두 예술가의 작품에는 속도와 역동성으로 가득한 메트로폴리스의 모습이 구체적으로 표현되어 있으며, 그 중심에는 미래주의가 확고히 자리 잡고 있음을 알 수 있다. 미래주의자들은 기계적 형상의 건축물로 이루어진 메트로폴리스로서의 '미래주의 도시'의 구현을 열렬하게 갈망하였다. 안토니오 산텔리아(Antonio Sant'Elia)는 이런 미래주의 도시의 비전을 재현한 최초의 미래주의 건축가로 간주된다. 그는 1914년 「미래주의 건축 선언 Manifesto of Futurist Architecture」에서 과거의 것을 부정하면서 혁명적 변형에 부합하는 "기계와 같은" 미래주의 건축물을 주장한다: "우리는 모든 세부적인 면에서 민첩하고, 빠르게 움직이며 역동적인, 거대하고 소란스런 조선소와 같은 미래주의 도시를 창안하여 다시 세워야 한다. 그리고 미래주의 주택은 거대한 기계 같아야 한다."(Apollonio 170) 주목할 점은 "낡은 건축물", "부패하는 달 빛"에서 탈피하여 "거대한 기계와 같은" 미래주의 건축물은 자신의 작품 주제의 원천으로서 "강철과 전기"로 대표되는 미국의 기계적 형상의 건축물에 매료되었다고 말한 스텔라의 작품에서 두드러진다는 사실이다. 그는 「자전적 노트 Autobiographical Notes」이라는 글에서 "강철과 전기가 새로운 세계를 창조했다"라고 역설한다.

> 1912년에 내가 뉴욕으로 되돌아 왔을 때 나는 미국이 하나의 새로운 예술로 해석될 너무나 많은 원동력을 지니고 너무나 풍요롭다는 것을 발견하고 스릴을 느꼈다. 강철과 전기가 새로운 세계를 창조했다. 전기의 격렬한 불길에 의해 새로운 드라마가 밤에 어둠의 무자비한 침해로부터 밀려들어 왔다. 그리고 새로운 다성 음악은 반짝이고, 선명한 불빛으로 주변을 에워싸고 울려 퍼진다. 세계의 결합을 위해 만들어진 마천루와 다리와 더불어 강철이 과장된 고도로 도약하고 방대한 지역으로 확장된다. 하나의 새로운 건축물이, 새로운 시각이 창조되었다. (Haskell 212~213 재인용)

"새로운 드라마가 전기의 격렬한 불길에 의해 밤에 어둠의 무자비한 침해로부터 밀려들어 왔다"는 말은 기술과 예술이 하나가 되는 미래주의 도시의 야경을 연상시킨다. 특히 스텔라는 새로운 세계를 창조하는 원동력인 "새로운 시각"이 기계 테크놀로지의 산물인 "새로운 건축물"에서 연유하고 있다고 보고 있다. 이런 "새로운 시각"은 바로 미래주의의 본질을 의미하는 것으로 1920년에 발표한 〈브루클린 다리〉에서 명확하게 나타난다.

'자유의 여신상', '엠파이어 스테이트 빌딩'과 더불어 뉴욕을 대표하는 3대 조형물로 꼽히고 있는 '브루클린 다리'는 뢰블링(Roebling) 부자에 의해 1883년 완공된 이래 수많은 예술가들의 영감을 자극해 왔다. 브루클린과 맨해튼을 잇는 이 현수교는 조지 럭스(George Luks), 존 마린(John Marin), 워커 에반스(Walker Evans), 에드워드 스타이켄(Edward Steichen), 하트 크레인(Hart Crane) 등과 같은 많은 미국 화가들, 사진가들, 그리고 작가들의 관심을 오래 동안 끌어 왔다. 하지만 "스텔라만큼 이 인공적 아이콘에 몰입한 예술가는 아무도 없다"(28)라는 카렌 추지모토(Karen Tsujimoto)의 언급에서 드러나듯 브루클린 다리는 스텔라의 작품세계에서 가장 중요한 주제가 되었다. 실제로 스텔라는 일평생 지속적으로 '브루클린 다리'를 주제로 한 많은 그림을 그린다. 1929년의 〈미국 풍경 *American Landscape*〉, 1936년의 〈다리 *Bridge*〉, 1939년의 〈브루클린 다리: 옛 주제의 변형 *Brooklyn Bridge: Variation on an Old Theme*〉, 그리고 1941년의 〈옛 브루클린 다리 *Old Brooklyn Bridge*〉는 스텔라의 작품세계에 있어 '브루클린 다리'가 지니는 중요성을 명확하게 입증해 준다. 아울러 1922년에 완성한 5개의 파넬로 이루어진 폴립티크(five-panel polyptych)인 〈해석된 뉴욕(도시의 목소리) *New York Interpreted(The Voice of the City)*〉의 5번째 파넬에서도 〈다리(브루클린 다리) *The Bridge(Brooklyn Bridge)*〉가 등장한다. 이런 점에서 해스켈은 "이 그림들의 성공과 더불어 스텔라가 주요 전시회와 출판물에서 보여준 브루클린 다리들의 다양한 변형은 그 다리를 그의 서명 이미지(his signature image)로서 불가분하게 인식되게 만들었다"(103)고 주장한다.

밤을 배경으로 현란하게 빛나는 자동차 헤드라이트 불빛과 더불어 불 켜진 케이블에 의해 환하게 빛나는 〈브루클린 다리〉는 전통적이고 종교적인 기념비에 대한 지배를 주장하기 위해 몽환적으로 출현한 듯한 느낌을 준다. 스텔라는 시간과 공간을 가로질러 서로 맞물리며 통합의 네트워크를 형성하는 다리에 경의를 표하기 위해 미래주의 회화에서 두드러진 '역선'을 사용하여 〈브루클린 다리〉에 속도와 역동성을 불어넣고 있다. 즉 화가는 더욱 팽창하고 있는 세계적인 가교라는 이미지를 환기시키기 위해 그림을 수평과 수직으로 가로지르는 가는 (thin) 검정 사선을 사용하고 있다. 은유적으로 다리의 도로와 터널이 미래로 가는 궤도(trajectories)를 구성한다면 "위로부터 메시지를" 지니고 있는 다리의 은빛 케이블은 물리적 세계와 정신적 세계 사이의 무한한 차이점에 다리를 놓는다(Bohan 205). 특히 기계 테크놀로지의 산물인 브루클린 다리의 골조 위에서 붉은 빛을 발산하는 다이아몬드는 그리스도의 심장을 상징하는 것으로, 이것은 휘트먼의 시에 자주 제시되는 성과 속의 융합을 형상화한 것으로 보인다.

혼히 〈브루클린 다리〉는 뉴욕의 랜드마크를 소재로 채택하였다는 점에서 이전 작품인 〈빛의 전쟁, 코니 아일랜드, 마르디 그라〉와 유사하지만 표현 기법과 이미지의 상징적 재현에서 차이점이 보인다. 이전 작품에서 스텔라는 이탈리아 미래파 화가들의 그림과 유사하게 대상에 대한 묘사를 배제하고 추상적인 기법으로 코니 아일랜드의 야경을 표현했지만, 〈브루클린 다리〉에서는 자신의 주제를 축소시키고 단순화하며 정연하게 표현하고 있음을 알 수 있다. 이와 관련해 버크는 "스텔라의 미래주의에 대한 논의는 그의 후기 작품, 특히 도시 주제와 연관된 작품에 대한 주목 없이는 완료되지 않는다"(116)라는 언급을 통해 스텔라의 이전 작품들과 비교해서 〈브루클린 다리〉는 그의 인식전환을 뚜렷하게 보여 주는 작품이라고 주장한다.

1928년에 쓴 「브루클린 다리(내 삶의 한 페이지) The Brooklyn Bridge (A Page of My Life)」라는 글에서 스텔라는 미국의 문화적 아이콘으로 간주되는 브루클린 다리를 건너며 그 다리가 "새로운 미국 문명의 모든 노력이 들어 있는 성지로서" 감명을 주었다고 밝힌다.

처음에는 날개가 있는 아치의 가벼움과는 어울리지 않는, 금속성 하늘 아래 기이한 금속성 유령으로 보이는, 세계의 결합을 위해 투사된, 아치의 순수함 속에서 봉인된 고딕의 웅장함과 더불어 밀려오는 마천루 주위의 소란을 지배하는 거대하고 어두운 교탑들에 의해 지탱된, 위로부터의 신성한 메시지처럼 케이블들은 진동 코일로 전송되며 발가벗은 하늘의 방대함을 무수한 음악적 공간으로 자르고 나눈다. 브루클린 다리는 새로운 미국 문명의 모든 노력이 들어 있는 성지—그 힘의 최고의 행사, 즉 절정에서 생겨나는 모든 힘들의

주목할 만한 일치점(meeting point)—로서 내게 감명을 주었다. (Haskell 206)

　이처럼 브루클린 다리는 스텔라의 상상력에서 가장 중요한 원천으로 자리 잡고 있음을 알 수 있다. 중요한 점은 존 야우(John Yau)가 지적하고 있듯이 스텔라의 상상력에 내재한 브루클린 다리의 중요성은 휘트먼과 불가불적 연관성을 지닌다는 사실이다. 야우는 휘트먼의 시가 미국의 과거와 미래의 유토피아 비전을 제시한다는 점에서 〈브루클린 다리〉와 밀접한 연관성이 있다고 말한다: "그의 시가 축어적이라기보다는 상징적으로서, 즉 과거와 미래의 가교의 가능성을 암시하는 하나의 기념비로서 브루클린 다리의 인식에 근간이 되는 인물은 바로 휘트먼이다."(124) 스텔라는 기계 테크놀로지의 진보로 인해 기술과 예술이 하나로 통합되는 세계를 예언했던 휘트먼의 비전을 〈브루클린 다리〉에서 집약적으로 보여 주고 있다. 〈브루클린 다리〉의 중심 이미지인 배열된 줄에 매달려 있는 고딕 타워와 위로부터 메시지를 발산하는 영적으로 충만한 케이블은 휘트먼의 언어적 비유에 시각적 형상을 부여하고 있다. 그림의 상단부에 왕관을 쓴 듯이 지면에 닿아 있는 아치는 전통적인 종교적 그림에 있는 천국의 돔(dome)을 상기시킨다. 더욱이 '브루클린 다리'에 대해서 "마치 종교의 문턱에 있거나 새로운 신성(DIVINITY)의 현존에 있는 듯한 깊은 감동을 느꼈다"(Haskell 207)는 그의 말에서 드러나듯 〈브루클린 다리〉는 이탈리아 미래주의 회화와 구분되는 스텔라의 독창적인 작품으로 볼 수 있다.

　〈빛의 전쟁, 코니 아일랜드, 마르디 그라〉가 그러하듯이 〈브루클린 다리〉는 휘트먼의 시에서 연유한 시적 영감을 회화적으로 표현한 작품으로 볼 수 있다. 이는 과거의 건축물과 비교하여 현재와 미래의 테크놀로지적 진보를 찬양하는 휘트먼의 「전람회의 노래 The Song of Exposition」에서 잘 나타난다. 휘트먼은 미래주의의 이상을 구현해 내는 더욱 "거대하고", "화려하고", "당당하고", "그림 같은" 새로운 건축물의 출현을 예언한다.

조셉 스텔라, 〈브루클린 다리〉, 215.3×194.6cm, 1919~20, 예일대학교
아트 갤러리 소장.

이집트의 무덤보다 더 거대하고,
그리스, 로마의 신전보다 더 화려하고,
밀라노의 조상과 첨탑의 성당보다 더 당당하고,
라인강의 성곽보다 더 그림 같은,
우리는 현재에도 그것들 모두를 넘어서는 건축물을 세우려고 계획한다,
그대의 위대한 대성당은 무덤이 아니라 산업을 신성하게 한다,
실용적인 발명에 어울리는 삶에 대한 하나의 의식(衣食)을.

깨어 있는 비전속에 있는 것처럼,
내가 노래하는 동안에도 그것이 솟아가는 것을 본다, 나는

유심히 보고 예언한다, 바깥과 안에서
그것의 다양한 앙상블을.

Mightier than Egypt's tombs,
Fairer than Grecia's, Roma's temples,
Prouder than Milan's statued, spired cathedral,
More picturesque than Rhenish castle-keeps,
We plan even now to raise, beyond them all,
Thy great cathedral sacred industry, no tomb,
A keep for life for practical invention.

As in a waking vision,
E'en while I chant I see it rise, I scan and prophesy outside and in,
Its manifold ensemble. (*LG* 199)

시인은 과거, 현재, 미래 사이의 가교역할을 하는 하나의 기념비이
자 동시에 미국을 대표하는 상징적 아이콘으로서 브루클린 다리와 같
은 새로운 건축물의 도래와 그것으로 인해 변형될 미래주의 도시상을
예언하고 있다. 실제로 휘트먼은 1857년『브루클린 데일리 이글』지에
서 1853년 '만국 산업 전람회'를 개최한 수정궁(Crystal Palace) 빌딩 그
자체가 하나의 "독창적이고, 심미적이며, 완벽한 비율의 건물"로서 자
신에게 영감을 주었다고 말한다.

우리는 미와 하나의 완벽한 건물의 모든 다른 필수품들에 대해서는 어디
에서도 명백히 타의 추종을 불허하는 건물인 수정궁에 대한 암시 없이
이 기사를 끝내지 않아야 한다. 현재 그것의 더 높은 차원, 그것의 철학,
모든 다른 것에 대한 그것의 언급 속에서 그 건축에 대해 어떤 주의를
기울이는 사람들의 거의 없다 (…중략…) 뉴욕시 수정궁이 명백히 현재

의 모습—독창적이고, 심미적이며, 완벽한 비율의 건물—로 어디에서나 인정되지 않는다는 것은 바로 그런 이유 때문이라고 생각한다. (Holloway and Schwarz 129~130 재인용)

석재가 아닌 철과 유리를 사용해서 거대한 온실처럼 설계된 수정궁은 1851년 런던 세계 박람회에서 조셉 팩스턴(Joseph Paxton)에 의해 처음 선보였고 이후 세계의 여러 대도시에서 개최된 세계 박람회는 수정궁 유형의 건물에서 열렸다. 휘트먼이 찬양하고 있는 "수정궁"은 "하나의 새로운 건축물이, 새로운 시각이 창조되었다"는 스텔라의 주장을 강하게 상기시킨다.

스텔라에게 "새로운 시각"을 가져다준 "새로운 건축물"인 브루클린 다리는 단순히 현대 테크놀로지의 산물이라는 사실 외에도 '이곳'과 '저곳', '여기'와 '저기', '과거'와 '미래'를 이어주는 소통의 공간이 된다는 점에서 상징성이 크다. 이런 점에서 과거 역사와 진보의 관념을 시적 상상력으로 통합하면서 이것을 도시와 기계 테크놀로지 문명에 대한 열렬한 찬양으로 승화시키고 있는 휘트먼의 「인도로 가는 길」은 스텔라의 〈브루클린 다리〉에 영감을 제공한 시로 보인다. 이와 관련해 보한은 "물리적이며 동시에 영적인 가교의 수사법(tropes of bridging)이 〈브루클린 다리〉와 「인도로 가는 길」에서 두드러지게 중요한 부분을 차지한다"(204)라고 지적한다. 휘트먼이 「인도로 가는 길」에서 현대 기계 테크놀로지의 산물인 수에즈 운하, 대륙간 케이블, 철도를 신과의 합일(union)에 이르는 '가교'의 메타포로 간주한 것처럼 스텔라도 「자서전 노트」에서 가교의 메타포로서 전신선을 역설한다: "전신선 (telegraphic wires)이 진동하는 사랑의 조화로운 전체 속에서 급속하게 거리감(distances)을 묶는다."(Haskell 97) "전신선"처럼 스텔라는 〈브루클린 다리〉를 통해 단절적인 시·공간을 초월하여 항상 지속되고 상호 침투하는 '지속'의 상태를 가져다주는 "역동적인 시공 연속체"를 제시하고 있다.

중요한 점은 휘트먼이 "수정궁"과 같은 새로운 건축물을 찬양하면서도 동시에 "우리는 구세계인 그대를 비난하지 않으리라, 또한 우리자신을 그대와 분리하지도 않으리라"(*LG* 199)고 언급하며 이탈리아 미래주의자들과 달리 과거를 부정하지 않는다는 사실이다. 이것은 "현재란 것은 결국 과거에서 생성한 것에 불과하지 않는가"라고 반문하며 "과거의 무한한 위대함"을 찬양하고 있는 「인도로 가는 길」에서 더욱 선명하게 드러난다.

그러나, 아 영혼이여, 우선 당신과 함께 소리쳐 볼 영원히 울릴 외침은,
과거! 과거! 과거!

과거여－어둡고 깊이를 잴 수 없는 환상이여!
풍요한 심연이여－잠든 사람들이여! 음영이여!
과거여－과거의 무한한 위대함이여!
현재란 것은 결국 과거에서 생성한 것에 불과하지 않는가.

(발사체가 만들어져, 발사되어, 어느 선을 지나, 아직 날아가고 있듯이,
현재도 과거로 말미암아 만들어져 발사된 것이다.)

Yet first to sound, and ever sound, the cry with thee O soul,
The Past! the Past! the Past!

The Past－the dark unfathom'd retrospect!
The teeming gulf－the sleepers and the shadows!
The past－the infinite greatness of the past!
For what is the present after all but a growth out of the past?

(As a projectile form'd, impell'd, passing a certain line, still keeps on, So the present, utterly form'd, impell'd by the past.) (*LG* 411~412)

이 시에 드러나듯 휘트먼에게 과거 역사는 마치 다리처럼 현재와 미래를 이어주는 가교역할을 한다. 현재의 "새로운 건축물"을 과거 역사의 연장선에서 보고 있는 「인도로 가는 길」은 시간과 공간을 관통해서 개인적인 여정을 중재하는 연결망을 보여 준다. 휘트먼은 소통과 연결의 의미를 지닌 '가교(bridging)'의 메타포로서 기계문명의 산물인 운하, 철로, 다리 등을 증기선, 철도, 자동차와 같은 새로운 교통수단이 가로지르는 미래주의 도시상을 제시한다. 이는 대륙횡단의 철도의 "두개의 가느다란 선로로 / 삼사천 마일의 육로 여행이 다리 놓여져, 동해와 서해가 묶인다. 그것은 유럽과 아시아 사이의 길"(*LG* 413)이라는 구절에서 분명하게 알 수 있다. 그는 「인도로 가는 길」의 다섯 번째 섹션에서 과학기술의 진보로 인해 과거, 현재, 미래 사이의 거리감은 줄어들고 "서로 걸쳐지고 연결"됨으로써 "완전히 정당화될" 세계의 도래를 예언한다.

모든 이런 구분과 간격은 줄어들고 서로 걸쳐지고 연결되리라.
전 세계는, 이런 냉혹하고, 무표정하고, 말없는 세계는, 완전히 정당화될
  것이다.
신성한 삼위일체는 신의 참된 아들인 시인에 의해 훌륭히 완성되고 결합
  되리라.

(그는 반드시 해협을 통과하고 산악을 정복하리라. 그는 그 목적을 향해
  희망봉 곳을 회항하리라)
자연과 인간은 이제 분리되거나 흩어지지 않으리라.
신의 참된 아들이 완전하게 융합시키리라.

All these separations and gaps shall be taken up and hook'd and link'd

216

together,

The whole earth, this cold, impassive, voiceless earth, shall be completely
Justified,

Trinitas divine shall be gloriously accomplish'd and compacted by the true
son of God, the poet,

(He shall indeed pass the straits and conquer the mountains,He shall double
the cape of Good Hope to some purpose,)

Nature and Man shall be disjoin'd and diffused no more,

The true son of God shall absolutely fuse them. (*LG* 415~416)

"연결", "결합", "융합"과 같은 '가교'의 메타포를 통해 "자연과 인간
이 이제 분리되거나 흩어지지 않는" 세계를 예언하고 있는 이 시구는
과학기술의 진보로 인간과 자연이 일체를 이룰 수 있다는 휘트먼의
비전을 보여 준다. "미래주의 상상력에서 중요한 것은 인간과 기계가
일체를 이룬다는 사실"(이택광 151)인 것처럼 과학기술의 진보가 인간
과 기계의 일체뿐만 아니라 더 나아가 인간과 자연의 일체를 제시한
다는 점에서 휘트먼의 비전은 이탈리아 미래주의자들의 이상을 넘어
선 미래주의, 즉 미국적 미래주의라고 할 수 있다. 스텔라도 이런 미국
적 미래주의 상상력을 발현시켜 "세계의 결합을 위해 투사되며" 동시
에 "새로운 미국 문명의 모든 노력이 들어 있는 성지"를 〈브루클린
다리〉를 통해 표현하고 있다. "전신선이 진동하는 사랑의 조화로운
전체 속에서 급속하게 거리감을 묶는다"(Haskell 97)는 그의 말에서 드
러나듯 〈브루클린 다리〉를 통해 스텔라는 과거와 현재, 현재와 미래
사이의 거리감을 일소하려 했다. 요컨대 "역동적인 시공 연속체"를
경험하고 있는 휘트먼처럼 스텔라의 다리는 브루클린과 맨해튼 사이
의 물리적 거리를 포괄하는 하나의 다리, 즉 미국의 과거와 현재 그리
고 미래를 연결하는 상징적 의미를 함의하고 있다. "나는 보편적이

되어야하며 모든 시간대에 속해 있어야 한다"(Haskell 205)라는 그의 말이 입증하듯 스텔라는 이탈리아 미래주의자들과 달리 철저하게 과거와의 단절을 주장하지 않는다. 바로 "이런 사실이 과거와 연관된 모든 것을 청산하려고 했던 이탈리아 미래주의자들과 그를 구분하게 한다."(Yau 124) 이렇듯 시와 그림에서 두 예술가는 정적이고 고정적인 시간과 공간에서 탈피하여 "역동적인 시공 연속체"로서의 동시성을 보여줌으로써 새로운 시대의 미국적 유토피아를 제시하고 있다.

## 4. 『풀잎』에 나타난 미래주의

휘트먼은 현대 미국시의 선구자이면서 동시에 세계 예술사에서 미래주의에 대한 논의의 시발점이 되는 예술가이기도 하다. 마리네티를 비롯한 여러 미래주의자들이 그랬던 것처럼 지금까지도 전 세계의 여러 예술 비평가들은 휘트먼을 미래주의의 선구자로 간주하고 있다. 일평생 시각예술에 남다른 관심과 조예를 지닌 휘트먼은 '미국 화가로서 최초이자 가장 위대한 미래파 화가'로 평가되는 스텔라의 예술 세계에 지표가 된 '화가와 같은 시인'이다. 이는 "거대한 미래주의 업적의 모든 씨앗"은 미국이라는 토양 속에 담겨 있으며 "위대한 미래주의 작품을 지닌 미국"은 다름 아닌 "휘트먼에 의해서 처음으로 성취되었다"(Haskell 202)라는 스텔라의 말에서 단적으로 입증된다.

미국에서 미래주의에 대한 논의는 휘트먼과 스텔라로부터 출발하고 있기 때문에 두 예술가의 작품은 미래주의와 불가분적 연관성을 지니고 있다. 미래주의의 특징인 속도, 역동성, 기계 테크놀로지의 숭배를 미국적인 소재와 결합시켜 형상화하고자 했던 스텔라는 휘트먼의 시에서 그 근원을 발견했다. 휘트먼을 미래주의자와 상통하는 "해방된 현대의 프로메테우스"에 비유한 것처럼 스텔라는 휘트먼의 비전과 미래주의의 융합을 회화적으로 표현함으로써 스스로 "해방된 현대의 프로메테우스"로서의 면모를 보여 주고 있다. 이렇게 그는 미래주의를 함의하고 있는 휘트먼의 시가 자신의 회화적 상상력의 원천이 되었다는 사실을 여러 글을 통해 밝히고 있다. 중요한 점은 과거를 철저하게 부정하고 거부했던 이탈리아 미래주의자들과 달리 휘트먼과 스텔라는 과거의 연장선에서 새로운 시대의 미국적 유토피아를 제시하고 있다는 사실이다. 「전람회의 노래」, 「인도로 가는 길」 등과 같은 시에서 휘트먼은 현재의 과학기술의 진보로 구현될 미래 세계는 필연적으로 과거와 불가분적 연관성을 지니고 있다는 점을 명백히 보여 주고 있다. 스텔라는 이런 휘트먼의 비전을 집약적으로 표현하고자 했다. 그리하여 그는 코니 아일랜드, 브루클린 다리 등과 같은 뉴욕의 랜드마크를 소재로 채택하여 여기에 속도, 역동성, 그리고 기계 미학이 강조된 미래주의 도시의 분위기를 동시적으로 그려냈다.

휘트먼의 시의 변형 렌즈를 통해 코니 아일랜드와 브루클린 다리를 경험함으로써 스텔라는 미국적인 주제와 미래주의의 특징이 동시에 드러나는 "새로운 시각"을 지니게 된다. 이런 점에서 그의 초기와 후기의 대표작으로 간주되는 〈빛의 전쟁, 코니 아일랜드, 마르디 그라〉와 〈브루클린 다리〉는 「매나하타」, 「전람회의 노래」, 「인도로 가는 길」 등과 같은 휘트먼 시의 회화적 등가물로 볼 수 있다. 이 두 그림에서 스텔라는 단절적인 시·공간을 초월하여 항상 지속되고 상호 침투하는 '동시성'의 상징으로서 코니 아일랜드와 브루클린 다리를 역동적으로 그려냈다. 〈빛의 전쟁, 코니 아일랜드, 마르디 그라〉가 이탈리아 미래주의의 특징과 기법이 두드러진 그림이라면, 〈브루클린 다리〉는 '가교'의 메타포를 통해 휘트먼의 과거 역사와 진보의 관념과의 상상적 융합과 더불어 그의 기계 테크놀로지에 대한 찬양을 집약적으로 표현한 독창적인 그림이라 할 수 있다.

과학기술의 진보로 인해 인간과 기계가 일체를 이루는 세계를 꿈꾸었던 이탈리아 미래주의자들의 이상에서 한 걸음 더 나아가 휘트먼과 스텔라는 인간과 자연이 일체를 이루는 미국적 미래주의의 비전을 제시했다. "내 뒤를 따라올 사람들, 그들과 나 사이에는 긴밀한 유대가 있다"(*LG* 160)라는 휘트먼의 말이 증명하듯 스텔라는 〈브루클린 다리〉를 통해 기술, 예술, 그리고 인간이 하나가 되는 미국의 미래주의 이상이 구현된 세계를 재현하고 있다. 이렇듯 두 예술가의 작품에 공통분모가 된 미래주의는 상이한 예술매체인 시와 회화를 이어주는 가교역할을 하였듯이 차후 휘트먼과 다른 화가들 사이의 상호매체적 연구에 대한 논의를 가능하게 할 것으로 본다.

# 무성영화 〈맨하타 *Manhatta*〉에 나타난 휘트먼의 비전

## 1. 휘트먼과 영상시 〈맨하타〉

월트 휘트먼(Walt Whitman)은 여러 시와 산문을 통해 회화, 사진, 조각 등 시각 예술에 대한 깊은 관심과 조예를 자주 보여 준다. 시각 예술가들에 대한 휘트먼의 영향력은 20세기는 물론 지금까지도 미국 예술사에서 시대를 앞서간 '최초의 아방가르드 예술가'로 끊임없이 인용되고 있다. 이는 입체주의(Cubism), 미래주의(Futurism), 다다주의(Dadaism) 등의 아방가르드 예술이 만개했던 20세기 초에 스티글리츠 서클(Alfred Stieglitz Circle)과 아렌스버그 서클(the Arensberg Circle)에 소속된 뉴욕 아방가르드 예술가들이 한결같이 그들의 선구자로 간주한 인물은 다름 아닌 휘트먼이라는 사실에서 그 근거를 찾을 수 있다. 조셉 스텔라(Joseph Stella)를 비롯하여 존 슬론(John Sloan), 마스던 하틀리(Marsden Hartley) 등 여러 미국 화가들은 휘트먼을 그들 작품의 영감의 원천으로 삼았다. 특히, '미국 화가로서 최초이자 가장 위대한 미래파 화가'로 평가받고 있는 스텔라는 「미국 회화에 대해 For the American Painting」라는 글에서 "해방된 현대의 프로메테우스(Modern Prometheus Unbound)"(Haskell 211)라는 시적 비유로 휘트먼을 미국 미래주의(American Futurism)의 선구자로 간주한다. 나아가 미국 영화의 아버지라

일컬어지는 그리피스(David Wark Griffith) 역시 영화와 문학의 긴밀한 상관성을 지적하며 그 중심에 있었던 시인은 다름 아닌 휘트먼이라 역설한다. 그리피스는 1916년 발표한 영화 〈인톨러런스 *Intolerance*〉를 예로 들며 영화적 주제와 스타일에서 종종 "지배적 이미지를 사용하는 휘트먼의 기법을 차용했다"(Richardson 39)고 언급하고 있다.

휘트먼의 대표적인 시로 간주되는 「나 자신의 노래 Song of Myself」에서 시인은 "이것이 도시이고 나는 그 시민들 중의 하나이다(This is the city and I am one of the citizens)"(*LG* 77)라고 강조하며 자신과 도시는 떼려야 뗄 수 없는 연관성을 지니고 있음을 천명한다. 일평생 뉴욕과 브루클린(Brooklyn) 등의 대도시에서 저널리스트와 시인으로 활동하면서 당대의 과학과 테크놀로지의 발달로 인해 급격히 변모하는 도시화과정을 직접 체험했다는 점에서 휘트먼은 19세기를 대표하는 '도시시인'으로 평가될 수 있다. 특히 맨해튼은 시인의 시적 상상력의 원천으로 확고하게 자리 잡으면서 여러 시와 산문의 핵심 주제가 되고 있다. 이것은 자서전 『표본이 되는 날들 *Specimen Days*』에서 "제도상 뉴욕과 브루클린에 대한 나의 개인적인 생각—(뉴욕과 브루클린이 하나로 합병되어 맨해튼이라는 이름으로 불릴 때가 되지 않았는가?)"(117)라는 휘트먼의 언급에서 단적으로 입증된다. 중요한 점은 휘트먼이 산업혁명으로 인한 19세기 과학기술의 발전으로 빠르게 변모하는 미국의 대도시와 근대적 도시 경험을 창조적 예술의 원천으로 보면서 "시는 결코 과학이나 현대를 결코 무시하지 않아야 하며, 스스로에게 과학과 현대를 고취시켜야 한다."(*SD* 245~246)라는 견해를 일관되게 피력했다는 사실이다. 실제로 휘트먼의 대표시집 『풀잎 *Leaves of Grass*』에서 재현되는 "과학과 현대(science and the modern)"의 이미지는 당대 뉴욕과 같은 거대도시에서의 체험에서 가장 현저하게 나타난다.

휘트먼이 활동했던 19세기 중·후엽 뉴욕 도시 경관(cityscape)은 과학과 기술의 진보가 가져다 준 시각문화로 충만했다. 기계 문명으로 인해 변모되는 대도시의 역동성과 속도에 대한 매혹을 시인은 여러 시와 산문에서 "속도 있게(with velocity)", "사방에서의 움직임(motion on every side)", "빠르게 변화하는 타블로(shifting tableaux)" 등으로 표현하고 있다. 요컨대 도시 경관에서 움직임의 연속성과 시공간의 동시성을 휘트먼은 자신의 시에 효과적으로 담아내고자 했는데, 이것은 전통 회화의 시각을 뛰어넘는 새로운 '과학과 현대'의 이미지, 즉 활동사진(motion picture) 혹은 영화 이미지라 할 수 있다. 휘트먼 당대의 예술가들은 물론 20세기 초 유럽과 미국의 수많은 아방가르드 예술가들이 그들이 지향해야 할 선구적 인물로 화가가 아닌 시인 휘트먼이라 주장했던 것은 바로 이러한 이유에서다. 즉 휘트먼의 시에서 그들은 강렬한 영상 언어의 폭발력을 본 것이다. 이런 점에서 완다 콘(Wanda Corn)이 휘트먼을 "미국 최초의 아방가르드 예술가"(America's first avant-gardist)("Postscript" 169)로 간주한 것은 매우 적절한 지적이라할 수 있다. 더욱이 20세기 초 유럽과 미국의 아방가르드 운동의 핵심 기제가 되었던 기계 미학을 토착 미국성(Americaness)에 접목시킴으로써 미국 아방가르드 운동을 주창한 정밀주의(Precisionism) 예술가들 또한 휘트먼의 시에서 강렬한 영상 언어가 투영되어 있음을 간파하고 있었다. 무엇보다 휘트먼을 매혹시킨 '속도'와 '움직임'에 관련해 기계 테크놀로지에 열렬한 찬사를 보내며 새로운 과학기술에 기초한 '새로운 속도의 미학'을 그 예술적 표현으로 채택한 미래주의로부터 지대한 영향을 받은 미국 아방가르드 운동은 다름 아닌 정밀주의라는 사실은 주목할 필요가 있다. 이는 "기계 장치에 관한 정밀주의의 관심은 미래주의에 그 선행조건을 가지고 있다"(52)고 한 브라운(Milton Brown)의 언급에서 명백히 입증되고 있다.

1921년 찰스 실러(Charles Sheeler)와 폴 스트랜드(Paul Strand)의 공동 작품인 무성영화 〈맨하타 *Manhatta*〉는 바로 이런 정밀주의의 정수로 볼 수 있는 산물이다. 실러와 스트랜드는 〈맨하타〉에서 휘트먼이 체험했던 '민첩한 움직임(rapidity of movement)'으로 가득한 맨해튼의 도시 풍경을 독특한 아방가르드적 시각, 즉 정밀주의에서 두드러지는

'현대적, 기술적, 객관적, 하드 에지적(hard-edged), 한마디로 정밀한 (precise)' 스타일로 형상화하고 있다. 특히 〈맨하타〉에 삽입자막(intertitle)으로 인용된 휘트먼의 시는 매체를 초월하여 시와 영화의 상관성을 규명해 볼 수 있는 상호매체성을 내포하고 있다는 점에서 매우 흥미롭다. 이에 이 책은 〈맨하타〉의 분석을 통해 뉴욕 아방가르드운동의 대명사로 일컬어지는 정밀주의가 시대를 초월하여 휘트먼, 실러, 스트랜드를 하나로 묶어 주는 고리 역할을 하고 있다는 점을 조명하고자 한다. 그리하여 〈맨하타〉가 시대와 매체의 차이를 초월하여 정밀주의라는 공통분모로 휘트먼이 열망했던 '토착적인(aboriginal) 이름'을 상기시키는 '나의 도시', 즉 '매나하타(Mannahatta)'에 대한 비전을 담아내고 있음을 살펴볼 것이다.


## 2. 〈맨하타〉의 상호매체성

19세기 미국 문인들 중 당대의 새로운 시각기계로 등장한 사진이 가변적이면서 유동적인 도시적 경험을 가장 객관적이고 사실적으로 재현해 주는 매체라는 사실을 날카롭게 통찰하고 있는 시인은 바로 휘트먼이라 할 수 있다. 이것은 "나는 유화보다 사진을 더 좋아한다—사진은 아마도 기계적이지만 정직하기 때문이다"(Traubel 1: 131)라는 휘트먼의 언급에서 뚜렷이 드러난다. 더욱이 "『풀잎』에서 모든 것이 문자 그대로 사진 찍혀진다(In these Leaves, everything is literally photographed)"(Notebooks 4: 1523)라는 언급을 통해 휘트먼은 곧 리얼리티(realities)의 구현은 '잘 찍혀진 사진들(the well-taken photographs)'(*LG* 78)처럼 사실적으로 제시되어야 한다는 점을 강조하고 있다. 『풀잎』에 투영되어 있는 "기계적"이고 "솔직한" 이미지는 스크린의 영상처럼 연쇄적으로 이어지는 이미지, 즉 '움직이는(in motion)' 영상을 내포하고 있다는 점에서 주목할 만하다. 예컨대, 1849년에 쓴 「여행하는 미혼남에게 온 편지 Letters From a Travelling Bachelor」에서 휘트먼은 "움직이는 파노라마가 강물 도처에 있다"(Rubin 350 재인용)는 언급을 통해 끊임없이 "움직이는" 영상에 매혹되었음을 강조한다. 이런 점에서 "위대한 시인은 세상을 향해 카메라의 역할을 수행하는 사람이다."(Rubin 382 재인용)라는 시인의 주장은 화가의 시선을 뛰어넘어 카메라맨 혹은 '영상 예술가'로서의 면모를 단적으로 입증해 주는 말이라 할 수 있다.

휘트먼은 1872년에 출간된 『풀잎』의 「서문 Preface」에서부터 속도와 역동성으로 가득한 19세기 미국의 도시들을 제시하며 "장대한 현대"라고 말하며 끊임없이 "움직이는" 이미지를 강렬하게 상기시키고 있다.

> 장대한 현대! 현 시대에 관한 어떤 것을 시에 흡수하고 표현하기 위해—그 세계—미국—도시와 주들—우리 19세기의 여러 사건들, 세월—민첩한 움직임—격렬한 대조—빛과 그늘, 희망과 두려움의 변동(fluctuations)—시적 방법 중에서 과학에 의해 만들어진 전체 혁명—도처에서 쇄도하고 전파되고 있는 이 위대하고 새로운 근원적인 사실들과 새로운 아이디어들. 정말 장대한 시대여! (*SD* 276)

"격렬한 대조"와 더불어 "빛과 그늘, 희망과 두려움의 변동"으로 가득한 19세기 미국 도시들의 특징을 시인은 "민첩한 움직임"이란 말로 집약적으로 표현한다. 근대 미국의 "민첩한 움직임"을 예리하게 인식한 휘트먼은 『풀잎』을 통해 속도와 에너지로 가득한 대도시의 역동적인 모습을 보여 주는데, 이것은 그가 열망한 "독특하고 완전한 어떤 것"으로 형상화되는 도시 맨해튼에서 두드러진다. 흔히 『풀잎』에서 '매나하타'라는 이름으로 명명되는 맨해튼의 "민첩한 움직임"은 「광란의 도시 City of Orgies」라는 시에 집약적으로 나타나고 있다. 여기서 시인은 맨해튼의 "구경거리들(pageants)", "빠르게 변화하는 타블로(shifting tableaux)", "스펙터클(spectacles)" 등을 언급하면서 "오 맨해튼이여! 너의 잦고도 재빠른 섬광 같은 눈(O Manhattan! your frequent and swift flash of eyes)"(*LG* 126)이 자신에게 "보상을 준다"라고 강조한다. 여기서 "빠르게 변화하는 타블로", "재빠른 섬광 같은 눈"과 같은 빠른 움직임을 포착하고 있는 시어는 그림이나 사진이 재현하는 정적인 이미지를 넘어선 마치 영화처럼 "움직이는" 영상을 제시하고 있다는 점에서 주목할 만하다. 이것은 1871년에 발표한 후기 시 「인도로 가는 길 Passage to India」에서 휘트먼이 "한 쌍의 타블로(tableaus twain)"를 보며 당대의 대표적인 속도기계인 "증기선의 긴 행렬(procession of steamships)"(*LG* 413)을 연상하는 대목에서 더욱 선명하게 드러난다. 무엇보다 중요한 점은 프랑스어로 연극의 장(chapter)을 의미하는 '타블로(tableaux)'라는 단어가 영화의 '쇼트(shot)'와 긴밀한 연관성을 지니고 있다는 사실이다. 시에티(Emmanuel Siety)에 의하면, '타블로'는 연극의 영향을 받은 초기 영화를 표현하는 용어로 "1895년에서 1900년대 중반까지 영화사 초기 대략 10년 동안은 우리가 이 책의 처음에서 정의한 의미에서의 '쇼트'의 개념이 존재하지 않았다. 그 대신 '광경(vue)'이나 '타블로'라고 불렀다. 기술적인 차원에서 이 단어들은 시간과 공간의 지속적인 덩어리라는 의미에서 쇼트와 동의어이다."(69)

  "민첩한 움직임"을 강조하면서 근대 맨해튼의 역동적인 모습을 "빠르게 변화하는 타블로"로 인식하는 휘트먼의 '카메라의 눈'은 영화적인 표현방식을 강렬하게 시사한다. 요컨대 "빠르게 변화하는 타블로"는 휘트먼의 시속에 내재한 강렬한 "움직이는" 영상을 가장 잘 대변해주는 말로 보인다. 더욱이 그의 맨해튼의 체험에서 연유한 영상 언어는 시대를 초월하여 여러 아방가르드 예술가들에게 영감의 원천으로 작용했는데, 고유한 미국적 예술을 주창한 정밀주의(Precisionism)가 바로 그 중심에 있었다. 1921년 브로드웨이에 위치한 리알토(Rialto) 극장에서 〈장대한 뉴욕 *New York the Magnificent*〉이라는 타이틀로 초연된 10분 분량의 무성영화 〈맨하타〉는 그 대표적 예이다. "미국에서 만들어진 최초의 진짜 아방가르드 영화"로 평가되는 〈맨하타〉는 사진작가 폴 스트랜드(Paul Strand)와 사진작가이자 화가였던 찰스 실러(Charles

Sheeler)의 공동산물로 미국 영화사에서 지금까지도 그 중요성을 인정받고 있는 작품이다. 또한 〈맨하타〉는 1923년 파리에서 개최된 다다 영화제(Dada Film Festival)에서 에릭 사티(Erik Satie)의 음악이 첨가되어 〈뉴욕의 연기 *La Fumée de New York*〉라는 제목으로 상연되기도 했다. 그리하여 〈맨하타〉는 "대서양의 양쪽에서 추상적 접근을 지니고 다큐멘터리 주제를 탐구한 최초의 영화 가운데 하나로 일컬어졌다." (Tsujimoto 79) 영화사적으로 다큐멘터리 영화로 분류되기도 하는 〈맨하타〉는 그 사실주의적 배경에도 불구하고 정밀주의 예술을 특징짓는 "현대적, 기술적, 객관적, 하드 에지적, 한마디로 정밀한(precise)" (Handy 50) 이미지로 인해 가장 미국적인 최초의 정밀주의 '도시 영화' 혹은 '도시 교향곡'으로 간주될 수 있다. 예컨대, 정밀주의를 대표하는 예술가인 실러와 스트랜드의 공동산물인 〈맨하타〉는 대개 그들의 사진과 회화에서 발견되는 것처럼 "정밀한" 시각으로 형상화된 미국의 산업주의와 기계 문명의 이미지가 선명하게 드러난다. 이런 점에서 "사실 정밀주의 스타일의 궁극적인 예를 발견할 수 있는 것은 바로 실러와 스태랜드의 〈맨하타〉와 같은 영화에서이다"(50)라는 핸디(Ellen Handy)의 지적은 주목할 만하다.

입체적 사실주의(Cubist-Realism)로 불리기도 하는 정밀주의는 유럽에서 발원한 입체주의와 미래주의를 미국적인 주제에 접목시킴으로써 공장, 현대 도시, 마천루 등 기계와 산업화된 이미지들이 미국 문화의 중심으로 자리잡아가고 있음을 형상화하고 있는 미국의 토착 아방가르드 운동으로 정의되고 있다. 더욱이 입체적 사실주의라는 명칭에서 알 수 있듯 기계와 산업 이미지뿐만 아니라 꽃, 나무, 시내, 산 등과 같은 자연의 대상도 정밀주의 회화의 소재가 되고 있다는 점에서 미래주의나 다다주의와 구별되는 독특한 '이중성(doubleness)'을 내포하고 있다. 이는 실러를 비롯하여 디무스(Charles Demuth), 오키프(Georgia O'Keeffe) 등의 정밀주의 예술가들이 꽃을 모티브로 한 작품을 많이 그렸다는 사실에서 여실히 드러난다. 이와 관련해 로자이티스(William

Anthony Rozaitis)는 "꽃이 새로움과 향수, 가벼움과 무거움, 개별성과 보편성, 현실과 상상 등과 같은 이중성을 함축하고 있기 때문에 정밀주의자들이 그들의 미학적 특징을 표현하는 데 있어 가장 편재하는 대상이 되었다"(149)라고 날카롭게 지적한다. 그리하여 정밀주의 예술가들은 "현대적 스타일의 특징인 추상과 각진 모양(angularity)을 지향하면서도 동시에 사실적이고 자연적이며 유기적인 것을 지향하고"(Rozaitis 150) 있는 '이중성'을 보여 주고 있다. 그들은 회화와 사진에서 중심 제재가 된 "과학과 현대"의 산물인 공장, 현대 도시. 마천루 등의 "각진 모양"을 강조하기 위해 추상적인 구성, 즉 "기하학적으로 정밀한" 테크닉을 통해 장식을 제거한 이미지를 두드러지게 보여 주고 있다. 예컨대, 기계 미학에서 연유된 그의 회화에서 나타나는 "깨끗하고, 날카롭고, 차가운 아름다움" 때문에 실러는 정밀주의와 동의어로 간주되고 있다. 로린슨(Mark Rawlinson)은 이런 정밀주의의 특징을 미국의 모더니티와 기계 시대의 핵심이 되는 "합리성과 효율성의 정신(ethos)"으로 정의한다.

> 정밀주의 빌딩들은 매끈하고 각진 모양이다. 공장과 도시는 원시적이고, 정돈되어 보이며, 종종 인간의 삶은 결여되어 있는 것처럼 보인다. 스타일적 접근으로서의 정밀주의는 도시, 공장, 그리고 풍경의 해석에 있어 냉담해 보인다. 다시 말해 차갑고, 객관적이며 감정이 없다. 어떤 의미에서 정밀주의는 미국 모더니티와 기계 시대의 핵심이 되는 합리성과 효율성의 정신을 집약하는 스타일이다. 이런 점에서 정밀주의 예술은 모더니티에 대한 사실적인 미국적 답변으로 간주되고 있다. (48)

이렇게 "차갑고, 객관적이며 감정이 없는", 한 마디로 "정밀한" 이미지가 실러와 스트랜드의 작품을 특징짓는 스타일인데, 이것은 특히 그들의 사진에서 적나라하게 표현되고 있다. 실러의 〈십자 교차된 컨베이어 *Criss-Crossed Conveyers*〉와 스트랜드의 〈에이클리 영화 카메라

*Akeley Motion Picture Camera*〉 등의 사진은 그 대표적인 예라 할 수 있다 (Handy 50).

명확한 플롯이 없이 전체 65개의 쇼트(shots)로 구성된 〈맨하타〉는 "미국에서 만들어진 최초의 진짜 아방가르드 영화"이자 현재도 "미국 현대미술관(Museum of Modern Art)에서 가장 인기 있는 영화"(Horak 267)이다. 스트랜드는 1921년 〈맨하타〉에 대한 기자 회견에서 "우리 사진작가들은 그들 앞에 있는 살아 있는 형상을 직접적으로 기록하고자 했으며 동시에 가장 엄격한 선택, 볼륨, 선, 질량을 통해 가장 강렬한 표현으로 축소하고자 했다"(Horak 272 재인용)라고 언급한다. 이것은 이 영화가 사물의 객관적인 사실을 추구했던 다큐멘터리적 표현을 넘어서 정밀주의 예술가들이 지향했던 비주얼 디자인의 추상적 요소들, 즉 "정밀한(precise)" 사진적 요소를 근간으로 하고 있다는 점을 강하게 표명하는 것으로 보인다. 이런 맥락에서 루식(Karen Lucic)은 〈맨하타〉를 "실러의 가장 긍정적인 기계 시대(machine-age) 주제를 다루고 있는"(53) 작품이라 주장한다. 그녀는 "일관성이 없고 무질서하며 일시적인 진행이 관람자를 혼란시키고 현혹시키게 한다. 그리고 장관을 이루는 이미지의 소용돌이(vortex)가 도시 환경의 강렬하고 끊임없이 변화하는 인상을 자극시킨다"(51)는 견해를 피력하며 〈맨하타〉에 내재된 아방가르드적 요소들을 예리하게 간파한다. 또한 우리치오 (William Uricchio)도 도시 이미지의 전통적 질서에서 탈피하여 "새로운 형식적 어휘의 윤곽"을 담아내고 있는 〈맨하타〉의 "통합(synthesis)"적인 아방가르드적 특징을 다음과 같이 지적한다.

도시 이미지에 대한 최초의 체계적인 재작업의 하나인 〈맨하타〉는 새로운 형식적 어휘의 윤곽을 보여줌으로써 도시 이미지의 전통적인 질서에서 탈피했다. 알프레드 스티글리츠와 함께 했던 폴 스트랜드의 작업과 사진의 '깨끗한 초점'과 '우연한' 추상과 분할에 대한 그의 끊임없는 관심은 찰스 실러가 프란시스 피카비아, 맨 레이, 그리고 마르셀 뒤샹의 덕택이라

돌렸던 '새로운 방향'의 발견과 융합되었다. 〈맨하타〉의 강렬하게 각이 진(violently angled) 구성, 표면과 부피의 평면적 추상 개념들, 그리고 이미지즘적 특별함은 이 두 예술가들의 관심의 통합을 온전히 반영한다. (293)

여기서 언급되고 있는 스티글리츠, 피카비아(Francis Picabia), 맨 레이(Man Ray), 뒤샹(Marcel Duchamp)은 모두 뉴욕 아방가르드 운동을 주도한 예술가들로 스트랜드와 실러의 공동산물인 〈맨하타〉에 지대한 영향을 미쳤다. 이들은 휘트먼이 강조한 "과학과 현대"의 산물인 사진과 영화가 지닌 '카메라의 눈'으로 현대 도시와 기계문명의 역동성을 역설하고 있다는 점에서 휘트먼과 떼려야 뗄 수 없다.

〈맨하타〉에 영감의 원천이 되는 선구적인 아방가르드 예술가로서 휘트먼의 중요성은 1917년 뉴욕 아방가르드 운동 기간에 출간된 잡지 『맹인 The Blindman』에서 극명하게 드러난다. 여기서 미국 아방가르드 예술가들은 "월트 휘트먼의 정신이 미국 독립 예술가들을 인도하길. 그의 기억이 장수하길. 미국 독립 예술가들이여 장수하소서."(Tashjian 54 재인용)라고 기원하며 미국 예술의 독립과 휘트먼의 불가분적 연관성을 역설하고 있다. 또한 당대의 비평가 파커(Robert Allerton Parker) 역시 〈맨하타〉를 조형시(plastic poetry)로 간주하면서 "실러와 스트랜드가 우리에게 휘트먼의 비전을 제시한다"(369)라는 견해를 피력한다. 이런 맥락에서 펜폴드(Chris Penfold)는 "비주얼 미학을 초월하여 〈맨하타〉는 월트 휘트먼 시의 시행으로 진행되는 개별 주제 섹션들을 지니고 있는 그 형태로 인해 독특하다"고 주장한다. 하지만 그는 이런 상호매체적 특성에도 불구하고 지금까지의 논의에서 "〈맨하타〉에 대한 휘트먼의 적절성(pertinence)이 무시되어 왔다"(40)는 점을 날카롭게 지적한다. 실제로 "실러가 뉴욕에 관한 실험적 영화를 함께 만들기를 제안했었고, 월트 휘트먼의 시에서 영화 자막들을 가져왔다"(Horak 269 재인용)라는 스트랜드의 언급에서 단적으로 드러나듯 〈맨하타〉에 산재한 휘트먼의 시는 이미지와 텍스트의 긴밀한 상호 관련성을 보여 주고 있다.

## 3. 〈맨하타〉와 『풀잎』 그리고 정밀주의적 시각

'미국 최초의 아방가르드 예술가'로서 휘트먼이 환기시키고 있는 맨
해튼의 이미지를 '현대적, 기술적, 하드 에지적'인 특징, 즉 '정밀
한' 시각으로 재현하고 있는 〈맨하타〉에는 영화 전체에 걸쳐 휘트먼의
시가 열두 번 인용되어 있다. 실러와 스트랜드는 「매나하타 Mannahatta」
를 포함하여 「배들의 도시 City of Ships」, 「브로드웨이 가장행렬 A
Broadway Pageant」, 「전람회의 노래 The Song of Exposition」, 「브루클린
도선장을 건너며 Crossing Brooklyn Ferry」 등 맨해튼을 찬양하고 있는
휘트먼의 시를 영화의 삽입자막(intertitles)으로 보여줌으로써 시대를
초월하여 독창적인 시각으로 텍스트와 영상의 상호매체성을 실험하
고 있다. 명확한 플롯의 부재에도 불구하고 〈맨하타〉는 아침부터 저
녁까지 맨해튼의 하루를 전체 65개의 쇼트(shots)로 압축하고 있다. 전
체 열두 시퀀스로 분류되는 〈맨하타〉는 마천루, 다리, 증기선, 증기기
차 등 휘트먼이 찬양했던 '과학과 현대'의 표상물을 현실의 단순한
재생과는 차별화된 영상으로 담아내고 있다. 실러와 스트랜드는 각
시퀀스가 시작되기 전에 『풀잎』에서 인용한 휘트먼의 시들을 자막으
로 먼저 보여 주고 이어지는 영상을 통해 각각의 시에 담긴 맨해튼의
이미지를 정밀주의 미학에 부합되는 스타일로 형상화하고 있다. 이런
맥락에서 미국에서 만들어진 '최초의 아방가르드 영화'로 평가받고
있는 〈맨하타〉가 끼친 중요성과 영향력에 대해 수아레스(Suárez)는 다
음과 같이 언급한다.

그 제한된 성공에도 불구하고 〈맨하타〉는 지대한 영향력을 끼쳤다. 이
영화로 인해 가장 다산적(prolific)이고 국제적인 장르 중 하나, 즉 도시

영화 혹은 도시 교향곡으로서뿐만 아니라 또한 미국의 실험 영화의 전통들이 개시되었다. 사실 〈맨하타〉의 초연 직후에 폴 스트랜드는 그의 스승인 알프레드 스티글리츠(Alfred Stieglitz)에게 '이제 모두가 뉴욕에 대한 영화를 제작하고 있는 것처럼 보인다'는 편지를 썼다. (86)

"이제 모두가 뉴욕에 대한 영화를 제작하고 있는 것처럼 보인다"라는 언급에서 알 수 있듯 〈맨하타〉가 상영되고 난 후 대략 15년에 걸쳐 미국과 유럽에서 〈맨하타〉 스타일의 '도시 영화' 혹은 '도시 교향곡'이 제작되었다. 플래허티(Robert Flaherty)의 〈24달러 섬 *Twenty-Four Dollar Island*〉, 와인버그(Herman Weinberg)의 〈도시 교향곡 *City Symphony*〉과 〈가을 불길 *Autumn Fire*〉 그리고 플러리(Robert Florey)의 〈마천루 교향곡 *Skyscraper Simphonie*〉 등은 그 대표적 예이다. 이와 관련해 호락(Jan-Christopher Horak)은 〈맨하타〉에서 현저하게 사용된 익스트림 하이/로우 앵글 쇼트(extreme high/low angle shot)와 같은 카메라의 "극단적 시각(extreme perspectives)이 공간적인 관계를 모호하게 하고 그래서 주체의 지각의 파편화를 초래한다"는 언급을 통해 "이 영화가 모든 모더니즘 예술의 중심 목표인 관람자의 반응이라는 자기 반영성(self-reflexivity)에 기여한다"(275)고 주장한다. 이런 점에서 〈맨하타〉는 모홀리 나기(László Moholy-Nagy)의 베를린 라디오 타워 사진들을 비롯하여 루트만(Walter Ruttmann)의 〈베를린, 대도시의 교향곡 *Berlin, Symphony of a Great City*〉, 베르토프(Dziga Vertov)의 〈카메라를 든 사나이 *The Man with a Movie Camera*〉 등과 같은 유럽 아방가르드 영화들의 극단적 시각보다 훨씬 선행하는 영향력이 큰 영화(Horak 275)로 평가되고 있다.

〈맨하타〉의 오프닝 시퀀스(opening sequence)에서 실러와 스트랜드는 휘트먼의 시 「배들의 도시」에서 인용한 "세계의 도시여! (모든 인종들이 여기 있기에) (⋯중략⋯) 대리석과 강철로 지어진 높은 파사드의 도시여! / 위풍당당하고 열정적인 도시여!"(City of the world! (for all races are here) (⋯중략⋯) city of tall façades of marble and iron! / Proud and passionate city!)(*LG* 294)라는 자막과 이어지는 세 개의 쇼트를 통해 뉴욕만(灣)을 전경으로 마천루로 가득한 맨해튼의 역동적인 이미지를 부각시키고 있다. 특히 실러와 스트랜드는 자막 아래에 "세계의 도시"로 묘사된 맨해튼의 스카이라인을 파노라마 사진으로 보여줌으로써 감각적인 영상을 생생히 전달하고 있다. 네거티브 사진으로 처리된 이 파노라마(〈그림 1〉)는 영화의 오프닝과 엔딩을 포함해 자막 아래에서 전체 14번 반복되어 나타나고 있다. 더욱이 파노라마는 휘트먼 당대에 선풍적인 인기를 끌었던 매체로 "파노라마에 대한 관심은 실재 도시를 보는 데 있다"(*Arcades* 532)라는 발터 벤야민(Walter Benjamin)은 말에서 입증되듯 "실제 도시"의 형상화라는 의미를 강하게 내포하고 있다. 따라서 〈맨하타〉에서 새로운 시퀀스가 시작되기 전에 휘트먼의 시와 함께 나타나는 이 파노라마 사진은 텍스트(〈그림 1〉)와 형상의 유비적 연관성을 통해 맨해튼의 실재를 더욱 통합적으로 표현하고자 한 실러와 스트랜드의 창의적 상상력을 극명하게 보여 주는 이미지라 할 수 있다.

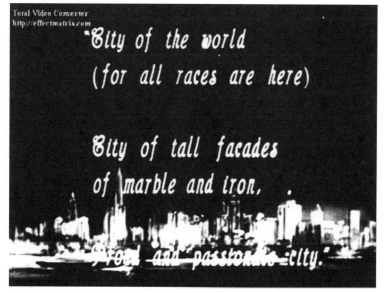

〈그림 1〉

〈그림 2〉

두 번째 시퀀스는 휘트먼의 시 「브로드웨이 가장행렬 A Broadway Pageant」에서 "백만 명이 발을 지닌 맨해튼이 자유롭게 보도 위로 내려온다(When million-footed Manhattan unpent, descends to its pavements)"(*LG* 242)라는 시구로 시작된다. 이어지는 영상에서 실러와 스트랜드는 스태튼 아일랜드(Staten Island) 페리를 떠나는 수많은 인파들, 트리니티 교회(Trinity Church) 묘지, 그리고 월 스트리트(Wall Street)에 위치한 모건 투자은행(J. P. Morgan Trust Company)을 배경으로 분주한 맨해튼의 모습을 차례대로 보여 준다(〈그림 2〉). 특히 스태튼 아일랜드리가 맨해튼 도선장에 도착하는 장면은 스티글리츠가 1910년에 찍은 〈페리 보트 *The Ferry Boat*〉라는 사진에 깊은 영향을 받았음을 알 수 있다. 아울러 거대한 모건 투자은행 건물을 배경으로 지나가는 사람들의 상대적인 왜소함은 기계 시대의 특징을 가장 극명하게 보여 주는 이미지인데(〈그림 3〉), 이것은 1915년에 발표한 스트랜드의 사진 〈월 스트리트,

뉴욕 *Wall Street, New York*〉을 모사하고 있다. 이렇듯 〈맨하타〉에는 스티글리츠와 스트랜드가 포착한 뉴욕에 관한 여러 사진들이 "정밀한" 영상 속으로 탁월하게 통합되어 있기 때문에 "이 영화의 구성 스타일이 대개 영화적이라기보다는 사진적"(43)이라는 사실을 핸디(Ellen Handy)는 예리하게 간파하고 있다.

알프레드 스티글리츠, 〈페리 보트〉, 33.2×25.9cm, 1910, 뉴욕 메트로폴리탄 미술관 소장

<그림 3>

폴 스트랜드, 〈월 스티리트, 뉴욕〉, 24.8×32.2cm, 1915, 필라델피아 미술관 소장

"맑은 하늘을 향해 날씬하고, 튼튼하고, 가볍고, / 웅장하게 솟아 있는 철 구조물의 고속 성장을(high growths of iron, slender, strong, / light, splendidly uprising toward clear skies)"(*LG* 475)로 시작되는 세 번째 시퀀스는 1860년에 발표한 휘트먼의 시 「매나하타」에서 인용된 것으로 영화 제목을 포함하여 2번 자막으로 나타나며 〈맨하타〉에서 가장 중요한 매개로 작용하고 있다. 이 시퀀스는 의인화되거나 자연 풍경에 비교되기를 거부하는 〈맨하타〉의 주인공으로 등장하는 다양한 마천루를 감각적인 영상으로 보여 준다. 실러와 스트랜드는 당대 세계에서 최고층 건물이었던 울워스(Woolworth) 빌딩과 더불어 주변에 밀집해 있는 마천루로 이루어진 맨해튼의 경관을 부각하기 위해 울워스 빌딩의 상층부에서 천천히 수직으로 하강시킨다(〈그림 4〉). 그럼으로써 휘트먼이 묘사한 "웅장하게 솟아 있는 철 구조물의 고속 성장"의 이미지를 "정밀한" 시각으로 재현해 내고 있다.

〈그림 4〉

〈맨하타〉의 영감의 원천이 되는 「매나하타」에서 휘트먼은 "수많은 인파로 가득한 길", "하늘을 향해 웅장하게 솟아 있는 철 구조물", "도시의 기계공들"(*LG* 475) 등 테크놀로지와 산업화의 도래로 인해 빠르게 변모해가는 19세기 중·후엽의 맨해튼을 다양한 시점에서 포착함으로써 마치 불연속적으로 "빠르게 변화하는 타블로"의 몽타주(montage)를 상기시키고 있다.

> 도시에는 수많은 인파로 가득한 길과 맑은 하늘을 향해 날씬하고, 튼튼하
> 　　고, 가볍고, 웅장하게 솟아 있는 철 구조물의 고속 성장을,
> 황혼녘에 내가 너무나 좋아하는, 빠르고 넉넉하게 흘러드는 조수들,
> 넘치는 조류, 작은 섬들, 이웃한 큰 섬들, 언덕들, 큰 집들,
> 수많은 돛대, 하얀 연안 증기선, 거룻배, 나룻배, 멋진 검은 대형 여객선들,
> 도심지 거리들, 증권 중개소 건물들, 선주와 환전상들의 사무실, 강가에
> 　　접한 길들,
> 일주일에 만 오천 혹은 이만 명씩 도착하는 이민자들,
>
> (…중략…)
>
> 똑바로 그대를 쳐다보는 도시의 기계공들, 명인들, 모양이 좋고, 아름다
> 　　운 얼굴을 지니고,
> 수많은 사람들로 가득한 보도들, 차량들, 브로드웨이, 여성들, 가게들과
> 　　공연들,
> 백만이나 되는 사람들―자유롭고 훌륭한 태도의―개방된 목소리들―환
> 　　대―가장 용맹하고 친절한 젊은이들,
> 분주하고 반짝거리는 바닷물의 도시여! 뾰족탑과 돛들의 도시여!
> 만(灣) 속에 아늑히 자리 잡은 도시여! 나의 도시여!
>
> Numberless crowded streets—high growths of iron, slender, strong, light,

splendidly uprising toward clear skies,

Tide swift and ample, well-loved by me, toward sundown,

The flowing sea-currents, the little islands, larger adjoining islands, the
  heights, the villas,

The countless masts, the white shore-steamers, the lighters, the ferry-boats,
  the black sea-steamers well-model'd,

The down-town streets, the jobbers' houses of business—the houses of
  business of the ship-merchants, and money-brokers—the river-streets,

Immigrants arriving, fifteen or twenty thousand in a week,


(…중략…)


The mechanics of the city, the masters, well-form'd, beautiful-faced,
  looking you straight in the eyes,

Trottoirs throng'd, vehicles, Broadway, the women, the shops and shows,

A million people—manners free and superb—open voices—hospitality—the
  most courageous and friendly young men,

City of hurried and sparkling waters! the city of spires and masts!

City nested in bays! my city! (*LG* 474~475)


이 시구에 묘사되고 있는 빌딩, 거리, 증기선, 차량들, 군중 등은
〈맨하타〉의 세 번째 시퀀스 이후에도 지속적으로 나타나며 영화를
관통하는 제재가 되고 있다. 칼브(Peter Kalb)는 세 번째 시퀀스에 담겨
진 제재들이 "뉴욕의 엄격하고 기하학적인 스냅사진을 만들기 위해
압축되어 있다"(90)라고 언급함으로써 휘트먼, 실러, 스트랜드가 공유
하는 가변적이고 유동적인 '카메라의 눈'에 주목한다. 더욱이 세 번째
시퀀스는 "영화 전체를 통해 휘트먼적 시에 가장 축어적으로 연계되
는 영화적 에크프라시스(cinematic ekphrasis)이다"(15)라는 빌라누에바

(Darío Villanueva)의 언급에서 알 수 있듯 텍스트와 이미지의 밀접한 상호 관련성을 가장 잘 반영하고 있는 도시 풍경으로 보인다.

〈맨하타〉의 네 번째 시퀀스는 1860년에 휘트먼이 발표한 시 「민주주의의 외침 Chants Democratic」의 "도시의 빌딩들, 삽, 거대한 기중기, 벽 비계, 벽과 천장의 작업(The building of cities, the shovel, the great derrick, the wall scaffold, the work of walls and ceilings)"(Whitman 94~95)이라는 시구에서 시사되듯 건설 노동자로 대변되는 "일하는 사람들(workingmen)"의 역동적인 모습을 담아내고 있다. 이 시퀀스에서 실러와 스트랜드는 휘트먼이 『풀잎』을 통해 지속적으로 찬양한 "일하는 사람들"의 모습을 하이앵글과 로우 앵글 쇼트를 번갈아 사용하여 다양한 시점에서 보여 주고 있다. 이 시퀀스에 담겨 있는 건설 공사장에서의 철제 대들보, 크레인, 노동자들은 맑은 하늘과 대조되어 더욱 돋보인다. 즉 카메라의 현란한 움직임을 통해 "실러와 스트랜드는 뉴욕 건축물의 현기증 나는 기하학을 포착하고"(Kalb 91) 있는 것이다. 이런 점에서 맑은 하늘을 배경으로 I자형 철재 골조 위에서 실루엣으로 나타나는(silhouetted) 노동자들의 이미지(〈그림 5〉)는 실러와 스트랜드의 정밀주의 상상력의 정수라 할 수 있다.

〈그림 5〉

휘트먼의 시 「브로드웨이 가장행렬」에서 "우리의 가장 높은 건물 꼭대기의 대리석과 강철의 아름다움은 반대편까지 이른다(Where our tall-topt marble and iron beauties range on opposites sides)"(*LG* 243)로 시작되는 다섯 번째 시퀀스 역시 하이 앵글과 로우 앵글 쇼트를 번갈아 사용하여 다양한 마천루의 모습을 독특한 시각으로 담아내고 있다. 여기서 중요한 것은 고정된 피사체이자 〈맨하타〉의 주인공으로 표상되는 다양한 마천루들이 옥상에서 내뿜는 하얀 연기에 의해 그 역동성이 더욱 강조되고 있다는 점이다. 영화 전체에서 마천루를 비롯하여 증기선과 증기기차에서 지속적으로 뿜어져 나오는 연기를 통해 실러와 스트랜드는 '맨해튼'을 마치 살아 숨 쉬는 생명체로 그려 내고 있다(〈그림 6, 7〉). 1923년 〈맨하타〉가 뉴욕 아방가르드 운동을 주도했던 뒤샹과 맨 레이에 의해 파리에서 상연되었을 때 〈맨하타〉가 아닌 〈뉴욕의 연기〉라는 제목으로 상연되었던 것도 이런 연유에서이다.

〈그림 6〉

〈그림 7〉

　실러와 스트랜드는 여섯 번째에서 여덟 번째까지의 시퀀스에서 근대 과학기술의 산물로 휘트먼을 매혹시킨 '속도'와 '민첩한 움직임'의 표상물인 증기선과 증기 기차를 현저하게 부각하고 있다. 이는 마천루와 더불어 기계 문명을 대표하는 아이콘으로 간주되는 증기선과 증기 기차야말로 휘트먼의 시와 산문에서 두드러지는 움직이는 이미지, 즉 "빠르게 변화하는 타블로"를 가장 잘 구현해 주는 속도기계라는 사실을 통찰하고 있음을 보여 주는 명백한 예이다.

　「매나하타」에서 인용한 "분주하고 반짝거리는 바닷물의 도시여! 뾰족탑과 돛들의 도시여! / 만(灣) 속에 아늑히 자리 잡은 도시여!"(*LG* 475)로 시작되는 여섯 번째 시퀀스는 뉴욕만(灣)을 배경으로 허드슨 강과 이스트 강 위를 질주하는 증기선의 모습을 파노라마적 영상으로 보여 주고 있다(〈그림 8〉).

〈그림 8〉

〈그림 9〉

특히 이 시퀀스와 더불어 여덟 번째 시퀀스에서도 다양한 각도에서 찍은 각양각색의 증기선을 여러 쇼트로 보여줌으로써 실러와 스트랜드는 증기선을 "살아 있는 시(living poems)"에 비유한 휘트먼의 비전을 마치 한 편의 영상시로 재현하고 있는 듯하다(〈그림 9〉). 각양각색의 증기선으로 가득한 뉴욕만(灣)의 "그림 같은 풍광(picturesqueness)"을 보여 주는 이 시퀀스는 휘트먼의 자서전『표본이 되는 날들 *Specimen Days*』에 수록된「증기선에 대한 나의 열정 My Passion for Ferries」이라는 섹션과 연관해 매체를 초월한 강렬한 유비적 연관성을 보여 준다.

이때부터 계속하여 브루클린과 뉴욕에서 살면서 내 삶은 그때도 그리고 여러 세월이 흐른 뒤에도 여전히 풀턴 증기선과 기묘하게 동일시되었다. 이미 풀턴 증기선은 보편적 중요성, 적재량, 종류, 속도, 그림 같은 풍광에서 세계 최고의 배였다. 나는 1850년부터 1860까지 거의 매일 그 증기선을 타고 강을 건넜다. 종종 조타실(pilot-houses)에 가서 끝없이 펼쳐지는 완전한 경관, 빠져들게 만드는 볼거리, 주변 경관, 그리고 그것에 수반되는 것을 볼 수 있었다. 바다의 조류, 눈 아래 소용돌이치는 강물—이 배는 항상 빠르게 변화하는 움직임으로 인간의 거대한 물결을 실어 날랐다. 사실 나는 항상 증기선에 대한 열정이 있었다. 내게 증기선은 아무나 흉내 낼 수 없고, 끊임없이 이동하고, 결함이 없는, 살아 있는 시가 되기에 충분했다. (*SD* 16~17)

시인은 "거의 매일" 브루클린과 뉴욕을 오가는 "풀턴 증기선(Fulton ferry)"을 탔으며 종종 조타실에서 "항상 빠르게 변화하는 움직임"으로 가득한 "끝없이 펼쳐지는 완전한 경관", 즉 파노라마를 체험하게 되었다는 사실을 역설한다. 이 시퀀스에서 실러와 스트랜드는 익스트림 하이 앵글 쇼트를 사용하여 "살아 있는 시"에 비유되는 증기선과 뉴욕만(灣)의 파노라마를 담아낸다. 이처럼 실러와 스트랜드는 휘트먼이 열망한 '매나하타'를 강 위를 질주하는 증기선과 함께 담아냄으로써

"만(灣) 속에 아늑히 자리 잡은 도시" 맨해튼을 자연과 유기적인 조화를 이루는 살아 숨 쉬는 생명체로서의 도시로 형상화하고 있다.

일곱 번째와 여덟 번째 시퀀스는 각각 「전람회의 노래 The Song of Exposition」의 "이 지구는 모두 철로로 이어져 있다(This earth all spann'd with iron rails)"(*LG* 203)와 "모든 바다를 엮으며 줄지어 있는 증기선과 더불어(with lines of steamships threading every sea)"(*LG* 203)라는 시구로 시작된다. 이어지는 이미지의 시퀀스는 휘트먼이 열망했던 도시 경관에서 움직임의 연속성과 시공간의 동시성은 다름 아닌 증기선과 증기 기차에 의해 더욱 부각되고 있다는 사실을 일련의 "빠르게 변화하는 타블로"로 보여 준다. 이렇게 증기선과 증기 기차는 시대를 초월하여 실러, 스트랜드, 휘트먼에게 영감의 원천으로 작용하면서 동시에 정밀주의의 소재가 된 속도와 기계 문명의 이미지를 탁월하게 재현해 주고 있다. 특히 일곱 번째 시퀀스에서 실러와 스트랜드는 "과학과 현대"의 아이콘으로서 "공간적이고 시간적인 움직이는 윤곽의 흥미로운 융합을 스크린에 가져오는, 증기 기차가 내뿜는 증기의 효과를 카메라로 최대한 활용"(Villanueva 16)하고 있다. 이 이미지의 시퀀스는 자신의 시를 증기를 내뿜으며 질주하는 증기선과 증기 기차에 비유한 휘트먼의 초기 시 「포마녹을 출발해 Starting from Paumanok」의 다음 시구를 강하게 상기시키고 있다. "보라, 내 시를 통해 김을 뿜는 증기선들을! (…중략…) 보라, 헐떡이며 수증기의 휘파람을 불며 출발할 때의 / 힘세고 빠른 기차를!(See! steamers steaming through my poems! (…중략…) See, the strong and quick locomotive, as it departs, panting, / blowing the steam-whistle!)"(*LG* 27) 또한 『표본이 되는 날들』의 「침대차 안에서 In the Sleeper」라는 섹션에서도 휘트먼은 기차를 "가장 빠른 움직임과 가장 활동적인 힘!(the swiftest motion, and most resistless strength!)"으로 표현하고 있다. 여기서 그는 서부로 질주하는 침대차의 창문을 통해 빠른 속도로 인해 압축되는 시·공간을 체험함으로써 "격렬하고 기이한 기쁨(a fierce weird pleasure)"(*SD* 139)을 느낀다고 역설한다.

〈그림 10〉

　하얀 수증기를 내뿜고 질주하는 증기 기차의 시퀀스를 통해 실러와 스트랜드는 정밀주의에 지대한 영향을 끼친 미래주의의 특징인 "새로운 속도의 미학"을 보여 주면서 동시에 미래주의와 구별되는 정밀주의 도시 풍경을 보여 주고 있다. 이 시퀀스의 세 번째 쇼트는 프레임의 왼쪽 하단에 노출되어 있는 바위투성이의 광맥, 오른쪽 하단에서 왼쪽 상단으로 비스듬하게 프레임을 가로지르는 기차, 그리고 그 위로 보이는 산업 단지의 풍경은 기술 문명뿐만 아니라 자연 세계의 풍경도 동시에 미학적 대상으로 채택한 정밀주의 도시 풍경을 극명하게 형상화한 것이다(〈그림 10〉).

　이런 "정밀한" 시각으로 포착된 영상은 기계와 자연이라는 대상을 교차시킴으로써, 미래주의의 순전한 기계 문명의 찬양과는 선명하게 구별되는 정밀주의 미학의 정수를 담아낸 것이라 할 수 있다. 이처럼 정밀주의 예술가들은 일견 상충되어 보이는 기계와 인간, 도시와 자연,

추상과 구상 등의 '이중성(doubleness)'을 한 프레임 속에서 압축하여 보여 주고자 했다. 실러와 스트랜드는 휘트먼의 시에 정밀주의의 대표적 특징인 '이중성'이 함축되어 있음을 예리하게 통찰했다. 영화의 제목이 '맨해튼'이 아니라 "토착적인 이름"의 '매나하타'에서 파생된 것처럼, 휘트먼이 갈망한 도시는 기계 문명으로 표상되는 '맨해튼'이 아니라 기계와 자연이 유기적인 조화를 이루는 도시인 '매나하타'이다. 다시 말해 휘트먼이 열망한 "독특하고 완전한 어떤 것(something specific and perfect)"(*LG* 475)을 함의한 '매나하타'는 정밀주의 예술가들이 형상화하고자 했던 도시이다. 이런 점에서 키닉(Anthony Kinik)은 이 증기 기차 시퀀스의 "세 번째 쇼트가 산업적 질서를 암시하고" 있지만 "산업적 진보의 낙관적 찬양이 아니라 새로운 질서 아래서 돌출되는 태고의(primordial) 매나하타를 짧게 보여 주는 비전"(75)이라고 날카롭게 지적한다.

"빠르게 변화하는 타블로"를 가장 잘 구현해 주는 속도기계인 증기선과 증기 기차에 대한 휘트먼의 열정과 찬양은 실러와 스트랜드의 "정밀한" 스타일로 탁월하게 재현되고 있다. 여덟 번째 시퀀스는 다양한 쇼트의 몽타주(montage)를 이용하여 "모든 바다를 엮으며 줄지어 있는 증기선"(*LG* 203)의 이미지를 형상화하고 있다. 특히 이 시퀀스에 나타나는 각양각색의 증기선을 통해 실러와 스트랜드는 휘트먼의 "빠르게 변화하는 타블로"를 체험하게 한 속도기계는 다름 아닌 증기선이라는 사실을 역설하고 있다. 이런 증기선과 "빠르게 변화하는 타블로"의 긴밀한 상관성은 후기 시 「인도로 가는 길 Passage to India」에서도 나타난다. 이 시에서 휘트먼은 '한 쌍의 타블로(tableaus twain)'를 보면서 '증기선의 긴 행렬(procession of steamships)'을 연상하고, 이것을 증기선의 갑판 위에서 바라본 "기묘한 풍경"(*LG* 413)으로 연결시킨다. 이처럼 증기선은 휘트먼에게 "타블로"를 가져다주는 매개이면서 동시에 "살아 있는 시"에 비유된다. "살아 있는 시"라는 시적 은유는 기계를 살아 있는 생명체로 간주하는 것으로, 기계와 인간, 도시와 자연이라는 이분법적 사유를 초월하고자 한 휘트먼의 '매나하타' 비전을 극명하게 보여 주는 것이라 할 수 있다.

<그림 11>

　기계를 "살아 있는 시"에 비유한 장면은 "도시의 끊임없는 군중들이 하루 온종일 움직이는 곳(Where the city's ceaseless crowd moves on the livelong day)"(*LG* 389)이라는 자막으로 시작되는 열한 번째 시퀀스에서도 살펴볼 수 있다. 익스트림 하이 앵글 쇼트로 포착된 인상적인 영상에서 군중들과 차량들은 마천루 위층 난간의 세 개의 기둥(columns) 사이를 통해서 보이기 시작한다(〈그림 11〉). 실러와 스트랜드는 기둥 사이로 보이는 대각선의 그림자를 경계로 해서 그 사이를 분주하게 지나가는 군중과 차량을 '정밀한' 스타일로 담아내고 있다.

　기둥 사이로 왼쪽으로는 트리니티 교회(Trinity Church)의 첨탑이 보이는 반면 오른쪽으로는 거리를 개미처럼 지나가는 차량들과 군중들이 보인다. 또한 이어지는 쇼트에서도 정밀주의 스타일의 특징인 추상과 각진 모양(angularity)으로 형상화된 빌딩들, 그리고 그 사이를 지나가는 군중들이 나타난다. 더욱이 프레임 오른쪽 상단에서 왼쪽 하단의 대각선으로 기차를 가로지르게 구성함으로써 실러와 스트랜드는 기계와 인간의 유기적인 상관성을 암시적으로 표현하고 있다(〈그림 12〉). 그러므로 이 시퀀스는 "추상과 각진 모양을 지향하면서 동시에 사실적이고 자연적이며, 유기적인 것을 지향"(Rozaitis 150)하는 정밀주의 도시 풍경의 진수를 보여 주는 것이라 할 수 있다.

이처럼 군중, 빌딩, 차량, 기차가 유기적인 조화를 이루는 도시 '매나하타'는 한편의 "살아 있는 시"에 비유될 수 있다. 필립세빅 (Filipčević)은 〈맨하타〉가 이런 휘트먼의 '매나하타' 비전을 담아내고 있기 때문에 〈맨하타〉가 "도시의 절망이나 소외"를 주제로 삼은 "모더니즘 시와 강한 대조"를 보여 준다는 점을 날카롭게 간파한다.

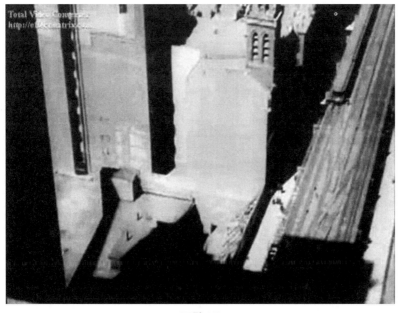

〈그림 12〉

도시를 하나의 자연 현상으로 보는 휘트먼의 비전은 도시의 절망이나 소외라
는 모더니즘 시와 강한 대조를 보여 주었다. 대개의 경우 〈맨하타〉는 사회적
관계의 물리적 표명으로서의 도시의 이미지인 인간의 이미지들을 회피한다.
또한 이런 방식으로 〈맨하타〉는 군중과 기계의, 그리고 뒤이어 나온 대도시
영화에서 기계적인 것으로 축소되는 인간의 환원주의적인 비교를 회피한다.
이 영화는 〈베를린, 대도시의 교향곡 *Berlin, Symphony of a Great City*〉과 그
영화 속 도시의 거주자들을 마천루 사이를 기어가는 곤충으로 묘사한 '개미
같은 움직임'이라는 표현과 대조적이다. 오히려 〈맨하타〉는 도시와 자연
사이의 다리로서 영화 예술(cinematography)을 확립시켜 주었다. (255~256)

"기계적인 것으로 축소되는 인간"을 보여 주는 대도시 영화들과 달
리 "도시와 자연 사이의 다리로서" 기능하는 도시 '매나하타'에 대한
비전은 〈맨하타〉의 마지막 시퀀스인 열두 번째 시퀀스에서 극명하게
나타난다. 휘트먼의 시 「브루클린 도선장을 건너며」에서 인용된 "일
몰의 아름다운 구름이여! 그대의 찬란한 빛으로 나를, 혹은 내 뒤에
올 여러 세대의 남자들과 여자들을 적셔라!(Gorgeous clouds of the sunset
drench with your splendor me, or the / men and women generations after me!)"
(*LG* 164)라는 자막으로 시작되는 마지막 시퀀스는 항구 뒤로 저물어
가는 일몰의 광경을 담은 두 개의 짧은 쇼트로 종결된다(〈그림 13〉).

〈그림 13〉

실러와 스트랜드는 앞서 보여 주었던 마천루, 증기선, 증기 기차, 다리 등 기계 문명의 이미지를 대신하여 자연 풍경으로 맨해튼을 재현함으로써 기계와 자연이 조화로운 합일을 이루는 도시 '매나하타'의 도래를 기원하고 있다. 실러와 스트랜드는 마지막 시퀀스를 통해 휘트먼이 열망했던 '매나하타'적 비전이라 할 수 있는 생명이 살아 숨 쉬는 도시를 암시적으로 형상화하고 있다. 요컨대 그들은 휘트먼이 꿈꾸었던 자연과 유기적인 조화를 이루는 도시 '매나하타'를 "정밀한" 시각으로 재현한 것이다. 따라서 "마천루는 더 이상 자본주의의 인공적인 아이콘으로 나타나지 않고 산봉우리와 깊은 계곡으로 나타난다. 그리고 그 마천루 사이에서 기차와 차량들이 강물처럼 흐른다."(Penfold 44) 이렇게 휘트먼이 「매나하타」에서 요구했던 "독특하고 완전한 어떤 것"을 함의한 도시는 과거와 현재가 조화롭게 공존함으로써 "살아 있는 시"에 비유될 수 있는 유기적 요소들을 잉태하고 있는 도시로서의 '매나하타'인 것이다.

나는 나의 도시에 독특하고 완전한 어떤 것을 요구했다,
그래서 보라! 토착적인 이름이 떠올랐다.

이제 나는 본다. 그 이름 속에 유동적이고, 분별력 있고, 제어하기 어려우며, 음악적이고, 자족한 그 무엇이 하나의 이름, 하나의 단어 속에 있다는 것을, 나는 본다. 내 도시의 이름은 옛날부터 온 것이라는 것을.

I was asking for something specific and perfect for my city,
Whereupon lo! upsprang the aboriginal name.

Now I see what there is in a name, a word, liquid, sane, unruly, musical,
    self-sufficient,
I see that the word of my city is that word from of old. (*LG* 474)

여기서 "내 도시의 이름은 옛날부터 온 것이라는 것"이란 말은 현재의 맨해튼은 과거의 매나하타와 불가분적인 연관성을 지니고 있음을 암시하고 있다. 이는 "현재란 것은 결국 과거에서 성장한 것이 아닌가"(*LG* 412)라며 "과거의 무한한 위대함"이 현재를 반영하는 촉매제가 된다는 휘트먼의 통찰을 드러내는 것이다. 이런 점에서 이 시구는 기계 미학을 근간으로 삼고 있는 미래주의와 구별되는 정밀주의의 특징을 시사하고 있다. 이탈리아 미래주의 예술가들은 끊임없이 과거와의 단절을 주장하며 교향곡처럼 울려 퍼지는 혁명의 물결로 가득한 도시를 열망했다. 이는 1909년 「미래주의 기초선언 The Founding Manifesto of Futurism」에서 "경주용 자동차—포탄 위에라도 올라탄 듯 으르렁거리는 자동차는 〈사모트라케의 니케 *Victory of Samothrace*〉보다 아름답다"(Apollonio 21)라는 이탈리아 시인 마리네티(Filippo Marinetti)의 주장에서 여실히 입증된다. 미래주의 예술가들이 휘트먼의 시에서 간파한 것은 새로운 과학기술에 기반을 둔 "새로운 속도의 미학"이다. 미래주의 창시자인 마리네티가 휘트먼을 "미래주의의 위대한 선구자 가운데 한 사람이며 속도, 모더니티, 테크놀로지의 목소리를 지닌 시인"(Flint 68)이라고 열렬히 찬양했던 것도 바로 이런 연유에서이다. 미래주의 예술가들에게 마천루, 증기선, 증기 기차, 군중 등은 맨해튼이라는 대기계의 부품으로만 존재한다. 그들이 지향했던 속도, 군중, 테크놀로지, 소음으로 가득한 도시가 '맨해튼'이라면, 정밀주의 예술가 실러와 스트랜드가 형상화하고 있는 도시는 이른바 휘트먼이 꿈꾸었던 "유동적이고, 분별력 있고, 제어하기 어려우며, 음악적이고, 자족한" 도시 '매나하타'인 것이다.

# 나가며

매체의 영역을 가로질러 휘트먼의 시와 긴밀한 상관성을 보여 주는 〈맨하타〉는 20세기 초에 부상했던 기계 미학의 지대한 영향 아래 텍스트와 영상의 상호매체성을 구현하고 있는 정밀주의 미학의 집약체로 볼 수 있다. 19세기 미국을 대표하는 '도시 시인'으로 맨해튼의 역동성을 직접 체험한 휘트먼은 『풀잎』을 통해 지속적으로 기계 테크놀로지의 발달이 가져다 준 "속도"와 "움직임"에 매료되었음을 밝히고 있다. 일평생 뉴욕과 브루클린에서 저널리스트이자 시인으로 활동했던 휘트먼은 기계 테크놀로지로 인한 대도시의 변모를 직접 체험하면서 도시를 주제로 다룬 시를 발표했는데, 그 핵심이 되는 도시는 매나하타의 현재적 변용으로서 맨해튼이다. 이는 "뉴욕과 브루클린이 하나로 합병되어 맨해튼이라는 이름으로 불릴 때가 되지 않았는가?"(SD 117)라는 그의 말에서 단적으로 입증된다. 이처럼 맨해튼의 찬양이면에는 매나하타에 대한 휘트먼의 정서적 유대감이 깊이 자리 잡고 있다.

무엇보다 "속도"와 "움직임"으로 가득한 맨해튼의 역동성은 휘트먼의 시에서 "빠르게 변화하는 타블로"로 인식되고 있다. 시인은 「광란의 도시」라는 시를 통해 자신에게 "보상을 주며" 영감의 원천이 되었던 맨해튼의 "잦고도 재빠른 섬광 같은 눈"이 포착한 "민첩한 움직임"이 곧 대도시의 주요 속성임을 간파한다. "타블로"는 시간과 공간의 지속적인 덩어리라는 의미에서 쇼트(shot)와 동의어로 정의되기 때문에 휘트먼의 영화적 상상력을 가장 잘 대변해 주는 말이라 할 수 있다. 휘트먼은 맨해튼에서 체험한 "민첩한 움직임"의 이미지는 육안이 아닌 곧 '기계의 눈'인 카메라에 의해 재현될 수 있다는 사실을 간파했다. "위대한 시인은 세상을 향해 카메라의 역할을 수행하는 사람이다"라는 그의 말에서 입증되듯 휘트먼은 맨해튼의 역동성을 카메라에 담아내고자 한 시인, 즉 카메라맨 혹은 영상 예술가로서의 면모를 극명하게 보여 주고 있다. 바로 이런 사실 때문에 20세기 초 유럽과 미국에서 활동했던 여러 예술가들은 휘트먼을 시대를 앞선 '최초의 아방가르드 예술가'로 간주하고 있는 것이다.

뉴욕 아방가르드 운동에 주도적으로 참여했던 실러와 스트랜드는 대도시의 "빠르게 변화하는 타블로"를 포착해낼 수 있는 시각기계인 카메라를 두드러지게 활용했다. 그들은 유럽과 차별되는 미국적 도시 풍경을 담아내고자 했는데, 정밀주의가 바로 그 중심에 있었다. 요컨대 그들은 휘트먼이 맨해튼에서 체험한 "빠르게 변화하는 타블로"는 기계적이고 산업적인 것뿐만 아니라 동시에 자연적이며 유기적인 것을 역설했던 그의 '매나하타'에 대한 비전에 함축되어 있다는 사실을 예리하게 간파했다. 이런 휘트먼의 '매나하타' 비전은 정밀주의 예술가들이 지향했던 목표와 상통하는데, 〈맨하타〉는 바로 그 정수라 할 수 있다. 그리하여 실러와 스트랜드는 시대를 앞선 휘트먼의 정밀주의에 대한 암시를 〈맨하타〉를 통해 보여 주고자 했다. 그들은 휘트먼이 주창한 '기계적'이고 '솔직한' 이미지를 가져다준 사진과 그의 카메라의 눈으로 포착된 맨해튼의 도시 풍경을 "현대적, 기술적, 객관적, 하드 에지적, 한마디로 정밀한" 표현 기법으로 형상화했다. 특히 그들은 정밀주의 스타일의 특징인 추상과 각진 모양을 지향하면서 동시에 사실적이고 자연적이며 유기적인 것을 지향"하는 '이중성'을 보여줌으로써 당대 유럽에서 발원된 아방가르드 운동인 미래주의나 다다주의와 선명하게 구별되는 휘트먼의 '매나하타' 비전을 담아내고자 했다. 즉 〈맨하타〉에는 중심 캐릭터인 마천루를 비롯하여 다리, 증기선, 증기기차 등 기계 문명의 표상뿐만 아니라 휘트먼이 열망했던 기계와 자연이 유기적인 조화를 이루는 도시 곧 '매나하타'가 "정밀한" 이미지로 형상화되고 있다. 그리하여 실러와 스트랜드는 속도, 군중, 테크놀로지, 소음으로 가득한 기계 문명의 도시 '맨해튼'이 아니라 휘트먼이 「매나하타」에서 열망한 "유동적이고, 분별력 있고, 제어하기 어려우며, 음악적이고, 자족한 그 무엇", 즉 "살아 있는 시"에 비유될 수 있는 유기적 요소들을 잉태하고 있는 도시 '매나하타'를 창조해 냈던 것이다. 이런 '매나하타' 비전이야말로 "도시의 절망이나 소외"를 주제로 삼은 "모더니즘 시와 강한 대조"를 보여 주는 정밀주의 상상력의 진수인 것이다. 따라서 '매나하타' 비전을 보여 주는 〈맨하타〉는 시대와 매체의 차이를 초월하여 휘트먼, 실러, 스트랜드를 하나로 묶어 주는 정밀주의 미학의 공동 산물이라 할 수 있다.

Bearing the bandages, water and sponge,

Straight and swift to my wounded I go,

Where they lie on the ground after the battle brought in,

Where their priceless blood reddens the grass the ground,

Or to the rows of the hospital tent, or under the roof'd hospital,

To the long rows of cots up and down each side I return,

To each and all one after another I draw near, not one do I miss,

An attendant follows holding a tray, he carries a refuse pail,

Soon to be fill'd with clotted rags and blood, emptied, and fill'd again.


I onward go, I stop,

With hinged knees and steady hand to dress wounds,

I am firm with each, the pangs are sharp yet unavoidable,

One turns to me his appealing eyes—poor boy! I never knew you,

Yet I think I could not refuse this moment to die for you, if that would
   save you.

# 제3부

The Trauma of Civil War and Healing Writing
The Journalist Whitman's Sharp Eye
The Panoramic Vision as a New Eyesight

# The Trauma of Civil War and Healing Writing

## 1. Whitman as a Wound-Dresser

When his first poetry collection *Leaves of Grass* was published in 1855, Whitman longed for the role of the poet–nurse, stating "I am he bringing help for the sick"(*LG* 74). Throughout *Leaves of Grass*, the poet's role as a nurse for the sick and wounded ceaselessly appears. Particularly, Whitman's participation in the American Civil War(1861~1865) undeniably affects his writings. During the period of war, Whitman's experience as a volunteer nurse in the military hospitals was deeply inscribed in his memories. In his autobiography *Specimen Days*, he defines this period as "the most profound lesson of my life"(*SD* 79). He reveals his strong desire to write poetry and prose transcending the ages by claiming "my idea is a book of the time, worthy of the time—something considerably beyond mere hospital sketches"(Traubel 1: 171). Whitman's appearance as a volunteer nurse was well recorded in his wartime poetry and prose such as *Drum-Taps*, Sequel to *Drum-Taps* and *Memoranda During the War*. In these works, Whitman delivers the stark and vivid details of the horrible hospital scenes, which could not be found in the works of most of his contemporary writers. Significantly, the poet identifies himself with a feminine caregiver, not a mere wound dresser, by sitting closely to the sick and dying soldiers, touching them and listening to them and curing their wounds.

A variety of hospital scenes in his works arouse a strong sympathy because his descriptions of the gore of realism are based on the fact rather than fiction or romance. In the various Civil War sections of *Specimen Days*, Whitman refers to a series of military hospitals such as Armory Square, Campbell, Patent Office, etc. where he worked as a nurse. For example, in "Patent-Office Hospital" section of *Specimen Days*, Whitman writes that he nursed the badly wounded and dying soldiers without a brief respite, stating that "I go sometimes at night to soothe and relieve particular cases"(*SD* 30). Moreover, in "An Army Hospital Ward" section, the poet makes us feel the pain of wounded soldiers by mentioning: "You may hear groans or other sounds of unendurable suffering from two or three of the cots"(*SD* 32). These realistic descriptions prove his aspiration for writing that "What I tell I tell for precisely what it is"(*LG* 719). Indeed, Whitman's wartime poetry and prose are fundamentally suggestive of his appearance as a nurse caring for the sick and wounded. His poem "The Wound-Dresser" is a good example, representing his nursing care in the field hospital as "Bearing the bandages, water and sponge, / Straight and swift to my wounded I go, / Where they lie on the ground after the battle brought in"(*LG* 310). In this respect, Philip Callow regards Whitman during the war as a "nurse, consoler, and psychic wound dresser who wrote poems on the side"(294).

Most of all, it was in the hospitals that Whitman experiences the realities of the war because he could not go to the battlefields as a soldier. His statement "in those Army Hospitals (…중략…) North and South was one vast central hospital"(*SD* 81) best exemplifies the importance of the hospitals in Whitman's writings. In short, "Whitman called us to learn about the American Civil War by following him into the hospitals to meet its victims and gaze upon their wounds"(Sychterz 15). Until now, most of the memoirs which recorded the nursing experiences during the war have been believed to be the realm of female writers. It is demonstrated that the representative memoirs in Whitman's time such as Louisa May Alcott's *Hospital Sketches* and Georgeanna Woolsey's *Three Weeks at Gettysburg* were written by the female writers. In this respect, William Aherns rightly points out that Whitman's "literary feats overshadow a nursing background that says as much about the man as his writing"(43).

In terms of his nursing duties, Whitman notices that male nurses require the feminine virtues in them. He argues that the healing "magnetic touch of hands" of middle-aged female nurses who have the "expressive features of the mother"(*SD* 61) is perfect for the young soldiers. Indeed, Whitman praises the heroic aspects of female nurses in several sections of *Specimen Days* such as in "Hospital Scenes and Persons," "Burial of a Lady Nurse" and "Female Nurses for Soldiers." For Whitman, nursing represents more than a mere wound dressing. As his statement, "It was a religion with me"(Traubel 3: 581) indicates, nursing suggests searching for his spiritual growth to overcome pain and sorrow for the countless unknown dead soldiers that he encountered. In other words, Whitman's nursing sheds light on the issue of pain and sorrow that otherwise leads him to the way to his own healing. Although a number of critics have discussed Whitman's wartime writings, they have not appropriately read the profound meaning of his nursing in terms of the quest of a religion within him. Consequently, his writings on the hospitals going "beyond mere hospital sketches" can be read as the process of Whitman's spiritual quest.

The painful memories of the poet's nursing experience in the hospitals incessantly haunted him. The word "convulsiveness" which Whitman coined by going through the hospitals seems to epitomize his psychological pain, that is, trauma. He tries to write poetry and prose on the basis of compassion and sympathy toward the dead soldiers to overcome his own traumatic experiences. It is noteworthy that Whitman could overcome the lingering "convulsiveness" by nakedly reporting the horrible realities of the war and making his readers feel sympathy for the sick and dying soldiers. Late in his life, when he was asked "Do you go back to those days?," Whitman unhesitatingly answered, "I do not need to. I have never left them. They are here, now …"(Traubel 1: 115). In a sense, his writings closely related to the traumatic memories become the process searching for his own healing. Undoubtedly, Whitman's hospital experience stimulating his readers to feel sympathy for the victims of the war acts as an essence of his entire works. Accordingly, I try to investigate how Whitman's writing of the nursing experience in relation to the "convulsiveness" expands his vision toward the "true *ensemble*" of the nation once entirely dismembered during the war.

## 2. Nursing the Sick and Wounded

Concerning the Civil War, it is important to know that Whitman is believed to be almost the only one who directly participated in the war as a volunteer nurse. Of all the great American writers of the nineteenth century, according to James Cox, "only two writers" Walt Whitman and Mark Twain directly participated in the war(185). In addition to Cox's assertion, a female writer Louisa May Alcott who participated in the war as a volunteer nurse can undeniably be included. However, Alcott whose experience was well recorded in a book entitled *Hospital Sketches* was obliged to quit her nursing duties in only two months because of her illness with the typhoid pneumonia. Furthermore, Twain's participation in the war seems to be very marginal compared with Whitman's direct encounter with the horrible hospital scenes full of the wounded and dying soldiers. In fact, Twain enlisted in the Confederate army at the age of 25. However, "after spending two short weeks of hectic and aimless retreating," he deserted his army and retreated into the Nevada Territory so that Twain's participation has been considered "little better than paltry evasion"(Cox 194). Due to the absence of the real experience of the war, most of the contemporary great American writers could not help describing the realities of the war figuratively. Consequently, it is not surprising that Whitman told Horace Traubel that his contemporary writers "catch very little of the real atmosphere of a battle"(Traubel 2: 53).

Foremost, the poet's experience of gruesome, bustling military hospitals was started from his brother George's wound on the battlefield of Fredericksburg in 1862. It was George who offered Whitman a direct insight into the truth of the hospitals. On his way to search for his brother in field hospitals in Fredericksburg, Whitman witnessed sheer realities of the war that he had never seen before. The "Down at the Front" section of *Specimen Days* seems to be a concrete example. In this section, Whitman nakedly describes the dreadful realities of the war in the "camp hospitals in the army of the Potomac":

Out doors, at the foot of a tree, within ten yards of the front of the house,
I notice a heap of amputated feet, legs, arms, hands, &c., a full load for
a one-horse cart. Several dead bodies lie near, each cover'd with its brown
woolen blanket (⋯중략⋯) Some of the wounded are rebel soldiers and
officers, prisoners (⋯중략⋯) I went through the rooms, downstairs and up.
Some of the men were dying. I had nothing to give at that visit, but wrote
a few letters to folks home, mothers, &c. Also talk'd to three or four, who
seem'd most susceptible to it, and needing it. (SD 26)

Here, the phrase "a heap of amputated feet, legs, arms, hands, &c.,
a full load for a one-horse cart" which he witnessed best summarizes
the realities of the war. Inside the field hospital, nursing and spending
time with the wounded including the rebel soldiers, Whitman practices
the sincere humanity as a poet-nurse. As this passage shows, Whitman's
wartime writings are filled with the horrific and gruesome hospital scenes
which his contemporary writers could not appropriately describe. In a
letter to Nathaniel Bloom and John Gray, Washington in 1863, Whitman
states that the military hospitals full of the sick and dying allow him
to approach a "new world":

These Hospitals, so different from all others—these thousands, and tens and
twenties of thousands of American young men, badly wounded, all sorts
of wounds, operated on, pallid with diarrhea, languishing, dying with fever,
pneumonia, &c. open a new world somehow to me, giving closer insights,
new things, exploring deeper mines than any yet, showing our humanity,
(I sometimes put myself in fancy in the cot, with typhoid, or under the knife,)

tried by terrible, fearfulness tests, probed deepest, the living soul's, the body's tragedies, bursting the petty bonds of art. (*Selected Letters* 52)

Describing military hospitals' differences from all others, Whitman wrote that he could get the new vision for "humanity" through his "giving closer insights" and "exploring deeper mines." He feels sympathy for the young soldiers by imaginatively putting himself "in fancy in the cot, with typhoid, or under the knife." Significantly, the hospital scenes of infection, amputation, and other incidents which were realistically described in Whitman's prose and letters deemed unmentionable before. In this respect, Ed Folsom rightly points out that Whitman's prose of the hospitals "could turn the war inside out, (…중략…) bring America to the hospital that its war had created (…중략…) recenter the war on what had previously been its marginal and ignored aspects"(126).

In terms of medicine and therapy, it is important to note that Whitman's nursing suggests more intimate, care giving human touch, compared with feminine or maternal touch with warmth and tenderness, than mere dressing the wounded. However, it is said that most of the medical roles including nursing during the Civil War belonged to male. Most often, according to Ira Rutkow, "the Civil War nurse was convalescing male (the male to female ratio was at least five to one for both the North and South) who had been attached to a particular regiment" (172). In this situation, it is required for male nurses to adopt the feminine attributes in order to effectively offer more soothing and intimate atmosphere than seemingly a strict masculine space.

Whitman as a male nurse knows that most of the victims of the war earnestly need the tender, nurturing touch, which means the healing power of a feminine touch. It is not surprising that Whitman frequently

264

emphasizes the importance of the female nurses representing the best medicine for the soldiers both physically and spiritually. In "Female Nurses for Soldiers" section of *Specimen Days*, Whitman insightfully captures the healing power of "magnetic touch of hands" of the middle-aged female nurse:

Many of the wounded must be handled. A hundred things which cannot be gainsay'd, must occur and must be done. The presence of a good middle-aged or elderly woman, and magnetic touch of hands, and expressive features of the mother, the silent soothing of her presence, her words, her knowledge and privileges arrived at only through having had children, are precious and final qualifications. It is a natural faculty that is required; it is not merely having a genteel young woman at a table in a ward. (*SD* 61)

By noticing the suitability of the middle-aged woman's maternal attributes, the poet considers her as the source of a powerful force for healing. In this respect, Roy P. Basler rightly points out that Whitman reveals his "sensitive, almost feminine spirit"(2) in his introduction to *Memoranda During the War*. Similarly, Daneen Wardrop argues that "Whitman displays the maternal strain evidenced almost universally therein, effecting an intimate relationship both 'motherly' and romantic" (41). Whitman's maternal attributes representing patience, harmony, connection, etc. are concretely described in the various Civil War sections of *Specimen Days*. Most of all, for Whitman, maternal care giving is a "natural faculty that is required." The poet nursed the sick and wounded soldiers of both sides, the Union and the Confederate by claiming: "I can say that in my ministerings I comprehended all, whoever come in my way, Northern or Southern, and slighted none"(*SD* 78). It is feminine or maternal attributes within him that awaken the spiritual kinship with all humanity. Consequently, it is necessary to know Whitman's feminine (maternal) aspect as a nurse at the hospitals in order to better understand his poetry and prose on the war. In a poem "The Wound-Dresser," Whitman through the poetic narrator realizes the urgent need of the tender, nurturing touch for the sick and wounded.

> I onward go, I stop,
> With hinged knees and steady hand to dress wounds,
> I am firm with each, the pangs are sharp yet unavoidable,
>
> (…중략…)
>
> The hurt and wounded I pacify with soothing hand,
> I sit by the restless all the dark night, some are so young,
> Some suffer so much, I recall the experience sweet and sad,
>
> (Many a soldier's loving arms about this neck have cross'd and rested, Many a soldier's kiss dwells on these bearded lips). (*LG* 310)

The speaker, an old man, moving here and there patiently nurses the wounded with "steady hand" to the last moment. Whitman believes in the healing touch of nurses and necessity of placing the hand full of tenderness on the wounded soldiers. He knows that he was doing more for the soldiers by simply placing his hand on them than any scientific remedy. Thus, his "soothing hand" implicitly suggests the power of maternal "magnetic touch of hands." And his nursing care sitting "by the restless all the dark night" reveals the latent maternal (feminine) aspect within him. His insight of the "magnetic touch of hands" beyond any scientific remedy is intensively described in a letters to his mother: "to many of the wounded and sick, especially the youngsters, there is something in personal love, caresses, and the magnetic flood of sympathy and friendship, that does, in a way more good than all the medicine in the world" (*Selected Letters* 44). Accordingly, I believe, "Many a soldier's kiss" signifying the interrelationship of the "magnetic touch" and sympathetic connection epitomizes Whitman's maternal aspect toward all humanity.

## 3. Healing the Convulsiveness

Since Whitman participated in the war as a nurse, he has suffered from traumatic symptom caused by the painful memories for the victims. The horrible images which he witnessed both outside and inside the hospitals have ultimately been transferred to himself. In his representative poem "Song of Myself," Whitman identifies himself with the wounded soldiers. His statement "Agonies are one of my changes of garments, / I do not ask the wounded person how he feels, I myself become the wounded person" (*LG* 67) seems to be a concrete example revealing his own psychological wound, that is, trauma. Obviously, Whitman's trauma is haunted by the vivid images of the hospitals full of the casualties and deaths and transferred to him from the pain of the wounded soldiers. The poet voluntarily chose to work in the Armory Square Hospital, one of the hospitals holding the most devastating cases. In a letter to his mother in 1863, he wrote: "I devote myself to Armory Square Hospital because it contains by far the worst cases, most repulsive wounds, has the most suffering & most need of consolation—I go every day without fail, & often at night—sometimes stay very late—no one interferes with me, guards, doctors, nurses, nor any one—I am let to take my own course" (*Selected Letters* 65~66).

In addition to the wounded person signifying Whitman's persona, images of the dead have a close relationship with his traumatic memories. In fact, he compulsively enumerates the countless deaths throughout his wartime writings: "—the dead, the dead, the dead—our dead—or South or North, ours all, (all, all, all, finally dear to me)—or East or West—Atlantic coast or Mississippi valley—somewhere they crawl'd to die, alone, in bushes, low gullies, …" (*SD* 79). It becomes evident that the wounded and dead overwhelmingly cause the rising trauma within him. Above all, Whitman's traumatic memories can be summarized in a word "convulsiveness," which means "etymologically 'spasmed' or pulled, plucked from with—with-from the events of which it partook and would now impart, spasmed, pulling, plucking" (Nestor 114). In the "Convulsiveness" section of *Specimen Days*, Whitman defines his diary during the war as "a batch of convulsively written reminiscences":

As I have look'd over the proof-sheets of the preceding pages, I have once or twice fear'd that my diary would prove, at best, but a batch of convulsively written reminiscences. Well, be it so. They are but parts of the actual distraction, heat, smoke and excitement of those times. The war itself, with the temper of society preceding it, can indeed be best described by that very word convulsiveness. (*SD* 78)

Whitman definitely shows that he owes a duty to record his painful memories of "the actual distraction, heat, smoke and excitement of those times" to dismiss the traumatic memories, namely, the "convulsiveness." In this respect, Mark Feldman argues that "convulsiveness is the word which best describes the war as a way of saying that the war was a trauma (…중략…) The unassimilable nature of trauma helps make sense of the fragmented form and rawness of *Memoranda During the War* and *Specimen Days*"(21). It is important to note that his traumatic memories are sharply distinguished from the ordinary memory. The traumatic moment, according to Judith Herman, is "encoded in an abnormal form of memory":

> Long after the danger is past, traumatized people relive the event as though it were continually recurring in the present. They cannot resume the normal course of their lives, for the trauma repeatedly interrupts. It is as if time stops at the moment of trauma. The traumatic moment becomes encoded in an abnormal form of memory, which breaks spontaneously into consciousness, both as flashbacks during waking states and as traumatic nightmares during sleep. Small, seemingly insignificant reminders can also evoke these memories, which often return with all the vividness and emotional force of the original event. (37)

Remarkably, traumatic memories have been expressed as visual images unlike the ordinary memories predominantly composed of a verbal, lineal narrative. Whitman's "convulsiveness" characterizes the predominance of imagery, bodily sensation and the absence of verbal narrative(Herman 38). The moment of facing the countless deaths of the soldiers undoubtedly acts as the essence of his "convulsiveness." Indeed, he proclaims the continuity of those painful memories by stating: "I have never left them, They are now and here"(Traubel 1: 115). This fact corresponds to Laurie

Vickroy's view arguing "the key link between literature and trauma is explained by this confrontation with death"(224). Obviously, for Whitman, writing the "convulsiveness" suggests the "indescribable" pain. His poem "Old War-Dreams" seems to be a concrete example:

In midnight sleep of many a face of anguish,
Of the look at first of the mortally wounded, (of that indescribable look,)
Of the dead on their backs with arms extended wide,
I dream, I dream, I dream. (*LG* 484)

As this passage indicates, the painful memories derived from "that indescribable look" of the mortally wounded soldiers incessantly haunt him consciously and unconsciously. The "Inauguration Ball" section of *Specimen Days* best exemplifies his "convulsiveness" manifested as "flashbacks during waking states":

I could not help thinking, what a different scene they presented to my view a while since, fill'd with a crowded mass of the worst wounded of the war, brought in from second Bull Run, Antietam, and Fredericksburgh. To-night, beautiful women, perfumes, the violins' sweetness, the polka and the waltz; then the amputation, the blue face, the groan, the glassy eye of the dying, the clotted rag, the odor of wounds and blood, and many a mother's son amid strangers, passing away untended there, (for the crowd of the badly hurt was great, and much for nurse to do, and much for surgeon.) (*SD* 66)

By juxtaposing the past battlefields of "Bull Run, Antietam, and Fredericksburgh" with the present ball full of "beautiful women, perfumes, the violins' sweetness, the polka and the waltz," Whitman unconsciously reveals the latent trauma within him. Through the juxtaposition of present and past, he enables us to feel sympathy for the pain of the victims more emphatically. In other words, he makes the readers "co-respondent, with the soldiers, to the redemptive anguish involved"(Thomas 103). This flashback crossing off the bounds of past and present strongly evokes the realistic images like photography. His vivid descriptions of "the amputation, the blue face, the groan, the glassy eye of the dying, the clotted rag, the odor of wounds and blood" can be compared with a series of snapshots. As this passage shows, the images of blood, pain and death in Whitman's memories predominantly emerge as visual reality. Undoubtedly, the ending of "Old War-Dreams" epitomizes the strong interrelationship between his memories and visual reality:

Long have they pass'd, faces and trenches and fields,
Where through the carnage I moved with a callous composure, or away
    from the fallen,
Onward I sped at the time—but now of their forms at night,
I dream, I dream, I dream. (*LG* 484)


Even though the war was over long time ago, the images of "the carnage" and "the fallen" are realistically represented as the visual "forms" in his memories. It becomes evident that the poet's "convulsiveness" manifests outstanding visual reality because "traumatic memories lack verbal narrative and context; rather, they are encoded in the form of vivid sensations and images"(Herman 38). Consequently, Whitman's statement "The real war will never get in the books"(*SD* 80) seems to best exemplify the "vivid sensations and images" in his "convulsiveness."

Indeed, Whitman's "convulsiveness" appears as traumatic nightmares during sleep. His poem "The Artilleryman's Vision" filled with the "vivid sensations and images" seems to be an ultimate example. In the first part of the poem, the poetic narrator, a veteran, lying in bed next to his sleeping wife is suffering from the nightmare of the bloody battlefields although the war was over long ago:

> While my wife at my side lies slumbering, and the wars are over long,
> And my head on the pillow rests at home, and the vacant midnight passes,
> And through the stillness, through the dark, I hear, just hear, the breath
>   of my infant,
> There in the room as I wake from sleep this vision presses upon me;
> The engagement opens there and then in fantasy unreal,
> The skirmishers begin, they crawl cautiously ahead, I hear the irregular snap!
>   snap!
> I hear the sounds of the different missiles, the short t−h−t! t−h−t! of the
>   rifle−balls,
> I see the shells exploding leaving small white clouds, I hear the great shells
>   shrieking as they pass, (*LG* 317)

The veteran is still haunted by the horrific vision of the battle pressing on him. Here, the "vivid sensations and images," strongly reminiscent of both visual and auditory sense at the same time, are remarkably perceptible. He hears the sounds of guns and sees "the shells exploding" on the battlefield in "fantasy unreal." Even when he awoke, the "fantasy unreal" derived from his traumatic dream continues. As his traumatic memories do, Whitman's traumatic dreams, that is, "convulsiveness" transcends the bounds of reality and fantasy. Consequently, this passage corresponds to Herman's statement on traumatic dreams: "Just as traumatic memories are unlike ordinary memories, traumatic dreams are unlike ordinary dreams. In form, these dreams share many of the unusual features of the traumatic memories that occur in waking states. They often include fragments of the traumatic event in exact form, with little or no imaginative elaboration"(39).

It is not surprising that Whitman realizes the limits of verbal representations in describing his trauma in *Drum-Taps* and *Specimen Days*. His frequent usage of words such as "posture beyond description" (*LG* 305), "indescribable look"(*LG* 484) and "indescribable meanness"(*SD* 70) proves this fact. Moreover, in his letter to William D. O'Conner in 1865, Whitman accentuates that he desires to remove "verbal superfluity" in *Drum-Taps*, stating "⋯ because I have in it[*Drum-Taps*] only succeeded to my satisfaction in removing all superfluity from it, verbal superfluity I mean, I delight to make a poem where I feel clear that not a word but is indispensable part thereof & of my meaning"(*Selected Letters* 109). Therefore, I think, Whitman insightfully recognizes that his poems of "convulsiveness" cannot be appropriately described by verbal representations. At the end of "The Artilleryman's Vision," the "vivid sensations and images" which means visual reality are distinctly represented:

And ever the hastening of infantry shifting positions, batteries, cavalry,
    moving hither and thither,
(The falling, dying, I heed not, the wounded dripping and red heed not,
    some to the rear are hobbling,)
Grime, heat, rush, aide-de-camps galloping by or on a full run,

With the patter of small arms, the warning s-s-t of the rifles, (these in my
vision I hear or see,)
And bombs bursting in air, and at night the vari-color'd rockets. (*LG* 318)

The artilleryman's "fantasy unreal" is filled with the battlefield images
such as "hastening of infantry shifting positions," "batteries, cavalry,
moving hither and thither," "Grime, heat, rush," and "vari-color'd
rockets." His attention to shot and target cannot perceive the effect of
his skills in the death and mutilation of the rebel soldiers. However, he
raises "this subtextual tension to the surface in a parenthetical assertion
of that which the vision refuses to encompass"(Kinney 7). Again, this
passage proves the indivisible relationship between his "convulsiveness"
and visual reality. The representation of Whitman's "convulsiveness"
makes us aware of the continuing aftermaths of the war. This poem
delivers that the psychological wounds are completely engraved in the
poet's and survivors' minds.

For Whitman, writing the "convulsiveness" essentially brings him back
to the moment of the gore of realism where the "vivid sensations and
images" within him remain. He tries to overcome his "convulsiveness"
by act of writing which suggests the warnings against war and disunion.
Regarding himself as a "wounded person" who is afflicted by the
recurring memories, Whitman allows us to approach the pain of others
more closely. It is Whitman's faith that individual and collective wounds
can be healed only during the moment of "showing our humanity,"
which means feeling sympathy for the victims of the war. Consequently,
his personal memories leads to heal a deeply wounded nation, the United
States. In this respect, Laurie Vickroy argues that "Writing about trauma
can lead toward individual and collective healing and alleviation of

symptoms"(8). Above all, Whitman realizes that images of blood, dismembered bodies, death, and groaning men could not be adequately written in the books. The "real war," according to James Dawes, defies language because "the attempt to depict war's violence through language afterward is impossible (⋯중략⋯) the essential nature of violence is always in excess of language"(7). Accordingly, in the "The Real War Will Never Get in the Books" section of *Specimen Days*, Whitman accentuates that the lesson of the "convulsiveness" should be remembered and delivered to future generations:

> Future years will never know the seething hell and the black infernal background of countless minor scenes and interiors, (not the official surface courteousness of the Generals, not the few great battles) of the Secession war; and it is best they should not—the real war will never get in the books. In the mushy influences of current times, too, the fervid atmosphere and typical events of those years are in danger of being totally forgotten. (*SD* 80)

The poet argues that we should not forget the "seething hell" and "black infernal" caused by the war. By act of writing on the hospital experience, he proposes that we should have sympathetic connection with the countless unknown dead soldiers of both sides, the Union and Confederate. Therefore, Whitman emphasizes that the hospital experience enables him to open a "new world," which proposes the "most fervent views of the true *ensemble* and extent of the States"(*SD* 78). Without writing the "convulsiveness" which engenders the "views of the true *ensemble*," he believes, "the real war will never get in the books." For Whitman, writing the "convulsiveness" leads to the spiritual growth moving toward the sympathy for the dead soldiers so that the American society can accomplish the "true *ensemble*."

## 4. Conclusion

The hospital experience during the Civil War was the most precious moment penetrating the life of Whitman. His statement "North and South was one vast central hospital" sums up his experiences in relation to the war. As a volunteer nurse in the military hospitals, Whitman witnessed the realities of the war that most of his contemporary writers could not experience. Most of all, through prose and poetry based on his nursing experience, the poet reveals his wish to write "something considerably beyond mere hospital sketches." It is not surprising that the gore of realism filled with countless sick and wounded soldiers of both the Union and Confederate is vividly represented in his works.

Through his nursing duties, the poet realizes that the sick and wounded acutely need the continuous nursing care rather than mere wound dressing. He observes the healing power of feminine or maternal attributes performed by female nurses. Particularly, he notices the suitability of middle-aged female nurses, arguing their "magnetic touch of hands" for the soldiers goes beyond any scientific remedy. In a poem "The Wounded-Dresser," the poet identifies himself with a healer with the "magnetic touch of hands" by emphasizing his "steady hand" and "soothing hand" to dress wounds. He learns how to share the patients' agonies more sympathetically based on maternal attributes such as patience, harmony, connection, etc. Thus, the maternal strain within Whitman enables him to approach a new world which proposes the spiritual kinship with all humanity.

Furthermore, Whitman frequently regards himself as a "wounded person" by arguing "I myself become the wounded person." His appearance as a wounded person is best exemplified in a word "convulsiveness" which suggests traumatic memories and dreams. He accentuates that the hospital scenes full of painful memories which engender the "convulsiveness" should not be forgotten. However, he admits that it is difficult to describe the "indescribable" pain he witnessed by verbal language. It becomes evident that his traumatic memories and dreams featuring "absence of verbal narrative" are believed to be predominantly encoded in the form of "vivid sensations and images." Consequently, in "The Artilleryman's Vision," the veteran's "fantasy unreal" full of visual and auditory senses is prominently visualized.

Most importantly, Whitman regards nursing as a religion by stating "It was a religion with me." Considering the fact that "writing a novel as prayer is the writing a novel with overcoming the trauma"(Kim, Joo-eon 95), it is also possible to see that Whitman's desire for writing the "indescribable" pain suggests practicing his religious creed. By act of writing the "convulsiveness", he could not only his trauma but also unite the dismembered nation. In Whitman's new vision, the healing of an individual and the American society is indivisibly related to a religion. Accordingly, I believe, writing the recurring "convulsiveness" enables the poet to awaken the essential meaning of religion which engenders the "most fervent views of the true ensemble and extent of the States."

# The Journalist Whitman's Sharp Eye

## 1. Whitman as a Journalist

It is well known that Whitman spent much of his career as a journalist absorbing the world around him and then reflecting that world through a variety of articles in newspapers before becoming a poet. In fact, Whitman spent twenty-five years as an editor and a reporter before he published his first poetry collection *Leaves of Grass* in 1855. He wrote a variety of articles for the newspapers such as *New York Aurora*, *Brooklyn Daily Eagle*, *New Orleans Daily Crescent*, etc. Even during the Civil War, Whitman never stopped writing for newspapers. Through the articles in the newspapers, he displays a remarkable talent for vivid, factual documentation of the world in nineteenth-century America. Above all, in an editorial of *Brooklyn Daily Eagle* in 1846, Whitman emphasizes that a journalist should have "a sharp eye" to acquire "the good" and "the real" (Holloway 7).

In an article entitled "Life in a New York Market" in 1842, Whitman claims that the penny papers such as *New York Aurora* give readers "pictures of life as it is" (*Aurora* 21). Considering his journalistic writing style going toward "pictures of life as it is," it is not surprising that "fact" and "reality" act as a source of his poetic imagination. He repeatedly emphasizes the superiority of the "fact" and "reality." In an article of the *New York Post*(1851), Whitman argues that drama interested him less than the fields, the water, trees and the people that he encountered on his strolls. In his "preface" to *Leaves of Grass*, he proclaims his belief in "the superiority of genuineness over all fiction and romance"(*LG* 723). Furthermore, in his representative poem "Song of Myself," Whitman states "My words are words of questioning and to indicate reality"(*LG* 74). Above all, his statement "poetry will have to do with actual facts" (*SD* 323) best epitomizes his pursuit for "fact" and "reality."

In early nineteenth-century America, some of the writers such as Ralph Waldo Emerson, Henry David Thoreau, Herman Melville, Mark Twain as well as Whitman worked as a journalist at one time. In the period, the writers' literary style was inevitably associated with the newspapers whose style was moving toward "fact" and "reality" corresponding to the advent of the penny papers such as Benjamin Day's *New York Sun*, Horace Greeley's *New York Tribune* and James Gordon Bennett's *New York Herald*. By calling the penny papers "these mighty engines of truth"(*Journalism* 1: 74), Whitman emphasizes the role of the penny papers and their indivisible connection with "fact" and "reality." It is important to note that Whitman's journalism involves the perspective of both a reformer and a photographer, given that "The tradition of journalist-as-reformer is a venerable one, and still very much with us"(Altschull 29), and "photographers are regarded as journalists in every sense of the word"(Langton 49). Indeed, Whitman reveals his pioneering aspect as a reformer and photographer by using the word "reform" and "photograph": "How unhappy then, must be the effect of such spiteful and vulgar quarrels, as disgrace the American press! 'Reform it altogether.'"(*Journalism* 1: 251) and "In these *Leaves*, everything is literally photographed"(*Notebooks* 4: 1523). In the history of American literature, I think, the specific example of the first journalist-as-reformer/photographer can be found in Whitman's works.

The emergence of the journalism is indivisibly related to the advent of crowds and mass society in the period. When he was a journalist before becoming a poet, Whitman considered newspapers an essential factor for vivid, factual documentation of American daily life. For his reportage for newspapers, Whitman with "a sharp eye" of a journalist strolls around the streets of cities to collect the facts and events of mass society. In terms of journalist's "sharp eye" that Whitman emphasizes, Herbert Altschull perceives the intimate relationship between a journalist and a poet. He argues that Whitman's "sharp eye" to discriminate "the good from the immense mass of unreal stuff" is compared to that of Greeley, a founder and editor of the *New York Tribune*(Altschull 209).

As his statement "In these *Leaves*, everything is literally photographed" proves, Whitman's poetry remarkably contains photographic images full of "reality." Considering Whitman's enthusiasm for photography, it is difficult to make distinctions between his journalism and photographic realism. Indeed, Whitman transcends the boundary between a poet and a cameraman, insisting "The great poet is he who performs the office of the camera to the world"(Rubin 382). This statement suggests that a poet needs to be a journalist with a camera or a photojournalist because "photographers are regarded as journalists." Undoubtedly, photography answers Whitman's attempt to visually represent "fact" and "reality" that constitute Whitman's journalism. In this resect, I try to investigate that Whitman's vision as a (photo)journalist has much influence on his poetry and prose.

## 2. Capturing the Life as It Is

Since Whitman began his journalistic career in 1831 when he was 16 years old, he has spent much of his career in scores of newspaper publishing companies before becoming a poet. He proclaims that his true education happened in the print shop. In 1831, after only a few years of formal education, his family connection to Elias Hicks helped to secure eleven-year-old Whitman a position as an apprentice at Samuel E. Elements' *Long Island Patriot*. Between 1832 and 1835 Whitman continued his apprenticeship on Alden Spooner's Whig newspaper, the *Long Island Star*. Later in life, he recalled his days in the print shop by saying "you get your culture direct: not through borrowed sources— no, a century of college training could not confer such results on anyone"(Traubel 4: 505). Particularly, as his statement that newspapers are "the mirror of the world"(*Prose Works* 2: 367) proves, Whitman's journalism has great influence on his writings. He believes that newspapers should reflect the "reality of life" rather than fiction or romance. Above all, to Whitman, cultivating "a sharp eye" is a journalist's top priority to acquire "the good" and "the real." In an editorial of *Brooklyn Daily Eagle* in 1846, he states a true editor should have "a fluent style" without "elaborate finish":

There is a curious kind of sympathy (haven't you ever thought of it before?) that arises in the mind of the newspaper conductor with the public he serves. He gets to love them. Daily communion creates a sort of brotherhood and sisterhood between the two parties (…중략…) He should have a fluent style: elaborate finish we do not think requisite in daily writing. His articles had far better be earnest and terse than polished; they should ever smack of being uttered on the spur of the moment, like political oratory (…중략…) An editor needs, withal, a sharp eye, to discriminate the good from the immense mass of unreal stuff floating on all sides of him—and always bearing the counterfeit presentment of the real. (Holloway 7)

Whitman clearly recognizes that a journalist needs to cultivate "a sharp eye, to discriminate the good from the immense mass of unreal stuff" and distinguish the real from a "the counterfeit presentment of the real." As his emphasis on "the real" indicates, it is the factuality that Whitman tries to pursue during his journalist career. Furthermore, after quitting his journalistic career, Whitman keeps on applying the factuality of journalism to his poetry. As a lifelong city-dweller in Brooklyn and New York, Whitman identifies all the bustle of urban life with himself, insisting "This is the city and I am one of the citizens"(LG 77) in his poem "Song of Myself."

From the beginning of his career, Whitman as a journalist tries to capture and find a solution to the urban problems, which are facilitated by the cities' industrialization. Whitman got his first job in a newspaper office when he was twelve years old, in 1831, on the eve of a revolution in American journalism. That revolution was destined to change forever the nature of newspapers in America. Through its influence on Whitman, it changed the shape of American literature as well. The penny paper like *New York Sun*, born in 1830s, catered to the increasingly literate masses of the country's growing metropolis. In this respect, it is important to note that "The difference between Whitman and most

nineteenth-century commentators is that Whitman was a journalist"
(Wacker 89).

In Whitman's time, the emergence of the mass journalism was
inevitably associated with urbanization facilitated by industrial
development in nineteenth-century America. By the time Whitman wrote
his first poetry collection of *Leaves of Grass* in 1855, New York which
the poet lived at that time became a city of crowds, rapidly spreading
northward on Manhattan Island. Particularly, "Production of printing
presses, newsprint, linotype machines, cameras, photoengraving equipment,
telegraph, typewriters—innovations in these and other fields were part
of the growth pattern of heavy industry that allowed the press to find
a mass audience"(Altschull 204). In the 1830s and 1840s, the penny papers
such as *New York Sun, New York Tribune* and *New York Herald* were
in full bloom as a new mass journalism. Fueled by new printing
technologies and increasing literary rates, an unprecedented explosion in
the numbers of newspapers published occurred in the middle decades
of the nineteenth century.

It is worth noticing that newspapers in this era aspired to become
a complete reading package by printing both news and literature. For
example, in 1839, the *New York Tattler* carried Charles Dickens's
*Nicholas Nickleby* in sixteen installments. Shrewd newspaper editors
recognized the untapped market of an urban mass readership and
catered to the needs of this audience by selling exciting newspapers for
one penny, undercutting the efforts of older, more conservative, six-cent
newspapers. Karen Roggenkamp argues the importance of the penny
papers capturing the fluidity of literary and journalistic forms in the
period: "newspapers such as Benjamin Day's *New York Sun*, established
in 1833, quickly earned large audiences and tidy profits as well as the

ire of the more established New York papers"(13). Fundamentally, American writers after 1830s depended on the periodical press as a venue for their work. From the early nineteenth century onward, "daily and weekly newspapers were the first medium in which aspiring writers were able to break into print and begin to forge for themselves before a wider reading public"(Weber 18). The newspaper became "both symbol and product of the new publishing industry," combining "different forms of meaning into a single package that could be disseminated to a great mass of readers"(Whalen 24).

After publishing his first *Leaves of Grass* in 1855, Whitman's journalistic writing style going toward "fact" and "reality" of journalism consistently appears throughout his poetry and prose. From the "preface" to *Leaves of Grass*, Whitman links together the facts of the journalists and the attributes of the poets by emphasizing "the superiority of genuineness over all fiction and romance":

> As the attributes of the poets of the kosmos concentre in the real body and soul and in the pleasure of things they possess the superiority of genuineness over all fiction and romance. As they emit themselves facts are showered over with light (···중략···) the daylight is lit with more volatile light (···중략···) The great poets are also to be known by the absence in them of tricks and by the justification of perfect personal candor. Then folks echo a new cheap joy and a divine voice leaping from their brains: How beautiful is candor! All faults may be forgiven of him who has perfect candor. (*LG* 723~724)

Here, Whitman adopts the analogy of "pictures of life as it is" which explain his own modes of realism full of "facts" and "candor" in his works. In his representative poem "Song of Myself," he continues to reveal his pursuit for the "facts" and "candor," stating "My words are words of questioning and to indicate reality"(*LG* 74). In addition, he emphasizes the role of a journalist in relation to "reality" in *Democratic Vistas*, considering journalism as "a source of promises, perhaps fulfillments, of highest earnestness, reality and life"(*SD* 208). Accordingly, it becomes evident that Whitman's poetry and prose going toward "the superiority of genuineness" and "reality" have an indivisible connection with his journalistic style.

In nineteenth-century American literature, there is no better example of delighted urban spectatorship than the works of Whitman. The poet likes to stroll along the streets of Manhattan, and the crowds and spectacles of the city stimulate his imagination to depict the "pictures of life as it is." Often rather than sauntering the city on foot, from the pilot-houses of ferry boats and from the top of Broadway omnibuses, Whitman represents the city in panoramic "full sweeps," filled with comfortable intimacy not only with the urban scene, but with the faces of the crowds: "Almost daily, later, ('50 to '60,) I cross'd on the boats, often up in the pilot-houses where I could get a full sweep, absorbing shows, accompaniments, surroundings"(*SD* 17). Moreover, as his statement "I find I often like the photographs better than the oils—they are perhaps mechanical, but they are honest"(Traubel 1: 131) proves, Whitman continuously aspires to visualize his poetry like photography. In a poem "A Broadway Pageant," Whitman like a photographer describes "the real" faces of the city by showing a variety of spectacles in "million-footed" Manhattan:

When million-footed Manhattan unpent descends to her pavements,

When the thunder-cracking guns arouse me with the proud roar I love,

When the round-mouth'd guns out of the smoke and smell I love spit their
salutes,

When the fire-flashing guns have fully alerted me, and heaven-clouds
canopy my city with a delicate thin haze,

When gorgeous the countless straight stems, the forests at the
wharves, thicken with colors,

When every ship richly drest carries her flag at the peak,

When pennants trail and street-festoons hang from the windows,

When Broadway is entirely given up to foot-passengers and foot-standers,
when the mass is densest,

When the facades of the houses are alive with people, when eyes gaze riveted
tens of thousands at a time,

When the guests from the islands advance, when the pageant moves forward
visible,

When the summons is made, when the answer that waited thousands of
years answers,

I too arising, answering, descend to the pavements, merge with the crowd,
and gaze with them. (*LG* 242~243)

This passage vividly describes Whitman's urban experiences including
a harbor festival and street parade in New York like snapshots. As this
passage shows, New York in Whitman's time was identified with the
outdoor world of "large thoroughfares exemplified by Broadway,
omnibuses, and ferry-boats carrying crowds of workers, businessmen,
commuters and shoppers through the streets of the city"(Katsaros 21).
Whitman desires to read "the real" faces of the city by "gazing" the city's
spectacular and thrilling elements. Significantly, the word "gaze" differs

from the words such as "observe" or "look" in that it is less definite and more comprehensive. Regarding Whitman's preference for using "gaze," Dana Brand sharply points out that "gazing" is quite similar to "taking a photograph," insisting "Like taking a photograph, gazing does not necessarily privilege any portion of the field of vision (…중략…) The eyes that gaze, in a photograph or in an urban crowd, does not surrender its mystery or allow itself to be read. Yet this increases its fascination"(166). Consequently, in a poem "Crossing Brooklyn Ferry," the poet also uses the word "gaze" compared to camera eye: "Gaze, loving and thirsting eyes, in the house or street or public assembly!"(*LG* 164). Considering Whitman's enthusiasm for photography, it is not surprising that he frequently uses the word "gaze" in his poetry.

In terms of his eyes gazing "the real" faces of the city, it is important to note that Whitman already recognized the "mechanical" and "honest" aspects of photography as the new visual technology when he was a newspaper reporter in *Brooklyn Daily Eagle* in 1846. In the 1840s and 1850s, Whitman often visited the daguerreotype galleries in New York such as John Plumb's and Mathew Brady's and sat for many photographers. In an essay entitled "A Visit to Plumb's Gallery" in 1846, Whitman feels "the strange fascination in portraits" taken by photography:

What a spectacle! In whatever direction you turn your peering gaze, you see naught but human faces! There they stretch, from floor to ceiling— hundreds of them Ah! what tales might those pictures tell if their mute lips had the power of speech! How romance then, would be infinitely outdone by fact (…중략…) There is always, to us, a strange fascination, in portraits. We love to dwell long upon them—to infer many things, from the text they preach—to pursue the current of thoughts running riot about them. It is singular what a peculiar influence is possessed by the eye of a well-painted miniature or portrait. ("Plumbe's Gallery" 20~21)

By "peering gaze," the poet realizes that those portraits represented "by *fact*" infinitely outdo "the romance." Undoubtedly, it is photography for Whitman to develop his own modes of realism going toward "fact" and "reality." Gazing the portraits in Plumb's Gallery, the poet sharply realizes that photography means "the power of speech!" Thus, in his "preface" to *Leaves of Grass*, Whitman aspires to write poetry based on realism in relation to photography, insisting "the superiority of genuineness over all fiction and romance"(*LG* 723). As this passage shows, Whitman prominently "uses photography as a metaphor for his journalism and his poetry"(Brand 163). The various spectacles of the city captured by Whitman's camera eye seem to be as delicious as the drama of the Broadway theaters that he frequented. In a letter in 1868, he wrote "I sometimes think I am the particular man who enjoys the show of all these things in New York more than any other mortal—as if it was all got up just for me to observe and study"(*Correspondence* 310). In this respect, Whitman's perspective is in full accord with that of a photographer rather than a flaneur because he "sees and feels something that cannot be adequately expressed in the language of the flaneur"(Brand 166). "Gazing" the "the real" faces of New York, Whitman could expand his "sharp eye" of a journalist-as-photographer who penetrates more deeply into the reality.

It becomes evident that Whitman's journalism is indivisibly related to his enthusiasm for photography. Significantly, newspapers and photography continue to hold the power to influence popular institutions to democratic ends and to create new forms of expression in Whitman's imagination. In the "preface" to *Leaves of Grass* in 1855, Whitman insists the American democratic ideal of the "unity-within-diversity" or the "many-in-one": "Of them a bard is to be commensurate with a people. To him the other continents arrive as contributions (…중략…) he gives them reception for their sake and his own sake. His spirit responds to his country's spirit (…중략…) he incarnates its geography and natural life and rivers and lakes (…중략…) He is the arbiter of the diverse and he is the key"(*LG* 713~714). In this sense, the "many-in-one" image of Whitman was broad enough to embrace both Ralph Waldo Emerson and Mark Twain because "Emerson was the supreme optimist, filled with wonder about the potentialities of humankind. Twain was the bitter pessimist, dismayed over the wickedness in the human spirit"(Altschull 191). Therefore, I think, Whitman's vision of a journalist-as-photographer is quite different from that of Emerson and Twain who also worked as a journalist at one time.

## 3. A Journalist with a Camera

Whitman's "sharp eye" is indivisibly related to the perspective of a reformer in that he despises the "putridity" of political life and the grossness of commerce and wealth, and rests his faith in "sound men, women and children,"(*Workshop* 56) whose wisdom is still in progress. He lays a strong foundation for constructing an idea of democracy. Whitman and his contemporary writers in the period attuned to the beat of the newspaper, and they studied how to tap its sources. It is not surprising that their writing style suggests the perspective of the reformer who collects facts and events of metropolis New York and denounces social injustices. Whitman's contemporary writers and intellectuals in the nineteenth century who worked as a journalist at one time were Emerson, Thoreau, Melville, Greeley, Twain, etc. Among these writers who made their mark on the ideology of American journalists, Whitman is outstanding given that Herbert Altschull regards the poet as "an unconquerable reformer": "it was Whitman who more than any other fired the passionate sense of 'Americanism' that has dominated the American press ever since"(191).

His perspective as a reformer with "a sharp eye" is evidently revealed throughout his poetry and prose. Working as an editor and reporter in scores of newspapers, Whitman clearly recognizes that his prime objective is to "raise a voice for far superber themes for poets and for art, / To exalt the present and the real"(*LG* 202). It becomes evident that his steadfast pursuit for exalting "the present and the real" is derived from his reformist perspective. In the early 1840s when he worked for the *New York Aurora*, the fourth largest two-penny daily in New York City, Whitman could develop his reformist vision more convincingly by penetrating the power of the penny press. On March 28, 1842, the publishers of the *Aurora* announced the appointment of "Mr. Walter Whitman, favorably known as a bold, energetic and original writer," (*Aurora* 2) as their leading editor.

From March through April in 1842 Whitman edited the *Aurora*, which was a highly politicized, Democratic city paper with a circulation of about 5,000. The bulk of the pieces Whitman wrote for the *Aurora* in the 1840s are observations on city life, garnered from the many strolls and saunters he took outside of his newspaper office in Lower Manhattan. Whitman maintains the importance of newspapers acting as schools because the press "makes the great body of people intelligent, capable, and worthy of performing the duties of republican freemen" (*Journalism* 1: 74). For example, in an editorial entitled "The Penny Press" in the *Aurora*(1842), Whitman clarified his understanding of the role of the American school, stating "the penny press is the same as common schools among seminaries of education"(*Journalism* 1: 74). For him, the penny press and the schools seem to function like the breakfast table and the meat market since both were places where individuals learn how to be citizens. In this respect, Jason Stacy argues that Whitman's "comparison of penny press and the public schools reflected his idea of egalitarian reform"(62).

Working for the *Aurora*, Whitman keeps on emphasizing "fact" and "reality" which constitute the basis of journalism rather than fiction or romance. The poet argues that he is providing "pictures of life as it is" in the newspaper. For this purpose, Whitman tries to develop his writing style in relation to photography which is synonymous with "fact" and "reality." In his article entitled "Scenes of Last Night" of the *Aurora* in 1842, Whitman describes the scene of the fire with a very realistic style as if readers are looking at the "pictures of life as it is":

> Puddles of water, and frequent lengths of hose-pipe endangered the pedestrian's safety; and the hubbub, the trumpets of the engine foremen, the crackling of the flames, and the lamentations of those who were made homeless by the conflagration—all sounded louder and louder as we approached, and at last grew to one deafening din (…중략…) The most pitiful thing in the whole affair was the sight of shivering women, their eyes red with tears, and many of them dashing wildly through the crowd, in search, no doubt, of some member of their family, who, for what they knew,

might be buried 'neath the smoking ruins nearby. (Fishkin 20~21)

As this passage shows, strolling along the streets of New York, Whitman realistically captures social incidents and issues with "a sharp eye." He believes that newspapers continue to hold the power to influence popular institutions to democratic ends and to create new forms of expression and remedy. Once he passed the walks of the beautiful promenade which was the pride of Gotham, City Hall Park, Whitman as a journalist–as–reformer insists the necessity of "more parks" in the city: "We should be better pleased were our city government to have more parks—more open places, where a man may look a few rods about him, and his gaze not be intercepted by brick walls, and chimneys, and fences"(*Aurora* 31). His suggestion, I think, seems to be a metaphor for physician's prescription to the patients. As shown in the article of the *Aurora*, "Wrapped up in Whitman's 1842 walks are arguments about the importance of democratizing open space, particularly spaces that allow inspirational vistas for the city's unenfranchised"(Wacker 87).

After leaving the *Aurora*, Whitman worked on some ten different newspapers before assuming the editorship of the *Brooklyn Daily Eagle* four years later in 1846. "From his editorials at the *New York Aurora* and *Brooklyn Daily Eagle* to poetic works such as *Calamus and Drum-Taps*, Whitman's investment in the development of city parks and public space lies at the very core of his construction of American character, a character at odds with popular nineteenth–century ideas of social responsibility, urban planning, and the restorative powers of nature"(Wacker 86~87). By September 1845, when Whitman moved back to Brooklyn from Manhattan, he had worked for about ten different newspapers, including the *Tattler, Sunday, Times, Statesman, Plebeian, Sun, Democrat,* and *New Mirror.* Furthermore, he wrote a few urban sketches for the *New York Evening Post* and the *Brooklyn Daily Advertiser* in 1850 and 1851. For this reason, the influence of Whitman's experience as a journalist pervades every line of "Song of Myself." Certain sections of the poem feature more visual reportage about the common people than others. For example, section 8 of "Song of Myself" reads as if it were transcribed directly from the reporter's notebook: "The suicide sprawls on the bloody floor of the bedroom, / I witnessed the corpse with its dabbled hair, / I note where the pistol had fallen"(*LG* 36). Like this section, lots of passages in "Song of Myself" which were "most laden with vividly concrete visual images are often those sections most closely related to earlier newspaper articles"(Fishkin 32).

Undeniably, as Altschull argues, Whitman is "an unconquerable reformer"(191). His reformist vision can be found even during the Civil War. In the *New York Leader* in 1862, Whitman published a series of articles entitled "City Photographs," four of which delineate "The Broadway Hospital." In the articles published under the pseudonym name "Velsor Brush," Whitman with the journalist-as-reformer's "sharp eye" shows his journalistic sketches of the hospital:

It is quite a prevailing idea that this institution belongs to the city, and is kept up at its expense; but that is a mistake entirely. The city contributes nothing to its support, and, I believe, never has contributed anything. The State authorities, by act of Legislature, donate, or rather have donated, all along, in times past, about $13,000 a year to the Hospital; but I am informed that this source of supply is now cut off, and the establishment depends on its own resources, which are payments from the pay patients (about 60 per cent. of the whole number), and also its receipts from the United States Government for board and medical attendance for sailors and soldiers, and also from the New York State Government for similar services. The Hospital has no property producing annual income. ("City Photographs" 32~33)

Here, Whitman fiercely denounces the poor support for wounded patients from New York state through his sharp eyes as a reformer. In addition, this article reveals that Whitman helped to nurse the wounded Union soldiers in the Broadway Hospital long before he began his duties as a self-appointed "wound-dresser" to the military hospitals in Washington. By repeatedly using the word "sketch" at the beginning and ending section of each article in "City Photographs," Whitman reveals his desire for visual representation of the scenes of the Hospital: "But my sketch must close for this week, or rather, be suspended, to give in another article (…중략…) I continue, from last week, the running sketch of this establishment"("City Photographs" 29~34). As Susan Sontag declares "War was and still is the most irresistible—and—picturesque—news"(49), the most successful marketing tool for visual reportage appears to be war. Consequently, the title "City Photographs" strongly evokes Whitman's enthusiasm for photography which realistically represents the Civil War and its aftermath without the beautification and glorification of the war.

As seen in the title "City Photographs," it is not difficult to find Whitman's preference for using pictorial metaphors such as "picture," "sketch," and "photograph" in his wartime prose and poetry. Concerning the Civil War, it is important to note that of all the great American writers of the nineteenth century, Whitman has been regarded as almost the only one who directly participated the war as a voluntary "wound-dresser." In fact, Whitman told Horace Traubel the representation of the Civil War was compared to take a photograph:

> My experiences on the field have shown me that the writers catch very little of the real atmosphere of a battle. It is an assault, an immense noise, somebody driven off the field—a victory won: that is all. It is like trying to photograph a tempest. (Traubel 2: 53)

As this statement shows, lots of Whitman's poems dealing with the Civil War are strongly reminiscent of reportage photography derived from his personal experience of the war. Perhaps, a poem "A Mach in the Ranks Hard-Prest, and the Road Unknown" is a concrete example to find distinguishing photographic images:

> A march in the ranks hard-prest, and the road unknown,
> A route through a heavy wood with muffled steps in the darkness,
> Our army foil'd with loss severe, and the sullen remnant retreating,
> Till after midnight glimmer upon us the lights of a dim-lighted building,
> We come to an open space in the woods, and halt by the dim-lighted
>     building,
> 'Tis a large old church at the crossing roads, now an impromptu hospital,
> Entering but for a minute I see a sight beyond all the pictures and poems
>     ever made,
> Shadows of deepest, deepest black, just lit by moving candles and lamps.
> (*LG* 305)

The speaker in the poem is an anonymous soldier who takes us "the real atmosphere" of war. He arrives at "an impromptu hospital" which was used to be a church after his army was "foil'd with loss severe." Through the soldier's eyes, the poet visually represents "the real atmosphere" of the aftermath of war. His statement "I see a sight beyond all the pictures and poems ever made" suggests "trying to photograph a tempest" beyond all the pictorial and textual representation. Whitman's photographic description of the scene is definitely derived from his direct encounter with the Civil War. In 1862, learning that his brother George, a Union soldier, was wounded, Whitman rushed to the battlefield. Since then, he has nursed the wounded soldiers in several hospitals up to 100,000 until the end of the war. He summarizes those "lurid years" as "the most profound lesson and reminiscence" of his life in his autobiography *Specimen Days*: "[I] went, as I estimate, counting all, among from eighty thousand to a hundred thousand of the wounded and sick, as sustainer of spirit and body in some degree, in time of need." (78).

As shown in this poem, most of Whitman's wartime works predominantly show the detailed images of wounded soldiers to be nursed in the hospitals rather than the descriptions of the battle itself. His memories of the war strongly evokes John Berger's analogy between photography and memory: "The Muse of photography is not one of Memory's daughters, but Memory herself. Both the photograph and the remembered depend upon and equally oppose the passing of time. Both preserve moments, and propose their own form of simultaneity, in which all their images can coexist" (280).

Remarkably, the verbs of "A Mach in the Ranks Hard-Prest, and the Road Unknown" are present tense, which "oppose the passing of time," so that sympathetic immediacy is more palpable. In the following lines of the poem, Whitman realistically represents the bloody scenes full of dying soldiers, which is "like trying to photograph a tempest."

> At my feet more distinctly a soldier, a mere lad, in danger of bleeding to
> death, (he is shot in the abdomen,)
> I stanch the blood temporarily, (the youngster's face is white as a lily,)
> Then before I depart I sweep my eyes o'er the scene fain to absorb it all,
> Faces, varieties, postures beyond description, most in obscurity, some of
> them dead,
> Surgeons operating, attendants holding lights, the smell of ether, odor of
> blood,
> The crowd, O the crowd of the bloody forms, the yard outside also fill'd,
> Some on the bare ground, some on planks or stretchers, some in the
> death-spasm sweating,
> An occasional scream or cry, the doctor's shouted orders or calls,
> The glisten of the little steel instruments catching the glint of the torches,
> These I resume as I chant, I see again the forms, I smell the odor,
> Then hear outside the orders given, *Fall in, my men, fall in*;
> But first I bend to the dying lad, his eyes open, a half-smile gives he me.
> (*LG* 305~306)

Inside the building, by using the words "smell of ether," "odor of blood," and "scream," the poet shows us the detailed images of death before our very eyes. He comes much closer to the dying soldiers as if a journalist-as-photographer comes to the scene to cover an accident on the spot. His statement "beyond description" seems to best epitomize his horrors on death. Whitman again focuses on the dying young solder's "eyes" as if the soldier is looking at the viewer. Thus, the "dying lad's eyes" with "a half smile" to the poet come to us painful and unforgettable experience because "The mystery of the eyesight has brought poet and reader together as ministrants to the young soldier, whose brief glance up at you (whoever you are) is the glance of recognition"(Dougherty 106). In other words, "the real atmosphere" of war that Whitman describes cannot be complete without the photographic representation full of "reality."

It is important to note that Whitman thoroughly "gazed" at the Civil War photographs taken by his contemporary photographers such as Mathew Brady and Alexander Gardner and transcribed them fully into *Leaves of Grass* and *Specimen Days*. Indeed, lots of photographs taken from the bloody battlefields by his contemporary photographers "offer the powerful background of Whitman's performance of wartime writings such as *Drum-Taps* and *Memoranda During the War*"(Shim 140). In this respect, Susan Sontag sharply points out the power of photography for representing death in war beyond time and space, insisting "To catch a death actually happening and embalm it for all time is something only camera can do"(59). Her statement is strongly reminiscent of the poet's role as a journalist with a camera or a photojournalist which Whitman maintains: "The great poet is he who performs the office of the camera to the world." To Whitman, capturing the horrors on death in war, which his contemporary writers cannot verbally describe, is only possible by means of photography. In this sense, the overwhelming images in "A Mach in the Ranks Hard-Prest, and the Road Unknown" exactly correspond to a photojournalist's visual reportage. Undeniably, Whitman's journalism indivisibly related to photography becomes a harbinger of a new aesthetic in his poetry.

# 4. Conclusion

Working as an editor and reporter at scores of newspaper companies, Whitman could develop his belief that "poetry will have to do with actual facts." Whitman's commitment to "fact" and "reality" in his journalism is closely associated with cultivating his "sharp eye" as a reformer and photographer. While he worked at the *New York Aurora* in 1842, Whitman with the "sharp eye" of a journalist-as-reformer evidently reveals his desire for writing poetry derived from the realistic and objective perspective. In the articles such as "Life in a New York Market" and "Scenes of Last Night" in the Aurora, Whitman aspires to visually describe "the real" faces of the city as if we are looking at the "pictures of life as it is." Strolling the streets of New York, Whitman captures a variety of urban problems facilitated by industrial development in nineteenth-century America. Consequently, the journalist-as-reformer poet suggests the solution of urban problems in New York, insisting the city needs "more parks—more open places." In addition, in an editorial of *Brooklyn Daily Eagle* in 1846, Whitman repeatedly emphasizes the importance of "fact" and "reality" in the American journalism. During the period, Whitman could cultivate his "sharp eye" of a journalist-as-photographer by frequently visiting the daguerreotype galleries in New York, such as John Plumb's and Mathew Brady's.

It is worthwhile to note that Whitman's repeated word "gaze" in his poetry is closely related to "taking a photograph." Whitman continuously cultivates his eyes by "gazing" so that he could have the camera eye for images which his naked eyes are not able to capture. Even during the Civil War, the poet with a camera eye never stopped writing for newspapers. For example, Whitman's articles "City Photographs" for the *New York Leader* in 1862, whose title suggests his strong desire for photographic representation, proves his invariable enthusiasm for journalistic writings. Above all, Whitman aspires to vividly describe "the real atmosphere" of the war "like trying to photograph a tempest." His poem "A Mach in the Ranks Hard-Prest, and the Road Unknown" is an ultimate example. In this poem, through an anonymous soldier's eyes, Whitman realistically represents the bloody scenes full of dying soldiers, which is "like trying to photograph a tempest." It becomes evident that "the real atmosphere" of war which Whitman represents is closely related to photography beyond all the pictorial and textual representation. For this reason, the "dying lad's eyes" looking at the poet—therefore, at us in "A Mach in the Ranks Hard-Prest, and the Road Unknown" arouse most powerfully our sympathy as if we are looking at a series of war photographs.

Undoubtedly, Whitman knows that only camera can catch a death in war. His statement "The great poet is he who performs the office of the camera to the world" best epitomizes a poet's role as a journalist-photographer because only the poet with a camera eye "sees and feels something that cannot be adequately expressed in the language of the flaneur"(Brand 166). In this respect, Whitman's vision of a journalist-as-photographer makes a sharp distinction between the poet and his contemporary writers such as Emerson and Twain who "catch very little of the real atmosphere" of war. Accordingly, I believe, among all the great American writers of the nineteenth century, Whitman can be considered as the first poet who performs the role of a journalist with a camera or a photojournalist.

# The Panoramic Vision as a New Eyesight

## 1. Whitman and Panorama

Throughout his works, Whitman frequently refers to the term "panorama" which became the outstanding visual medium of the nineteenth century in Europe and America. Originally invented in 1787 by Robert Barker, panorama meaning "view all" in Greek is generally defined as a landscape or historical scene rendered on a huge canvas. In fact, panorama is an artificial, technical term created for a specific form of landscape painting which reproduced a 360-degree view. In Whitman's time, not only the "panorama" as a great circular painting that literally surrounded the viewers but also the "moving panorama" in which the viewers could see the vast landscape of their continent unrolling before their eyes remained popular(Oettermann 323).

Most of all, the popularity of panoramas in the period seems to be their realistic effects for spectators to experience reality as spectacle. By experiencing the views of entire towns and their surroundings, "panorama spectators were given bird's eye views; they were placed as though standing on a hill, overlooking the scene"(Schwartz 151).

Significantly, a panorama is closely related to the expansion of human vision arising from the urbanization of large cities since the industrial revolution. Accordingly, Bernard Comment points out, the object of panoramas was "to offer views of entire towns and their surroundings." (qtd. in Schwartz 151).

As Comment's statement indicates, Whitman wants to panoramically depict his urban experiences in Brooklyn and New York where the poet lived all of his adult life, In his *Leaves of Grass*, Whitman displays urban workers, immigrants, prostitutes, and urban chaos in a profusion and a vivid description like a panorama as a great circular painting. The poet proclaims "What the eyesight does to the rest he does to the rest (···중략···) A single glance of it mocks all the investigations of man and all the instruments and books of the earth and all reasoning"(*LG* 715) in the 1855 "Preface" of *Leaves of Grass*, It seems to me that "A single glance" Whitman emphasizes suggests the strong connection of city life to visuality. As a working journalist and editor in his early days, Whitman was closely involved with the changing life of New York. As his statement that "New York loves crowds—and I do, too (···중략···) I can no more get along without houses, civilization, aggregations of humanity, meetings, hotels, theaters, than I can get along without food" (*Prose Works* 1: 354) shows, Whitman endeavors to portray his entire urban experiences as a great circular painting by repeatedly using the term "panorama." For example, in "The First Spring Day on Chestnut Street" section of *Specimen Days*, he panoramically describes all the masses of New York as "the myriad-moving human panorama"(*SD* 128).

The urban life overflowed with visual spectacles through museums, photographs, and panoramas, which Whitman experienced in person, definitely influences the poet's new "eyesight." As a lifelong city-dweller in Brooklyn and New York, Whitman keenly penetrates it is a panorama that displays all the bustle of urban life as a succession of fragmentary images rather than a still image. Particularly, his frequent visits to theaters, museums, and daguerreotype galleries in New York stimulate his new "eyesight" as a "view all" vision beyond a single perspective. In a letter of 1868 to his friend Peter Doyle, Whitman riding a stage up and down Broadway in Manhattan regards the cityscape as "endless panorama": "You see everything as you pass, a sort of living, endless panorama—shops, & splendid buildings, & great windows, & on the broad sidewalks crowds of women richly dressed continually passing altogether different (⋯중략⋯) motion on every side"(Selected Letters 140). In this light, William Pannapacker points out Whitman's panoramic vision transcending the "mere spectacles" by stating "Whitman's poetic catalogues of people and sights attempt to represent more than mere spectacles for the middle-class voyeur; they are an almost operatic panorama of simultaneous human actions in which all apparent differences—the urban and the rural, the past and the future, the observer and the observed—are dissolved"(45).

In his poetry and prose, Whitman frequently mentions that the steamboats and the railroads, which bring transport revolutions of the nineteenth century, encourage him to have a panoramic vision on the cityscape. To Whitman, the steamboats and the railroads are the embodiments of the "science and the modern" which he emphasizes in *Democratic Vistas*: "America demands a poetry that is bold, modern, and all-surrounding and kosmical, as she is herself. It must in no respect ignore science or the modern, but inspire itself with science and the modern."(SD 245~246). Here, the words of "all-surrounding" and "kosmical" accord well with the concept of Whitman's "panorama."

Significantly, Whitman's imagination to create the "all-surrounding" and "kosmical" poetry is indivisibly connected to the products of "science and the modern"such as the steamboats and the railroads by which he can expand his "eyesight." Whitman markedly visualizes the images created by the motion of the steamboats and the railroads with speed-related words such as "velocity." In a poem entitled "Starting from Paumanok," the poet identifies himself with the "steamers" and "locomotive" respectively, stating "See! steamers steaming through my poems! (···중략···) See, the strong and quick locomotive, as it departs, panting, blowing the steam-whistle"(LG 23). As this passage shows, Whitman constantly emphasizes the characteristics of "velocity" for the "steamers" and "locomotive" through his works. In "My Passion for Ferries" section of Specimen Days, Whitman shows his strong impressions of the Fulton ferry's "velocity" and "picturesqueness," seeing "the changing panorama of steamers, all sizes,"(SD 17). Thus, he "could get a full sweep, absorbing shows, accompaniments, surroundings" on the ferry. In "Jaunt up the Hudson" section of Specimen Days, he writes "the constantly changing but ever beautiful panorama on both sides of the river"(SD 114). Moreover, in "Passage to India," he experiences a "moving panorama" by means of the "rushing and roaring" locomotives" (LG 415).

The steamboat and the railroad, which became the two representative embodiments of Whitman's "science and the modern", enable the poet to see a "moving panorama"composed of a succession of fragmentary images rather than a still image due to their "motion" and "velocity." The "velocity" of the steamboats and the railroads inspires Whitman's all-surrounding" and "kosmical" imagination to "view all" beyond a single perspective. Accordingly, I argue that New York modernity leading to the loss of traditional senses of time and space is panoramically spread in Whitman's "all-surrounding" and "kosmical" eyesight.

## 2. The Cityscape and Steamboat

During and after the 1840s in New York, artists tried to enhance the realistic effects of their panoramas by combining them with the invention of photography. In the period, Whitman displayed his infinite attractions at P. T. Barnum's American Museum in Manhattan, where he may have seen some of the panoramas including *The Shrine of the Holy Nativity*, *Edinburgh*, and a *Moving Diorama of London*. Whitman likes to stroll along the street of Manhattan, and the crowds and spectacles of the city stimulate his "all-surrounding" and "kosmical" imagination. In *Leaves of Grass*, New York is identified with the outdoor world of "large thoroughfares exemplified by Broadway, omnibuses, and ferry-boats carrying crowds of workers, businessmen, commuters and shoppers through the streets of the city"(Katsaros 21). Therefore, in "Song of Myself," Whitman insists "This is the city and I am one of the citizens" (*LG* 77).

It is noteworthy that Whitman's identification with the city has an inseparable connection with his desires to see the varied characteristics of the urban life as a panorama. Obviously, the poet's interest of the panorama is to understand the true city in which all the different elements are interconnected. In this sense, Whitman's panoramic view of the city is completely in accord with that of Walter Benjamin who maintains "the interest of the panorama is in seeing the true city"(*Arcades*

532).

Whitman reveals that he has invariably been fascinated by the cityscape inundated with the crowds and modern metropolitan culture of New York. In the "Two City Areas, Certain Hours" section of *Specimen Days*, Whitman compares Broadway with the Mississippi river, stating "A Mississippi of horses and rich vehicles, not by dozens and scores, but hundreds and thousands—the broad avenue filled and cramm'd with them—a moving, sparkling, hurrying crush, for more than two miles"(*SD* 134). Furthermore, in his late poem entitled "Broadway," Whitman describes the crowd on the street as a flow, similar to the tides around Manhattan bay, insisting "What hurrying human tides, or day or night / What passions, winnings, losses, ardors, swim thy waters / What a whirl of veil, bliss and sorrow, stem thee"(*LG* 521). As these passages prove, the cityscape is predominantly interconnected with the "hurrying human tides" in *Leaves of Grass*. Accordingly, "the panoramic and spectatorial quality of Whitman's interaction with the city is evident in all of his poetic descriptions of New York"(Brand 158).

In 1868, Whitman wrote a letter to his friend Peter Doyle, seeing "endless panorama" on the street of Broadway full of the "continually passing" crowds and "motion on every side":

You see everything as you pass, a sort of living, endless panorama—shops and splendid buildings and great windows; and on the broad sidewalks crowds of women richly dressed continually passing altogether different, superior in style and looks from any to be seen anywhere else—in fact a perfect stream of people—men too dressed in high style, and plenty of foreigners—and then in the streets the thick crowd of carriages, stages, carts, hotel and private coaches, and in fact all sorts of vehicles and many first class teams, mile after mile, and the splendor of such a great street and so many tall, ornamental, noble buildings many of them of white marble, and the gayety and motion on every side. (*Selected Letters* 140).

As this passage shows, Whitman's observations on urban life accord well with panoramic narratives which display the diversity of New York. In addition, this panoramic view demonstrates convincingly his career as a journalist and editor for various Brooklyn and New York newspapers before the publication of the first edition of *Leaves of Grass* in 1855. With his "all-surrounding" and "kosmical" eyesight, Whitman tries to display the varied aspects of urban life like an "endless panorama."

In fact, Whitman's "all-surrounding" and "kosmical" eyesight is obviously derived from his experiences of various "panoramas" that entertained the crowds of the mid-nineteenth New York. Whitman frequently indicates that he was acquainted with the specific qualities of panoramas. According to Charles Zarobila, "Whitman uses the term 'panorama' to show that he was acquainted with the specific qualities of his popular forms of entertainment"(51). Furthermore, Jill Wacker argues that "Whitman's use of the term 'panorama' no longer refers to specific middle-class entertainment but instead to a new way of perceiving the city as a cohesive whole"(98). In this sense, it becomes evident that Whitman's interaction with the city has much influence on expanding his vision panoramically.

Like many plays and operas which Whitman frequently watched, the "panoramas" and "moving panoramas" depicting cityscapes or river scenery were displayed in New York. According to Brett Barney, "By the time *Leaves of Grass* debuted, the moving panorama had become so successful and dominant in America that the word 'panorama' alone, without the modifier, would almost inevitably have brought to mind the image of a long, horizontally moving canvas"(252). In the year that Whitman worked as a journalist for New York's newspapers, the popularity of panoramas in fiction, journalism, and performance widely attracted contemporary New Yorkers. Though Whitman did not tell the specific panoramas, "he could have seen plenty of panoramas in addition to the many plays he attended at the Park and Bowery theaters or the operas he heard at Chambers Street or the Battery"(Zarobila 53). Significantly, the poet compares the panorama to the photography which produces startlingly realistic effects. In the 1855 version of "Song of Myself," Whitman points out the two representative mid-nineteenth inventions of visual technology to "indicate reality," the "panorama" and the "photograph":

> My words are words of a questioning, and to indicate reality:
> This printed and bound book (⋯중략⋯) but the printer and the printing-office boy?
> The marriage estate and steelement (⋯중략⋯) but the body and mind of the bridegroom? also those of the bride?
> The panorama of the sea (⋯중략⋯) but the sea itself?
> The well-taken photographs—but your wife or friend close and solid in your arms? (Whitman 1855: 47)

By juxtaposing the "panorama" and the "photograph" to indicate "reality," Whitman sharply penetrates the panorama as a realistic medium which best represents the thing "itself." This passage is well suited to Oettermann's insistence regarding "panoramic vision" as "a way of getting a grip on things"(22). More importantly, Whitman treats the panorama as a succession of fragmentary "photographs" that deliver us into the moving pictures full of "reality" rather than a still image. In this sense, Whitman's insightfulness, I think, accords with Walter Benjamin's viewpoint on panorama. In *Arcades Project*, Benjamin argues, "the panoramas prepare the way not only for photography but for film and sound film"(5).

Above all, Whitman remarkably expresses "panorama" in relation to the steamboats on the rivers as well as the bustling crowds on the street. Actually riding on the Fulton ferry almost every day from 1850 to 1860, he frequently shows river scenery unrolling from the ferry, across the Hudson river between Manhattan and Brooklyn. In "My Passion for Ferries" section of *Specimen Days*, Whitman who "was curiously identified with Fulton ferry" perceives "the changing panorama of steamers, all sizes":

> Almost daily, later, ('50 to '60,) I cross'd on the boats, often up in the pilot-houses where I could get a full sweep, absorbing shows, accompaniments, surroundings. What oceanic currents, eddies, underneath— the great tides of humanity also, with ever-shifting movements. Indeed, I have always had a passion for ferries; to me they afford inimitable, streaming, never-failing, living poems. The river and bay scenery, all about New York island, any time of a fine day—the hurrying, splashing sea-tides— the changing panorama of steamers, all sizes, often a string of big ones outward bound to distant ports. (*SD* 17)

Here, Whitman clearly states that he could see "a full sweep, absorbing shows, accompaniments, surroundings" in the pilot-houses of the steamboat. As this passage shows, Whitman's experience of the "changing panorama," which suggests a "moving panorama," is explicitly based on the "velocity" of river steamboats.

Significantly, Whitman uses a "moving panorama" when he refers to the steamboats of the "river scenery." In his "Letters from a Travelling Bachelor," Whitman maintains "A moving panorama is upon all parts of the waters. Sail craft and steamboats are in every direction"(Rubin 350). Given that "moving panorama" was especially well suited to depict the river scenery represented as a "rapid succession" of fragmentary images before their audiences, it is not surprising that the "velocity" of river steamboats was the most common subject. For example, in an editorial of the *Brooklyn's Daily Times*, Whitman describes the busyness of the Hudson river scenery "with all their moving life." He writes "a park on the heights, over Montague ferry! A small portion of that most superb of grounds is yet vacant on the heights—the best part of it—commanding a wide view of as noble a panorama as there is anywhere in the world—we mean the bays, shores, rivers, and island of New York, with all their moving life"(Holloway and Schwarz 141~142).

Like this, Whitman's identification with the steamboats serves as the main theme of his poetry. Thus, he announces "See! steamers steaming through my poems!"(*LG* 23). Significantly, Louis C. Hunter sums up the importance of the American river steamboat which brings the profound "social and economic influence" before the railroad age. "Before the railroad age it was the chief technological means by which the wilderness was conquered and the frontier advanced, and the principal instrument by which steam power was introduced and spread in the United States" (61). As the phrase "the wilderness was conquered and the frontier advanced" suggests, the steamboats bring a "view all" perspectives that

Whitman couldn't perceive previously.

In his poem "Crossing Brooklyn Ferry," the "river scenery" by ferry is also described panoramically. As his statement that "A moving panorama is upon all parts of the waters"(Rubin 350) proves, in the third section of "Crossing Brooklyn Ferry," Whitman shows a "moving panorama" by rapid ferry with vivid details:

Saw the reflection of the summer sky in the water,
Had my eyes dazzled by the shimmering track of beams,
Look'd at the fine centrifugal spokes of light around the shape of my head
    in the sun-lit water,
Look'd on the haze on the hills southward and southwestward,
Look'd on the vapor as it flew in fleeces tinged with violet,
Look'd toward the lower bay to notice the arriving ships,
Saw their approach, saw aboard those that were near me,
Saw the white sails of schooners and sloops, saw the ships at anchor,
The sailors at work in the rigging, or out astride the spars,
The round masts, the swinging motion of the hulls, the slender serpentine
    pennants,
The large and small steamers in motion, the pilots in their pilot-houses,
The white wake left by the passage, the quick tremulous whirl of the wheels,
The flags of all nations, the falling of them at sunset,
The scallop-edged waves in the twilight, the ladled cups, the frolicsome
    crests and glistening,
The stretch afar growing dimmer and dimmer, the gray walls of the granite
    store-houses by the docks. (LG 161~162)


By repeatedly stating the words "saw" and "looked," Whitman visualizes the river scenery by ferry between Manhattan and Brooklyn. Significantly, Whitman displays his "constantly changing" perspectives from "the reflection of the summer sky in the water" to "the gray walls of the granite store–houses by the docks." His eyes rapidly move from sky and sun to water and ship, and to the "neighboring shore," "houses" and "streets." Thus, he writes "On the neighboring shore, the fires from the foundry chimneys burning high and glaringly into the night, / Casting their flicker of black, contrasted with wild red and yellow light, over the tops of houses, and down into the clefts of streets"(*LG* 162).

Transcending a single perspective in a specific place, Whitman's multiple points of sight on the rapid ferry exactly coincide with a "moving panorama." Particularly, Whitman emphasizes the sense of "motion" on the Brooklyn ferry by using "the swinging motion of the hulls," and "the large and small steamers in motion." In this sense, it is evident that "The ferry–boat provides the poet with a panoramic eye on the city, but, as always, it is a moving panorama, and not a still image"(Katsaros 66). Considering Whitman's fascination for the "motion" and "velocity," I think, Whitman's perception of a "moving panorama" can be well suited with the technological inventions such as the steamboats and the railroads.

## 3. The Velocity

In *Leaves of Grass*, Whitman prominently emphasizes his infinite fascination for the "velocity." In "Song of Myself," he emphasizes the "velocity," insisting "Myself moving forward then and now and forever, / Gathering and showing more always and with velocity"(*LG* 60). He continues to mention "Speeding through space, speeding through heaven and the stars / Speeding amid the seven satellites, and the broad ring, and the diameter of eighty thousand miles / Speeding with tail'd meteors, throwing fire-balls like the rest"(*LG* 64). Furthermore, in "A Song of Joys," Whitman even compares his spirit to a "lightning," insisting "O the joy of my spirit—it is uncaged—it darts like lightning"(*LG* 177). Most importantly, the "Jaunt up the Hudson" section of *Specimen Days*, probably shows the best descriptions of the "velocity" correlated with his panoramic perception:

On the "Mary Powell," enjoy'd everything beyond precedent. The delicious tender summer day, just warm enough—the constantly changing but ever beautiful panorama on both sides of the river—(went up near a hundred miles)—the high straight walls of the stony Palisades—beautiful Yonkers, and beautiful Irvington (…중략…) some near, some in the distance—the rapid succession of handsome villages and cities, (our boat is a swift traveler, and makes few stops)—the Race—picturesque West Point, and indeed all along—the costly and often turreted mansions forever showing in some cheery light color, through the woods—make up the scene. (*SD* 114)

By using the terms such as "constantly changing," "rapid succession," and "swift traveler" which strongly evoke the sense of "velocity," Whitman depicts the "picturesque" river scenery of the Hudson as a "moving panorama." So, he perceives "the constantly changing but ever beautiful panorama on both sides of the river." Like this, Whitman predominantly expresses the "velocity" in relation to the steamboats and the railroads propelled by steam power. For example, in his early poem "Starting from Paumanok," Whitman associates his poems with the "steamers" and the "locomotive" steaming through his poems:

See! steamers steaming through my poems,
See, in my poems immigrants continually coming and landing,

(…중략…)

See, the strong and quick locomotive, as it departs, panting, blowing the
steam-whistle,
See, ploughmen, ploughing farms—see, miners, digging mines—see, the
numberless factories,
See, mechanics, busy at their benches, with tools—see from among them,
superior judges, philosophs, Presidents, emerge, drest in working dresses,
See, lounging through the shops and fields of the States, me, well-belov'd,
close-held by day and night,
Hear the loud echoes of my songs there—read the hints come at last. (*LG*
27).

As this passage shows, it is evident that the steamboats and the
railroads propelled by the same steam power are interconnected in
Whitman's imagination. As for their shared characteristics, Wolfgang
Schivelbusch demonstrates that "it was not only the motive power they
shared (steam) that caused river steamer and railroad to be seen as two
manifestations of one and the same thing, but also their capacity to
provide the same form of travel with ample space and mobility during
the journey"(110). Considering Whitman's infinite fascination for "the
strong and quick locomotive," it is important to note that the railroad
has created "a new landscape" so that it becomes the "first and foremost

becomes the main cause for such panoramization of the world" (Schivelbusch 62).

Most of all, the railroad and its tremendous "velocity" enable Whitman to have an experience of seeing a "moving panorama" in which the senses of traditional time and space are eliminated. Indeed, the second mechanized means of public transportation after the steamboat in the history of American transportation, the railroad offers Whitman a panoramic "eyesight." The "In the Sleeper" section of *Specimen Days* is noteworthy in terms of Whitman's railroad journey. He expresses overwhelming amazement and praise from the sleeping car of the "rumbling and flashing" railroad which makes his journey to the American West possible, insisting "full of the swiftest motion, and most resistless strength":

What a fierce weird pleasure to lie in my berth at night in the luxurious palace-car, drawn by the mighty Baldwin—embodying, and filling me, too, full of the swiftest motion, and most resistless strength! It is late, perhaps midnight or after—distances join'd like magic—as we speed through Harrisburg, Columbus, Indianapolis. The element of danger adds zest to it all. (*SD* 139~140)

Here, by writing "distances join'd like magic," Whitman recognizes that the differences of the physical distances are dissolved by the railroad. He also emphasizes that "the sleeper" makes a long journey regardless of time by using "at night" and "late, perhaps midnight or after." Like this, Whitman directly experiences the loss of the traditional spatial-temporal presence. Significantly, by experiencing the loss of traditional senses of time and space by "the swiftest motion" of the sleeper. Whitman unprecedentedly feels "a fierce weird pleasure," which means "the panoramization of the world." Furthermore, in a poem "A Song of Joys," the poet desires to "go with a locomotive!" embodying "the speed off in the distance":

> O the joy of my spirit—it is uncaged—it darts like lightning!
> It is not enough to have this globe or a certain time,
> I will have thousands of globes and all time.
>
> O the engineer's joys! to go with a locomotive!
> To hear the hiss of steam, the merry shriek, the steam-whistle, the laughing locomotive!
> To push with restless way and the speed off in the distance. (*LG* 177)

Comparing his spirit to a locomotive, Whitman repeatedly emphasizes the loss of "the distance" by the overwhelming speed of the railroad. For Whitman, the locomotive to "push with restless way and the speed off in the distance" serves as a metaphor for the power which eliminates the senses of traditional time and space. In this regard, Schivelbusch rightly comments the change of the traveler's perception during the transition from coach to train:

> As speed caused the foreground to disappear, it detached the traveler from the space that immediately surrounded him, that is, it introduced itself as an 'almost unusual barrier' between object and subject. The landscape that was seen in this way was no longer experienced intensively, discretely (as by Ruskin, the critic of rail travel), but evanescently, impressionistically— panoramically, in fact. More exactly, in panoramic perception the objects

were attractive in their state of dispersal. (189)

As the traveler's perception is transformed toward "evanescently, impressionistically—panoramically," Whitman experiences the annihilation of the traditional spatial–temporal presence by the "velocity" of the railroad. Indeed, the distances of outlying region are getting 'closer' by the railroad so that Whitman experiences the loss of the "distances join'd like magic,"

In fact, Whitman's panoramic perception is best revealed in *Specimen Days* demonstrating his Western journey in 1879 by means of the railroad. In the "Begin a Long Jaunt West" section of *Specimen Days*, Whitman directly perceives the "velocity" of the railroad by comparing the Western journey to "flying like lightning"(*SD* 139). He continues to express "a fierce weird pleasure," by the rapid railroad in the "In the Sleeper" section:

On we go, rumbling and flashing, with our loud whinnies thrown out from time to time, or trumpet–blasts, into the darkness. Passing the homes of men, the farms, barns, cattle—the silent villages. And the car itself, the sleeper, with curtains drawn and lights turn'd down—in the berths the slumberers, many of them women and children—as on, on, on, we fly like lightning through the night—how strangely sound and sweet they sleep! (They say the French Voltaire in his time designated the grand opera and a ship of war the most signal illustrations of the growth of humanity's and art's advance beyond primitive barbarism. Perhaps if the witty philosopher were here these days, and went in the same car with perfect bedding and feed from New York to San Francisco, he would shift his type and sample to one of our American sleepers.) (*SD* 140)

Whitman's statement that "we fly like lightning through the night" foreshadows his new panoramic perception which facilitates the loss of the traditional space–time continuum. He emphasizes the superiority of the "rumbling and flashing" railroad over "the grand opera and a ship of war" by regarding the "American sleepers" as "the most signal illustrations of the growth of humanity's and art's advance." In this way, Whitman insightfully recognizes the essence of the railroad journey which inspires his panoramic perception. In this sense, Schivelbusch sharply penetrates a direct correlation between the panoramic perception and the motion: "panoramic perception, in contrast to traditional perception, no longer belonged to the same space as the perceived objects: the travel saw the objects, landscapes, etc. through the apparatus which moved him through the world. That machine and the motion it created became integrated into his visual perception"(64).

To Whitman, it is the rapid railroad that makes the objects of the visible world constantly "changing" and "moving." Indeed, Whitman perceives more directly and closely a "moving panorama" on the railroad than on other means of transportations due to its overwhelming "velocity." So, the poet feels the "distances join'd like magic" for the first time by seeing through the window of the railroad. This feeling is similar to looking at a film or computer screen since "To see the landscape pass by a train or automobile window or to look at a film or computer screen the way you look out of a window, unless even the train or the cockpit become in their turn projection rooms"(Virilio 61).

Obviously, Whitman's perception of the annihilation of the traditional spatial–temporal presence by the rapid railroad is transformed from the single perspective to a "moving panorama." The third section of "Passage to India" seems to best depict his panoramic view led by the "rushing and roaring" locomotives. In the poem, Whitman perceives the "moving panorama" as a succession of the American landscapes including "mountains," "waters," "meadows," etc. led by the "continual trains of cars" carrying "freight and passengers":

I see over my own continent the Pacific Railroad, surmounting every barrier,

I see continual trains of cars winding along the Platte, carrying freight and
   passengers,

I hear the locomotives rushing and roaring, and the shrill steam-whistle,

I hear the echoes reverberate through the grandest scenery in the world,

I cross the Laramie plains, I note the rocks in grotesque shapes, the buttes,

I see the plentiful larkspur and wild onions, the barren, colorless,
   sage-deserts,

I see in glimpses afar, or towering immediately above me, the great
   mountains, I see the Wind River and the Wahsatch mountains,

I see the Monument mountain and the Eagle's Nest, I pass the Promontory,
   I ascend the Nevadas,

I scan the noble Elk mountain, and wind around its base,

I see the Humboldt range, I thread the valley and cross the river,

I see the clear waters of Lake Tahoe, I see forests of majestic pines,

Or, crossing the great desert, the alkaline plains, I behold enchanting mirages
   of waters and meadows. (*LG* 413~414)

Following the Pacific Railroad crossing over his own continent, Whitman panoramically sees the varied American landscapes from "the rocks in grotesque shapes, the buttes" to "enchanting mirages of waters and meadows" by the "constantly changing" perspectives. He moves from a distant observer of the railroad to a railroad passenger just like a seer who dominates the differences of physical distances. Surrounded by "the grandest scenery in the world," Whitman gains the timeless and boundless vision eliminating the traditional spatial–temporal presence.

By seeing the landscapes as a "rapid succession" of fragmentary images rather than a still image, Whitman could perceive the varied landscapes as a "moving panorama." Therefore, he insists "A ceaseless thought, a varied train—lo, soul, to thee, thy sight, they rise"(LG 414). Significantly, I think, a "rapid succession" of fragmentary images, which Whitman see as a railroad passenger, produce the effect of the moving pictures on a screen. In this sense, this passage strongly evokes Virilio's viewpoint maintaining the intimate relationship between speed and filming by stating "Speed treats vision like its basic element; with acceleration, to travel is like filming"(60). Ultimately, by experiencing the "velocity" of the railroad, Whitman is able to expand his "eyesight" timelessly and boundlessly so that he could create "all–surrounding" and "kosmical" American poetry.

## 4. Conclusion

The "panorama" Whitman frequently refers to in his works is indivisibly related to his characteristic urban life in New York and Brooklyn. Through his interaction with the city, Whitman could promote a vision corresponding to his "all–surrounding" and "kosmical" imagination. Obviously, Whitman's direct experiences of theaters, museums, and daguerreotype galleries in New York have much influenced his eyesight's expansion. His "eyesight" tempered by the New York modernity inspires him to expand his vision panoramically.

Particularly, Whitman associates his fascinations for the two representative American transportations, the steamboat and the railroad with the "changing" and "moving" panorama. Beginning in his early poem "Starting from Paumanok" to his late poem "Passage to India," the poet remarkably emphasizes the "motion" and "velocity" of the steamboat and the railroad so that he could expand his "eyesight" toward the "changing" and "moving" panorama. In fact, Whitman's perception of the "changing" panorama on the river between Manhattan and Brooklyn is derived from his direct experiences on the ferries. In "Crossing Brooklyn Ferry," Whitman panoramically displays the river scenery by stating "the constantly changing but ever beautiful panorama on both sides of the river"(SD 114). Significantly, his "constantly changing" panorama suggests a succession of fragmentary images rather than a still image.

Above all, Whitman's vision aiming to the "all-surrounding" and "kosmical" poetry which is strongly reminiscent of a panorama is best embodied by the railroad whose overwhelming "velocity" promotes the "moving panorama." The poet could perceive more directly the loss of traditional senses of time and space on the rapid railroad than on other means of transportations by transcending a single perspective in a specific place and time, Thus, in "Passage to India," Whitman could panoramically depict a succession of the varied American landscapes like moving pictures. Ultimately, it is by railroad that Whitman could best experience the essence of the "moving panorama."

In this regard, I argue, Whitman's panoramic vision facilitates the annihilation of the traditional spatial-temporal presence. As all the differences of the physical distances are dissolved by the railroad, Whitman's "eyesight" is expanded timelessly and boundlessly like a panorama. More importantly, considering "Speed treats vision like its basic element; with acceleration, to travel is like filming"(Virilio 60), Whitman's "moving panorama" predicts the moving pictures which are composed of the "rapid succession" of fragmentary images. Accordingly, I believe, since Whitman proclaims the "all-surrounding" and "kosmical" American poetry, the panoramization of poetry in *Leaves of Grass* best reflects his desires for the expansion of the "eyesight."

# 참고문헌

견진현, 「파리시의 현대공원에 나타난 도심공원의 새로운 역할에 관한 고찰: 라 빌레뜨 공원을 중심으로」, 『프랑스문화연구』 25, 2012, 5~28쪽.

김도경·김승현, 「도시 내 대규모 공원설계의 건축적 해석: 베르나르 츄미와 렘 콜하스의 라 빌레뜨 국제현상 설계안을 중심으로」, 『한국도시설계학회지』 8.3, 2007, 57~66쪽.

김영철, 『현대시론』, 건국대학교출판부, 1993.

살레안 마이발트, 이수영 옮김, 『나체화의 역사』, 다른우리, 2002.

손혜숙, 「휘트먼의 몸의 시학: 생태주의의 낭만주의 비판을 넘어서」, 『안과 밖: 영미문학연구』 14, 2003, 317~340쪽.

심진호, 〈노예선 순교자 기념비, 포트 그린 파크〉, 브루클린, 2014.

엠마뉴엘 시에티, 심은진 옮김, 『쇼트』, 이화여자대학교출판부, 2006.

월트 휘트먼, 허현숙 옮김, 『풀잎』, 열린책들, 2011.

이광운, 『휘트먼의 시적 상상력』, 정림사, 2007.

이석환·황기원, 「장소와 장소성의 다의적 개념에 관한 연구」, 『국토계획』 91, 1997, 169~184쪽.

이은경, 「렘 콜하스와 베르나르 츄미 건축에 나타나는 프로그램 해석에 관한 연구」, 서울대학교 석사논문, 2001.

이택광, 『세계를 뒤흔든 미래주의 선언』, 그린비, 2008.

이한석, 「CGI 3D 입체영상에서 질감(Texture)이 시각적 촉각성에 미치는 지각 영향에 관한 연구」, 동국대학교 박사논문, 2010.

장은영, 「랜드스케이프 건축의 공공성에 관한 연구」, 서울대학교 석사논문, 2002.

전상규, 「자연과의 관계를 통한 랜드스케이프 경향의 건축 표현특성에 관한 연구」, 홍익대학교 석사논문, 2004.

Ackerman, Diane, *A Natural History of the Senses*, New York: Vintage, 1991.

Aherns, William D., "Walt Whitman: Poet and nurse", *Nursing* 32.5, 2002, p. 43.

Altschull, Herbert J., *From Milton to McLuhan: The Ideas Behind American Journalism*, New York: Longman, 1990.

Apollonio, Umbro (ed.), *Futurist Manifestos*, trans. Robert Brain et al., New York: The Viking Press, 1970.

Aspiz, Harold, *Walt Whitman and Body Beautiful*, U of Illinois P., 1980.

Baigell, Matthew, *Artist and Identity in Twentieth-Century America*, New York: Cambridge U.P., 2001.

Barney, Brett, "Nineteenth-century Popular Culture", *A Companion to Walt Whitman*, (ed.) Kummings, Danald D. John Malden, Ma: Blackwell, 2006, pp. 233~256.

Batchen, Geoffrey, *Burning with Desire: The Conception of Photography*, Cambridge: MIT P., 1997.

Benjamin, Walter, *Arcades Project*, trans. Howard Eiland and Kevin McLaughlin, London: Belknap, 2002.

_____, "The Work of Art in the Age of Mechanical Reproduction", *The Photography Reader*, (ed.) Liz Wells, New York: Routledge, 2002. pp. 42~58.

Berenson, Bernard, *The Italian Painters of the Renaissance*, Oxford: Oxford U.P., 1938.

Berger, John, *About Looking*, New York: Vintage, 1992.

Berger, John, and Jean Mohr, *Another Way of Telling*, New York: Pantheon, 1982.

Beveridge, Charles and Paul Rocheleau, *Frederick Law Olmsted: Designing the American Landscape*, New York: Rizzoli, 1995.

Bohan, Ruth L., *Looking into Walt Whitman: American Art, 1850~1920*.

Pennsylvania State U.P., 2006.

Boime, Albert, *Art in an Age of Civil Struggle, 1848~1871*, Chicago: University Of Chicago P., 2008.

Burke, Margaret R, "Futurism in America, 1910~1917", Diss, U of Delaware, 1986.

"Brady's Photographs", *New York Times*, 20 October 1862.

Brand, Dana, *The Spectator and the City in Nineteenth-Century American Literature*, New York: Cambridge U.P., 1995.

Brooks, Peter, *Body Work: Objects of Desire in Modern Narrative*, Cambridge: Harvard U.P., 1993.

Brown, Charles H. and Joseph Jay Rubin, *Walt Whitman of New York Aurora: Editor at Twenty-Two*, State College, PA: Bald Eagle P., 1950.

Brown, Milton, *The Modernist Spirit: American Painting, 1908~1935*, London Arts Council of Great Britain, 1977.

Brownell, William C., "The Art School of Philadelphia", *Scribner's Monthly Illustrated Magazine* 18, September 1879, pp. 737~750.

Burroughs, John, *Notes on Walt Whitman as Poet and Person*, New York: J. S. Redfield, 1971.

Callow, Philip, *From Noon to Starry Night: A Life of Walt Whitman*, Chicago: Ivan R. Dee, 1996.

Chidester, David, "The American Touch: Tactile Imagery in American Religion and Politics", *The Book of Touch*, (ed.) Constance Classen, New York: Berg, 2005.

Christman, Henry M. (ed.), *Walt Whitman's New York: From Manhattan to Montauk*, New York: New Amsterdam Books, 1989.

Clarke, Graham, *Walt Whitman: The Poem as Private History*, New York: St. Martin's P., 1991.

Comment, Bernard, *Le XIXe siècle des panoramas*, Paris: Adam Biro, 1993.

Corn, Wanda M., "Postscript: Walt Whitman and the Visual Arts", *Walt Whitman and the Visual Arts*. (eds.) Geoffrey M. Sill and Roberta K. Tarbell, New Brunswick: Rutgers U.P., 1992, pp. 166~174.

_____, *The Great American Thing: Modern Art and National Identity, 1915~1935*, Berkely: U of California P., 1999.

Cox, James M., "Walt Whitman, Mark Twain, and the Civil War", *The Sewanee Review* 69.2, 1961, pp. 185~204.

Dabakis, Melissa, *Visualizing Labor in American Sculpture: Monuments, Manliness, and the Work Ethic, 1880~1935*, New York: Cambridge U.P., 2011.

Danly, Susan, and Cheryl Leibold, "Eakins and the Photograph: An Introduction", *Eakins and the Photograph*, (eds.) Susan Danly and Cheryl Leibold, Washington D.C.: Smithsonian Institution P., 1994, pp. 1~22.

Dawes, James, *The Language of War: Literature and Culture in the U.S. from the Civil War Through World War II*, Cambridge: Harvard U.P., 2002.

De Selincourt, Basil, *Walt Whitman: A Critical Study*, 1914. Reprint, New York: Russell and Russell, 1965.

Dougherty, James, *Walt Whitman and the Citizen's Eye*, Baton Rouge: Louisiana State U.P., 1993.

Douglas, William O'Connor, *Walt Whitman: Critical Heritage*, (ed.) Milton Hindus. London: Routledge, 1971.

Ellis, Havelock, *The New Spirit*, London: Walter Scott, 1892. Reprint, Whitefish: Kessinger Publishing, 2005.

Erkkila, Betsy, "To Paris with My Love: Whitman Among the French Revisited", *Revue Francaise D'Etudes Americaines* No. 108, May 2006, pp. 7~22.

Feldman, Mark B., "Remembering a Convulsive War: Whitman's Memoranda During the War and the Therapeutics of Display", *Walt Whitman Quarterly Review* 23.1, Summer 2005, pp. 1~25.

Filipčević, Vojislava, "The Agitated City: Urban Transformation and Cinematic

Representations of the American Metropolis, 1929~1950", Dissertation, Columbia U., 2008.

Fishkin, Shelley Fisher, *From Fact to Fiction: Journalism and Imaginative Writing in America*, Baltimore: The Johns Hopkins U.P., 1985.

Flint, R. W. *Marinetti: Selected Writings*, New York: Farrar, Straus and Giroux, 1972.

Folsom (ed.), "Notes on the Major Whitman Photographers", *Walt Whitman Quarterly Review* 4.2, Fall 1986, pp. 63~71.

_____, *Walt Whitman's Native Representations*, New York: Cambridge U.P., 1994.

_____, "Whitman and the Visual Democracy of Photography", *Mickle Street Review* 10, 1988, pp. 51~56.

Gardner, Alexander, *Gardner's Photographic Sketch Book of the Civil War*, Washington D. C.: Philp and Solomons, 1866. Reprint, New York: Dover, 1959.

Germic, Stephen, *American Green: Class, Crisis, and the Deployment of Nature in Central Park, Yosemite, and Yellowstone*, Lanham, MD: Lexington Books, 2001.

Gibson, James, *A Field Hospital Scene at Savage's Station, June 29th 1862. Witness to an Era: The Life and Photographs of Alexander Gardner*. (ed.) Mark Katz. Nashville, Tenn.: Rutledge Hill P., 1991, p. 40.

Goodrich, Lloyd, *Thomas Eakins* 2 Vols, Cambridge: Harvard U.P., 1982.

Greenberg, Clement, "The Camera Glass Eye", *The Nation*, March 9 1946, pp. 294~296.

Han, Jihee, "Democratic Bards: Whitman and Ko Un", *The Journal of Modern British and American Language and Literature* 29.3, 2011, pp. 237~251.

Handy, Ellen, "The Idea and the Fact: Painting, Photography, Film, Precisionists, and the Real World", *Precisionism in America 1915~1941: Reordering*

*Reality*, (ed.) Gail Stavitsky et al., New York: Harry N Abrams, 1994. pp. 40~51.

Hardin, Jennifer, "The Nude in the Era of the New Movement in American Art: Thomas Eakins, Kenyon Cox, and Augustus Saint-Gardens", Dissertation, Princeton University, 2000.

Haskell, Barbara, *Joseph Stella*, New York: Whitney Museum of American Art, 1994.

Herman, Judith, *Trauma and Recovery: The Aftermath of Violence*, New York: BasicBooks, 1992.

Holloway, Emory, *Whitman: An Interpretation in Narrative*, New York: Alfred A. Knopf, 1926.

Holloway, Emory and Vernolian Schwarz (eds.), *I Sit and Look Out: Editorials from the Brooklyn Daily Times by Walt Whitman*, New York: Columbia U.P., 1932.

Homer, William Innes, "Eakins as a Writer", *Thomas Eakins*, (ed.) Darrel Sewell, Philadelphia: Philadelphia Museum of Art, 2001, pp. 377~384.

_____, "New Light on Thomas Eakins and Walt Whitman in Camden", *Walt Whitman and the Visual Arts*, (eds.) Geoffrey M. Sill and Roberta K. Tarbell, New Brunswick: Rutgers U.P., 1992. pp. 85~98.

Horak, Jan-Christopher, "Paul Strand and Charles Sheeler's Manhatta", *Lovers of Cinema: The First American Film Avant-Garde, 1919~1945*, Madison, Wis: U of Wisconsin P., 1995, pp. 267~286.

Hughes, Evan, *Literary Brooklyn: The Writers of Brooklyn and the Story of American City Life*, New York: Holt Paperbacks, 2011.

Humphreys, Richard, *Futurism*, New York: Cambridge U.P., 1999.

Hunter, Louis C., *Steamboats on the Western Rivers: An Economic and Technological History*, New York: ACLS Humanities E-Book, 2008.

Johns, Elizabeth, "An Avowal of Artistic Community: Nudity and Fantasy in

Thomas Eakins's photographs", *Eakins and the Photograph*, (eds.) Susan Danly and Cheryl Leibold, Washington D. C.: Smithsonian Institution P., 1994, pp. 65~93.

_____, *Thomas Eakins: The Heroism of Modern Life*, New Jersey: Princeton U.P., 1983.

Kalb, Peter Roland, "The Appearance of Modernity: Images of New York City, 1919~1932", Dissertation, New York U., 2000.

Katsaros, Laure Goldstein, "A Kaleidoscope in the Midst of the Crowd: Poetry and the City in Walt Whitman's *Leaves of Grass* and Charles Baudelaire's *Petis Poēmes en Prose*", Dissertation, Yale University, 2003.

Kim, Joo-eon, "Reading Hidden Side of Lee, Seung-woo's Novel by means of Trauma", *Literature and Religion* 16.2, Summer 2011, pp. 77~96.

Kinik, Anthony, "Dynamic of the Metropolis: The City Film and the Spaces of Modernity", Dissertation, McGill U., 2008.

Kinney, Katherine, "Whitman's 'Word of the Modern' and the First Modern War", *Walt Whitman Quarterly Review* 7, Summer 1989, pp. 1~14.

Landry, Charles, *The Creative City: A Toolkit For Urban Innovators*, New York: Routledge, 2008.

Langton, Loup, *Photojournalism and Today's News*, Oxford: Wiley-Blackwell, 2009.

Lee, Anthony, and Elizabeth Young, *On Alexander Gardner's Photographic Sketch Book of the Civil War*, Berkeley: U of California P, 2007.

Lewis, Michael J., "The Realism of Thomas Eakins", *The New Criterion* 20.4, December 2001, pp. 27~32.

Lowenfels, Walter, *Walt Whitman's Civil War*, New York: Da Capo Press, 1989.

Lucic, Karen, *Charles Sheeler and the Cult of the Machine*, Cambridge: Harvard U.P., 1991.

Machor, James L., *Pastoral Cities: Urban Ideals and the Symbolic Landscape of*

*America*, Madison: U of Wisconsin P., 1987.

Malpas, James, *Realism*, New York: Cambridge U.P., 2003.

*Manhatta*, Photographed by Paul Strand and Charles Sheeler, 1921. 〈http://archive.org/details/Manhatta_1921〉.

Martin, Justin, *Genius of Place: The Life of Frederick Law Olmsted*, Cambridge, MA: Da Capo P., 2011.

Meehan, Sean Ross, "The Mirror with Memory: Nineteenth-century American autobiography and the photographic imagination", Diss, U of Iowa, 2002.

Meixner, Laura, "'The Best of Democracy' Walt Whitman, Jean-François Millet, and Popular Culture in Post-Civil War America", *Walt Whitman and the Visual Arts*. (eds.) Geoffrey M. Sill and Roberta K. Tarbell, New Brunswick: Rutgers U.P., 1992, pp. 28~52.

Mitchell, W. J. T., *What Do Pictures Want?: The Lives and Loves of Images*, Chicago: U. of Chicago P., 2006.

Murphy, Joseph C., "Distant Effects: Whitman, Olmsted, and the American Landscape", *Mickle Street Review* nos. 17/18, 2005, pp. 1~13. Web. 21 Jan. 2014.

Murphy, Kevin, "Walt Whitman and Louis Sullivan: The Aesthetics of Egalitarianism", *Walt Whitman Quarterly Review* 6.1, Summer 1988, pp. 1~15.

Nestor, Amy Ruth, "Straying Aside/Bodying Athwart—without the Lines of Traumatic History in Walt Whitman's *Specimen Days* and W.E.B. Du Bois' *The Souls of Black Folk*", Diss, U of New York at Buffalo, 2005.

Newhall, Beaumont, *The History of Photography*. New York: The Museum of Modern Art, 1982.

Nochlin, Linda, *Realism*, Harmondworth: Penguin, 1972.

Novak, Barbara, *American Painting of the Nineteenth Century: Realism, Idealism, and the American Experience*, London: Oxford U.P., 2007.

Nuland, Sherwin B., *The Uncertain Art: Thoughts on a Life in Medicine*, New York: Random House, 2008.

Oettermann, Stephen, *The Panorama: History of a Mass Medium*, Trans, D. L. Schneider, New York: Zone Books, 1997.

Olmsted, Frederick Law and Calvert Vaux, "Preliminary Report to the Commissioners for Laying Out a Park in Brooklyn, New York", *Landscape into Cityscape: Frederick Law Olmsted's Plans for a Greater New York City*. (ed.) Albert Fein, New York: Van Nostrand Reinhold, 1981, pp. 95~127.

Pannapacker, William, "The City", *A Companion to Walt Whitman*, (ed.) Donald D. Kummings, Malden: Blackwell Publishing, 2006, pp. 42~59.

Panzera, Lisa, "Italian Futurism and Avant-Garde Painting in the United States", *International Futurism in Arts and Literature*, (ed.) Günter Berghaus, New York: Walter de Gruyter, 2000, pp. 222~243.

Parker, Robert Allerton. "The Art of the Camera: An Experimental Movie", *Arts and Decoration* 15.6 (October 1921): 369.

Paschall, W. Douglass, "The Camera Artist", *Thomas Eakins*, (ed.) Darrel Sewell, Philadelphia: Philadelphia Museum of Art, 2001, pp. 239~255.

Penfold, Chris, "Manhatta: The Art of Visual Metaphor", *Emergence*, The Journal of the Humanities Postgraduate Connection, U of Southampton 1, Autumn 2009, pp. 40~47.

Rawlinson, Mark, *Charles Sheeler: Modernism, Precisionism and the Borders of Abstraction*, New York: I. B. Tauris, 2008.

Relph, Edward, *Place and Placelessness*, London: Pion Limited, 1976

Reynolds, David. S., *Walt Whitman's America: A Cultural Biography*, New York: Random House, 1996.

_____, *Walt Whitman (Live and Legacies)*, New York: Oxford U.P., 2005.

Ricciardi, Caterina, "Walt Whitman and the Futurist Muse", *Utopia in the Present Tense: Walt Whitman and the Language of the New World*, (ed.) Marina Camboni. Roma: Il Calamo, 1994, pp. 265~284.

Richardson, Robert, *Literature and Film*, Bloomington: Indiana U.P., 1969.

Roche, John F., "Democratic Space: The Ecstatic Geography of Walt Whitman and Frank Lloyd Wright", *Walt Whitman Quarterly Review* 6.1, Summer 1988, pp. 16~32.

Rodriguiz, Sophia, "A Crisis in the Body: Whitman's Sexual Connecting Disconnection", *Cerlces* 19, 2009, pp. 77~87.

Roggenkamp, Karen H., "Narrating the News: New Journalism and Literary Genre in Late Nineteenth-Century American Newspapers and Fiction", Diss, U. of Minnesota, 2001.

Rosenheim, Jeff L., "Thomas Eakins, 'Artist-Photographer'", *The Metropolitan Museum of Art Bulletin*, New Series. 52.3, Winter 1994~1995, pp. 45~51.

Rozaitis, William Anthony, "Desire Reduced to a Petal's Span: William Carlos Williams, Charles Demuth, and Floral Representation in Late Nineteenth and Early Twentieth-Century America", Dissertation, U of Minnesota, 1997.

Rubin, Joseph Jay, *The Historic Whitman*, University Park: Pennsylvania State U.P., 1973.

Rule, Henry B., "Walt Whitman and Thomas Eakins: Variations on Some Common Themes", *Texas Quarterly* 17, Winter 1974, pp. 7~57.

Rutkow, Ira, *Bleeding Blue and Gray: Civil War Surgery and the Evolution of American Medicine*, New York: Random House, 2005.

Schivelbusch, Wolfgang, *The Railway Journey: The Industrialization and Perception of Time and Space*, Berkeley: U of California P., 1987.

Schwartz, Vanessa R., *Spectacular Realities: Early Mass Culture in Fin-de-Siècle Paris*, Berkeley: U of California P., 1999.

Schwiebert, John E., "Passage To More Than Imagism: Whitman's Imagistic Poems", *Walt Whitman Quarterly Review* Vol. 8.1, Summer 1990, pp. 16~28.

Sharpe, William Chapman, *Unreal Cities: Urban Figuration in Wordsworth, Baudelaire, Whitman, Eliot, and Williams*, Baltimore: The Johns Hopkins U.P., 1990.

Simon, Donald E., "The Public Park Movement in Brooklyn, 1824~1873", Diss, New York University, 1972.

Smith, Mark. M., *Sensory History*, New York: Berg, 2007.

Sontag, Susan, *Regarding the Pain of Others*, New York: Farrar, Straus and Giroux, 2003.

Stacy, Jason, *Walt Whitman's Multitudes*, New York: Peter Land Publishing, 2008.

Suárez, Juan A., "City Space, Technology, Popular Culture: The Modernism of Paul Strand and Charles Sheeler's Manhatta", *Journal of American Studies* 36, 2002, pp. 85~106.

Sychterz, Jeff, "'Silently Watch(ing) the Dead': The Modern Disillusioned War Poet and the Crisis of Representation in Whitman's *Drum-Taps*", *Discourse* 25.3, Fall 2003, pp. 9~29.

Tang, Edward, "The Civil War as Revolutionary Reenactment: Walt Whitman's 'The Centenarian's Story'", *Walt Whitman Quarterly Review* 21.3, Winter 2004, pp. 131~154.

Tashjian, Dickran, *Skyscraper Primitives: Dada and the American Avant-Garde*, Middletown: Wesleyan U.P., 1975.

Thomas, M. Wynn, "Labor and Laborers", *A Companion to Walt Whitman*, (ed.) Donald D. Kummings, Malden, MA.: Wiley–Blackwell, 2009, pp. 60~75.

_____, *The Lunar Light of Whitman's Poetry*, Cambridge: Harvard U.P., 1987.

_____, "Weathering the Storm: Whitman and the Civil War", *Walt*

*Whitman Quarterly Review* 15, Fall 1997, pp. 87~109.

Thoreau, Henry David, *The Correspondence of Henry David Thoreau*, New York: New York U.P., 1958.

Tisdall, Caroline and Anzelo Bozzolla, *Futurism*, London: Thames and Hudson, 1985.

Traubel, Horace, *With Walt Whitman in Camden* Vols. 1~9, Various Publishers, 1906~1996.

Trupiano, Greg, "Get Out: Walt Whitman Walking Tours", *New York Times*, June 16, 2011. n.p.

Tschumi, Bernard, *Architecture and Disjunction*, Cambridge, MA: The MIT P., 1996.

_____, "An Urban Park for the 21st Century", *UIA-International Architect* 10.1, 1983, pp. 27~30.

Tsujimoto, Karen, *Images of America: Precisionist Painting and Modern Photography*, Seattle: U of Washington P., 1982.

Tucker, Mark and Nina Gutman, "Photography and the Making of Paintings", *Thomas Eakins*, (ed.) Darrel Sewell, Philadelphia: Philadelphia Museum of Art, 2001, pp. 225~238.

Uricchio, William, "The City Viewed: The Films of Leda, Browning, and Weinberg", *Lovers of Cinema: The First American Film Avant-Garde, 1919~1945*, Madison, Wis: U of Wisconsin P., 1995, pp. 287~314.

Vickroy, Laurie, *Trauma and Survival in Contemporary Fiction*, Charlottesville: U of Virginia P., 2002.

Villanueva, Darío, *Imágenes de la ciudad. Poesía y cine. De Whitman a Lorca* [*Images of the City: Poetry and Film, From Whitman to Lorca*], Trans, Gabriel S. Baum, Valladolid: Universidad de Valladolid, Cátedra Miguel Delibes, 2007.

Virilio, Paul, *The Aesthetics of Disappearance*, Trans, P. Beitchman, New York:

Semiotext(e), 1991.

Wacker, Jill, "Sacred Panoramas: Walt Whitman and New York City Parks", *Walt Whitman Quarterly Review* 12.2, Fall 1994, pp. 86~103.

Walter, Marjorie A., "Fine Art and the Sweet Science: On Thomas Eakins, His Boxing Paintings, and Turn-of-the Century Philadelphia", Dissertation, Berkeley: U of California, 1995.

Wardrop, Daneen, "Civil War Nursing Narratives, Whitman's *Memoranda During the War*, and Eroticism", *Walt Whitman Quarterly Review* 23.1, Summer 2005, pp. 26~47.

Weber, Ronald, *Hired Pens: Professional Writers in America's Golden Age of Print*, Athens: Ohio U.P., 1997.

Weingarden, Lauren, "Naturalized Technology: Louis H. Sullivan's Whitmanesque Skyscrapers", *Centennial Review* 30, Fall 1986, pp. 480~495.

Whalen, Terence, *Edgar Allan Poe and the Masses*, New Jersey: Princeton U.P., 1999.

Whitman, Walt, *An American Primer*, (ed.) Horace Traubel, San Francisco: City Light Books, 1970.

_____, "An Old Brooklyn Landmark Going", *Brooklyn Daily Eagle*, October 5, 1861: [2], n.p.

_____, "City Photographs", *Walt Whitman and the Civil War*, (ed.) Charles Glicksberg, New York: A.S. Barnes and Co., 1963, pp. 15~62.

_____, *Democratic Vistas*. Charleston, S. C.: BiblioBazaar, 2009.

_____, *Leaves of Grass*, (eds.) Sculley Bradley and Harold Blodgett, New York: W. W. Norton & Company, 1973.

_____, *Leaves of Grass*, The First 1855 Edition, (ed.) Malcom Cowley, New York: Viking, 1959

_____, *Leaves of Grass*, 1860 Edition, Charleston, SC: CreateSpace Independent Publishing Platform, 2013.

_____, *Memoranda During the War: Civil War Journals, 1863~1865*, New York: Dover Publications, 2010.

_____, *Notebooks and Unpublished Prose Manuscripts* 6 Vols. (ed.) Edward F. Grier, New York: New York U.P., 1984.

_____, *Prose Works 1892*, (ed.) Floyd Stovall, 2 Vols, New York: New York U.P., 1963~1966.

_____, *Selected Letters of Walt Whitman*, (ed.) Edwin H. Miller, Iowa City: U of Iowa P., 1990.

_____, *Specimen Days and Collect*, New York: Dover Publications, 1995.

_____, *The Correspondence* Vol. 4. (ed.) Edwin Haviland Miller, New York: New York U.P., 2007.

_____, *The Journalism*, (ed.) Herbert Bergman. 2 Vols. New York: Peter Lang Publishing, 1998~2003.

_____, "'Visit To Plumbe's Gallery' July, 2 1846", *Literature and Photography: Interactions 1840~1990*, (ed.) Rabb, Jane M. Albuquerque: U of New Mexico P., 1995, pp. 19~22.

_____, *Walt Whitman of the "New York Aurora"*, (eds.) Charles H. Brown and Joseph Jay Rubin, State College, Penn.: Bald Eagle P., 1950.

_____, *Walt Whitman's Workshop: A Collection of Unpublished Manuscripts*, (ed.) Clifton J. Furness, Cambridge: Harvard U.P., 1928.

Yau, John, "The Brooklyn Bridge 1939", *Frames of Reference: Looking at American Art, 1900~1950*, (eds.) Beth Venn and Adam D. Weinberg, New York: Whitney Museum of American Art, 1999, pp. 122~125.

Zarobila, Charles, "Walt Whitman and the Panorama", *Walt Whitman Review* 25, 1979, pp. 51~59.

1819 미국 뉴욕의 롱아일랜드(Long Island) 헌팅턴 타운십(Huntington Township)의 웨스트 힐즈(West Hills)에서 아버지 월터 휘트먼(Walter Whitman)과 어머니 루이자 반 벨서 휘트먼(Louisa Van Velsor Whitman) 사이의 9남매 중 둘째로 태어남.

1823 당시 독립 시(independent city)였던 브루클린(Brooklyn)으로 이사함.

1825~30 브루클린에서 공립학교를 다님.

1830~31 변호사 사무실에서 사환으로 일함. 롱아일랜드의 주간 신문 『패트리엇 *Patriot*』의 인쇄 견습공으로 일하면서 도서관에서 드나들며 독학함.

1831~32 브루클린의 인쇄소에서 일함. 주간 신문 『롱아일랜드 스타 *Long Island Star*』의 조판공으로 일함.

1835 시 작품을 써서 주간 신문 『미러 *Mirror*』 등에 익명으로 발표함.

1836 롱아일랜드로 돌아옴. 롱아일랜드의 여러 학교에서 교편생활을 하지만, 교사라는 직업에 만족하지 못함.

1838 헌팅턴에서 주간 신문 『롱아일랜드 *The Long Island*』의 편집자로 일함.

1839 주간 신문 『롱아일랜드 데모크랫 *Long Island Democrat*』에 인쇄 식자공으로 일했으나 곧 그만두고 다시 교사 생활을 함.

1839~41 교사 생활을 하면서 틈틈이 신문에 글을 기고함.

1841 뉴욕시로 이사. 문학 신문 『뉴월드 *The New World*』의 조판공으로 일함.

1842~45 『뉴욕 오로라 *New York Aurora*』, 『이브닝 태틀러 *Evening Tattler*』, 『데모크랫 *Democrat*』, 『스테이츠먼 *The Stateman*』, 『미러 *Mirror*』 등의 신문사에서 편집자로 일함.

1845~1846 브루클린으로 돌아가 이듬해 3월까지 『브루클린 이브닝 스타 *Brooklyn Evening Star*』에서 일함.

1846~47 일간지 『브루클린 데일리 이글 *Brooklyn Daily Eagle*』의 편집자 로서 이 신문에 많은 사설을 씀. 특히 브루클린의 로컬리티와 역사성에 주목하며 뉴욕과 구별되는 브루클린의 지속가능성에 대한 날카로운 통찰을 보여줌. 보수 정당을 지지했던 이 신문사의 사장과 의견 충돌을 빚은 뒤에 결국 사퇴함.

1848 『브루클린 데일리 이글』에서 사퇴한 후 뉴올리언스(New Orleans)로 떠나 『뉴올리언스 데일리 크레센트 *New Orleans Daily Crescent*』의 논설위원이 됨. 6월에 브루클린으로 되돌아와서 『브루클린 프리 먼 *Brooklyn Freeman*』지의 편집자로 일함.

1849~54 브루클린에서 인쇄소, 서점 직원, 목수, 건설 노동자 등으로 일함. 프리랜서 저널리스트로 활동함. 『뉴욕 데일리 트리뷴 *New York Daily Tribune*』에 「부활 Resurgemus」이라는 시를 발표함.

1855 7월 4일 시와 「서문 Preface」이 담긴 『풀잎 *Leaves of Grass*』 초판본을 자비로 발행. 당대 유명 시인이었던 에머슨(Ralph Waldo Emerson)으 로부터 축하 편지를 받음.

1856 『풀잎』 제2판 발행. 미국의 여성작가 올컷(Louisa May Alcott)과 소로우(Henry David Thoreau)가 휘트먼을 방문함. 이듬해에는 에 머슨이 방문함.

1857~59 브루클린의 『데일리 타임즈 *Daily Times*』에서 편집자로 일함. 1859~65년 사이에 『아담의 아이들 *Children of Adams*』과 『캘러머 스 *Calamus*』의 시편들을 통해 사랑, 우정, 죽음 등을 노래함.

1860 『풀잎』 제3판 발행. 에머슨을 만나 『아담의 아이들』에 나타난 성적 이미지에 대해 토론함.

1861 남북전쟁(Civil War) 발발. 애국심을 고취시키는 시 「울려라! 울려라! 북소리! Beat! Beat! Drums!」를 발표함.

1862 12월 14일 남북전쟁에 참가한 동생 조지(George)가 프레드릭스버그(Fredericksburg) 전투에서 부상했다는 소식을 듣고 버지니아로 떠남. 자원간호사로 전쟁의 부상병들을 헌신적으로 간호함.

1863~64 워싱턴으로 옮김. 1863년 군병원에서의 체험을 토대로 『뉴욕 타임즈 *New York Times*』에 「병자들의 위대한 군대 The Great Army of the Sick」를 발표함. 이듬해 동생 조지가 남부 연합군에 잡히고, 형 제시(Jesse)가 정신 병원에 입원하는 등 가족에 비극적인 사건들이 이어짐.

1865 1월 내무성의 인디언 사무국 서기로 임명됨. 3월 링컨 대통령의 두 번째 취임식에 참석함. 4월 15일 링컨 대통령의 암살 사건으로 큰 충격을 받음. 6월 『풀잎』의 저자라는 사실이 알려지면서 해고된 뒤 법무장관실에서 일함. 남북전쟁을 다룬 시집 『북소리 *Drum-Taps*』, 『북소리 속편 *Sequel to Drum-Taps*』 출간.

1866 건강이 악화되기 시작함. 오코너(William Douglas O'Connor)가 『선한 회색 시인 *The Good Gray Poet*』이라는 팜플렛을 발표하여 인디언 사무국의 서기직에서 해고된 휘트먼을 지지함.

1867 『풀잎』 제4판 발행. 존 버러스(John Burroughs)가 시인의 첫 전기집 『시인과 인간으로서 월트 휘트먼에 대한 노트 *Notes on Walt Whitman as Poet and Person*』를 출간.

1868 영국에서 『월트 휘트먼 시선집 *Poems of Walt Whitman*』이 윌리엄 토세디의 편집으로 출간됨.

1869 블레이크(William Blake)의 전기를 쓴 작가의 미망이자 휘트먼 숭배사이넌 길크라이스트(Ann Gilchrist) 부인이 휘트먼의 시를 접하게 됨.

1870 길크라이스트 부인이 보스턴에서 『래디컬 리뷰』에 「어느 영국

여성의 월트 휘트먼에 대한 평가 An Englishwoman's Estimate of Walt Whitman」라는 글을 기고함.

1871 『풀잎』제5판 발행. 길크라이스트 여사가 휘트먼에게 청혼 편지를 보내고 휘트먼은 이를 정중하게 거절함.

1872 다트머스(Dartmouth) 대학 졸업식에서 「자유롭게 날아가는 강한 새처럼 As a Strong Bird on Pinion Free」을 낭송. 신경쇠약에 시달림.

1873 2월에 뇌줄중 발병. 5월 모친 사망. 6월 워싱턴을 떠나 동생 조지와 함께 뉴저지주의 캠던(Camden)으로 이사함

1875 뉴저지 주의 스태퍼드(Stafford) 농장의 팀버 크릭(Timber Creek)에서 여름동안 요양함.

1876 『풀잎』제6판 발행. 길크라이스트 부인이 필라델피아에 도착하여 거주함. 휘트먼은 길크라이스트 부인을 자주 방문함.

1879 4월 뉴욕에서 링컨에 대한 강연을 함. 9월 콜로라도(Colorado)주에 이르기까지 서부 지역을 기차로 여행함. 다시 건강이 악화되어 동생 제프(Jeff)와 함께 세인트루이스(Saint Louis)에 머무름.

1880 1월 캠던으로 돌아옴. 6~10월 캐나다를 여행함.

1881 4월 보스턴에서 링컨 대통령에 대한 강연을 함. 콩코드로 가서 에머슨을 만남.

1882 1월 영국의 유명 극작가 오스카 와일드(Oscar Wilde)가 캠던의 휘트먼을 방문함.

1884 필라델피아 『풀잎』의 판매 수익금으로 캠던의 미클가(Mickle Street)에 집을 구입함. 이 집에서 시인은 1892년 임종 시까지 지냄.

1885 7월에 뇌졸중으로 거동이 불편해 짐. 친구들과 지인들이 휘트먼에게 말과 마차를 사줌.

1887 미국 조각가 시드니 모스(Sidney Morse)가 휘트먼의 흉상을 조각함. 화가 토머스 에이킨스(Thomas Eakins)가 휘트먼의 초상화를 그림.

1888 뇌졸중으로 마비증상을 일으킴. 새 유언장을 작성함. 「11월의

가지 November Boughs」를 끝내려고 노력함.

1890 4월 필라델피아에서 그의 마지막 링컨 강연을 함. 자신이 여섯 명의 사생아를 낳았다고 주장함.

1891 캠던의 미클가에서 12월 17일 마지막 생일을 지내고 폐렴을 앓음.

1892 임종판(deathbed edition)이라 불리는 『풀잎』 제9판 발행. 『산문선집 *Complete Prose Works*』 출간. 3월 26일 캠던에서 세상을 떠남.

# 찾아보기

가드너, 알렉산더(Gardner, Alexander) 40, 41, 44~46, 52, 53, 55, 58, 86, 204

『가드너의 남북전쟁 사진집』(*Gardner's Photographic Sketch Book of the Civil War*) 53, 55

굿먼, 니나(Gutman, Nina) 98, 112

「걸어온 길에 대한 회상」("A Backward Glance O'er Travel'd Roads") 39, 70, 95

견진현 141, 183

「경련」("Convulsiveness") 268

「광란의 도시」("City of Orgies") 225

「구르는 지구의 노래」("A Song of the Rolling Earth") 153

굿리치, 로이드(Goodrich, Lloyd) 90, 110

〈그녀의 소에게 물을 먹이는 농부, 저녁〉(*Peasant Watering Her Cow, Evening*) 63, 79, 80, 82

「그대에게」("To You") 195

『그로스 클리닉』(*The Gross Clinic*) 96

그리피스, 데이빗 워크(Griffith, David Wark) 222

그린버그, 클레먼트(Greenberg, Clement) 91

그릴리, 호레이스(Greeley, Horace) 279, 280

「그림들」("Pictures") 193

「끝없이 혼들리는 요람에서」("Out of Cradle Endlessly Rocking") 190

김도경·김승현 182

김영철 128

김주은 277

깁슨, 제임스 (Gibson, James) 40, 41, 45, 48, 50, 128

「나는 미국이 노래하는 것을 듣는다」("I hear America Singing") 62

「나는 전율하는 몸을 노래한다」("I Sing the Body Electric") 114~117, 122, 132, 133, 139

「나 자신의 노래」("Song of Myself") 20, 62, 68, 87, 101, 106, 110, 117, 122, 127, 128, 135~138, 152, 190, 222, 267, 279, 282, 285, 293, 305, 308, 312

남북전쟁(Civil War) 22, 23, 38~60, 258~277, 278, 293~299

네스터, 에이미 루스(Nestor, Amy Ruth)

268

노클린, 린다(Nochlin, Linda) 65, 75, 76

노박, 바바라(Novak, Barbara) 110

『노트북』(*Notebooks*) 41, 58, 88, 224, 280

「농장 그림」("A Farm Picture") 194

눌랜드, 셔윈 (Nuland, Sherwin) 142

『뉴올리언스 데일리 크레센트』(*New Orleans Daily Crescent*) 61, 278

『뉴욕 데모크랫』(*New York Democrat*) 62

『뉴욕 리더』(*New York Reader*) 188

『뉴욕 선』(*New York Sun*) 279, 282, 283

「뉴욕 시장에서의 삶」("Life in a New York Market") 278

『뉴욕 오로라』(*New York Aurora*) 15, 30, 158, 174, 278, 290~292

『뉴욕 타임즈』(*New York Times*) 46, 49

『뉴욕 태틀러』(*New York Tattler*) 283

『뉴욕 트리뷴』(*New York Tribune*) 61, 279, 280, 283

『뉴욕 포스트』(*New York Post*) 279

『뉴욕 헤럴드』(*New York Herald*) 279, 283

뉴홀, 뷰몬트(Newhall, Beaumont) 45

다바키스, 멜리사(Dabakis, Melissa) 66

댄리, 수전(Danly, Susan) 90, 112

더글라스, 윌리엄 오커너(Douglas, William O'Connor) 150

데이, 벤자민(Day, Benjamin) 279, 283

『데일리 타임즈』(*Daily Times*) 33, 310

「도시 사진들」("City Photographs") 52, 293, 294, 300

「도시 정보: 브로드웨이」("City Intelligence: Broadway") 17

「도시 정보: 브루클린의 건강」("City Intelligence: Health of Brooklyn") 19

「도시 정보: 브루클린 나무들」("City Intelligence: Brooklyn Trees") 29

「도시 정보: 브루클린 '허파'—워싱턴 파크」("City Intelligence: Brooklyn 'Lungs'—Washington Park") 27

도일, 피터(Doyle, Peter) 303, 306

도즈, 제임스(Dawes, James) 275

도허티, 제임스(Dougherty, James) 298

「두 도시 지역, 특정 시간」("Two City Areas, Certain Hours") 306

뒤샹, 마르셀(Duchamp, Marcel) 229

드 셀린코트, 바실(De Selincourt, Basil) 190

디킨스, 찰스(Dickens, Charles) 283

라마르틴, 알퐁스 드(Lamartin, Alphonse de) 61

라 빌레뜨 파크(La Villette Park) 181~183, 185

라이언스, 길다(Lyons, Gilda) 34

라이트, 프랭크 로이드(Wright, Frank Lloyd) 5, 154, 180

「라일락꽃이 앞뜰에 마지막으로 피었을 때」("When Lilacs Last in the Door-yard Bloom'd") 53, 56, 60, 165

랜드리, 찰스(Landry, Charles) 28, 32

랜드스케이프 건축(Landscape Architecture) 149, 150, 151, 152

랭턴, 룹(Langton, Loup) 279

럿노, 이라(Rutkow, Ira) 264

레이놀즈, 데이빗(Reynolds, David S.) 20, 193

레이볼드, 세릴(Leibold, Cheryl) 90, 112

렐프, 에드워드(Relph, Edward) 15, 18

로드리게스, 소피아(Rodriguiz, Sophia) 137, 138

로젠캠프, 캐런(Roggenkamp, Karen) 283

로린슨, 마크(Rawlinson, Mark) 228

로웬펠스, 월터(Lowenfels, Walter) 49

로자이티스, 윌리엄 앤소니(Rozaitis, William Anthony) 228, 249

로젠하임, 제프(Rosenheim, Jeff L.) 88

로체, 존(Roche, John F.) 154, 180

로첼루, 폴(Rocheleau, Paul) 161, 164, 165, 177, 178

『롱아일랜드 스타』(Long Island Star) 281

루빈, 조셉 제이(Rubin, Joseph Jay) 60, 88, 225, 280, 310, 311

루식, 카렌(Lucic, Karen) 229

루이스, 마이클(Lewis, Michael J.) 98

루트만, 발터(Ruttmann, Walter) 232

룰, 헨리(Henry B. Rule) 110

리볼드, 세릴(Leibold, Cheryl) 90, 112

리얼리즘(Realism) 40, 88, 98, 227, 259, 274, 276, 280, 284, 288

리처드선, 로버트(Richardson, Robert) 222

리치알디, 카테리나(Ricciardi, Caterina) 189

리키, 존(Reekie, John) 55

『링컨 대통령을 추모하며』(Memories of President Lincoln) 38

마리네티, 필리포(Marinetti, Filippo) 189, 197, 198, 202, 252

마이발트, 살레안(Maiwald, Salean A.) 106

마커, 제임스(Machor, James L.) 157, 175

마틴, 저스틴(Martin, Justin) 61, 149, 172

〈만종〉(The Angelus) 63, 79

「매나하타」("Mannahatta") 161, 184, 204~206, 231

〈맨하타〉(Manhatta) 221, 223~227, 229 ~250, 254

맬파스, 제임스(James Malpas) 91

머이브리지, 에드워드(Muybridge, Edward) 112

머피, 케빈(Murphy, Kevin) 154, 180

머피, 조셉(Murphy, Joseph C.) 158, 167

멕스너, 로라(Meixner, Laura) 77, 86

멜빌, 허먼(Melville, Herman) 39, 279, 290

모홀리 나기, 라즐로(Moholy-Nagy, Laszlo) 232

「몹시 힘들게 낯선 길을 가는 사병의 행군」("A Mach in the Ranks Hard-Prest, and the Road Unknown") 295, 296, 298, 300

『미국 입문서』(An American Primer) 44

「미국의 일하는 사람들 대(對) 노예제도」("American Workingmen, Versus Slavery") 62, 66

미래주의(Futurism) 189, 190~204, 207~213, 216~221, 223, 227, 246, 252

미첼, W.J.T.(Mitchell, W.J.T.) 123

미한, 신 로스(Meehan, Sean Ross) 43

「민주주의의 외침」("Chants Democratic") 240

『민주주의의 조망』(Democratic Vistas) 72, 139, 160, 161, 285, 303

밀레, 장 프랑수아(Millet, Jean-francois) 63, 76, 81, 101, 120, 134, 192

「밀레의 그림―마지막 항목」("Millet's Pictures"―Last Items") 81, 120

바넘, 피니어스 테일러(Barnum, Phineas Taylor) 305

바이겔, 매튜(Baigell, Matthew) 189

바니, 브렛(Barney, Brett) 307

「배들의 도시」("City of Ships") 231, 232

배슬러, 로이(Basler, Roy P.) 265

배첸, 조프리(Batchen, Geoffrey) 99

「백만 명의 죽음을 요약하다」("The Million Dead, too, summ'd up") 56

「백세인의 이야기」("The Centenarian Story") 18, 22, 25, 26, 36

버거, 존(Berger, John) 44, 45, 77, 83, 296

버로스, 존(Burroughs, John) 71

버크, 마가렛(Burke, Margaret R.) 199

베넷, 제임스 고든(Bennett, James Gordon) 279

베렌슨, 버나드(Berenson, Bernard) 129

베르그송, 앙리(Bergson, Henri) 202

베르토프, 지가(Vertov, Dziga) 232

베버리지, 찰스(Beveridge, Charles) 161, 164, 165, 177, 178

벤야민, 발터 (Benjamin, Walter) 51, 60, 109, 116, 233, 305, 309

「병사들을 위한 여성 간호사들」("Female Nurses for Soldiers") 141, 265

「병사들의 유해」("Ashes of Soldiers") 56, 57

보치오니, 움베르토(Boccioni, Umberto) 202, 206

보한, 루스(Bohan, Ruth L.) 77, 94, 96, 98, 99, 192, 194, 210

뵈메, 알버트(Boime, Albert) 71

『북소리』(Drum-Taps) 22, 38, 41, 42, 47, 49, 52, 59, 258, 273, 292, 298

「부활」("Resurgemues") 61, 72

브라운, 헨리 커크(Brown, Henry Kirke) 80, 128, 188,

브라운, 밀턴(Brown, Milton) 223

브래디, 매슈(Brady, Mathew) 40, 41, 47, 87, 91, 128, 287, 298, 299

브랜드, 다나(Brand, Dana) 92, 287, 288, 300, 306

브로넬, 윌리엄(Brownell, William C.) 97

「브로드웨이」("Broadway") 17, 93, 97, 206, 239, 286, 288, 303, 305, 306

「브로드웨이 가장행렬」("A Broadway Pageant") 231, 234, 241

「브로드웨이 병원」("The Broadway Hospital") 293, 294

「브루클리니아나」("Brooklyniana") 14

〈브루클린 다리〉(Brooklyn Bridge) 200, 209, 210

「브루클린 도선장을 건너며」("Crossing Brooklyn Ferry") 17, 196, 231, 287, 311, 321

『브루클린 데일리 이글』(Brooklyn Daily Eagle) 15, 62, 64, 66, 188, 278, 281, 287, 292, 299

브루클린 하이츠(Brooklyn Heights) 22, 24, 26

브룩스, 피터(Brooks, Peter) 117

비릴리오, 폴(Virilio, Paul) 318, 320, 322

빅로이, 로리(Vickroy, Laurie) 270, 274

빌라누에바, 다리오(Villanueva, Darío) 240, 245

〈빛의 전쟁, 코니 아일랜드, 마르디 그라〉(Battle of Lights, Coney Island, Mardi

*Gras*) 200, 201, 203, 204, 207, 210, 212, 219, 220

사이먼, 도널드(Simon, Donald E.) 32

사이털즈, 제프(Sychterz, Jeff) 260

사진(Photography) 70, 86~101, 104~106, 110~113, 116, 117, 119, 120~123, 133, 134, 193, 224, 226, 228, 229, 232~235, 254, 271, 280, 285, 287, 288, 291, 294~296, 298, 300, 305, 308, 309

『산문집』(*Prose Works*) 63, 76, 193, 281, 302

산텔리아, 안토니오(Sant'Elia, Antonio) 207

「상처를 치료하는 자」("The Wound-Dresser") 41, 47, 139, 259, 266

샤프, 윌리엄(Sharpe, William Chapman) 20, 207

「서부여행의 시작」("Begin a Long Jaunt West") 317

『서한 선집』(*Selected Letters*) 42, 264, 267, 268, 273, 303, 307

「서문」("Preface") 62, 128, 225, 279, 284, 288, 289, 302

『서신』(*Correspondence*) 101, 134, 288

설리번, 루이스 (Sullivan, Louis H.) 5, 154, 180

세베리니, 지노(Severini, Gino) 203, 204

셸린코트, 바실 드(Selincourt, Basil De) 190

소로우, 헨리 데이비드(Thoreau, Henry David) 28, 104, 150, 192, 279, 290

손택, 수전(Sontag, Susan) 294, 298

손혜숙 106

수아레스, 후안(Suárez, Juan A.) 231

〈수영〉(*The Swimming Hole*) 106, 135

쉐파우어, 허먼(Scheffaurer, Herman) 190

쉬벨부시, 볼프강(Schivelbusch, Wolfgang) 314, 315, 316, 318

쉬위버트, 존(Schwiebert, John E.) 192

슈와르츠, 바네사(Schwartz, Vanessa R.) 33, 180, 301, 302

스미스, 마크(Mark M. Smith) 142

스테이시, 제이슨(Stacy, Jason) 291

스텔라, 조셉(Stella, Joseph) 189~191, 196~204, 208~212, 214, 218, 219, 221

스트랜드, 폴(Strand, Paul) 223, 226~234, 236, 237, 240~249

스티글리츠, 알프레드(Stieglitz, Alfred) 189, 221, 232, 235

스푸너, 앨든(Spooner, Alden) 281

시몬, 도날드(Simon, Donald E.) 33, 192

시에티, 엠마뉴엘(Siety, Emmanuel) 226

시즈터즈, 제프(Sychterz, Jeff) 260

실러, 찰스(Sheeler, Charles) 223, 226~234, 237, 240~249

심진호 35

〈씨 뿌리는 사람〉(*The Sower*) 63, 77, 82, 120

아방가르드(avant-garde) 189, 196~199, 221, 223, 224, 226, 229~232, 244, 254

아폴로니오, 움브로(Apollonio, Umbro) 198, 202, 203, 208, 252

아헌스, 윌리엄(Aherns, William D.) 260

「안녕!」("So Long!") 127

알철, 허버트(Altschull, Herbert J.) 279, 280, 283, 289, 290, 293

애스피즈, 해롤드(Aspiz, Harold) 135,

139, 143

애커먼, 다이앤(Ackerman, Diane) 142

『앤티텀의 사망자』(The Dead of Antietam) 45, 46

야우, 존(Yau, John) 211, 218

얼킬라, 베치(Erkkila, Betsy) 61, 72, 74

에머슨, 랄프 왈도(Emerson, Ralph Waldo) 104, 192, 279, 289, 290, 300

에이킨스, 토머스(Eakins, Thomas) 7~90, 96~113, 116~121, 128, 130, 188

엘리먼츠, 사뮤엘(Elements, Samuel E.) 281

엘리스, 해브록(Ellis, Havelock) 76

「열린 길의 노래」("Song of the Open Road") 180

영, 엘리자베스(Young, Elizabeth) 46

「오래된 브루클린의 랜드마크가 사라지고 있다」("An Old Brooklyn Landmark Going") 21

「오랜 이유인 당신에게」("To Thee Old Cause") 38

「오랜 전쟁—꿈」("Old War—Dreams") 270, 271

「오, 프랑스의 별」("O Star of France") 75

오터만, 스티븐(Oettermann, Stephen) 301, 308

오코너, 윌리엄( O'Connor, William D.) 42

「오크나무와 나」("The Oaks and I") 142

올깃, 루이사 매이(Alcott, Louisa May) 260, 262

옴스테드, 프레드릭 로(Olmsted, Frederick Law) 16, 28, 37, 149~151, 158~161, 165, 169, 172~178, 181, 182, 186,

187

와인갈덴, 로렌(Weingarden, Lauren S.) 154, 180

왜커, 질(Wacker, Jill) 161, 283, 292, 307

「우리는 브루클린에 공공 공원을 결코 가질 수 없는가?」("Are We Never to Have Any Public Parks in Brooklyn?") 30, 179

우리치오, 윌리엄(Uricchio, William) 229

울시, 조지아나(Woolsey, Georgeanna) 260

「워싱턴 파크」("Washington Park") 27, 31, 33, 180

『워크샵』(Workshop) 289

「월러바웃 순교자들」("The Wallabout Martyrs") 34

월드롭, 다닌(Wardrop, Daneen) 141, 265

월터, 마조리(Walter, Marjorie A.) 118

〈월트 휘트먼〉(Walt Whitman) 89, 100, 134

웨렌, 테렌스(Whalen, Terence) 284

웨버, 로날드(Weber, Ronald) 284

「유럽, 이 주들의 72번째와 73번째 해」("Europe, the 72nd and 73rd Years of These States") 72

「육군 병원」("An Army Hospital Ward") 259

이석환·황기원 16

이은경 183

이택광 217

이한석 131

「인도로 가는 길」("Passage to India") 94, 190, 196, 214~216, 226, 247, 304,

318~321

「일광욕―나체」("A Sun-Bath―Nakedness") 113, 131

「일주일 전에 벌어진 밤의 전투」("A Night Battle, over a Week Since") 42, 43

「자발적인 나」("Spontaneous Me") 62, 128

「잠자는 사람들」("The Sleepers") 18, 24, 26, 127, 143, 147

장은영 152

재로빌라, 찰스(Zarobila, Charles) 307, 308

『저널리즘』(*The Journalism*) 15, 17, 19, 27, 29~32, 62, 64, 68, 151, 158, 172, 179, 279, 280, 291

「전람회의 노래」("Song of the Exposition") 63, 70, 94, 190, 211, 231, 245

전상규 149

「전선을 따라」("Down at the Front") 262

『전쟁 기간의 비망록』(*Memoranda During the War*) 38, 42, 43, 52, 56~60, 98, 258, 265, 269, 298

절믹, 스티븐(Germic, Stephen) 164

정밀주의(Precisionism) 198, 223~229, 231, 240, 245, 246, 249, 252~255

존스, 엘리자베스(Johns, Elizabeth) 104, 112

「지난밤의 광경」("Scenes of Last Night") 291, 299

「직업을 위한 노래」("A Song for Occupations") 68, 130, 153

「찬란하고 고요한 태양을 내게 다오」 ("Give Me the Splendid Silent Sun") 29, 154~157, 172

초절주의(Transcendentalism) 28, 104, 106, 192

추지모토, 카렌(Tsujimoto, Karen) 209, 227

「취임 축하 무도회」("Inauguration Ball") 57, 270

츄미, 베르나르(Tschumi, Bernard) 178, 181, 182, 183

치데스터, 데이빗(Chidester, David) 129

「침대차에서」("In the Sleeper") 245, 315

카츠, 마크(Katz, Mark) 48

칼브, 피터(Kalb, Peter) 239

『캘러머스』(*Calamus*) 74, 110, 292

캘로우, 필립(Callow, Philip) 259

캣사로스, 로리 골드스타인(Katsaros, Laurie Goldstein) 305, 312, 286

코먼트, 버나드(Comment, Bernard) 302, 316

콕스, 제임스(Cox, James) 39, 262

콘, 완다(Corn, Wanda) 203, 223

쿠튀르, 토마스(Couture, Thomas) 65

쿡, 웨다(Cook, Weda) 90

크리스트먼, 헨리(Christman, Henry M.) 14

클라크, 그라함(Clarke, Graham) 116

키니, 캐서린(Kinney, Katherine) 274

키닉, 앤소니(Kinik, Anthony) 247

타쉬지언, 딕랜(Tashjian, Dickran) 230

탱, 에드워드(Tang, Edward) 25

터커, 마크(Tucker, Mark) 98, 112

토르발트센(Thorwaldsen) 193

토머스, 엠 윈(Thomas, M. Wynn) 195

트로벨, 호레이스(Traubel, Horace) 14, 37, 39~42, 59, 63, 70, 75, 76, 78~81, 83, 85, 86, 89, 99~101, 120, 134, 135, 150, 173, 178, 192, 224, 258, 260~262,

269, 281, 285, 295

트루피아노, 그렉(Trupiano, Greg)   34

트웨인, 마크(Twain, Mark)   39, 262, 279, 289, 290

「특허국 병원」("Patent-Office Hospital")   259

티스달, 캐롤라인(Tisdall, Caroline)   189

파커, 로버트 앨버튼(Parker, Robert Allerton)   230

판제라, 리사(Panzera, Lisa)   198

패나패커, 윌리엄(Pannapacker, William)   171, 303

패셜, 더글라스(Paschall, Douglass W.)   89

「페니 프레스」("The Penny Press")   290, 291

「페리에 대한 나의 열정」("My Passion for Ferries")   244, 304, 309

펜폴드, 크리스(Penfold, Chris)   230, 251

펠드먼, 마크(Feldman, Mark B.)   43, 47, 141, 269

「포마녹에서 출발하며」("Starting from Paumanok")   20, 245, 304, 313, 321

「포병의 환상」("The Artilleryman's Vision")   272, 273, 277

포트 그린 파크(Fort Greene Park)   17, 27, 28, 32~35, 37, 173

「포트 그린 파크」("Fort Greene Park")   32

폴섬, 에드(Folsom, Ed)   44, 53, 99, 101, 261

『표본이 되는 날들』(Specimen Days)   38, 40, 47, 58, 59, 81, 113, 120, 127, 131, 140~142, 160, 172, 176, 206, 222, 244, 258~260, 262, 265, 268~270, 273, 275, 296, 298, 302, 304, 306, 309, 313, 315, 317

「푸른 온타리오 해변에서」("By Blue Ontario's Shore")   39

『풀잎』(Leaves of Grass)   16~18, 20, 29, 36, 38, 39, 41, 58, 61~68, 70~72, 75, 76, 84, 85, 87, 88, 92, 94, 100, 105, 113, 114, 117, 120, 121, 126~129, 132, 135, 137~139, 142, 143, 146, 147, 152, 161, 169, 171, 175, 188, 218, 222, 224, 225, 231, 258, 278~280, 283, 284, 288, 289, 298, 302, 305, 306, 307, 312, 322

「프랑스, 이 주들의 18번째 해」("France, the 18th Year of these States")   73

프랑스 혁명(French Revolution)   61, 64, 65, 71, 72, 74, 82~86, 130

플래허티, 로버트(Flaherty, Robert)   232

플럼, 존(Plumbe, John)   91, 128, 287

『플럼의 사진관 방문』("A Visit to Plumb's Gallery")   91, 92, 287, 288

플린트, R.W.(Flint, R.W.)   189, 198, 252

피시킨, 셸리 피셔(Fishkin, Shelley Fisher)   292, 293

필립세빅, 보지슬라바(Filipčević, Vojislava)   249

하딘, 제니퍼(Hardin, Jennifer)   110

하틀리, 마스던(Hartley, Marsden)   189, 221

한지희   68

해리슨, 가브리엘(Harrison, Gabriel)   41, 66, 67, 99

해스켈, 바바라(Haskell, Barbara)   191, 192, 197, 199, 200, 202, 208, 209, 211, 214, 217, 218, 221

핸디, 엘런(Handy, Ellen)  227, 229, 235
「허드슨 강 여행」("Jaunt up the Hudson")
　304, 313
허먼, 주디스(Herman, Judith)  269, 271,
　273
헌터, 루이스(Hunter, Louis C.)  310
험프리스, 리처드(Humphreys, Richard)
　197, 202
호락, 잔-크리스토퍼(Horak, Jan-

Christopher)  229, 230, 232
호머, 윈슬로(Homer, Winslow)  88
호머, 윌리엄 이네스(Homer, William
　Innes)  90, 112
홀로웨이, 에모리(Holloway, Emory)  33,
　180, 214, 278, 282, 310
「환희의 노래」("A Song of Joys")  313,
　316
휴즈, 에반(Hughes, Evan)  18, 19